KB147036

화성 연대기

화성 연대기

레이 브래드버리

조호근 옮김

H

차례

호르헤 루이스 보르헤스 서문[•]

기원후 2세기의 풍자시인인 사모사타의 루키아노스는 『진실한 이야기』라는 작품을 남겼다. 이 책에 수록된 온갖 흥미로운 이야기 가운데는 '달세계 사람'도 등장하는데, (『진실한 이야기』의 기록자에 따르면) 이들은 금속과 유리를 실처럼 잣고 결을 고를 수 있고, 눈알을 넣었다 뺐다 할 줄도 알고, 공기에서 즙을 짜서 마시는 이들이라고 한다. 16세기 초의 이탈리아 시인인 루도비코 아리오스토는 『광란의 오를란도』에서 달에 도착한 샤를마뉴의 기사가 연인의 눈물과 한숨, 놀이에 낭비하는 시간, 쓸모없는

[•] 본 서문은 1955년 아르헨티나 미노타우로 출판사에서 번역 출간된 『화성 연대기』 스페인어판에 처음 수록됐다. 이하 본문에서 『화성 연대기』를 『연대기』로 줄여 표기한 것은 원문을 그대로 따른 것임을 밝힌다.

계획과 채울 수 없는 갈망 등, 지구상에서 사라진 모든 것을 발견하는 모습을 그린다. 17세기에 요하네스 케플러는 꿈속에서 읽은 내용이라는 설정의 책 『꿈』에서, 달에 사는 뱀처럼 생긴 생물의 형태와 습성에 대해서 상세히 서술한다. 그중에는 무더운 낮에는 깊은 토굴에 숨고 저녁이 되어야 밖으로 나온다는 내용도 있다.

첫 번째와 두 번째의 상상 속 여행 사이에는 1,300년이라는 시간적 거리가 존재하지만, 두 번째와 세 번째는 100년밖에 떨어져 있지 않다. 그러나 앞의 두 여행은 무책임하고 자유로운 공상인 데 반해, 세 번째 여행에는 일말의 신빙성을 제공하기 위한 제약이 존재하는 것으로 보인다. 생각해 보면 그 이유는 자명하다. 루키아노스와 아리오스토에게 달세계 여행이란 불가능성의 상징 또는 전형이었다. 그러나 케플러에게 달 여행이란 오늘날 우리가 느끼는 것과 마찬가지로 이미 가능성의 영역에 들어와 있던 것이다. 케플러와 동시대인이며 세계 공용어의 제창자였던 존 윌킨스가 『달세계의 발견 : 달에 생존할 수 있는 다른 세계가 존재할 가능성의 증명에 대한 논의』를 저술하지 않았던가. 「달 여행의 가능성」이라는 부록까지 붙여서? 기원후 2세기의 저술가 아울루스 겔리우스의 『아티카 야화』에는 피타고라스학파의 아르키타스가 스스로 하늘을 나는 목제 비둘기를 만들었다는 내용이 나온다. 윌킨스는 그와 비슷한 기계가 언젠가 우리를 달로 데려다줄 것이라고 예측했다.

가능하거나 개연성 있는 미래를 예측했다는 점에서, 『꿈』은

북아메리카의 작가들이 '공상과학' 또는 '과학소설'이라 부르는 새로운 소설 장르의 효시라 할 수 있다. 그리고 이 『연대기』는 그 장르의 훌륭한 예시라고 할 수 있을 것이다. 『화성 연대기』의 주제는 행성 정복과 식민 개척이다. 미래의 인류가 직면하는 고된 여정은 거의 역사의 필연처럼 보이지만, 레이 브래드버리는 (아마 의도치는 않았겠지만, 천재의 내밀한 영감에 의지하여) 애수 어린 필치로 그 모습을 그려 낸다. 작품 서두에서 두려운 존재였던 화성인들은 절멸에 직면해서는 연민을 자아낸다. 인류의 승리 앞에서도 작가는 행복할 수가 없다. 그의 예언에 따르면, 화성은 황량한 파란 사막과 체스 판 같은 도시의 폐허와 노란 석양과 모래 위를 항해하는 고대의 함선이 존재하는 곳이다. 인류가 이 붉은 행성에서 영토를 확장해 나갈 것이라 선언하는 그의 목소리에는 슬픔과 실망이 가득하다.

우리는 다른 작가들이 찍어 내는 미래의 연도에 의미를 부여하지 않는다. 그저 단순한 문학적 관습이라는 사실을 알고 있기 때문이다. 그러나 브래드버리가 쓴 2004년이라는 숫자에서는 중력이, 피로가, 광대하고 황막한 과거의 적층이 느껴진다. 마치 셰익스피어가 『템페스트』에서 읊은 "어두운 과거라는 세월의 심연"처럼. 르네상스라는 시대가 조르다노 브루노와 베이컨의 입을 빌려 말했듯, 진정한 고대인이란 『창세기』의 등장인물이나 호메로스가 아니라 바로 우리 자신인 것이다.

이 책을 덮으면서 나는 자문해 본다. 이 일리노이 출신의 남자는 대체 무슨 일을 저지른 것인가? 어떻게 다른 행성의 정복을 그리는 일련의 단막극으로 내 마음을 공포와 고독으로 가득 채울 수 있단 말인가?

이런 환상의 산물이 어떻게 내 감정의 가장 내밀한 곳을 건드릴 수 있을까? (내가 감히 답해 보자면) 모든 문학은 상징이다. 소수의 근원적인 경험이 존재하는 이상, 작가가 그 전달 수단으로 환상이나 현실 어느 쪽을 사용하는지는 중요치 않다. 맥베스나 라스콜리니코프나, 1914년 8월의 벨기에 침공이나 화성 침공이나 전부 마찬가지인 것이다. 순수 소설이든, 과학소설이라는 상상의 산물이든 무엇이 다르겠는가? 이 무시무시해 보이는 책 속에서, 브래드버리는 싱클레어 루이스가 『메인 스트리트』에서 보여 준 것처럼 자신의 길고 공허한 일요일을, 미국의 권태를, 고독을 드러내 보인다.

어쩌면 「3차 원정대」야말로 이 책에서 가장 경각심을 일깨우는 이야기일 것이다. 그의 공포는 (내 짐작에는) 형이상학적이다. 존 블랙 대장을 맞이하는 이들의 정체에 대한 의심은, 우리 자신의 정체나 신이 보는 우리의 모습조차도 우리로서는 알 길이 없다는 불편한 암시를 던진다. 프로테우스 신화의 감상적 해석이라 할 수 있는 「화성인」이라는 에피소드도 주목할 가치가 있다.

1909년경, 이제는 사라진 저택의 황혼 속에서, 나는 모호한 두려움에 매료된 채로 웰스의 『달세계 최초의 인간』을 읽었다. 다양한 착상과 그 실행으로 가득한 이 책 덕분에, 나는 1954년 가을의 끄트머리에서 그 매력적인 공포를 다시 경험할 기회를 얻을 수 있었다.

마법사를 만나다

열두 살 때 마법사가 우리 마을에 찾아왔다.

이 표현은 얼른 설명하는 편이 나을 것 같다.

하나. 뻔한 일이지만 내가 말하는 마법사란 레이 브래드버리였다.

둘. 여러분이 지금 그 나이고 내가 지금 이 나이인 상황에서는, 작가가 마을에 찾아와 자기 작품을 설명하는 일은 딱히 마법스럽게 느껴지지 않는다. 물론 여러분이 가장 좋아하는 작가를 만나게 된다면, 그의 목소리를 들으며 진심으로 흥분할 수는 있

• 본 서문은 2009년 미국 서브테러니언프레스와 영국 PS 퍼블리싱 출판사에서 출간한 『화성 연대기 완전판*The Martian Chronicles: The Complete Edition*』에 처음 수록됐다.

을 것이다. 심지어 책에 사인을 받는 40초 동안 완벽한 머저리처럼 굴지 않기를 간절하고 초조하게 기원할 수도 있을 것이다. 그러나 여러분은 작가를 작가 그 자신으로 알고 있다. 한 인간으로, 여러분이 즐겨 읽는 글을 쓴 평범한 사람으로 여긴다는 소리다.

그러나 여러분이 열두 살이었던 때는, 아니 조금 더 정확히 말하자면 내가 열두 살이었을 때는, 상황이 여러모로 달랐다. 그 나이대의 아이에게, 작가란 단어를 엮을 줄 아는 평범한 멍청이가 아니기 때문이다. 내게 있어 작가란 영적 구도자 그 자체였다. 열두 살의 나는 10년 경력의 독자이자 1년 경력의 작가였으며, 양쪽 분야 모두에서 창작이란 자연스럽게 일어나는 현상이 아니라 의지와 상상력의 발현이라는 것을 깨닫는 단계에 도달해 있었던 것이다.

당시 내가 몰랐던 것은, 그리고 솔직히 말해 열두 살 소년이 알 리가 없었던 것은, 그 두 가지를 조합하는 방법이었다. 나는 마을 도서관의 책 무더기 사이에서 상당한 시간을 보냈는데, 종종 책등을 손으로 훑고 다니며 각각의 책이 한 인간의 온전한 표상이 아닐까 고민하곤 했다. 작가들은 어떻게 그런 일을 해낸 것일까? 나는 줄 친 연습장 네 쪽을 간신히 채우는 데도 진땀을 뻘뻘 흘리곤 했다. 그런데 여기에는 묵직하고 완결되고 밑줄도 없는, 수백 쪽의 책들이 가득한 것이다.

나는 도무지 그 방법을 짐작할 수 없었다. 지금에 와서 돌아보면, 당시 나는 아서 클라크 법칙의 문예판에 해당하는 것을 믿고 있었던 듯하다. 즉 충분히 훌륭한 소설 창작은 마법과 구분할 수 없다고 말이다. 길고 훌륭한 글을 써 내려가 마침내 책까지 펴낼 수 있다니, 마법을 부린 것이 아니라면 어떻게 그런 일이 가능하겠는가.

따라서 작가는 마법사였다.

그리고 레이 브래드버리는, 적어도 내 마음속에서는 그중 가장 위대한 대마법사였다. 자신의 능력을 선보이는 모든 마법사 중에서 (또는 나름 중요한 자격 요건인 당시 내가 읽던 작가 중에서) 자신의 마법을 가장 훌륭히 부리는 사람이 분명했기 때문이다. 고작 열두 살이었던 나조차도 그의 마법이 내가 읽는 다른 어떤 작가의 마법과도 다르다는 사실을 명확히 느낄 수 있었다.

여기서 잠시 내가 레이 브래드버리에 입문하게 된 경위를 언급하고 넘어가야겠다. 그 전해에 벤 로몬드 초등학교에서 6학년 담임이었던 존슨 선생님은 내게 『화성 연대기』를 필독서로 배정해 주셨다. 여기서 주목해야 할 점은 책을 필독서로 배정하는 행위는 일반적으로 절대 긍정적인 결과로 이어지지 않는다는 것이다. 누구나 익히 알다시피, 아이에게 특정 서적에 대한 끝없는 증오를 심어 주고 싶다면 그 책을 필독서로 배정하기만 하면 된다. 이는 이를테면 예방용 부적과 같은 효과를 지닌다. 내가 조지 엘리엇의 『플로스 강변의 물방앗간』을 이혼한 배우자나 절대 표를 주지 않기로 마음먹은 대통령 후보와 같은 수준으로 혐오하는 이유도 바로 여기에 있다.

그러나 내게도 이 책에도 다행스럽게도, 이 경우에는 두 가지 경감 요인이 있었다. 하나는 내가 이미 과학소설 마니아라는 컬트 종교에 입문해 있었다는 것이다. 4학년 때 읽은 로버트 하인라인의 『하늘의 농부』가 그 문을 처음 열어 주었다. 나는 조금도 망설이지 않고 문지방을 넘었고, 학교 도서관의 비교적 단출한 과학소설 목록을 정신없이 해치웠다. 하인라인의 청소년 대상 소설과 하인라인 청소년 소설의 조악한 복제물이 대부분을 차지했지만, 후자의 제목과 작가들은 사춘기 이전의 온갖 기억과 함께 소실되어 버렸다. 요는 당시 내가 이 책을 받아들일 준비가 되어 있었다는 것이다.

두 번째 요인은 이 책이 기존 교육과정의 도서 목록이 아니라 존슨 선생님 본인의 추천을 통해 등장했다는 것이었다. 모든 학생에게는 기억에 새겨진 교사가 있기 마련이며, 내게는 키스 존슨이 바로 그런 사람이었다. 친절하고 잘생기고 두려울 정도로 명석하여 허튼소리는 용납하지 않는 사람이었는데(6학년 학생을 상대할 때는 아주 훌륭한 특성이다), 동시에 학생을 독립된 인격체로 대우하는 교사이기도 했다(6학년 학생을 상대할 때는 비범하도록 훌륭한 특성이다). 존슨 선생님은 내게 『화성 연대기』를 읽으라고 건네며 이렇게 말씀하셨다. "넌 이 책을 꼭 읽어야 한다." 그리고 자신이 가장 좋아하는 책이라고도 덧붙이셨다.

그런 식으로 보증까지 받으며 책을 받아 들자니 마치 내밀한 관계가 된 것만 같은 기분이 들었다. 여기서 '내밀한'이라는 단어가 부적절하게 해석될 수도 있으니 말해 두겠는데, 그런 억측은 터무니없는 소리다. 내 말은 존슨 선생님이 교사와 학생의 관계에서 조금도 벗어나지 않으면서 나를 친구로, 그리고 어쩌면 조금은 대등한 존재로 대우해 줬다는 뜻이다. 그분은 이렇게 말씀하신 셈이다. 내게는 이 책이 큰 의미를 지닌단다. 너한테도 뭔가

의미가 있을지도 모르겠구나. 다른 말로 하자면, 더할 나위 없이 강력한 추천이었던 것이다.

그리고 존슨 선생님의 말씀은 옳았다. 그 책은 내게 의미가 있었다. 『화성 연대기』는 아동도서는 아니지만, 아이에게 건네기에도 훌륭한 책이다. 조금 더 뻔뻔하게 말해 보자면, 나처럼 이 책에 어울리는 아이에게 건네기에는 훌륭한 책이다. 이 책에는 각성의 순간이 가득하기 때문이다. 단순하게 풀어 보자면, 이 책을 읽을 때마다 머리의 부속이 제자리에 맞아 들어가며, 책을 이루는 단어들 속에서 뭔가 일어나고 있다는 사실을 감지하게 된다는 소리다. 설령 자기 머릿속에 들어온 그 뭔가의 정체를 다른 이들에게 설명할 수는 없더라도 말이다. 6학년이었던 당시의 내게는 당연하게도 불가능한 일이었다. 그럴 어휘력이 부족했으니까. 돌이켜 보면 딱히 노력하지도 않았던 듯하다. 그저 멍하니 자리에 앉은 채 책의 마지막 줄 속에서 나를 마주 보는 화성인들을 바라보며, 방금 읽은 내용을 받아들이려고 애쓰고 있을 뿐이었다.

이제 나 자신도 제법 솜씨가 괜찮은 마법사가 되었으니, 여러분에게 그 모든 것을 말해 줄 수도 있을 것이다. 그러나 그랬다가는 여러분이 서문으로 참아 넘길 수 있는 이상의 분량을 잡아먹을 것이 분명하다. 여러분이 얼른 이 부분을 끝내고 사랑하는 작품을 다시 읽고 싶으리라는 점은 나도 잘 알고 있다.

그러니 예시 하나만 들기로 하겠다. 『화성 연대기』는 단어가 그 자체만으로도 힘을 품을 수 있다는 사실을 깨우쳐 준 첫 작품이었다. 과학소설이라는 장르는 스스로 착상의 문학이라 자처하지만, 내가 보기에는 조금 과장된 허풍인 듯하다. 그보다는 공학 기술의 문학이라 칭하는 쪽이 본질에 가까울 것이다. 미래의 기술적 가능성에 매료된 초기 마니아들의 정신에서 발전한 것이 시초였기 때문이다. 이런 남자(그리고 몇몇 여자)들은 언어를 정교한 세공 도구로 삼아, 시적이라기보다는 실용적이라 할 수 있는 방식으로 착상을 종이 위로 옮겼다.

이는 전혀 잘못된 일이 아니다. 나 또한 전반적으로 그런 전통을 따르는 사람이다. 그러나 이는 결국 거의 모든 과학소설의 문체가 단조롭고 평이하다는 뜻이 된다. 화려하고 재미난 온갖 착상을 커다란 골판지 상자에 담아 놓는 꼴이다.

그러나 브래드버리의 언어는 착상을 담아 놓는 골판지 상자가 아니다. 그의 언어에는 무게와 운율과 박자와 형상이 존재한다. 그의 언어는 착상을 직조하는 세공용 틀이며, 착상은 그 안을 통과하며 심상을 부여받는다. 브래드버리의 등장인물들은 해설자나 사건의 수동적 경험자로서 존재하지 않는다. 그는 하거나 하지 않은 말로써, 그리고 그 말을 하거나 하지 않는 방식을 통해서 인물을 묘사한다. 그의 언어는 자신의 동족에게 질린 우주비행사를, 서로 다른 시대에서 찾아와 도로 한복판에서 만난 두 사람을, 자신이 혼자여도 괜찮다는 사실을 깨닫는 사람을, 아이들에게 진정한 화성인의 정체를 가르쳐 주는 아버지를 효율적이고 명확하게 그려 낸다.

『화성 연대기』는 인물의 정당한 분노를(그리고 같은 장에서, 아이러니한 진정한 죽음이라는 개념을) 느끼게 해 준 첫 번째 과학소설이었다. 그리고 벽에 깃든 그림자를 제외하면 인간은 단 한 명도 등장시키지 않고서도 내면에서 끓어오르는 상실감과 고독을 느끼게 해 준 첫 번째 과학소설이기도 했다. 아니, 단순히 첫 과학소설이 아니라, 첫 소설이었다고 해야 할 것이다.

　요컨대 『화성 연대기』는 언어가 진정으로 이룩할 수 있는 경지를 내게 보여 줬다고 할 수 있다. 마법을 선사한 셈이다.

　이제 여러분도 열두 살이었던 내가, 마법사가 우리 마을을 찾아온다는 소식에 말로 표현할 수 없을 정도로 들떴던 이유를 짐작할 수 있을 것이다. 내가 직접 그를 만나고 실체를 목격할 수 있다는 소리가 아닌가. 나는 마법사의 등장을 기획한 모든 사서와 친분이 있을 만큼 독서광이었기 때문에, 도서관에서 그를 맞이하고 독자와의 만남을 준비하는 무리에 끼어들 수 있었다. 행사는 도서관 공용실에서 진행될 예정이었고, 우리는 그곳을 자못 장중하지만 완전히 틀렸다고는 할 수 없는 표현인 '포럼'이라고 부르곤 했다. 나는 마법사 중의 마법사를 만나고, 그와 함께 시간을 보내고, 운이 좋으면 그의 비밀 일부를 보여 달라고 청할 수 있을지도 모른다고 생각했다. 그야말로 훌륭한 계획이었다.

　물론 제대로 굴러가지 않았지만. 레이 브래드버리는 물론 대단한 마법사였지만, 러시아워에 들어선 201번 고속국도의 흑마법은 그보다도 강했다. 브래드버리는 강연 시간 직전이 되어서야 도서관에 도착했다. 그래도 내가 얼마나 흥분해 있었는지를 알고 있던 사서들은 나를 앞으로 밀어내서 소개해 주고, 마법사와 마법에 대한 대화를 나눌 수 있는 귀중한 기회까지 제공해 주었다.

그리고 조금 전까지 온갖 질문으로 가득했던 내 혓바닥은 그대로 뻣뻣하게 굳어서 머리에서 튀어 나갔고, 나는 그의 작품을 정말 좋아한다고 새된 소리로 웅얼거렸을 뿐이었다. 기억에 따르면 그 마법사는 내 머리를 헝클어트려 주고는, 친절한 투였다는 것 외에는 아무것도 기억나지 않는 말을 몇 마디 건네고, 내 손에 들린 『화성 연대기』에 서명해 준 다음, 다른 부류의 마법을 부리기 위해 우리 포럼으로 나섰다. 방을 가득 메운 팬들에게 한 시간의 즐거움을 제공하는 마법 말이다.

이후 두 번 다시 그 마법사의 마법을 볼 기회를 얻지 못했다고 말할 수도 있겠지만, 엄밀하게 말하자면 그건 진실이 아니다. 물론 레이 브래드버리 본인을 다시 만나지는 못했다. 그러나 그의 마법은 작품 속에 있다. 주의를 기울여 읽기만 하면, 친애하는 마법사의 모든 마법과 권능이 다시금 눈앞에 펼쳐진다. 영리한 사람이라면 그 작동 원리를 이해할 수 있다. 재능 있는 사람이라면 한두 가지 재주는 따라 할 수 있을지도 모른다. 그렇다면 마법사도 될 수 있을까? 글쎄, 거기에는 다양한 요소가 개입할 테고, 그중 일부는 여러분이 통제할 수 없는 것들이다. 그러나 이 마법사가 자신의 마법을 넉넉하게 시연했다는 점에는 이의를 제기하기 힘들 것이다.

내가 얻지 못한 기회는 다른 쪽이다. 나는 그가 자신의 마법으로 내게 보여 주고 가르치고 영감을 제공해 주었다는 점에 대해 아직도 감사 인사를 건네지 못했다. 언제 어디서 해도 부적절하리는 없으니, 이 기회를 빌리는 것도 나쁘지 않을 듯하다. 그러니 그 모든 것들에 대해 브래드버리 씨께 감사드리고 싶다.

그러면 여러분과 마찬가지로, 나도『화성 연대기』를 한 번 더 읽으러 가야겠다. 어쩌면 이 마법사가 내게 보여 줄 마법이 아직 이 안에 남아 있을지도 모르니까. 아무래도 직접 확인해야겠다.

"경이를 되찾는 일은 실로 즐겁지 아니한가.
우주여행은 우리 모두에게 어린 시절을 되돌려 주었다."

철학자는 말했다.

로켓의 여름

1분 전까지만 해도 사방에 오하이오의 겨울이 가득했다. 사람들은 문을 굳게 닫아걸고 들창을 단단히 잠갔다. 유리창에는 성에가 뽀얗게 어리고, 고드름은 지붕을 두르듯 매달리고, 아이들은 비탈에서 스키를 타고, 주부들은 모피를 휘감은 채로 커다란 검은 곰처럼 육중한 걸음을 옮기며 얼어붙은 거리를 돌아다녔다.

문득 길게 물결치는 온기가 작은 마을을 훑으며 퍼져 나갔다. 어딘가 빵집의 문을 열어 놓은 것처럼, 더운 공기가 바다처럼 부풀어 올랐다. 열기가 시골집과 풀숲과 아이들 사이로 맥동하며 흘러들었다. 고드름이 녹아내리다 쨍그랑 떨어졌다. 문이 활짝 열렸다. 들창이 나부끼듯 올라갔다. 아이들은 바둥대며 양털 옷에서 빠져나왔다. 주부들은 곰 분장을 벗어 던졌다. 눈이 녹아내리며 세월 속으로 사라졌던 작년 여름의 녹색 잔디밭이 모습을 드러냈다.

로켓의 여름이었다. 문을 활짝 열어 집 안에 새 공기를 맞아들이는 사람들 사이로 소문이 퍼져 나갔다. 로켓 여름이라고. 따스하고 메마른 공기가 유리창에 맺힌 성에의 무늬를 덧그리며 아름다운 예술작품을 지워 냈다. 스키와 썰매는 순식간에 쓸모를 잃었다. 차가운 하늘에서 마을로 내리던 눈송이는 지면에 채 닿기도 전에 뜨거운 빗물로 모습을 바꾸었다.

로켓의 여름이었다. 사람들은 빗물이 떨어지는 베란다에서 몸을 빼고 붉게 변하는 하늘을 바라보았다.

로켓은 발사대에 얌전히 서서 분홍색 불길의 구름과 오븐 같은 열기를 뿜어냈다. 차디찬 겨울 아침에 우뚝 솟은 채로, 강렬한 열기를 내뿜어서 여름을 만들었다. 로켓이 대지에 선사하는 짤막한 여름이었다……

1999년 2월

일라

그들은 화성의 텅 빈 바다 언저리에 있는 수정 기둥으로 가득한 집에서 살았다. 아침이면 K 부인이 수정 벽면에서 자라나는 금빛 과실을 따 먹거나, 한 줌의 자력 가루를 뿌려 집 안을 청소하는 모습이 보였다. 자력 가루는 온갖 지저분한 것들을 끌어 들여 한데 모아서 그대로 뜨거운 바람을 타고 날아갔다. 오후가 되어 화석으로 말라붙은 바다가 고요 속에서 따스하게 달아오르고 정원의 와인 나무가 뻣뻣하게 몸을 세울 때면, 멀리 순백의 화성인 마을에서도 모두 문을 닫아걸고 아무도 밖으로 나오지 않는 시간이 되면, 자기 방에 틀어박힌 K 씨의 모습이 보이기도 했다. 금속 책을 펴 들고 돋을새김한 상형문자를 손으로 쓸어 읽는 모습이 흡사 하프를 켜는 것처럼 보였다. 그의 손가락이 쓸고 지나갈 때마다 책에서는 목소리가, 부드러운 고대의 목소리가 흘러나왔다. 붉은 증기의 바다가 해안가로 밀려들고, 고대인이 금속 곤충과 전기 거미의 구름을 이끌고 전투에 뛰어들던, 옛 시절의 이야기가 깃든 목소리였다.

K씨 부부는 말라붙은 바닷가에서 20년을 살았다. 그들의 조상이 10세기 동안 살아온, 마치 꽃처럼 태양을 좇아 방향을 돌리는 집이었다.

K씨 부부는 아직 늙었다고 여길 나이는 아니었다. 진정한 화성인들이 다들 그렇듯 갈색이 감도는 말간 피부에, 동전처럼 동그랗고 노란 눈과, 부드러운 음악 같은 목소리를 지닌 이들이었다. 과거에 그들은 색색의 원소 불꽃으로 그림을 그리거나, 와인 나무의 녹색 술이 운하에 가득 찰 때를 기다려 함께 헤엄치거나, 푸른 형광을 발하는 강당의 초상화들 사이에 앉아서 새벽이 찾아올 때까지 함께 속살거리곤 했다.

이제 그런 행복은 사라져 버렸지만.

그날 아침, K부인은 기둥 사이에 서서 귀를 기울이고 있었다. 열에 달뜬 사막의 모래가 노란 밀랍으로 녹아내려 지평선까지 흘러가는 듯한 소리가 그녀의 귓가에 맴돌았다.

뭔가 일어날 것이 분명했다.

그녀는 기다렸다.

그녀는 화성의 푸른 하늘에서 눈을 떼지 못했다. 언제라도 스스로를 쥐어짜듯 움츠러들어, 빛나는 기적을 아래 모래벌판으로 뱉어 낼 것 같았으니까.

그러나 아무 일도 일어나지 않았다.

기다리다 지친 그녀는 물안개를 뿌리는 기둥 사이로 걸음을 옮겼다. 세로로 홈이 새겨진 기둥 꼭대기에서 가벼운 빗줄기가 흩뿌리며 달아오른 공기를 식혀 주고는 그대로 부드럽게 그녀 위로 내려앉았다. 무더운 날이면 시냇물 속에서 걸음을 옮기는 느낌이 들었다. 집의 바닥이 서늘한 물줄기로 반짝였다. 멀리서 남편이 한결같이 책을 연주하는 소리가 울렸다. 그의 손가락은 옛 노래에 싫증을 내는 법이 없었다. 언젠가 남편이 저 대단한 책들을 매만지는 손길로, 다시 자신을 작은 하프처럼 그러안고 어루만져 주면 좋겠다고, 그녀는 조용히 소망했다.

그러나 무리일 것이다. 그녀는 고개를 저으며, 거의 눈에 띄지 않을 정도로 관대하게 어깨를 으쓱해 보였다. 그녀의 금빛 눈 위로 눈꺼풀이 부드럽게 내려앉았다. 결혼은 젊은 사람조차도 일상에 길들어진 노인으로 만들어 버린다.

자리에 몸을 묻자, 그녀의 몸 윤곽과 움직임에 맞추어 의자의 형태가 변했다. 그녀는 초조한 기분으로 눈을 질끈 감았다.

꿈이 찾아왔다.

갈색 손가락이 파르르 떨리면서 천천히 들리더니, 허공을 그러쥐었다. 잠시 후 그녀는 퍼뜩 놀라 숨을 헐떡이며 일어나 앉았다.

그녀는 마치 누군가 자신의 눈앞에 있기를 기대하는 것처럼 황급히 주변을 둘러보았다. 그리고 이내 실망한 표정이 되었다. 기둥 사이에는 아무도 없었으니까.

세모꼴의 문에서 남편이 모습을 드러냈다. "날 불렀소?" 그는 짜증 섞인 목소리로 물었다.

"아뇨!" 그녀는 대답했다.

"당신이 소리치는 걸 들은 것 같았는데."

"그랬나요? 거의 잠들었다가 꿈을 꾸었거든요!"

"대낮부터 말이오? 평소에는 별로 그러는 일이 없잖소."

그녀는 꿈에게 얼굴을 얻어맞기라도 한 표정으로 일어나 앉았다. "이상하네요. 어쩜 이렇게 이상할까." 그녀는 중얼거렸다. "정말 이상한 꿈이었어요."

"그렇소?" 아무리 봐도 서둘러 독서로 돌아가고 싶은 모습이었다.

"한 남자가 나왔거든요."

"남자라고?"

"아주 키가 큰 남자였어요. 185센티미터도 넘었을 텐데."

"터무니없군. 기형의 거인이라니."

"그런데도 왠지 모르게……" 그녀는 적절한 표현을 찾으려 애썼다. "제대로 된 느낌이었어요. 그렇게 큰데도요. 게다가 그는…… 음, 당신이 한심하다고 여길 건 알지만…… 푸른 눈을 가지고 있었어요!"

"푸른 눈이라고! 세상에!" K 씨가 소리쳤다. "다음에는 무슨 꿈을 꿀 거요? 머리카락은 검은색이라도 되었겠군?"

"어떻게 맞힌 거예요?" 그녀는 흥분해 있었다.

"가장 불가능한 색을 고른 것뿐이오." 그는 차갑게 대꾸했다.

"그래요, 검은색이었어요!" 그녀는 소리쳤다. "게다가 아주 하얀 피부를 가지고 있었죠. 아, 정말로 최고로 독특한 사람이었어요! 게다가 기묘한 제복을 입고 하늘에서 내려와서는 살갑게 말을 걸더라고요."

"하늘에서 내려오다니, 무슨 터무니없는!"

"햇빛 속에서 반짝이는 금빛 물체를 타고 도착했어요." 그녀는 회상에 잠겨서, 눈을 감고 다시 그 모습을 그리려 시도했다. "꿈속에서 하늘을 보고 있었는데, 마치 허공에 던져 올린 동전처럼 뭔가 반짝이더니, 갑자기 훌쩍 커져서는 지면에 부드럽게 내려앉는 거예요. 길쭉한 은빛 물건이었어요. 둥글고 이질적인 생김새였죠. 그리고 은빛 물체의 한쪽 옆면으로 문이 열리더니 그 커다란 남자가 걸어 나온 거예요."

"더 열심히 일하면 그따위 어리석은 꿈은 꾸지 않을 거요."

"하지만 나름 즐거웠는걸요." 그녀는 다시 몸을 뉘며 대꾸했다. "내게 그런 상상력이 있는 줄은 생각조차 못 했어요. 검은 머리에 푸른 눈에 하얀 피부라니! 정말 기묘한 남자잖아요. 그런데도— 제법 잘생겼고요."

"헛된 희망이오."

"고약하기는. 일부러 상상한 건 아니라고요. 그저 졸다가 마음속에 떠올랐을 뿐이에요. 도무지 꿈처럼 느껴지지 않았어요. 너무 갑작스럽고 어딘가 달랐거든요. 그 남자는 나를 바라보면서 이렇게 말했어요. '저는 이 배를 타고 3번 행성에서 왔습니다. 제 이름은 너새니얼 요크고,'"

"바보 같은 이름이군. 그걸 이름이라 할 수나 있소." 남편이 이의를 제기했다.

"당연히 바보 같겠죠. 꿈이니까요." 그녀는 부드럽게 해명했다. "그랬더니 그 사람은, '저희는 처음으로 우주를 건너온 겁니다. 저희 배에는 두 사람밖에 없어요. 저하고 제 친구 버트입니다.'"

"바보 같은 이름이 하나 늘었군."

"그리고 그 사람은, '우리는 지구의 한 도시에서 왔습니다. 아, 지구는 우리 행성의 이름입니다'라고 말했어요." K부인은 말을 이었다. "그렇게 말했다고요. '지구'라는 이름을 말했어요. 그러고 보니 다른 언어를 사용하고 있었죠. 왠지 모르게 이해는 됐지만요. 마음으로요. 아마 정신 감응이었겠죠."

K씨는 몸을 돌렸다. 그녀는 나직하게 남편의 이름을 불렀다. "일르?" 그리고 멈춰 선 그를 보며 말을 이었다. "당신 혹시라도…… 그러니까, 혹시 세 번째 행성에 사람이 살지도 모른다는 생각 해 본 적 없나요?"

"3번 행성은 생명이 존재할 수 없는 곳이오." 남편은 인내심을 발휘하여 선언했다. "우리 과학자들 말로는 대기에 산소가 너무 많다고 하더군."

"하지만 정말로 사람이 있다면 흥미롭지 않겠어요? 그리고 배 같은 물건을 타고 우주를 여행한다면요?"

"그만 좀 하시오, 일라. 내가 그런 부류의 감성적인 헛소리를 얼마나 싫어하는지 알고 있잖소. 우리 일거리로 돌아갑시다."

그날 늦은 시간이 되자, 그녀는 비를 뿌리며 속삭이는 기둥 사이를 거닐면서 노래를 부르기 시작했다. 그녀의 입에서 같은 노래가 계속 되풀이하듯 흘러나왔다.

"그 노래는 뭐요?" 남편이 걸어와 불탁자 앞에 앉으며 마침내 노래를 끊고 물었다.

"나도 모르겠어요." 그녀 본인도 퍼뜩 놀라 고개를 들었다. 그리고 믿을 수 없다는 듯 입가에 손을 올렸다. 해가 지고 있었다.

빛이 물러나면서 그들의 집도 거대한 꽃처럼 저절로 오므라들어 닫히기 시작했다. 기둥 사이로 바람이 맴돌았다. 불탁자의 뜨거운 은빛 용암 화로가 부글거리며 끓고 있었다. 바람이 그녀의 적갈색 머리를 흩트리며 그녀의 귓가에 부드럽게 속삭였다. 그녀는 아무 말 없이 서서 말라붙은 바다의 누런 바닥을 내다보고 있었다. 마치 뭔가를 떠올리려는 것처럼, 촉촉하고 부드러운 노란 눈으로. "'그대의 눈으로만 잔을 나누어 주세요, 나도 눈으로 건배할게요.'" 부드럽고 나직하고 느릿한 노래가 그녀의 입에서 흘러나왔다. "'아니면 빈 잔에 키스를 남겨 주세요, 와인을 청하지 않을 테니까.'"* 그녀는 이제 눈을 감은 채로, 바람 속에서 손을 놀리며 노래를 흥얼거렸다. 그리고 그대로 노래를 마쳤다.

정말로 아름다운 노래였다.

"들어 본 적이 없는 노래군. 당신이 작곡한 거요?" 그가 날카로운 눈으로 이렇게 물었다.

"아뇨. 맞아요. 아뇨, 사실 잘 모르겠어요!" 그녀는 안절부절못하며 머뭇거렸다. "사실 이 말이 무슨 뜻인지도 모르겠는걸요. 아예 다른 언어란 말이에요!"

"대체 어디 말이오?"

일라는 멍하니 고기 한 조각을 지글거리는 용암 속으로 떨어트렸다. "나도 모르겠어요." 그녀는 잠시 후 조리된 고기를 끄집어내서 남편의 접시에 올려놓았다. "아마 그냥 내가 꾸며 낸 터

---

* 영국의 시인 벤 존슨(1572~1637)의 시 「Drink To Me Only With Thine Eyes」에 곡을 붙인 옛 노래.

무늬없는 소리겠지요. 어떻게 된 건지도 모르겠어요."

그는 아무 말도 하지 않았다. 그저 신음을 흘리는 화로에 고기를 빠트리는 아내의 모습을 지그시 바라볼 뿐이었다. 태양은 이제 사라졌다. 조금씩, 느릿하게, 밤이 스며들어 방을 채웠다. 천장에서 와인처럼 흘러내린 어둠이 수많은 기둥과 두 사람을 그대로 집어삼켰다. 두 사람의 얼굴에 타오르는 은빛 용암의 불빛만이 남았다.

그녀의 입에서 다시 그 이상한 노래가 흥얼거리듯 흘러나왔다.

그는 자리에서 벌떡 일어나더니 성난 기색으로 방을 떠났다.

남편은 나중에 홀로 저녁 식사를 마쳤다.

그는 자리에서 일어나 기지개를 켜고 아내를 바라보더니, 하품하며 제안을 했다. "오늘 밤에는 불새를 타고 도시로 나가서 오락물이라도 하나 봅시다."

"진심으로 말하는 거예요?" 그녀가 말했다. "당신 괜찮아요?"

"뭐가 그리 이상하다는 거요?"

"하지만 우리는 지난 6개월 동안 뭔가 즐기러 간 적이 없잖아요!"

"나쁘지 않을 것 같아서 그러는 거요."

"갑자기 자상해졌네요." 그녀가 말했다.

"그런 식으로 말하지 마시오." 그는 언짢은 투로 대꾸했다. "가고 싶은 거요, 아닌 거요?"

그녀는 빛바랜 사막을 내다보았다. 하얀 쌍둥이 달이 떠오르고 있었다. 차가운 물이 그녀의 발가락 사이를 부드럽게 훑으며 흘러갔다. 그녀는 아주 조금이지만 몸을 떨기 시작했다. 그저 조용히, 아무 소리 없이, 그 일이 일어날 때까지 꼼짝 않고 여기 앉아 있고만 싶었다. 온종일 그것을 기대해 왔으니까. 불가능한 일이지만 혹시 모르는 일이니까. 노랫가락 한 소절이 부드럽게 그녀의 마음을 스치고 지나갔다.

"나는—"

"좀 어울려 주시오." 그가 재촉했다. "지금 갑시다."

"지쳤는걸요. 밤 나들이는 다음에 가요." 그녀가 말했다.

"여기 당신 스카프요." 그는 작은 유리병을 건넸다. "우리 몇 달 동안 아무 데도 안 갔잖소."

"당신은 아니지만요. 일주일에 두 번씩 크사이 시내에 들르니까요." 그녀는 그를 쳐다보지 않았다.

"사업 때문이잖소." 그가 말했다.

"퍽이나?" 그녀는 입 속으로 중얼거렸다.

작은 병에서 쏟아져 나온 액체가 푸른 안개로 변하더니, 옴찔거리며 그녀의 목을 감싸듯 휘감았다.

불새들은 서늘하고 매끄러운 모래 위에서, 마치 타오르는 석탄 침대처럼 이글거리며 기다리고 있었다. 천 개의 녹색 리본으로 새에 연결된 하얀 장막이 밤바람에 부풀어 올라 부드럽게 펄럭였다.

일라는 장막에 몸을 뉘었고, 새들은 남편의 짤막한 호령에 따라 이글이글 타오르며 어둑한 하늘로 훌쩍 날아올랐다. 리본이

팽팽해지며 장막이 떠올랐고, 그 아래에서는 모래가 미끄러지며 신음을 흘렸다. 파란 언덕이 흘러가고 또 흘러가며 그들의 집도, 비 내리는 기둥도, 조롱 속의 꽃들도, 노래하는 책들도, 바닥에서 속삭이는 냇물도 모두 멀리 모습을 감추었다. 그녀는 남편 쪽으로 시선을 돌리지 않았다. 더 높이 오르라고 새들에게 명령하는 소리를 듣고 있을 뿐이었다. 새들은 1만 개의 뜨거운 불꽃처럼, 하늘을 장식하는 수많은 붉은색과 노란색의 불꽃놀이처럼, 꽃잎 같은 장막을 끌면서 바람을 뚫고 타오르며 날아갔다.

그녀는 저 아래로 지나가는 죽은 도시들로는, 마치 뼈로 만든 하얀 체스 말처럼 서 있는 고대의 도시들 쪽으로는 시선을 돌리지 않았다. 텅 비어 꿈으로 가득한 옛 운하도 마찬가지였다. 그들은 말라붙은 강과 말라붙은 호수를 건너 날아갔다. 마치 달의 그림자처럼, 마치 타오르는 횃불처럼.

그녀는 계속 하늘만 바라보고 있었다.

남편이 입을 열었다.

그녀의 시선은 여전히 하늘을 향했다..

"내가 한 말 들었소?"

"네?"

그는 한숨을 내쉬었다. "내 말에 집중해 주는 게 어떻소."

"생각 중이었어요."

"당신이 그렇게 자연을 사랑하는지는 몰랐군. 어쨌든 오늘 밤에는 하늘에 관심이 많은 것 같으니 말이오." 그가 말했다.

"정말로 아름다우니까요."

"이런 생각이 들어서 말이오." 남편이 천천히 말을 꺼냈다. "오늘 밤에 홀레에게 연락해 볼까 싶었소. 우리가 그러니까, 음, 한 주 정도 파란 산에서 함께 시간을 보내는 것도 괜찮을 듯싶어서 말이오. 그냥 생각해 본 거지만,"

"파란 산이요!" 그녀는 한쪽 손으로 장막 가장자리를 붙들고 남편 쪽으로 휙 고개를 돌렸다.

"음, 그냥 그러면 어떨까 해서."

"언제 가려는 건데요?" 그녀는 몸을 떨면서 물었다.

"내일 아침에 떠나면 어떨까 생각하고 있었소. 있잖소, 그 일찍 시작하면 어쩌고 하는 이야기도 있으니까." 그는 매우 가벼운 투로 대꾸했다.

"하지만 이렇게 이른 계절부터 간 적은 없잖아요!"

"그래도 이번만은, 내 생각에는—" 그는 웃음을 머금었다. "잠시 탈출하는 것도 괜찮을 것 같아서. 조용하고 평화로운 곳이니까. 당신도 알잖소. 혹시 다른 계획이 있는 건 아니겠지? 그대로 가도 괜찮겠소?"

그녀는 숨을 들이쉬고, 잠시 기다렸다가, 답을 내뱉었다. "아니요."

"뭐요?" 그의 고함에 새들이 깜짝 놀라며 장막이 흔들렸다.

"안 가요." 그녀는 단호하게 말했다. "결정했어요. 안 갈 거예요."

그는 그녀를 바라보았다. 두 사람은 이후 입을 열지 않았다. 그녀는 고개를 돌렸다.

바람 속에 1만 개의 불타는 낙인을 찍으면서, 새들은 계속 날아갔다.

새벽녘이 되자 태양이 수정 기둥 사이로 스며들어 잠든 일라의 몸을 떠받치던 안개를 녹여 냈다. 그녀는 밤새 바닥에서 살짝 거리를 두고, 쉬려 누울 때면 벽에서 흘러나오는 부드러운 물안개의 융단에 몸을 맡기고 둥실 떠올라 있었다. 밤새 그녀는 이 고요한 강물 위에서, 마치 조용한 물결에 올라앉은 나룻배처럼 잠들어 있었다. 이제 작은 물방울들이 불타 없어지면서 안개의 수위가 조금씩 내려가더니, 마침내 그녀를 각성의 해안에 사뿐히 내려놓고 사라져 버렸다.

그녀는 눈을 떴다.

남편이 그녀를 굽어보며 서 있었다. 마치 몇 시간 동안 같은 자리에 서서 지켜보고 있던 것만 같았다. 이유를 알 수는 없었지만, 그녀는 남편의 얼굴을 똑바로 바라볼 수가 없었다.

"당신 또 꿈꾸고 있었던 거요!" 그가 말했다. "계속 잠꼬대를 해서 잠들 수가 없었소. 아무래도 정말로 의사한테 가야 할 것 같은데."

"괜찮아질 거예요."

"당신 잠꼬대를 얼마나 많이 했는지나 아시오!"

"그랬어요?" 그녀는 퍼뜩 놀라며 물었다.

서늘한 새벽이 방을 휘감았다. 누워 있는 그녀의 몸이 회색 햇살을 가득 머금었다.

"무슨 꿈을 꾼 거요?"

그녀는 기억을 떠올리려고 잠시 생각에 잠겼다. "그 배였어요. 이번에도 하늘에서 내려와서는 땅에 착륙했고, 그 커다란 남자가 걸어 나와서 나하고 이야기를 나누었어요. 농담도 조금 하고,

웃기도 하고, 아주 즐거웠죠."

K씨는 기둥 하나를 건드렸다. 사방에서 따뜻한 물이 김을 피워 올리며 뿜어져 나오기 시작했다. 방 안의 한기는 금세 자취를 감췄다. 무심한 얼굴이었다.

"그러더니, 그 남자가 말이에요. 너새니얼 요크라는 이상한 이름을 가진 남자요. 그 사람이 내가 아름답다고 말하더니…… 나한테 입을 맞췄어요."

"하!" 남편은 소리치더니, 뭐라 중얼거리면서 휙 몸을 돌렸다.

"꿈일 뿐이잖아요." 그녀는 나름 즐거워 보였다.

"여자들이나 꾸는 그런 한심한 꿈 이야기는 입에 올리지 마시오!"

"아이처럼 굴고 있네요." 일라는 얼마 남지 않은 화학적 안개의 조각 속으로 다시 빠져들었다. 그리고 잠시 후, 그녀는 부드럽게 웃음을 터트렸다. "꿈속 내용이 조금 더 떠올랐어요." 그녀는 고백했다.

"그래, 이번엔 뭐요? 무슨 내용이오?" 그는 고함을 질렀다.

"일르, 당신 신경질이 지나쳐요."

"얼른 말하시오!" 그는 다그치기 시작했다. "나한테 비밀을 감출 수 있을 줄 알고!" 그녀를 굽어보며 서 있는 그의 얼굴은 어둡고 굳어 있었다.

"당신이 이러는 건 처음 보는데." 그녀는 반쯤은 충격받고, 반쯤은 즐거운 기색으로 대꾸했다. "그저 그 너새니얼 요크라는 사람이 나한테…… 그러니까, 나를 자기 배에 태워서 데려가겠다고, 함께 하늘로 날아가자고, 그대로 자기 행성에 함께 가자고 말했을 뿐이에요. 정말 터무니없는 꿈이지 뭐예요."

"터무니없으시다, 그래, 정말 그렇겠지!" 그는 거의 비명을 지르고 있었다. "자기 입으로 무슨 말을 했는지 직접 들었으면 그런 말은 못 할 거요. 아, 세상에, 당신은 밤새 그놈한테 아양을 떨고, 말을 걸고, 함께 노래했단 말이오. 당신이 직접 들었어야 하는데!"

"일르!"

"놈이 언제 착륙하는 거요? 놈이 그 빌어먹을 배를 끌고 내려오는 게 언제인 거요?"

"일르, 목소리 좀 낮춰요."

"낮추기는 얼어 죽을!" 그는 뻣뻣하게 그녀 위로 몸을 굽혔다. "당신 꿈속에서―" 그는 아내의 손목을 붙들며 말했다. "그 배가 녹색 계곡에 착륙한 거 아니오? 대답해!"

"네, 그런데요―"

"그리고 오늘 오후에 착륙했겠지, 내 말 맞소?" 그는 계속 다그쳤다.

"그래요, 맞아요, 그런 것 같아요. 하지만 그건 다 꿈이잖아요!"

"글쎄." 그는 뻣뻣하게 그녀의 손을 내쳤다. "당신이 거짓말을 하지 않는 건 다행이로군! 당신이 꿈속에서 하는 말을 단어 하나까지 똑똑히 들었으니 말이오. 그 장소와 시간은 당신 입에서 나온 거니까." 그는 숨을 몰아쉬며 기둥 사이를 거닐었다. 마치 벼락에 맞아 눈이 먼 사람처럼. 천천히 그는 호흡을 가다듬었다. 그녀는 미친 사람을 보는 눈으로 남편을 바라보고 있었다. 마침내 그녀가 자리에서 일어나 그에게 다가갔다. "일르." 그녀가 속삭였다.

"난 괜찮소."

"당신 어딘가 안 좋은 모양이에요."

"아니요." 그는 지친 미소를 머금었다. "그저 유치해진 것뿐이지. 용서해 주시오, 내 사랑." 그는 거칠게 그녀를 다독였다. "요즘 과로한 모양이오. 미안하오. 아무래도 좀 늙는 편이—"

"당신 너무 흥분했어요."

"이젠 괜찮아졌소. 말끔하오." 그는 숨을 내쉬었다. "다 잊어버립시다. 그러고 보니, 어제 유엘에 대한 농담을 하나 들었소. 당신한테 들려줄 생각이었는데. 이건 어떻소. 당신이 아침을 준비하는 동안, 내가 그 농담을 들려주리다. 그리고 방금 일은 전부 잊어버립시다."

"꿈일 뿐이었는걸요."

"물론 그렇지." 그는 어색한 동작으로 아내의 볼에 입을 맞추었다. "꿈일 뿐이오."

정오가 되자 해는 하늘 높이 떠올라 열기를 뿜었고, 언덕은 햇빛 속에서 일렁였다.

"시내로 안 나갈 건가요?" 일라가 물었다.

"시내?" 그는 살짝 눈썹을 들었다.

"당신이 항상 가는 날이잖아요." 그녀는 좌대에 놓인 꽃 새장을 매만졌다. 새장 안의 꽃들은 몸을 움찔거리며 먹이를 찾아서 노란 입을 뻐끔거렸다.

그는 책을 덮었다. "아니, 너무 덥군. 게다가 늦었잖소."

"아." 그녀는 자기 일을 마무리하고 문을 향해 걸음을 옮겼다. "그래요, 금방 돌아올게요."

"잠깐! 지금 어딜 가는 거요?"

그녀는 어느새 문밖으로 한 발짝 나가 있었다. "파오네 집에요. 초대를 받았거든요!"

"오늘?"

"본 지 한참 됐잖아요. 그리 멀지도 않은데."

"녹색 계곡 너머에 있지 않던가?"

"그래요, 산책하듯 다녀올 수 있죠. 내 생각에는 얼른―" 그녀는 서둘렀다.

"이거 미안하오. 정말 미안하게 됐군." 그는 달려가 아내를 붙들었다. 자신의 건망증에 애석해하는 기색이 가득했다. "까맣게 잊고 있었지 뭐요. 오늘 오후에 늘레 박사를 초대했소."

"늘레 박사요!" 그녀는 슬금슬금 문 쪽으로 움직였다.

그는 아내의 팔꿈치를 붙들고 천천히 끌어당겼다. "그렇소."

"하지만 파오가―"

"파오네는 나중에 가도 되잖소, 일라. 늘레 박사를 맞이할 준비를 해야지."

"아주 잠깐이면―"

"그럴 순 없소, 일라."

"안 돼요?"

그는 고개를 저었다. "안 되지. 게다가 파오네까지는 한참 걸어가야 하지 않소. 녹색 계곡을 따라 끝까지 걸어가서, 대운하를

넘어가야 하던가? 게다가 정말로 끔찍하게 더울 거요. 늘레 박사
도 당신을 보면 정말로 반가워할 테고. 그렇지 않소?"

그녀는 대답하지 않았다. 그대로 뿌리치고 달아나고 싶었다.
고함을 지르고 싶었다. 그러나 그녀는 그저 의자에 앉아서, 천천
히 손가락을 말아 쥐면서 사로잡힌 자의 무표정한 얼굴로 남편
을 바라보기만 할 뿐이었다.

"일라?" 그는 중얼거리듯 물었다. "여기 있어 주겠지?"

그녀는 한참 후 대답했다. "그래요. 여기 있을게요."

"오후 내내?"

무미건조한 목소리가 흘러나왔다. "오후 내내요."

그날이 다 지나도록 늘레 박사는 나타나지 않았다. 일라의 남
편은 그리 놀란 기색이 아니었다. 시간이 제법 지나자, 그는 뭔
가를 중얼거리더니 옷장으로 가서 무시무시한 무기를 꺼내 들었
다. 무기는 누런빛을 띤 원통에, 한쪽 끝에는 풀무와 방아쇠가 달
려 있었다. 몸을 돌리는 그의 얼굴은 은빛 금속을 두들겨 만든 무
표정한 가면으로 덮여 있었다. 감정을 숨기고 싶을 때면 항상 쓰
는 물건이었다. 곡선과 요철이 그의 움푹 팬 볼과 턱과 이마에 훌
륭하게 들어맞았다. 가면을 번쩍이며, 그는 손에 든 무시무시한
무기의 위력을 가늠하듯 바라보았다. 무기는 마치 윙윙대는 벌
레처럼 끊임없이 진동했다. 방아쇠를 당기면, 고음의 비명과 함
께 금빛 벌 떼를 발사한다. 끔찍한 금빛 벌들은 목표를 독침으로
쏜 다음, 생명을 잃고 땅으로 떨어진다. 마치 모래밭에 흩뿌려지
는 씨앗처럼.

"어딜 가는 거예요?" 그녀가 물었다.

"뭐요?" 그는 풀무 속에서 윙윙대는 무시무시한 소리에 귀를 기울였다. "늘레 박사가 늦는 모양인데, 이대로 기다리고만 있을 수는 없잖소. 가서 사냥이라도 좀 해 오리다. 금방 돌아올 거요. 당신이 여기 계속 있을 테니까. 그렇지 않소?" 은빛 가면이 번득였다.

"그래요."

"그동안 늘레 박사가 오면 금방 돌아올 거라고 일러 주시오. 사냥을 좀 하는 것뿐이니."

세모꼴 문이 닫혔다. 이내 언덕을 내려가는 발소리도 잦아들었다.

그녀는 햇빛 속에서 걸음을 옮기는 남편의 모습이 사라질 때까지 지켜보았다. 그리고 자기 일로 돌아가서 자력 가루를 뿌리고 수정 벽면에서 새 과일을 따기 시작했다. 그러나 힘차고 효율적으로 일하는 와중에도 가끔 먹먹한 기분이 그녀를 사로잡았다. 문득 정신을 차리면, 그녀는 어느새 기억에 새겨진 그 묘한 노래를 흥얼거리며 수정 기둥 너머의 하늘을 바라보고 있었다.

그녀는 숨을 참으며 꼿꼿이 서서 그대로 기다렸다.

가까워지고 있었다.

언제라도 그 일이 일어날 수 있었다.

벼락을 머금은 폭풍우가 다가오는 소리를 들을 때와 같은 기분이었다. 기다림을 품은 침묵에 이어, 대기가 묵직해지고 일렁이는 구름 그림자와 수증기가 바람을 타고 땅을 뒤덮는다. 그런 온갖 소리가 귓가를 내리누르기 시작하면, 당신은 시간 속에 얼어붙은 채로 그저 다가오는 폭풍을 기다리게 된다. 하늘이 색색으로 물들기 시작하는 동안에도. 구름이 두텁게 깔리는 동안에도. 멀리 산맥에 무쇠의 빛이 깃드는 동안에도. 새장에 갇힌 꽃들이 경고의 한숨을 들릴락 말락 내뱉는 동안에도. 부드러운 바람의 손길이 머리카락을 나부끼며 지나가도, 집 안 어디선가 목소리 시계가 "시간, 시간, 시간, 시간이 됐어요……"라고, 벨벳 위에 떨어지는 물방울만큼이나 부드러운 소리로 노래할 때에도.

이내 폭풍이 찾아온다. 벼락이 번득이며 어둠의 물결이 모든 것을 집어삼키고, 소리를 품은 검은 장막이 드리우며 모든 것을 영원히 휩쓸어 버린다.

그런 느낌이었다. 폭풍우가 몰려드는데도 하늘은 청명하고, 머지않아 벼락이 떨어질 텐데도 하늘에는 구름 한 점 찾아볼 수 없는, 그런 순간의 느낌이었다.

일라는 숨 막히는 여름의 집 안을 서성였다. 언제 하늘에서 벼락이 떨어질지 모른다. 천둥이 울리며 면화처럼 연기에 둘러싸인 덩어리가 내려올 것이다. 침묵이 흐르고, 진입로에 발소리가 울리고, 수정으로 만든 문을 경쾌하게 두드리고, 그녀는 그를 맞이하러 뛰쳐나갈 것이다……

정신 나갔니, 일라! 그녀는 자신을 향해 코웃음을 쳤다. 한가하니까 이런 터무니없는 상상이나 하는 거지?

다음 순간, 그 일이 벌어졌다.

거대한 불길이 하늘을 가로지르며, 열기가 느껴졌다. 공기가 맴돌아 몰아치는 소리가 울렸다. 금속의 광택이 하늘에서 반짝였다.

일라는 소리를 질렀다.

그녀는 기둥 사이로 내달려 문을 활짝 열었다. 그리고 구릉지 쪽을 내다보았다. 그러나 그때쯤에는 이미 아무것도 보이지 않았다.

그녀는 언덕을 달려 내려가려다 문득 자제력을 발휘했다. 여기 있어야 했으니까. 어디에도 가면 안 되니까. 박사가 방문할 예정이었고, 그녀가 달아나면 남편은 화를 낼 테니까.

그녀는 문 안에서 기다렸다. 가쁜 호흡을 가누면서, 손을 뻗은 채로.

눈을 찡그려 녹색 계곡 쪽을 살펴도 딱히 보이는 것은 없었다.

한심한 여자라니까. 그녀는 집 안으로 들어가며 생각했다. 너도, 네 상상도 전부 끔찍하게 한심해. 있어 봤자 새나 나뭇잎이나 바람이나 운하의 물고기 정도겠지. 자리에 앉아서 좀 쉬자.

그녀는 자리에 앉았다.

총성이 들렸다.

온전히 또렷하게, 명확하게, 무시무시한 벌레 무기를 쏘는 소리가 들렸다.

그녀의 몸이 그 소리에 맞춰 움찔거렸다.

아주 멀리서 들린 소리였다. 한 발이었다. 멀리서 벌들이 격하게 윙윙댔을 뿐이었다. 한 발이었다. 이어서 두 번째 총성이, 정확하고 냉정하게, 머나먼 곳에서 울렸다.

그녀는 다시 몸을 움찔하고는, 이유는 짐작조차 못 하면서도 벌떡 일어나 비명을 지르기 시작했다. 지르고 또 지르면서도 도저히 멈추고 싶지 않았다. 그녀는 정신없이 집 안을 가로질러 달려가서 다시 한번 문을 활짝 열었다.

메아리조차 이미 아득히 멀어졌다.

그리고 사라졌다.

그녀는 창백한 얼굴로 마당에 서서 5분 동안 기다렸다.

마침내 그녀는 느린 걸음으로, 고개를 숙인 채로, 다시 방마다 솟은 기둥 사이를 거닐기 시작했다. 이리저리 손을 짚으며 떨리는 입술을 가누다, 마침내 어둑한 와인 방에 홀로 주저앉아 기다렸다. 스카프 자락으로 호박색 유리잔을 문질러 닦으면서.

문득 멀리서 소리가 들렸다. 가늘고 작은 돌조각을 밟는 발소리였다.

그녀는 자리에서 일어나 고요한 방의 한가운데로 나섰다. 유리잔이 손가락에서 미끄러져 산산조각 났다.

발소리는 문밖에 이르러 머뭇거렸다.

입을 열어야 할까? 큰 소리로 "들어와요, 아, 제발 들어와요"라고 말해야 할까?

그녀는 몇 걸음을 내디뎠다.

발소리가 경사로를 올라왔다. 문손잡이가 돌아갔다.

그녀는 문을 바라보며 미소를 머금었다.

문이 열렸다. 미소가 사라졌다.

남편이었다. 은빛 가면이 흐릿하게 빛났다.

그는 방으로 들어오면서 그녀를 흘낏 바라볼 뿐이었다. 그러다 그는 무기의 풀무를 열어, 죽은 벌 두 마리를 털어 내고는, 바닥에 철썩하고 떨어진 벌레들을 그대로 짓밟아 버린 후 텅 빈 풀무총을 방 한쪽 구석에 내려놓았다. 일라는 그동안 산산조각 난

유리잔 조각을 주워 들려 애썼지만, 손이 말을 듣지 않았다. "당신 뭘 한 거예요?" 그녀가 물었다.

"아무것도." 그는 등을 돌린 채로 대꾸했다. 그리고 가면을 벗었다.

"하지만 총소리가…… 당신이 쏘는 소리를 들었는데요. 두 번이나."

"사냥을 좀 했을 뿐이오. 가끔 사냥하고 싶어질 때가 있어서. 늘레 박사는 도착했소?"

"아뇨."

"잠깐 기다려 보시오." 그는 넌더리가 난다는 듯 손가락을 튕겼다. "아, 이제야 기억나는군. 그 친구는 내일 오후에 방문할 예정이었는데. 나도 정말 멍청하지 않소."

두 사람은 식탁 앞에 앉았다. 그녀는 자기 몫의 음식을 바라볼 뿐 손을 움직이지 않았다. "문제라도 있소?" 그는 끓어오르는 용암에 담근 고기 조각에서 눈을 떼지 않은 채로 물었다.

"모르겠어요. 배가 고프지를 않네요." 그녀가 말했다.

"무엇 때문에?"

"모르겠어요. 그냥 안 고파요."

하늘에 바람이 일어나기 시작했다. 해가 지고 있었다. 방은 갑자기 줄아들고 싸늘해졌다.

"기억하려 애쓰고 있었어요." 적막에 잠긴 방 안에서, 꼿꼿이 앉아 있는 남편의 차가운 금빛 눈을 마주한 채로, 그녀는 입을 열었다.

"뭘 기억한다는 거요?" 그는 와인을 홀짝였다.

"그 노래요. 그 훌륭하고 아름다운 노래요." 그녀는 눈을 감고 흥얼거리기 시작했지만, 흘러나온 것은 그 노래가 아니었다. "잊어버렸어요. 왠지 모르겠지만 절대 잊고 싶지 않은데. 항상 기억하고 싶은 노래였는데." 그녀는 손을 움직이기 시작했다. 마치 손짓의 박자가 선율을 남김없이 떠오르게 해 줄 것처럼. 그러다 그녀는 의자에 등을 기대고 앉았다. "기억이 안 나요." 그녀는 흐느끼기 시작했다.

"왜 우는 거요?" 그가 물었다.

"모르겠어요, 나도 모르겠어요, 하지만 멈출 수가 없어요. 슬픈데도 왜 슬픈지 모르겠어요, 울고 있는데 그 이유를 모르겠어요, 하지만 눈물이 멈추지를 않네요."

그녀는 손에 얼굴을 파묻었다. 어깨가 계속 들썩였다.

"내일이면 괜찮아질 거요." 그가 말했다.

그녀는 남편 쪽으로 고개를 들지 않았다. 그저 텅 빈 사막과 검게 바랜 하늘에 떠오르는 지나치게 밝은 별들을 바라볼 뿐이었다. 멀리서 바람이 일어나며 기나긴 운하를 따라 물소리가 차갑게 일렁였다. 그녀는 몸을 떨면서 눈을 감았다.

"맞아요." 그녀는 말했다. "내일이면 괜찮아지겠지요."

그 여름밤

　석조 관람석에 삼삼오오 모여 있던 사람들이 파란 언덕의 그림자 속으로 흩어지며 자리를 잡았다. 하늘의 별들과 화성의 쌍둥이 달이 선사하는 부드러운 저녁 빛살이 사람들을 내리덮었다. 대리석 반원형 극장 너머로 멀리 떨어진 어둠 속에서, 작은 도시와 저택들이 아른거렸다. 은빛 연못은 고요했고, 운하는 지평선의 끝에서 끝까지 반짝이며 이어졌다. 고요하고 온화한 여름날의 저녁이 화성에 드리웠다. 녹색 와인이 흐르는 운하에는 청동 꽃송이만큼이나 가녀린 나룻배들이 떠다녔다. 조용히 누운 뱀처럼 구불거리는 언덕배기를 따라 끝없이 늘어선 집들에서는 연인들이 시원한 밤의 침대에 나른히 누워 서로 사랑을 속삭였다. 아직도 귀가하지 않은 아이들은 거미줄의 얇은 막을 쏘아 대는 금빛 거미를 들고 횃불로 밝힌 골목을 뛰어다녔다. 여기저기 은빛 용암이 부글거리는 식탁마다 늦은 저녁이 차려졌다. 화성의 절반에 밤이 찾아오며 수많은 작은 도시의 반원형 극장에 화성인들이 모여들었다. 갈색 피부에 동전처럼 동그란 금빛 눈을 가진 사람들이 흥겹게 모여들어 무대 위에 시선을 고정했다. 무대마다 음악가들이 고요한 대기에 퍼져 나가는 꽃봉오리의 향기처럼 잔잔한 음악을 만들어 내고 있었다.

어느 무대에서 한 여자 가수가 노래를 시작했다.

순간 청중이 일제히 움찔했다.

그녀는 노래를 멈췄다. 그리고 자기 목을 만져 본 다음, 연주자들에게 고개를 끄덕여 다시 시작해도 된다고 신호했다.

연주에 맞춰 그녀는 다시 노래했고, 이번에는 청중이 한숨을 토해 내며 몸을 앞으로 뺐다. 몇 사람은 깜짝 놀라 자리에서 일어섰다. 한겨울 같은 냉기가 반원형 극장을 휘감고 돌았다. 여자의 입에서 기묘하고 두렵고 괴상한 노래가 흘러나왔기 때문이다. 그녀는 입술에서 쏟아지는 단어를 막으려 애썼지만, 노래는 계속 흘러나오기만 했다.

그녀의 걸음은 아름다웠네,

구름 한 점 없이 별빛 가득한 밤하늘처럼.

어둠과 빛에서 가장 빼어난 부분들이

그녀의 몸짓과 눈빛 속에서 하나로 만나니……•

• G. G. 바이런의 서정시 「She Walks in Beauty」.

가수는 양손으로 입을 움켜쥐었다. 그리고 어찌할 바를 모르고 서 있었다.

"그게 무슨 뜻입니까?" 연주자들이 물었다.

"그게 무슨 노래요?"

"그게 어디 말입니까!"

그리고 그들이 다시 금빛 관악기를 불기 시작하자, 이번에는 악기에서 흘러나온 기묘한 음악이, 벌떡 일어나서 큰 소리로 떠들던 청중 사이로 천천히 퍼져 나갔다.

"자네 어떻게 된 건가?" 연주자들은 서로에게 이렇게 물었다.

"방금 연주한 곡조는 대체 뭐야?"

"그러는 자네는 뭘 연주했는데?"

가수는 눈물을 흘리며 무대에서 뛰쳐나갔다. 그리고 청중은 반원형 극장을 빠져나가기 시작했다. 불안에 휩싸인 화성의 모든 도시에서 비슷한 일이 벌어졌다. 마치 허공에서 하얀 눈송이가 떨어지는 것처럼, 한기가 모든 것을 감쌌다.

어둑한 뒷골목에서는 아이들이 횃불 아래에서 이렇게 노래했다.

그녀가 도착해 보니 찬장은 텅 비어 있었네.
불쌍한 강아지는 아무것도 먹지 못했다네!*

"얘들아!" 누군가 소리쳤다. "방금 그 노래는 뭐니? 어디서 배

---

* 머더구스 노래 〈늙은 어머니 허버드Old Mother Hubbard〉.

운 거야?"

"그냥 갑자기 생각났는데요. 무슨 소린지는 전혀 모르겠지만요."

문이 거칠게 닫혔다. 거리는 텅 비어 버렸다. 파란 언덕 위로 녹색의 별이 떠올랐다.

밤으로 뒤덮인 화성의 반쪽 곳곳에서는, 어둠 속에서 흥얼거리는 콧노래가 연인의 잠을 깨웠다.

"그 가락은 뭐야?"

그리고 천 곳의 저택에서는, 한밤중에, 여자들이 비명을 지르며 일어나 앉았다. 남자들은 눈물로 얼굴을 적시는 여인들을 달래며 물었다. "괜찮소, 괜찮아. 잠들어도 괜찮소. 왜 그런 거요? 꿈이라도 꿨소?"

"아침이 되면 끔찍한 일이 벌어질 거예요."

"뭐가 일어날 수 있겠소. 우리에겐 아무 문제도 없는데."

격양된 흐느낌이 이어졌다. "오고 있어요. 다가오고 또 다가오고 계속 다가오고 있다고요!"

"그래 봤자 뭐가 일어날 수 있겠소. 대체 뭐가? 좀 자요. 자라고."

새벽에 깊이 잠긴 화성은 고요하기만 했다. 마치 서늘하고 어둑한 우물처럼 조용했다. 운하의 수면에는 별들이 빛났다. 방마다 아이들은 거미를 손에 꼭 쥐고 몸을 웅크렸고, 연인들은 서로를 끌어안았다. 쌍둥이 달은 사라지고, 횃불은 차갑게 식고, 석조 반원형 극장에는 아무도 남지 않았다.

해가 떠오르기 직전에 이르자 아무 소리도 남지 않았다. 어둠에 뒤덮인 거리를 홀로 거니는 야경꾼이 흥얼거리는, 매우 기묘한 노랫가락 외에는……

지구인

문을 두드리는 사람이 누군지는 몰라도 멈출 생각은 전혀 없는 모양이었다. Ttt 부인은 문을 활짝 열어젖혔다. "뭐예요?"

"영어로 말할 수 있으신 겁니까?" 밖에 서 있는 남자는 깜짝 놀란 모양이었다.

"말이야 지금 하고 있잖아요." 그녀가 말했다.

"영어 실력이 아주 뛰어나신데요!" 남자는 제복을 입고 있었다. 함께 있는 다른 세 명의 남자는 웃는 얼굴이었지만 상당히 다급한 기색이었고 하나같이 지저분했다.

"원하는 게 뭔가요?" Ttt 부인이 물었다.

"부인은 화성인이시군요!" 남자는 웃음을 지었다. "물론 익숙하지 않은 단어일 수도 있겠지요. 지구의 표현이니까요." 그는 부하들 쪽으로 고갯짓을 하며 말했다. "저희는 지구에서 왔습니다.

제가 대장인 윌리엄스입니다. 화성에 착륙한 지 한 시간도 지나지 않았지요. 방금 도착한 2차 원정대랍니다! 1차 원정대도 보냈는데 소식이 끊겨 버렸거든요. 어쨌든 저희는 지금 도착했습니다. 그리고 부인이 우리가 만난 최초의 화성인이지요!"

"화성인?" 그녀는 눈썹을 치켜들었다.

"그러니까 저는, 당신이 태양에서 네 번째 행성에 산다는 뜻으로 말한 거였습니다. 맞지요?"

"당연한 소리죠." 그녀는 딱 잘라 답하며 그를 훑어보았다.

"그리고 우리는," 그는 토실토실한 분홍색 손으로 가슴팍을 누르며 말을 이었다. "우리는 지구에서 왔습니다. 그렇지, 제군?"

"그렇습니다, 대장님!" 남자들이 한목소리로 대답했다.

"이 행성은 티르예요." 그녀가 말했다. "제대로 된 이름을 쓰고 싶다면 말이지만요."

"티르라, 티르." 대장은 지친 웃음을 터트렸다. "정말 훌륭한 이름이로군요! 하지만 선량한 부인, 대체 어떻게 그 정도로 완벽한 영어를 사용하시는 건가요?"

"말하고 있지 않은데요. 생각하고 있을 뿐이지." 그녀가 말했다. "정신 감응이거든요! 그럼 잘 가요!" 그녀는 쾅 하고 문을 닫았다.

잠시 후 그 끔찍한 남자가 다시 문을 두드리기 시작했다.

부인은 홱 하고 문을 열었다. "이번엔 또 뭐람?" 그녀는 중얼거렸다.

남자는 여전히 그곳에 서서, 완전히 당황한 채로 웃으려 애쓰고 있었다. 그는 손을 내밀었다. "부인께서 잘 이해를 못 하시는 것 같은데—"

"뭘 말이죠?" 부인이 쏘아붙였다.

남자는 놀란 눈으로 그녀를 바라봤다. "우리는 지구에서 왔단 말입니다!"

"이럴 시간 없어요." 그녀가 말했다. "오늘은 요리할 것도 아주 많고, 청소에 바느질까지 해야 한단 말이에요. 당신 아무래도 우리 남편 Ttt 씨를 만나러 온 것 같네요. 그 사람은 위층 서재에 있어요."

"그러죠." 지구인은 혼란에 빠져 눈을 깜빡이며 말했다. "제발 부탁이니, Ttt 씨를 만나게 해 주십시오."

"그 사람 바빠요." 그녀는 다시 문을 쾅 닫아 버렸다.

이번에는 문 두드리는 소리가 무례할 정도로 시끄러웠다.

"좀 기다려요!" 다시 문이 벌컥 열리자 남자는 울부짖었다. 그리고 그녀를 놀라게 하려는 것처럼 성큼 뛰어들었다. "손님을 이런 식으로 대해도 되는 겁니까!"

"깨끗한 바닥에 무슨 짓이에요!" 그녀는 소리쳤다. "진흙 좀 봐! 당장 나가요! 우리 집에 들어오려면 우선 부츠를 닦든가 하라고요."

남자는 낙심한 얼굴로 진흙투성이 부츠를 내려다보았다. "지금은 사소한 문제에 신경 쓸 때가 아닌 것 같은데요." 그는 중얼거렸다. "축하해야 하지 않겠습니까." 그는 한참 그녀를 바라봤다. 마치 그렇게 보고 있으면 이해하게 되리라 생각하는 것처럼.

"당신 때문에 오븐 속의 수정 빵이 떨어지기라도 했으면, 장작 도막으로 후려쳐 줄 거예요!" 부인은 이렇게 선언하며 뜨겁게 달아오른 작은 오븐으로 향했다. 그리고 이내 분통을 터트리기 직전의 시뻘건 얼굴로 돌아왔다. 그녀의 눈은 날카로운 노란색이었고, 피부는 부드러운 갈색이었으며, 몸은 곤충처럼 마르고 민첩했다. 날카로운 금속성의 목소리가 울렸다. "여기서 기다려요. Ttt 씨가 잠깐 시간을 낼 수 있을지 확인해 볼 테니까요. 찾아온 이유가 뭐지요?"

마치 그녀가 망치로 손을 내려찍기라도 한 것처럼, 남자는 끔찍한 욕설을 내뱉었다. "우리가 지구에서 찾아왔다고, 누구도 해낸 적 없는 위업을 이룩한 이들이라고 전해 주십시오!"

"뭔들 안 그렇겠어요?" 그녀는 갈색 손을 내저으며 말했다. "됐어요. 금방 돌아올게요."

그녀의 가벼운 발소리가 돌바닥 위에서 울렸다.

끝없이 펼쳐진 화성의 푸른 하늘은 마치 뜨끈한 심해수처럼 뜨겁고 고요하기만 했다. 고대의 진흙 웅덩이처럼 끓어오르는 화성의 사막에서는 피어오른 열기가 아지랑이로 일렁였다. 근처 언덕 꼭대기에는 작은 로켓 우주선 한 대가 기대어 서 있었다. 커다란 발자국들이 로켓에서 이곳 석조 주택의 문 앞까지 이어지고 있었다.

이윽고 위층에서 말다툼 소리가 들려오기 시작했다. 문 안으로 들어와 있던 남자들은 서로를 마주하고, 불편한 듯 자세를 바꾸고, 손가락을 꼬고, 허리춤의 벨트를 붙들었다. 위층에서 호통치는 남자의 목소리가 들렸다. 여자의 목소리가 대꾸했다. 15분쯤 지나자, 지구인들은 하릴없이 서성이며 부엌 뒷문을 들락거리기 시작했다.

"담배?" 한 사람이 말했다.

누군가 담뱃갑을 꺼냈고, 그들은 함께 불을 붙였다. 희뿌연 연기가 느릿하게 서로의 입에서 흘러나왔다. 그들은 제복 매무새를 가다듬고, 옷깃을 바로잡았다. 위층에서는 계속해서 웅얼거리며 떠들어 대는 목소리가 들려왔다. 일행의 대장은 손목시계를 확인했다.

"25분이 지났군." 그가 말했다. "위층 사람들은 뭘 하는 건지." 그는 창가로 가서 밖을 내다보았다.

"무더운 날이군요." 부하 하나가 말했다.

"그러게." 이른 오전의 따스한 시간이 느릿하게 흘러가는 가운데 다른 누군가가 대꾸했다. 목소리는 어느새 혼잣말로 잦아들었다가 이내 완전히 사라졌다. 집 안에는 소리 한 점 남지 않았다. 이제 들리는 것은 자신들의 숨소리뿐이었다.

한 시간의 정적이 흘렀다. "우리 때문에 문제가 생긴 건 아니었으면 좋겠는데." 대장이 말했다. 그는 안으로 들어가서 슬쩍 거실을 들여다보았다.

Ttt 부인이 그곳에 있었다. 거실 가운데에 자라난 꽃에 물을 주는 중이었다.

"뭔가 잊은 것 같더라니까." 그녀는 대장을 보더니 이렇게 말하고는 부엌으로 걸어 나왔다. "미안하게 됐어요." 그녀는 쪽지한 장을 그에게 건넸다. "Ttt 씨는 지금 너무 바쁘대요." 그리고 그녀는 다시 요리를 시작했다. "어쨌든, 당신들이 만나야 할 사람은 Ttt 씨가 아니에요. Aaa 씨죠. 이 쪽지를 들고 푸른 운하를 따라서 다음 농장까지 가세요. 당신들이 뭘 알고 싶은지는 몰라도

Aaa 씨가 도움을 줄 수 있을 거예요."

"우리는 뭔가 알고 싶은 게 아닙니다." 대장은 두툼한 입술을 부루퉁하게 빼물고 말했다. "이미 전부 알고 있으니까요."

"쪽지까지 줬는데, 뭘 더 바라는 거예요?" 그녀는 직설적으로 물었다. 그리고 그 이상은 아무 말도 하지 않았다.

"그러니까." 이대로 떠나고 싶지 않았던 대장은 머뭇거리며 입을 열었다. 그리고 뭔가를 기다리는 듯 멍하니 서 있었다. 마치 텅 빈 크리스마스트리를 바라보는 어린아이 같은 표정이었다. "그러니까," 그는 다시 말했다. "이만 떠나지, 제군."

네 사람은 무덥고 고요한 한낮의 하늘 아래로 나섰다.

30분 후, 서재에 앉아서 금속 잔에 든 전기불꽃을 홀짝이던 Aaa 씨는 바깥 진입로의 포석 위에서 울리는 목소리를 들었다. 그는 창틀에 기대어 몸을 내밀고는, 자신을 올려다보는 네 명의 제복 입은 남자들을 가늘게 뜬 눈으로 바라봤다.

"선생이 Aaa 씨이십니까?" 그들이 외쳤다.

"그렇소만."

"Ttt 씨가 선생을 만나 보라고 우릴 보냈습니다!" 대장이 소리쳤다.

"그 작자는 왜 그런 짓을 한 거요?" Aaa 씨가 물었다.

"바쁘시다더군요!"

"그래, 그거 유감이로군." Aaa 씨는 비꼬듯 대꾸했다. "그 작자는 내가 할 일이 아무것도 없다고 생각하는 모양이지? 자기가 바빠서 상대하기 싫은 사람을 이리로 보내서 접대하라고 시킬 정도로?"

"중요한 건 그게 아닙니다, 선생." 대장이 소리쳤다.

"글쎄, 나한테는 이게 중요하오만. 읽을거리가 상당히 많아서 말이오. Ttt 씨는 사려라고는 찾아볼 수도 없는 작자요. 이렇게 배려 없는 행동을 저지른 것도 처음이 아니고. 손은 그만 좀 흔드시오, 내 지금 말하는 중이잖소. 그리고 내 말에 집중하시오. 사람들은 보통 내 말에 귀를 기울여 준다오. 그리고 당신들이 예의를 차려서 귀를 기울이지 않을 생각이라면, 나는 아예 입을 다물어 버릴 거요."

안뜰에 서 있는 네 남자는 초조하게 몸을 뒤척이며 입을 벙긋거렸다. 대장의 얼굴에는 다시 핏줄이 불거져 나왔고, 눈가에는 눈물 몇 방울이 맺혔다.

"자 그럼," Aaa 씨는 설교를 시작했다. "Ttt 씨에게 이토록 무례하게 행동할 정당한 권리가 있다고 생각하시오?"

네 사람은 폭염 속에 선 채로 그를 올려다보았다. 대장이 말했다. "우린 지구에서 왔습니다!"

"내 의견을 말하자면 매우 신사답지 못한 행동이라 생각하오만." Aaa 씨가 곱씹듯 말했다.

"로켓 우주선으로요. 우주선을 타고 왔습니다. 바로 저기 서 있어요!"

"물론 Ttt 씨가 비상식적으로 행동한 것이 이번이 처음이 아니긴 하오."

"지구에서 여기까지 날아왔단 말입니다."

"아무래도 이거, 그 작자에게 연락해서 항의해야 할 듯하군."

"우리 넷이서만 말입니다. 저하고 여기 대원 셋이서요."

"그래, 연락해야겠군. 지금 당장 해야겠어!"

"지구의. 로켓으로. 우주를. 건너. 왔단 말입니다."

"당장 연락해서 아주 혼쭐을 내야지!" Aaa 씨는 이렇게 소리치더니, 무대에서 사라지는 꼭두각시 인형처럼 모습을 감췄다. 꼬박 1분 동안 기묘한 기계 장치를 통해 성난 목소리가 오갔다. 대장과 대원들은 창문 아래 선 채로, 애수를 품은 시선으로 언덕에 서 있는 아름다운 로켓 우주선을 바라보고 있었다. 그 로켓이 너무도 달콤하고 사랑스럽고 말끔하게 여겨졌다.

Aaa 씨가 획 하고 다시 창가에 등장했다. 승리한 듯 의기양양한 모습이었다. "내 똑똑히 말해 두는데, 결투를 신청했소! 결투 말이오!"

"Aaa 씨," 대장은 다시 나직하게 입을 열었다.

"놈을 그대로 쏴 죽일 거요. 내 장담하지!"

"Aaa 씨, 제 말 좀 들어 주십시오. 우리는 9600만 킬로미터를 날아왔단 말입니다."

Aaa 씨는 처음으로 대장을 똑바로 바라보았다. "당신 어디서 왔다고 했소?"

대장의 얼굴에 환한 웃음이 떠올랐다. 그는 옆에 있는 대원들에게 속삭였다. "이제야 좀 얘기가 통하는군!" 그리고 Aaa 씨를 향해 큰 소리로 말했다. "우리는 9600만 킬로미터를 여행해 왔습니다. 지구에서요!"

Aaa 씨는 하품했다. "이맘때 거리는 8000만 킬로미터밖에 안 된다오." 그리고 그는 끔찍하게 생긴 무기를 손에 들었다. "자, 그럼 나는 이만 가 봐야겠소. 그 한심한 쪽지는 그대로 들고 가시오. 사실 무슨 도움이 될지는 짐작도 안 가지만, 저쪽 언덕을 넘어 이오프르라는 소도시로 들어가서 Iii 씨에게 상담하면 될 거요. 당신이 만나 봐야 할 사람은 그쪽일 거요. 머저리인 Ttt 씨가 아니라. 게다가 그자는 이제 내 손에 죽을 테니까. 물론 나도 아니오. 그쪽은 내 업무에 속하지 않으니까."

"업무라니, 업무라니요!" 대장이 내뱉었다. "지구인을 환영하려면 특정 업무에 종사해야 하는 겁니까!"

"무슨 한심한 소리요. 누구나 아는 사실인데!" Aaa 씨는 아래층으로 달려 내려왔다. "그럼 잘 가시오!" 그는 한 쌍의 양각기처럼 다리를 놀려 진입로를 달려가 사라졌다.

네 명의 여행자는 충격을 받은 채로 멍하니 서 있었다. 마침내 대장이 입을 열었다. "어쨌든 우리 말을 들어 줄 사람을 찾아보자고."

"아무래도 떠났다 돌아오는 게 낫겠는데요." 부하 한 명이 음울한 목소리로 말했다. "그러니까 이륙했다 다시 착륙하자는 겁니다. 환영회를 준비할 시간을 주는 거죠."

"나쁘지 않은 생각이군." 대장이 지친 목소리로 중얼거렸다.

작은 도시는 다양한 가면을 쓴 채로 문을 들락거리고 서로 인사를 나누는 사람들로 가득했다. 금빛 가면, 푸른 가면, 선홍색 가면, 은빛 입술에 청동빛 눈썹의 가면, 웃음 짓는 가면과 찌푸린 가면까지, 저마다 착용자의 취향을 고스란히 드러내는 모습이었다.

한참을 걷느라 땀에 흠뻑 젖은 네 남자는 걸음을 멈추고 근처를 지나가던 소녀에게 Iii 씨의 집이 어디인지를 물었다.

"저쪽이에요." 아이는 고갯짓으로 한쪽을 가리켰다.

대장은 간절한 모습으로, 조심스레 한쪽 무릎을 꿇고는 아이의 사랑스러운 얼굴을 들여다보았다. "애야, 이야기 좀 할 수 있겠니?"

그는 아이를 자기 무릎에 앉히고, 그녀의 작은 손을 자신의 커다란 손으로 감쌌다. 마치 잠자리에 든 아이의 머리맡에서 옛날이야기를 들려주려는 것만 같았다. 차분하고 신중한 자세로, 행복하게 세세한 줄거리를 엮어 내면서.

"그러니까 이렇게 된 거란다, 애야. 6개월 전에 다른 로켓이 화성에 도착했어. 그 안에는 요크라는 남자와 그 조수가 타고 있었단다. 우리는 그들이 어떻게 됐는지 전혀 몰라. 어쩌면 추락했을 수도 있겠지. 그 사람들은 로켓을 타고 왔단다. 우리도 마찬가지야. 너도 그걸 봐야 하는데! 정말 커다란 로켓이란다! 그러니까 우리는 2차 원정대인 셈이지. 첫 번째 원정대의 뒤를 잇는 거야! 그리고 우리는 지구에서 머나먼 길을 왔단다······"

소녀는 무심하게 한쪽 손을 빼내더니, 무표정한 금빛 가면을 얼굴에 뒤집어썼다. 그러고는 대장이 말하는 앞에서 금빛 거미 장난감을 꺼내 땅바닥에 떨어트렸다. 장난감 거미는 얌전히 그녀의 무릎으로 다시 기어올랐다. 소녀가 무표정한 가면의 눈구멍으로 거미를 차분히 살피기 시작하자, 대장은 아이를 부드럽게 흔들어 다시 이야기에 집중하게 했다.

"우리는 지구인이란다. 내 말 믿니?"

"그럼요." 소녀는 흙바닥에서 꼼지락거리는 발가락을 내려다보며 대답했다.

"잘됐구나." 대장은 약간은 짓궂은 마음으로, 약간은 다시 자신에게 주의를 돌리려는 마음으로 소녀의 팔을 살짝 꼬집었다. "우리는 직접 로켓 우주선을 만들었단다. 그것도 믿니?"

소녀는 손가락으로 콧구멍을 후볐다. "그럼요."

"그리고……, 코 좀 그만 후벼라, 애야. 내가 원정대의 대장이고, 또―"

"역사 속에서 지금껏 커다란 로켓 우주선을 타고 우주를 가로질러 온 사람은 없었다는 거죠." 꼬마 아이는 눈을 감은 채로 이렇게 읊조렸다.

"대단하구나! 어떻게 알았니?"

"그냥 정신 감응으로요." 그녀는 무심하게 무릎에 손가락을 문질렀다.

"세상에, 너희는 아예 흥분할 줄도 모르는 거냐?" 대장이 소리쳤다. "기쁘지도 않아?"

"그냥 바로 Iii 씨를 만나러 가시는 게 좋겠어요." 소녀는 다시 장난감 거미를 땅에 내려놓았다. "Iii 씨라면 아저씨랑 말하고 싶을 거예요." 소녀는 뛰어갔고, 거미는 얌전히 그녀의 뒤를 따라 기어갔다.

대장은 쭈그려 앉아서 한쪽 손을 내민 채로 소녀의 뒷모습만 바라보고 있었다. 눈에 눈물이 맺히는 기분이었다. 그는 자신의 텅 빈 손을 내려다보았다. 입은 멍하니 벌린 채였다. 나머지 세 남자는 발밑의 그림자에 사로잡힌 채 멍하니 서 있었다. 그리고 포석 깔린 거리에 침을 뱉었다……

Iii 씨는 문가로 나와서 그들을 맞이했다. 강연하러 떠날 참이었지만 잠시 시간을 내줄 수는 있다고 했다. 얼른 집으로 들어와서 원하는 바를 말하기만 한다면……

"조금만 신경을 써 줬으면 합니다." 대장은 눈도 충혈되고 지친 얼굴이었다. "우리는 지구에서 왔습니다. 로켓을 타고요. 대원과 대장을 합쳐 네 명입니다. 탈진 직전인 데다 배도 고프고 잘곳도 필요합니다. 누구든 우리에게 친선의 징표로 도시의 열쇠나, 뭐 그런 거라도 건네줬으면 좋겠습니다. 그리고 누군가 우리와 악수하며 '잘했네!'나 '축하하네, 이 친구야!'라고 말해 줬으면좋겠습니다. 이 정도로 요약할 수 있겠군요."

Iii 씨는 훤칠한 키에 몸매는 호리호리했으며, 어딘가 흐릿한 인상의 사람이었다. 노란 눈에는 두껍고 불투명한 푸른 수정 안경을 쓰고 있었다. 그는 책상 위로 몸을 숙여 서류를 뜯어보다가, 때때로 꿰뚫릴 듯한 눈빛으로 손님들을 힐긋거렸다.

"흠, 아무래도 신청서 양식이 이쪽에 없는 모양인데. 어디 보자." 그는 책상 서랍을 뒤적거리며 말을 이었다. "흠, 내가 양식을 어디 뒀더라?" 그는 중얼거렸다. "이 근처인데, 어디더라. 아, 여기 있군! 됐소!" 그는 뻣뻣하게 서류를 건넸다. "당연한 이야기지만, 여기 서명을 해야 할 거요."

"이런 장황한 절차를 꼭 거쳐야 하는 겁니까?"

Iii 씨는 두꺼운 안경 너머로 그를 바라보았다. "지구에서 왔다고 하지 않았소? 글쎄, 그렇다면 결국 서명하는 수밖에 없을 것 같소만."

대장은 자기 이름을 적었다. "제 대원들도 서명해야 합니까?"

Iii 씨는 대장을 바라보고, 나머지 세 사람을 바라보더니, 비웃음 섞인 투로 소리치기 시작했다. "저들도 서명한다고! 하! 정말 대단하군! 저들도, 아, 저들도 서명한다고!" 그의 눈에서 눈물이 새어 나왔다. 그는 무릎을 두드리며 허리를 굽히더니, 조금도 참지 않고 헐떡이는 입으로 웃음을 터트렸다. 그리고 간신히 책상을 붙들고 섰다. "저들도 서명한다고!"

네 사람은 그를 노려보았다. "뭐가 그리 웃깁니까?"

"저들도 서명한다고!" 웃다 지친 Iii 씨는 한숨을 쉬었다. "정말 대단히 재미있군. Xxx 씨에게 이 이야기를 해 줘야겠소!" 그는 여전히 웃으며 서류 양식의 내용을 확인했다. "전부 제대로 작성된 듯하군." 그는 고개를 끄덕였다. "최종적으로 필요하다고 확인되면 안락사에 동의하는 부분까지 완벽하오." 그는 웃음을 터트렸다.

"뭐에 동의한다고요?"

"말은 됐소. 여기 당신에게 줄 것이 있소. 받으시오. 열쇠요."

대장은 얼굴이 달아올랐다. "정말 영광입니다."

"도시의 열쇠가 아니오, 한심한 작자 같으니!" Iii 씨가 쏘아붙였다. "이 집의 열쇠일 뿐이오. 저 복도를 따라 내려가서, 커다란 문을 열고 들어간 다음, 문을 단단히 닫으시오. 거기서 오늘 밤을 보내도 좋소. 아침이 되면 당신을 맞이하라고 Xxx 씨를 보내겠소."

대장은 미심쩍은 얼굴로 열쇠를 받아 들었다. 그는 바닥을 멍하니 바라보며 서 있었다. 부하들은 움직이지 않았다. 몸속의 모든 피와 달아오른 로켓 열기가 전부 증발해 버린 것만 같았다. 바싹 말라 버린 기분이었다.

"뭐요? 뭐가 문제요?" Iii 씨가 물었다. "뭘 기다리고 있는 거요? 뭘 원하는 거요?" 그는 앞으로 나와서는 허리를 숙이고 대장의 얼굴을 들여다보았다. "썩 나가시오, 어서!"

"혹시라도 선생이 여기서……" 대장은 입을 열었다. "그러니까, 말하자면 말입니다, 그저 시도나 고려 정도라도……" 그리고 머뭇거렸다. "우리는 열심히 노력했단 말입니다. 이렇게 먼 곳까지 왔어요. 그저 우리 손을 맞잡고 '잘했소!'라고 말해 주는 정도도…… 안 되는 겁니까?" 그의 목소리가 잦아들었다.

Iii 씨는 뻣뻣하게 손을 내밀었다. "축하하오!" 차가운 미소를 곁들이며. "축하하오." 그리고 그는 몸을 돌렸다. "이만 가야겠소. 그 열쇠를 쓰시오."

마치 그들이 바닥으로 녹아 스며들기라도 한 것처럼 시선조차 주지 않으며, Iii 씨는 작은 원고 가방에 서류를 챙겨 넣으며 방 안을 돌아다녔다. 이후 5분 동안 방에 있었으면서도, 그는 고개를 떨구고 후들거리는 다리를 가누며 가물가물한 눈빛으로 침중하게 서 있는 4인조 쪽으로는 말조차 걸지 않았다. 문을 나설 때까지도 Iii 씨는 열심히 자기 손톱만 살피고 있었다……

그들은 흐릿하고 고요한 오후의 햇살을 맞으며 복도를 따라 터덜터덜 걸어갔다. 이윽고 은빛 광택이 흐르는 커다란 문이 나오자, 대장은 은빛 열쇠로 문을 열었다. 그들은 안으로 들어가서 문을 닫고 돌아섰다.

햇빛이 가득한 넓은 홀이었다. 수많은 남자와 여자들이 식탁에 앉거나 선 채로 담소를 나누고 있었다. 문소리가 들리자 그들은 일제히 제복을 입은 네 사람을 돌아보았다.

화성인 하나가 앞으로 나오며 고개를 숙여 인사했다. "나는 Uuu라고 하오." 그가 말했다.

"저는 조너선 윌리엄스 대장입니다. 지구의 뉴욕시티에서 왔습니다." 대장은 별 감흥 없이 대꾸했다.

바로 그 순간 홀이 터져 나가는 환호성이 울렸다!

고함과 외침에 서까래가 떨릴 지경이었다. 사람들은 손을 흔들고 행복한 비명을 지르며 앞으로 달려 나왔다. 식탁을 넘어트리며 흥겹게 몰려나온 사람들이 네 명의 지구인을 붙들고 번쩍 들어 목말을 태우고는 그대로 홀 안을 행진했다. 터질 듯이 잔뜩 달아오른 군중이 껑충껑충 뛰고 노래를 부르면서 홀 안을 여섯 바퀴나 돌았다.

지구인들은 너무 충격을 받아서, 흔들리는 어깨 위에 올라타고서도 꼬박 1분이 지나서야 웃음을 터트리며 서로에게 소리치기 시작했다.

"이야! 이 정도는 돼야지!"

"이게 인생이라고! 세상에! 좋았어! 어이! 야호!"

그들은 서로 신나게 눈짓을 주고받고, 손을 높이 들어 흔들었다. "다들 안녕하십니까!"

"만세!" 군중이 화답했다.

그들은 지구인들을 식탁으로 안내해 앉혔다. 이윽고 환호성도 잦아들었다.

대장은 거의 울음을 터트리기 직전이었다. "고맙습니다. 좋군요. 정말 좋아요."

"당신들에 대해서 말씀해 주시겠소." Uuu 씨가 말했다.

대장은 목청을 가다듬었다.

청중은 대장의 말에 맞춰 감탄의 탄성을 내뱉었다. 그는 대원
들을 소개했다. 대원들은 제각기 짤막한 연설을 하고는, 거세게
터져 나오는 박수에 쑥스러운 표정을 지었다.

Uuu 씨는 대장의 어깨를 붙들며 말했다. "지구에서 온 다른
사람을 만나다니 이렇게 반가울 수가. 나도 지구에서 왔다오."

"방금 뭐라고 하셨습니까?"

"우리 중에는 지구에서 온 사람이 상당히 많으니 말이오."

"당신이오? 지구에서 왔다고요?" 대장은 멍하니 그를 바라봤
다. "하지만 어떻게 그게 가능합니까? 로켓을 타고 오셨습니까?
수 세기 동안 우주여행이 이루어지고 있던 겁니까?" 그의 목소리
에는 실망한 기색이 섞였다. "당신…… 당신은 어느 나라에서 온
겁니까?"

"튀에레올이라오. 몇 년 전에 내 육신의 정신체를 발현하여
이곳에 도착했지."

"튀에레올." 대장은 그 단어를 몇 번 되풀이해 곱씹었다. "저는
모르는 나라로군요. 육신의 정신체라는 건 또 뭡니까?"

"그리고 저쪽의 Rrr 양도 지구에서 왔다오. 그렇지 않소, Rrr
양?"

Rrr 양은 고개를 끄덕이며 괴상하게 웃음을 터트렸다.

"그리고 Www 씨하고 Qqq 씨, Vvv 씨도 마찬가지요!"

"나는 목성에서 왔소." 한 남자가 의기양양하게 끼어들었다.

"나는 토성에서 왔지요." 다른 남자가 음흉하게 눈을 빛내며 말했다.

"목성에, 토성이라고요." 대장은 눈을 깜빡이며 중얼거렸다.

이제 홀 안은 아주 고요해졌다. 사람들은 이곳저곳에 자리 잡고 서거나, 만찬장이라기에는 묘하게 텅 비어 있는 식탁에 둘러앉았다. 노란 눈동자들이 반짝이고, 광대뼈 아래에는 어둑한 그림자가 어렸다. 대장은 문득 방에 창문이 없다는 사실을 깨달았다. 조명은 벽에서 스며 나오는 것처럼 보였다. 그리고 문은 하나뿐이었다. 대장은 얼굴을 찌푸렸다. "조금 혼란스럽군요. 튀에레올이라는 나라는 지구상 어디에 있습니까? 미국 근처인가요?"

"미국은 또 뭐요?"

"미국을 들어 본 적이 없다고요! 지구에서 왔다면서 미국을 모른다는 겁니까!"

Uuu 씨는 화를 내며 벌떡 일어섰다. "지구는 바다의 행성이며 바다밖에 없는 곳이오. 땅 따위는 없소. 나는 지구에서 왔으니 잘 알고 있단 말이오."

"잠깐만요." 대장은 등받이에 몸을 기댔다. "당신은 평범한 화성인처럼 보이는데요. 노란 눈에, 갈색 피부에."

"지구는 정글로 가득한 곳이라고요." Rrr 양이 자랑스럽게 선언했다. "나는 지구의 오리라는 곳에서 왔어요. 모든 것이 은으로 만들어진 문명이죠!"

대장은 천천히 Uuu 씨에게서 Www 씨로, Zzz 씨와 Nnn 씨, Hhh 씨와 Bbb 씨에게로 시선을 돌렸다. 그들의 노란 눈이 조명 속에서 여물었다 이지러지고, 초점이 잡혔다 흐트러지기를 반복했다. 대장은 몸을 떨기 시작했다. 마침내 그는 부하들 쪽으로 고개를 돌리고 우울하게 그들을 바라봤다.

"이게 무슨 상황인지 깨달았나?"

"무슨 말씀이십니까, 대장님?"

"여긴 환영식장이 아니야." 대장은 지친 목소리로 대답했다. "이 자리는 연회석이 아니란 말일세. 이 사람들도 정부의 대표가 아니야. 깜짝 파티가 아니라고. 저들의 눈을 보게. 무슨 소리를 지껄이는지 들어 보라고!"

대원들은 숨을 죽이고 귀를 기울였다. 희멀건 눈들이 밀폐된 방 안을 찬찬히 훑었다.

"이제 이해가 되는군." 대장의 목소리는 어딘가 아련하게 느껴졌다. "왜 다들 우리한테 쪽지만 주면서 다른 사람에게 떠밀었는지 말이야. 그렇게 오가다가 Iii 씨를 만났고, 그는 열쇠를 주면서 복도로 내려가서 문을 열고 들어가 잠그라고 일렀지. 그래서 지금 우리는……"

"우리가 지금 어디 있는 겁니까, 대장님?"

대장은 무겁게 숨을 내쉬었다. "정신병동일세."

밤이 되었다. 널찍한 홀에는 정적이 내려앉았고, 반투명한 벽에 숨겨진 광원이 흐릿한 빛을 방 안에 선사했다. 네 명의 지구인은 나무 탁자 하나에 둘러앉아서 절망으로 가득한 머리를 맞대고 속삭였다. 바닥 여기저기에 남자와 여자들이 웅크리고 누웠다. 어둑한 구석마다 작은 움직임이 보였다. 홀로 앉아 손짓을 반복하는 사람들도 있었다. 30분이 지날 때마다, 대원 한 명이 문가로 가서 은빛 문을 흔들어 보고 탁자로 돌아왔다. "아무 소용

없습니다, 대장님. 제대로 감금당했어요."

"저들이 진짜로 우리가 미쳤다고 생각하는 겁니까, 대장님?"

"그런 모양일세. 그래서 우리를 환영하러 나온 사람이 하나도 없었던 거지. 우리를 이곳에서 지속적으로 발생하는 정신병 증세에 시달리는 환자로 여기고 단순히 참아 넘긴 걸세." 그는 어둠 속에서 잠들어 있는 주변 사람들을 가리키며 말했다. "편집증이라고, 한 명도 빠짐없이! 정말 대단한 환영식 아니었나! 아주 잠깐이지만,"—순간 그의 눈에서 작은 불꽃이 일어났다 사라졌다—"우리가 진심으로 환영을 받는다고 생각했다네. 그렇게 소리치고 노래하고 연설까지 했으니. 제법 괜찮지 않았나? 즐기는 동안에는?"

"우리를 여기 얼마나 가둬 둘 생각일까요, 대장님?"

"우리가 정신병자가 아니라고 증명할 때까지겠지."

"그건 어렵지 않을 텐데요."

"그렇기를 바라고 있네."

"별로 확신이 없으신 것 같습니다, 대장님."

"사실일세. 저쪽 구석을 좀 보게."

한 남자가 홀로 어둠 속에 쭈그려 앉아 있었다. 그의 입에서 푸른 불길이 뿜어져 나오더니, 이내 작고 통통한 알몸의 여성으로 변했다. 짙은 푸른빛을 뿜는 형상은 허공에 둥실 뜬 채로 속삭이며 한숨을 쉬었다.

대장은 다른 쪽 구석으로 고갯짓을 했다. 한 여자가 그곳에 서서 변신을 반복하고 있었다. 그녀는 우선 수정 기둥에 갇히더니, 뒤이어 녹아내려 금빛 동상이 되었다가, 마지막으로 연마한 향

나무 지팡이로 변하고는, 다시 여성의 모습으로 돌아왔다.

한밤중의 홀 곳곳에서 사람들은 흐릿한 보라색 불길로 곡예를 하고, 형체를 바꾸고, 변신하기를 계속했다. 밤이야말로 변형과 고통의 시간이니까.

"마법사야. 주술사라고." 지구인 한 명이 속삭였다.

"아니, 환각일세. 저들이 자기네 광증을 우리에게 옮겨서 우리에게도 저들의 환각이 보이는 거라네. 정신 감응이지. 자기암시와 정신 감응이야."

"저것 때문에 걱정하시는 겁니까, 대장님?"

"그래. 이들의 환각이 우리나 다른 사람에게 이 정도로 '현실적'으로 보일 수 있다면, 이렇게까지 설득력이 있어서 거의 믿을 지경이라면, 저들이 우리를 정신병자로 오인한 것도 이상한 일이 아닐세. 저 남자가 푸른 불꽃의 여인을 창조할 수 있고 저 여자가 기둥으로 녹아들 수 있다면, 평범한 화성인들이라면 우리가 정신의 힘으로 로켓을 창조한 것이라 여기는 일도 가능하지 않겠나."

"아." 어둠 속에서 대원들이 말했다.

그들을 둘러싼 널찍한 홀 안에서 수많은 푸른 불꽃이 튀어 올라 타오르다가 증발했다. 붉은 모래로 만든 작은 악마들이 잠든 사람들의 이빨 사이를 달음박질쳤다. 여자들은 기름칠한 뱀으로 변했다. 파충류와 짐승의 냄새가 감돌았다.

아침이 되자 주변의 사람들은 모두 말짱하고 행복하고 정상적인 모습으로 돌아다니기 시작했다. 불꽃이나 악마들은 방 안에서 완전히 사라져 버렸다. 대장과 대원들은 은빛 문 앞에 서서,

그 문이 얼른 열리기를 갈망하며 기다렸다.

Xxx 씨는 네 시간이 지난 후에야 도착했다. 네 사람은 그가 문밖에서 적어도 세 시간쯤 그들을 지켜보며 기다렸던 것이 아닐지 의심했다. 그는 안으로 들어와 손짓해서 그들을 자신의 작은 집무실로 데려갔다.

웃는 얼굴의 유쾌한 남자였다. 그가 착용한 가면을 믿을 수 있다면 말이지만. 그의 가면에는 웃음이 하나도 아니고 세 개나 그려져 있었다. 그러나 가면 뒤편에서 울리는 목소리는 웃음을 머금은 정신과 의사처럼 들리지는 않았다. "그래, 문제가 뭐요?"

"당신은 우리가 정신이상이라고 생각하겠지만, 그렇지 않습니다." 대장이 말했다.

"그 가정과는 달리, 나는 당신네 모두가 미쳤다고 생각지 않소." 정신과 의사는 작은 지시봉으로 대장을 가리켰다. "그렇지. 바로 당신뿐이오, 선생. 다른 이들은 부차적 환각일 뿐이오."

대장은 자기 무릎을 때렸다. "그거였군! 그래서 Iii 씨가 내 부하들도 서명해야 하느냐고 물었을 때 웃은 거였어!"

"그렇소, Iii 씨한테 들었다오." 정신과 의사는 가면에 새겨진 미소 짓는 입 안쪽에서 웃음을 터뜨렸다. "괜찮은 농담이었소. 어디까지 했더라? 그래, 부차적 환각 이야기였지. 귀에서 뱀이 기어 나오는 여자들도 종종 찾아온다오. 내가 치료해 주면 뱀은 사라지지."

"얼른 치료받고 싶군요. 당장 해 보십시오."

Xxx 씨는 놀란 듯했다. "독특한 사례로군. 치료받기를 원하는 환자는 그리 많지 않은데. 알겠지만, 치료법이 제법 극적이라 말이오."

"당장 치료합시다! 우리가 전부 제정신이라는 사실을 깨닫게 되리라 확신합니다."

"우선 '치료법' 적용에 필요한 절차를 마쳤는지 서류를 확인해 보겠소." 그는 파일을 살폈다. "좋소. 그게 말이오, 당신처럼 독특한 증상의 경우에는 특수한 '치료'가 필요하다오. 홀에 있는 사람들의 증상은 비교적 단순한 형태라오. 그러나 당신 정도로 증세가 진행되면, 그러니까 일차적, 부차적, 청각적, 후각적, 미각적 환각에, 추가로 촉각과 시각의 환상까지 겸하고 있을 경우에는, 상황이 꽤나 고약해진다오. 안락사에 의존할 수밖에 없는 상황이지."

대장은 소리치며 자리에서 벌떡 일어섰다. "이봐요, 이 정도면 충분히 참아 줬잖습니까! 당장 시험해 봐요. 무릎을 두드려도, 심장 박동을 확인해도, 실험을 해도, 질문을 던져도 좋습니다!"

"마음껏 설명해 보시오."

대장은 한 시간 동안 정신없이 떠들어 댔다. 정신과 의사는 귀를 기울였다.

"놀랍군." 그는 감상을 말했다. "지금껏 들어 본 것 중에 가장 정교한 몽상이었소."

"이런 빌어먹을, 우리 로켓 우주선을 보여 주겠습니다!" 대장이 소리쳤다.

"부디 보여 주시오. 이 방 안에 실체화시킬 수 있겠소?"

"아, 물론이죠. 당신 서류철 속에, R 항목 아래 있을 겁니다."

Xxx 씨는 진지하게 서류철을 들여다보았다. 그리고 "쯧" 소리를 내며 침중하게 서류철을 덮었다. "왜 여길 찾아보라고 한 거요? 로켓 같은 건 없잖소."

"당연히 없겠지요, 이 한심한 인간 같으니! 농담한 겁니다. 정신병자도 농담을 합니까?"

"유머 감각이 아주 기묘하게 발달하셨군. 자, 그럼 당신네 로켓으로 데려가 주시오. 직접 보고 싶으니까."

한낮이었다. 로켓 앞에 도착할 즈음 날은 끔찍하게 더워졌다.

"어디 보자." 정신과 의사는 우주선 쪽으로 걸어가서 두드려 보았다. "들어가 봐도 되겠소?" 그는 장난스럽게 물었다.

"괜찮습니다."

Xxx 씨는 안으로 들어가더니 한동안 나오지 않았다.

"지금껏 우리가 겪은 온갖 어리석고 당황스러운 일을 고려해 보면," 대장은 여송연을 잘근잘근 씹으며 기다렸다. "아무래도 고향으로 돌아가서 화성은 건드리지 말라고 말하고 다니는 편이 좋을 것 같군. 지독하게 의심투성이인 건달 놈들만 가득하잖나."

"저들 인구의 상당수가 정신이 나간 것 같습니다, 대장님. 그래서 저렇게 의심이 많은 거겠지요."

"어쨌든 빌어먹게 짜증 난다는 점은 변하지 않지."

정신과 의사는 30분 동안 돌아다니고, 두드리고, 소리를 듣고, 냄새를 맡고, 맛을 본 다음에야 우주선에서 나왔다.

"이제 믿겠습니까!" 대장은 상대가 귀라도 먹은 것처럼 소리쳤다.

정신과 의사는 눈을 감고 코를 킁킁였다. "내 지금껏 마주한 가장 뛰어난 감각적 환각과 최면 암시의 실례라 할 수 있겠군. 나는 당신이 '로켓'이라 부르는 존재를 샅샅이 둘러보았소." 그는 동체를 두드리며 말했다. "소리가 들리지. 청각적 환상이오." 그리고 숨을 들이쉬었다. "냄새도 나는군. 후각적 허상이오. 공감각적인 정신 감응으로 유도한 거지." 그는 우주선에 입을 맞추었다. "맛도 느껴지는군. 미각적 환상 아니오!"

그는 대장에게 악수를 청했다. "실례지만 축하해도 되겠소? 당신은 광기의 달인이오! 참으로 완벽한 작업을 완수했으니 말이오! 당신의 광증 속 영상을 정신 감응을 이용해 다른 사람의 머릿속에 투사하고, 환각을 구성하는 감각적 요소의 퇴색을 막는 능력이 거의 터무니없을 지경이오. 병동에 있는 사람들은 시각적 환상을 유지하려면 정신을 집중해야 하고, 최대한 노력해도 시각과 청각적 환상을 조합하는 정도일 뿐이오. 당신은 그 모든 환각의 종합체를 균형 잡힌 상태로 유지하고 있지 않소! 당신의 광기는 실로 아름답도록 완벽한 거요!"

"내 광기라고요." 대장의 얼굴은 창백했다.

"그렇소, 그래, 실로 사랑스러운 광기 아니오. 금속에, 고무에, 중력 조절 장치에, 식량에, 의복에, 연료에, 무기에, 사다리에, 너트에, 볼트에, 숟가락까지. 당신의 창조물을 구성하는 수만 가지의 독립적인 물품을 확인했소. 이토록 복합적인 환각은 본 적도 없소. 심지어 침대와 다른 모든 물건 아래에 그림자까지 있더군! 이런 수준으로 의지력을 발현할 수 있다니! 게다가 모든 것이, 언제 어떤 방식으로 시험해 보아도, 냄새와 감촉과 맛과 소리를 가지고 있었소! 실례지만 한번 껴안아 봅시다!"

한참 후에야 그는 물러섰다. "내 평생을 담은 최고의 논문집에 당신 사례도 수록하겠소! 다음 달에 전 화성 학회에서 발표할거요! 당신 모습을 보시오! 세상에, 심지어 눈도 노란색에서 푸른색으로 바꾸지 않았소. 피부도 갈색에서 분홍색으로 변했고. 게다가 그 복장에, 손가락조차 여섯 개가 아니라 다섯 개잖소! 정신적 불균형을 통한 생물학적 변이라니! 게다가 친구도 세 명이나—"

그리고 그는 작은 총을 빼 들었다. "물론 치료는 불가능할 거요. 불쌍하고 놀라운 친구 같으니. 차라리 죽어 있는 쪽이 행복하겠지. 마지막으로 남길 말은 없소?"

"잠깐만, 제발 기다리시오! 쏘지 말아요!"

"이 슬픈 존재 같으니. 비참한 삶이 이 로켓과 세 남자를 상상할 지경까지 몰고 간 모양이구려. 내가 당신을 해방해 주겠소. 당신이 죽고 나서 이 친구들과 로켓이 사라지는 모습은 참으로 매혹적일 거요. 오늘 이 자리에서 목격한 모습을 기반으로 신경증의 환상이 소멸되는 모습에 대한 훌륭한 논문을 써 주겠소."

"나는 지구에서 왔단 말입니다! 내 이름은 조너선 윌리엄스고, 이들은—"

"그래, 다 알고 있소." Xxx 씨는 위로하듯 말하며 방아쇠를 당겼다.

총알이 심장에 적중하며 대장은 쓰러졌다. 나머지 세 사람은 비명을 질렀다.

Xxx 씨는 멀뚱하니 그들을 바라보았다. "아직도 존재하는 거요? 이거 놀랍군! 시공간적 지속성을 가진 환각이라니!" 그는 그들 쪽으로 총을 겨누었다. "그러면 겁을 주어서 사라지게 만들어야겠군."

"안 돼!" 세 사람은 소리쳤다.

"환자가 사망했는데도 청각 요소를 발하다니." Xxx 씨는 이렇게 고찰하고는 세 사람을 쏘아 쓰러트렸다.

그들은 모랫바닥에 쓰러진 채로 움직임을 멈추었다.

그는 그들을 발로 차 보았다. 그리고 우주선을 두드렸다.

"이래도 지속되잖아! 이자들도 그렇고!" 그는 시체에 대고 총을 쏘고 또 쏘았다. 그러다 그는 뒤로 물러났다. 웃는 가면이 얼굴에서 떨어져 내렸다.

정신과 의사의 자그마한 얼굴이 천천히 변하기 시작했다. 입이 힘없이 벌어졌다. 손가락에서 총이 툭 떨어졌다. 눈은 흐릿하고 공허해졌다. 그는 손을 번쩍 들고 제자리에서 빙빙 돌았다. 그리고 입에서 침을 질질 흘리면서 시체를 더듬기 시작했다.

"환각이야." 그는 정신이 나간 것처럼 중얼거렸다. "미각. 시각. 후각. 청각. 촉각." 그는 손을 흔들었다. 눈이 튀어나올 것처럼 보였다. 입가에는 보일락 말락 거품이 맺혔다.

"썩 꺼져!" 그는 시체들에 대고 소리쳤다. "썩 꺼지라고!" 그는 우주선에 대고 비명을 질렀다. 그는 떨리는 자신의 손을 찬찬히 살폈다. "오염된 거야." 그는 정신이 나간 듯 중얼거렸다. "나한테 전염된 거라고. 정신 감응이야. 최면이야. 이제 내가 미친 거라고. 이제 내가 오염된 거야. 저 모든 감각 요소를 지닌 환각에." 그는 움직임을 멈추고, 감각이 사라진 손으로 총을 찾아 주변을 더듬거렸다. "치료법은 하나뿐이지. 이게 전부 없어지게, 사라지게 만들 방법은 하나밖에 없거든."

총성이 울렸다. Xxx 씨가 쓰러졌다.

네 구의 시체는 햇살 속에 누워 있었다. Xxx 씨도 쓰러진 곳에서 움직이지 않았다.

로켓은 사라지지 않은 채로, 햇살이 내리쬐는 작은 언덕에 기대서 있었다.

저녁이 되어 로켓을 발견한 마을 사람들은 서로 그 정체를 묻기 시작했다. 아는 사람이 나타나지 않자 사람들은 로켓을 고물상에 팔았고, 고물상은 로켓을 분해해서 고철을 회수했다.

그날은 밤새 비가 내렸다. 다음 날은 화창하고 따뜻했다.

납세자

로켓에 올라 화성에 가고 싶은 남자가 있었다. 그는 새벽부터 로켓 발사장까지 가서, 철조망 너머의 제복을 걸친 사람들에게 화성에 가고 싶다고 소리쳤다. 자신이 납세자며, 이름은 프리처드고, 화성에 갈 권리가 있다고 주장했다. 바로 이곳 오하이오에서 태어나지 않았던가? 훌륭한 시민이 아니었던가? 그런 그가 왜 화성에 갈 수 없다는 말인가? 그는 그들을 향해 주먹을 휘두르며 지구를 떠나고 싶다고 말했다. 상식이 있는 사람이라면 누구든 지구를 떠나고 싶을 것이다. 지구에서는 앞으로 한두 해 안에 대규모 핵전쟁이 일어날 것이 뻔했으니까. 그는 핵전쟁이 벌어질 때 이곳에 있고 싶지 않았다. 그와 비슷하게 생각하며 화성에 가고 싶은 사람이 수천 명은 될 것이 분명했다. 적어도 상식이랄 것이 있는 사람이라면. 어디 두고 보라지! 전쟁과 검열과 국가주의와 징병과 기타 온갖 것들로부터 도망치기 위해서라면, 예술과 과학에 대한 국가의 통제에서 벗어나기 위해서라면! 지구야 얼마든지 넘겨주겠어! 그는 화성에 갈 기회를 잡기 위해서라면 성한 오른손도, 심장도, 머리도 바칠 수 있었다! 로켓에 올라타려면 대체 무엇을 하고, 어디에 서명을 하고, 누구와 친분을 쌓아야 하는 거야?

저들은 철조망의 장막 뒤쪽에서 그를 보며 웃음을 터트렸다. 당신 같은 사람은 화성에 가고 싶지 않을 거라고, 그들은 말했다. 1차와 2차 원정대가 실패했다는 사실을, 종적조차 남기지 않고 사라졌다는 사실을 모른단 말인가. 아마도 전부 죽었을 텐데?

그러나 증명할 수는 없다고, 확실히 알 방법은 없지 않느냐고, 그는 철조망에 달라붙어 소리쳤다. 어쩌면 젖과 꿀이 흐르는 땅이 펼쳐져 있고, 요크 대장과 윌리엄스 대장은 단순히 돌아오기 싫어진 것일지도 모른다고. 그러니 당장 발사장의 문을 열어서 자신을 3차 원정대의 로켓에 태워 달라고. 아니면 내가 직접 걸어차서 문을 부수고 들어갈 거라고.

그들은 그에게 닥치라고 일렀다.

그리고 바깥에 서 있는 로켓을 향해 걸어갔다.

나도 데려가! 그는 소리쳤다. 나를 이 끔찍한 세상에 두고 가지 말라고, 나는 떠나야 한다고. 핵전쟁이 벌어질 거라고! 나를 지구에 두고 가지 마!

남자는 발버둥 치며 질질 끌려 나갔다. 그들은 순찰차 문을 거칠게 닫고, 그를 태운 채로 새벽의 도로를 달려갔다. 뒤편 창문에 얼굴을 바싹 붙이고 있던 그는 붉은 화염을 보고 굉음을 듣고 은빛 로켓이 출발하는 순간의 장대한 진동을 느꼈다. 지구라는 평범한 행성의 어느 평범한 월요일 아침에 그를 버려둔 채로, 로켓은 하늘로 솟구쳤다.

3차 원정대

하늘에서 우주선이 내려왔다. 별빛과 빠르게 멀어지는 암흑을 뚫고, 반짝거리는 움직임을 과시하며, 우주의 고요한 심연을 건너 날아왔다. 새 우주선이었다. 동체 안에는 불길을 품고 금속 격벽 안에는 사람을 품은 채로, 말끔한 침묵 속에서 뜨겁고 격렬하게 움직이는 우주선이었다. 우주선에는 대장을 포함해 열일곱 명의 남자가 탑승했다. 오하이오 발사장에 모여든 사람들이 눈부신 햇살 속으로 소리치고 손을 흔드는 가운데, 로켓은 거대한 열기와 색채의 꽃을 피우며 그대로 화성으로 떠나는 세 번째 여행길로 달아나 버렸다!

이제 우주선은 화성의 대기 상층부에서 정확하고 효율적으로 감속을 시작했다. 여기까지 먼 길을 항해해 오면서도 그 아름다움과 힘은 조금도 바래지 않았다. 희멀건 바다 괴수처럼 우주의 한밤중 물살을 헤쳐 오면서도. 오랜 길잡이인 달을 지나쳐, 연이어 펼쳐지는 텅 빈 우주 공간으로 선체를 내던지면서도. 안에 품은 사람들은 저마다 우주의 파도에 얻어맞고, 사방으로 내팽개쳐지고, 구역질을 하고, 다시 건강을 찾았다. 한 사람은 목숨을 잃었지만, 남은 열여섯 명은 두꺼운 유리 관측창에 얼굴을 붙인 채 눈을 반짝이며 아래에서 훌쩍 다가오는 화성의 모습을 지켜봤다.

"화성이다!" 항해사 러스티그가 소리쳤다.

"우리 친애하는 화성이여!" 고고학자인 새뮤얼 힝스턴이 말했다.

"흠." 존 블랙 대장이 말했다.

로켓은 녹색 잔디가 깔린 정원에 착륙했다. 밖으로 보이는 정원에는 철제 사슴 장식물이 서 있었다. 저 멀리 녹색 언덕 위에는 햇살을 받으며 고요히 서 있는 갈색의 빅토리아풍 저택이 보였다. 소용돌이와 화려한 무늬가 곳곳에 가득하고, 창문은 푸른색, 분홍색, 노란색, 녹색의 색유리였다. 베란다 위에는 솜털이 보송보송한 제라늄 화분이 늘어서고, 베란다 천장에 걸린 낡은 그네는 가벼운 산들바람에 앞뒤로 천천히 흔들렸다. 저택 꼭대기에는 다이아몬드꼴로 다듬은 납유리 창문과 원추형 지붕까지 얹혀 있었다! 정면의 유리창 너머로는 〈아름다운 오하이오〉라는 제목의 악보가 피아노 악보받침에 올려진 모습이 보였다.

화성의 봄날을 맞이한 작은 마을이 로켓의 사방을 신록의 정적으로 둘러싸고 있었다. 하얗고 붉은 벽돌집이 여기저기 눈에 띄었고, 커다란 느릅나무와 단풍나무와 마로니에 나무가 바람에 흔들렸다. 그리고 교회의 첨탑에는 금빛 종이 조용히 매달려 있었다.

로켓 승무원들은 밖을 내다보며 이 모든 것을 목격했다. 그리고 서로를 마주 보다가, 다시 시선을 밖으로 돌렸다. 다들 갑자기 숨쉬기조차 힘겨워진 느낌에 서로의 팔에 매달렸다. 안색도 창백해졌다.

"이런 빌어먹을." 러스티그는 굳은 손가락으로 얼굴을 훔치며 속삭였다. "이런 빌어먹을."

"이건 말도 안 돼." 새뮤얼 힝스턴이 말했다.

"세상에." 존 블랙 대장이 말했다.

화학 분석 담당에게서 연락이 들어왔다. "대장님, 대기는 조금 희박하지만 산소는 충분합니다. 안전할 듯하군요."

"그럼 밖으로 나가죠." 러스티그가 말했다.

"기다리게." 존 블랙 대장이 말했다. "지금 이게 어떤 상황인지 알 방도가 없잖나?"

"희박하지만 호흡할 수 있는 공기를 가진 작은 마을 아닙니까, 대장."

"게다가 지구의 마을과 꼭 닮은 작은 마을이죠." 고고학자인 힝스턴이 덧붙였다. "정말 대단합니다. 불가능한 일이지만 눈앞에 펼쳐져 있는걸요."

존 블랙 대장은 나른한 눈으로 그를 바라보았다. "힝스턴, 자네는 두 행성의 문명이 같은 속도에 같은 형태로 진보할 수 있다고 생각하나?"

"예전이라면 상상도 못 했을 겁니다, 대장님."

블랙 대장은 관측창 옆에 섰다. "저 밖을 보게. 제라늄이야. 특화된 식물종이지. 저 품종 자체는 지구에 알려진 지도 50년밖에 지나지 않았네. 식물을 진화시키는 데는 수천 년의 세월이 필요하다는 사실을 고려해 보게. 그리고 화성인들이 다음의 것들을 가지고 있다는 사실이 논리적인지 따져 보게. 첫째, 납유리 창문. 둘째, 둥근 지붕. 셋째, 베란다의 그네. 넷째, 피아노처럼 생긴, 정말로 피아노일지도 모르는 악기. 마지막으로 다섯째, 여기 붙은 망원렌즈로 자세히 보면 확인할 수 있네만, 화성의 작곡가가 순전히 우연으로 〈아름다운 오하이오〉라는 곡을 발표하는 일이 논리적이라 할 수 있겠나? 그건 결국 화성에 오하이오강이 존재한다는 결론으로 이어질 텐데 말이야!"

"윌리엄스 대장이었을 거예요, 생각해 보면 당연하죠!" 힝스턴이 소리쳤다.

"뭐라고?"

"윌리엄스 대장과 승무원 세 명이 있잖습니까! 아니면 너새니얼 요크와 그 동료도요. 그거면 설명이 될 겁니다!"

"그걸로는 아무것도 설명되지 않네. 우리가 지금까지 파악한 바에 따르면 요크 원정대의 로켓은 화성에 도착한 날에 폭발했고, 요크와 그 동료는 목숨을 잃었네. 윌리엄스와 대원 세 명의 우주선은 도착한 다음 날 폭발해 버렸지. 적어도 그 시점에서 전파 송신장치의 파동이 사라진 것은 분명하니, 그들이 이후에도 생존했다면 우리에게 연락을 취했으리라 간주하는 것이 타당하지 않겠나. 게다가 어쨌든, 요크 원정대는 겨우 1년 전에 도착했고, 윌리엄스 대장과 부하들은 작년 8월쯤에야 착륙했지. 그들이 아직 살아 있고 영리한 화성 종족의 도움을 받았다 해도, 그 짧은 시간에 이런 마을을 세우고 이 정도로 세월의 손길을 입힐 수 있었겠나? 저 밖의 마을을 좀 보게. 어쩐지 70여 년은 저렇게 서 있었을 것처럼 보이는군. 베란다 기둥의 목재를 보게. 가로수도 좀 보게. 다들 최소한 한 세기는 묵은 것 같지 않나! 아니, 이건 요크나 윌리엄스의 업적일 리가 없네. 뭔가 다른 게 있어. 마음에 안 드는군. 그리고 나는 저 모습의 정체를 파악할 때까지 우주선을 떠나지 않을 생각일세."

"하나 덧붙이자면," 러스티그는 고개를 끄덕이며 말했다. "윌리엄스의 원정대도, 요크도, 화성의 반대편에 착륙했지요. 우리는 이쪽에 착륙하려고 주의를 기울였으니까요."

"좋은 지적일세. 혹시라도 적대적인 화성인 부족이 요크와 윌리엄스를 살해했을지도 모른다고 생각해서, 우리는 반대쪽 지역에 착륙하라는 명령을 받았지. 같은 재앙이 다시 발생하지 않도록 말일세. 따라서 우리는, 적어도 우리가 아는 한은, 윌리엄스와 요크는 본 적도 없는 땅에 도착한 셈일세."

"젠장맞을." 힝스턴이 말했다. "저는 저 마을로 나가 보고 싶단 말입니다, 대장님. 허락만 내려 주신다면요. 어쩌면 우리 태양계의 모든 행성에 비슷한 사고 양식이나 문명의 도표가 적용되는 것일 수도 있잖습니까. 우리는 이 시대 최고의 영적이자 형이상학적인 발견을 목전에 두고 있는 걸지도 모릅니다!"

"나는 조금 더 기다릴 생각일세." 존 블랙 대장이 말했다.

"대장님, 어쩌면 우리는 사상 최초로 조물주의 존재를 절대적으로 증명하는 현상을 목도하고 있는 걸지도 몰라요."

"그런 증거 없이도 훌륭한 신앙을 유지하는 사람은 상당히 많다네, 힝스턴."

"저도 그런 사람입니다, 대장님. 하지만 이런 마을이 신적 존재의 개입 없이 자연적으로 발생할 수는 없잖아요. 물건들을 하나씩 살펴보세요. 감정이 북받쳐서 웃어야 할지 울어야 할지도 모를 지경입니다."

"그럼 둘 다 하지 말게. 우리가 무엇에 맞서는 상황인지 분명해지기 전까지는 말일세."

"맞선다고요?" 러스티그가 끼어들었다. "대체 무엇에 맞선다는 겁니까, 대장. 아늑하고 고요한 녹색 마을이잖습니까. 제가 태어났던 옛 시절의 마을하고 비슷합니다. 마음에 드는 풍경인데요."

"자네 몇 년생인가, 러스티그?"

"1950년생입니다, 대장."

"그럼 자네는, 힝스턴?"

"1955년생이죠. 아이오와주 그리넬 출신입니다. 그리고 이 풍경은 고향처럼 느껴지는군요."

"힝스턴, 러스티그, 잘 듣게. 나는 자네들의 아버지뻘도 될 수 있는 사람일세. 딱 80세니까 말이지. 나는 1920년에 일리노이에서 태어났고, 지난 50년 동안 베풀어진 주님의 은총과 소수의 노인을 다시 젊게 만들 수 있는 기술 덕분에, 나는 자네들보다 조금도 더 지치지 않은 상태로 이곳 화성에 도착할 수 있었네. 그러나 그 때문에 나는 자네들보다 무한하게 의심이 많다네. 내가 보기에 저 바깥의 마을은 매우 평화롭고 온건한 데다, 일리노이주 그린블러프와 너무 흡사해서 두려움이 일어날 지경이야. 그린블러프와 지나치게 닮았어." 그는 통신 기술자를 돌아보았다. "지구에 통신을 보내게. 우리가 착륙했다고 전해. 그 말만 하게. 정식 보고서는 내일 전송할 거라고 일러두게."

"알겠습니다, 대장님."

로켓의 관측창을 통해 바깥을 바라보는 블랙 대장의 얼굴은 80세 노인이어야 마땅할 터였지만, 어디를 봐도 갓 40세가 된 정도로밖에 보이지 않았다. "그럼 행동 방침을 전달하겠네, 러스티그. 자네와 힝스턴은 나와 함께 마을을 돌아볼 걸세. 나머지 승무원은 우주선에 승선한 채로 대기하고. 뭐든 일이 터지면 당장 도망칠 수 있도록 말이야. 세 명의 손실이 원정대 전체의 손실보다는 낫지 않겠나. 고약한 일이 벌어지면 남은 승무원이 다음 로켓에 경고할 수 있을 테니까. 아마 다음 크리스마스에 이륙할 예정인 와일더 대장의 로켓이 되겠군. 화성에 적대적인 존재가 있다는 사실이 알려지면 다음 로켓은 무장을 충실히 갖추고 오겠지."

"우리도 충분합니다. 표준 무장은 전부 가지고 왔잖습니까."

"전 승무원에게 무장 상태를 유지하라고 지시하게. 그럼 출발하지, 러스티그, 힝스턴."

세 남자는 함께 우주선의 계단을 걸어 내려갔다.

아름다운 봄날이었다. 사과꽃이 만발한 나무에서는 울새 한 마리가 쉴 새 없이 노래했다. 바람이 파릇한 가지를 건드릴 때마다 꽃잎이 눈처럼 흩날렸고, 꽃송이의 향기가 공기를 타고 흘러갔다. 마을 어딘가에서 누군가 피아노를 연주하는지, 그 선율이 부드럽고 나른하게 다가왔다 멀어지고, 다가왔다 멀어지기를 반복했다. 노래는 〈꿈길에서〉*였다. 다른 어디선가 낡아서 바래고 긁힌 축음기 소리가 흘러나왔다. 해리 로더의 〈어스름 속을 방황하니〉** 음반이었다.

세 남자는 우주선 밖으로 나왔다. 그들은 희박한 공기를 흠뻑 마시며 헐떡이고는, 지치지 않도록 천천히 걸음을 옮겼다.

이제 축음기에서는 이런 음악이 흘러나오고 있었다.

오, 6월의 밤을 내게 건네요
달빛과 그대를 품에 안겨 주세요……***

러스티그는 몸을 떨기 시작했다. 새뮤얼 힝스턴도 마찬가지였다.

하늘은 청명하고 고요했고, 어디선가 냇물이 서늘한 동굴과 산골짜기의 나무 그늘 아래로 흘러가는 소리가 들렸다. 어디선가 말이 더벅더벅 걸음을 옮기고 마차가 덜컹거리며 굴러갔다.

"대장님." 새뮤얼 힝스턴이 입을 열었다. "분명합니다. 그럴 수밖에 없습니다. 제1차 세계대전 이전부터 화성에 로켓이 다니기 시작한 겁니다!"

"아냐."

- 스티븐 포스터, 〈Beautiful Dreamer〉.
- 해리 로더, 〈Roamin' in the Gloamin'〉.
- 아벨 베어, 〈June Night〉.

"아니면 저 집들을, 철제 사슴을, 피아노를, 음악을 설명할 방법이 있겠습니까?" 힝스턴은 설득하려 마음먹은 것처럼 대장의 팔을 붙들고 얼굴을 마주했다. "이를테면 전쟁을 혐오하는 사람들이 1905년에 몇몇 과학자와 협력해 비밀리에 한데 모여서 로켓을 제작해 화성에 도착했다면—"

"아냐, 아닐세, 힝스턴."

"안 될 건 또 뭡니까? 1905년의 세계는 오늘날과 달랐습니다. 비밀을 숨기기도 훨씬 쉬웠단 말입니다."

"하지만 로켓처럼 고도의 기계는 무리지. 그런 비밀은 감출 수가 없어."

"그리고 이곳에 살겠다고 결정한 겁니다. 따라서 지구와 유사한 집을 지은 것도 당연한 셈이지요. 자기네 문화를 함께 가져왔으니 말입니다."

"그래서 그동안 내내 여기 살았다는 건가?" 대장이 말했다.

"그렇지요, 평화 속에서 고요하게. 어쩌면 여기 작은 마을을 꾸릴 사람들을 데려오려고 몇 번 왕복했을지는 모릅니다. 그리고 발견될까 두려워 중단한 거지요. 그래서 이 마을이 옛날 느낌을 주는 겁니다. 그래도 제가 보기에는 1927년보다 더 옛날의 풍경은 아닌 것 같은데, 어떻게 보시나요? 어쩌면 대장님, 로켓 여행 자체가 우리가 생각하는 것보다 오래된 걸지도 모릅니다. 수 세기 전부터 지구 어디선가 시작되었고, 그동안 비밀로 간직되어 온 걸지도 모르지 않습니까. 비밀을 아는 소수의 사람은 화성에 살면서, 수 세기 동안 아주 가끔씩만 지구에 들렀던 겁니다."

"이제 자네 말이 거의 논리적으로 들릴 지경이군."

"그럴 수밖에 없지요. 우리 눈앞에 증거가 있잖습니까. 이제 우리가 할 일은 사람을 찾아서 확인하는 것뿐입니다."

두텁게 깔린 푸른 잔디밭이 그들의 부츠 소리를 흡수했다. 갓 깎은 잔디의 냄새가 물씬 풍겼다. 존 블랙 대장은 마음을 다잡으려 애쓰고 있었지만, 온몸이 평화로 충만해지는 것을 막을 수가 없었다. 이런 작은 마을에 들른 것도 거의 30년 만이었다. 하늘에서 붕붕거리는 봄철의 꿀벌 소리가 불안을 달래고 잠재워 주었다. 그리고 신선한 주변 풍경은 영혼에 바르는 연고처럼 그를 치유했다.

그들은 현관 앞 베란다에 발을 들였다. 방충망 앞으로 걸어 다가가는 그들의 발밑에서 널빤지가 삐걱대며 울렸다. 안쪽에는 홀로 들어가는 입구에 구슬 커튼이 드리워 있고, 그 안쪽으로는 크리스털 샹들리에와 편안해 보이는 모리스 의자, 그리고 그 위에 걸린 맥스필드 패리시의 그림 액자가 보였다. 집에서는 낡은 냄새가, 다락방의 냄새가, 끝없이 편안한 냄새가 풍겼다. 레모네이드 주전자에서 얼음이 달각이는 소리도 들렸다. 조금 떨어진 부엌에서는 누군가 무더운 한낮에 어울리는 데우지 않은 식사를 준비하고 있었다. 높고 달콤한 콧노래 소리가 귀를 간질였다.

존 블랙 대장은 초인종을 울렸다.

가볍고 나긋한 발소리가 홀을 따라 울리더니, 이윽고 1909년 무렵의 드레스를 입은 마흔쯤 되어 보이는 부인이 친절한 얼굴로 그들을 내다보았다.

"내가 도울 일이 있나요?" 그녀가 물었다.

"실례합니다." 블랙 대장은 머뭇거리며 말했다. "저희는 그게, 뭔가를 찾고 있습니다만, 혹시라도 도와주실 수 있다면—" 그는 문득 말을 멈추었다. 그녀는 영문을 모르는 검은 눈으로 그를 올려다보고 있었다.

"혹시 뭔가 팔러 온 거라면—" 부인이 입을 열었다.

"아닙니다, 기다려 보세요!" 그가 소리쳤다. "이 마을 이름이 뭡니까?"

그녀는 대장을 위아래로 훑어보았다. "무슨 말인가요, 이 마을 이름이 뭐냐니? 어떻게 이름도 모르는 마을에 들어올 수가 있나요?"

대장은 서늘한 사과나무 그늘에 앉고 싶다는 표정이었다. "우리는 여기 처음 왔습니다. 이 마을이 어쩌다 여기 생겨났고 여러분이 어쩌다 여기 오게 되었는지를 알고 싶군요."

"인구 조사원이세요?"

"아뇨."

"이 마을이 1868년에 만들어졌다는 건 모르는 사람이 없는데." 그녀가 말했다. "혹시 새로운 놀이인가요?"

"아뇨, 놀이가 아닙니다!" 대장이 소리쳤다. "우린 지구에서 왔습니다."

"그러니까, 땅에서 솟아났다는 말인 거죠?" 그녀는 이렇게 물었다.

"아뇨, 우리는 세 번째 행성인 지구에서, 우주선을 타고 왔습니다. 그리고 우리는 여기 네 번째 행성인 화성에 착륙했고—"

"여기는," 여성은 마치 아이를 가르치는 듯 설명했다. "일리노이주 그린블러프고, 아메리카 대륙에 있어요. 대서양과 태평양 사이에 둘러싸인 땅이죠. 그리고 그 대륙은 우리 세상, 또는 지구라고 불리는 곳에 있고요. 그럼 그만 가 보시죠. 잘 가요."

그녀는 사뿐한 걸음으로 홀로 돌아가며, 손을 들어 구슬 커튼을 들췄다.

세 남자는 서로를 바라보며 서 있을 뿐이었다.

"방충망을 뜯어내고 들어갑시다." 러스티그가 말했다.

"그럴 수는 없네. 개인 사유지 아닌가. 원 세상에!"

그들은 현관을 나와 베란다 계단에 주저앉았다.

"혹시라도 말일세, 힝스턴, 우리가 무슨 이유로든 경로를 벗어나서 실수로 지구로 돌아와 착륙했을 가능성이 있을 것 같나?"

"우리가 무슨 재주로 그런 짓을 합니까?"

"나도 몰라, 모르겠네. 아, 세상에. 생각 좀 해 보겠네."

힝스턴이 말했다. "하지만 우리는 오는 길을 매 킬로미터 단위로 확인하지 않았습니까. 항해용 측정기로 거리를 정확하게 측정했는데요. 달을 지나쳐 우주로 나왔고, 이제 여기에 도착했습니다. 저는 우리가 화성에 있다고 확신할 수 있습니다."

러스티그가 입을 열었다. "하지만 이렇게 가정해 보면 어때. 시공간의 사고가 일어나서, 우리가 차원 사이에서 길을 잃고서 30~40년 전의 지구에 착륙하게 된 거라면 말이야."

"아, 저리 꺼져, 러스티그!"

러스티그는 문가로 달려가서 초인종을 울린 다음, 서늘하고 그늘진 방 안으로 소리쳤다. "올해가 몇 년도입니까?"

"당연하게도 1926년이랍니다." 흔들의자에 앉아서 레모네이

드를 홀짝이던 부인은 이렇게 대답했다.

"방금 들으셨습니까?" 러스티그는 다른 사람들을 돌아보며 말했다. "1926년이랍니다! 우리는 시간을 거슬러 온 거예요! 여긴 지구인 겁니다!"

러스티그는 자리에 주저앉았고, 그 생각이 불러온 경이와 공포가 세 사람의 마음속을 파고들었다. 무릎에 얹은 손이 발작하듯 떨렸다. 대장이 입을 열었다. "이런 것을 원한 게 아니었는데. 두려워서 혼이 빠질 지경이군. 어떻게 이런 일이 벌어질 수 있나? 아인슈타인이라도 데려왔으면 좋았겠군."

"이 마을에 우리 말을 믿어 줄 사람이 있을까요?" 힝스턴이 말했다. "우리 지금 뭔가 위험한 장난감을 가지고 노는 셈이지 않습니까? 그러니까, 시간 말입니다. 이대로 이륙해서 돌아가는 편이 낫지 않을까요?"

"안 돼. 일단 다른 집을 들러 봐야지."

그들은 집 세 채를 지나쳐 떡갈나무 아래 서 있는 작은 하얀 집에 도착했다. "나는 최대한 논리적으로 사유하고 싶네." 대장이 말했다. "그리고 지금으로서는 우리가 제대로 감을 잡았다는 생각이 들지 않아. 힝스턴, 자네가 처음에 제안했듯이, 로켓 여행이 상당히 옛날부터 존재했다고 가정해 보겠나? 그런데 이곳에 살던 지구인들이, 시간이 흐르자 지구를 그리며 향수병에 걸린 걸세. 처음에는 가벼운 신경증을 앓다가 이내 모두 완전히 정신병에 빠졌다고 해 보세. 광증이 사람들을 위협하기 시작한 거야. 정신과 의사가 그런 문제를 마주하면 어떻게 대처할 것 같나?"

힝스턴은 생각에 잠겼다. "글쎄요, 저라면 화성의 문명을 재구성해서 조금씩 지구와 유사하게 만들기 시작할 것 같군요. 모든 식물을, 모든 도로를, 모든 호수를, 심지어 바다까지도 재구성할 수단이 있다면 그렇게 할 겁니다. 그리고 이 정도 규모의 마을이라면, 모든 주민에게 대규모 집단 최면을 사용해서 이곳이 진짜 지구라고, 화성이 아니라고 믿게 만들 수 있지 않겠습니까."

"그거 괜찮군, 힝스턴. 이제 이곳 상황도 감이 잡히는 것 같네. 그 저택의 여성은 자신이 지구에 살고 있다고 생각하는 거야. 그걸로 제정신을 유지하는 거지. 그녀를 비롯한 이 마을의 모든 주민은 우리가 평생이 걸려도 목격하기 힘들 장대한 이주 및 최면 계획의 일부인 셈이야."

"그겁니다, 대장님!" 러스티그가 소리쳤다.

"맞아요!" 힝스턴이 말했다.

"흠." 대장은 한숨을 쉬었다. "이제야 길이 보이는군. 기분이 좀 나아졌네. 상황이 조금이나마 논리적이 되지 않았나. 시간을 앞뒤로 오가며 시간축을 따라 여행한다는 소리에 속이 뒤집힐 지경이었으니 말일세. 하지만 이렇게 하면—" 대장은 미소를 머금었다. "흠흠, 아무래도 우리가 이 동네에서 제법 인기를 끌 것 같군."

"과연 그럴까요?" 러스티그가 말했다. "이곳 사람들도 어쨌든 처음 미국으로 이주한 사람들처럼 지구를 탈출한 셈이지 않습니까. 어쩌면 우리가 찾아온 게 그리 기쁘지 않을지도 모릅니다. 몰아내거나 살해하려 들지도 모르지요."

"무장은 우리 쪽이 우월하지 않겠나. 이제 다음 집으로 가 보자고.”

그러나 그들이 정원을 가로지르기도 전에, 러스티그가 갑자기 걸음을 멈추고 마을 저편을, 꿈에 빠진 고요한 오후의 거리 건너편을 멍하니 바라보기 시작했다. “대장님.” 그가 말했다.

“왜 그러나, 러스티그?”

“아, 대장님, 대장님. 설마 저건―” 러스티그는 이렇게 말하더니, 갑자기 울음을 터트렸다. 무언가를 가리키듯 들어 올리는 그의 손가락은 부들부들 떨리고 있었고, 그의 얼굴에는 경악과 기쁨과 불신이 가득했다. 당장이라도 행복에 겨워 정신이 나갈 것 같은 표정이었다. 그는 거리 저편을 바라보더니 그대로 달리기 시작했다. 도중에 어정쩡하게 발이 걸려 넘어졌지만, 그는 바로 다시 일어나서 멈추지 않고 달려갔다. “봐요, 저길 좀 보라고요!”

“당장 저 친구를 붙들게!” 대장도 달리기 시작했다.

이제 러스티그는 소리를 지르며 전력으로 달리고 있었다. 그는 가로수 그늘이 드리워진 거리를 절반쯤 달려 내려가서는, 지붕에 무쇠 수탉 풍향계가 달린 커다란 녹색 집의 현관으로 뛰어들었다.

힝스턴과 대장이 그를 따라잡고 보니, 러스티그는 소리치고 울부짖으며 정신없이 문을 두드리고 있었다. 옅은 대기에서 전력으로 질주한 덕분에 세 사람 모두 지쳐 헐떡일 수밖에 없었다. “할머니! 할아버지!” 러스티그가 소리쳤다.

노인 두 사람이 문간으로 나왔다.

“데이비드!” 두 노인은 바람 빠지는 목소리로 외치며 뛰어나오더니, 그를 끌어안고 등을 다독이며 몸을 이리저리 살폈다. “데이비드, 아, 데이비드. 정말 오랜만이구나! 어쩜 이렇게 컸니, 우리 손자. 이제 어른이구나. 아, 데이비드, 어떻게 지냈니?"

"할머니, 할아버지!" 데이비드 러스티그는 흐느끼며 말했다. "정말, 정말로 좋아 보이시네요!" 그는 두 노인을 붙들고, 이리저리 돌려 보고, 입을 맞추고, 껴안고, 껴안은 채로 울고, 다시 붙들어 이리저리 살펴보고, 눈을 깜빡였다. 해가 빛나는 하늘은 화창했고, 바람은 산뜻했고, 잔디는 푸르렀고, 현관의 방충망은 활짝 열려 있었다.

"들어오렴, 애야. 들어오렴. 아이스티도 있단다. 방금 만든 거야. 잔뜩 있지!"

"이쪽은 제 친구들이에요." 러스티그는 몸을 돌리더니, 대장과 힝스턴을 향해 크게 웃으며 정신없이 손을 흔들었다. "대장, 들어와요."

"안녕하시오." 노부부는 말했다. "이리 들어오구려. 데이비드의 친구라면 우리 친구기도 하니까. 그렇게 서 있지 말고!"

오래된 집의 거실은 서늘했다. 한쪽 구석에서는 청동 괘종시계가 길고 높은 소리를 내며 똑딱였다. 큼지막한 소파에는 부드러운 쿠션이 놓이고, 한쪽 벽면은 책으로 가득 차 있었다. 장미 문양으로 재단된 깔개는 발을 폭신하게 감쌌으며, 물방울이 맺힌 유리잔에 든 아이스티는 지친 혀끝을 시원하게 식혀 주었다.

"우리 건강에 건배." 할머니는 틀니에 유리잔을 살짝 가져다 대며 말했다.

"여기 얼마나 계셨던 거예요, 할머니?" 러스티그가 물었다.

"죽은 후로는 내내 여기 있었단다." 할머니가 가볍게 쏘아붙이듯 대답했다.

"뭐 하신 후라고 하셨습니까?" 존 블랙이 잔을 내려놓았다.

"아, 맞아요." 러스티그가 고개를 끄덕이며 말했다. "두 분은 30년 전에 돌아가셨거든요."

"그런데도 자네는 그렇게 침착하게 앉아 있는 거야!" 대장이 소리쳤다.

"쯧." 노부인은 반짝이듯 가볍게 눈을 찡긋하며 말을 이었다. "자네가 누구라고 세상의 이치에 의문을 품나? 우리는 여기 있다네. 애초에 삶이 뭐라고 생각하나? 누가 무슨 이유로 어디서 무슨 일을 하는지 알 도리가 있나? 우리가 아는 거라고는 지금 여기서 다시 삶을 얻었다는 것뿐이네. 질문은 던질 생각 없어. 두 번째 기회를 얻었으니까." 그녀는 대장 쪽으로 비틀비틀 걸어와서 가느다란 손목을 내밀었다. "만져 보게." 대장은 그 말에 따랐다. "확실히 만져지지?" 그녀가 물었고, 그는 고개를 끄덕였다. "그럼 된 거 아닌가." 그녀는 당당하게 말했다. "구태여 질문을 던지고 다닐 필요가 있겠나?"

"흠." 대장이 말했다. "그저 화성에서 이런 것을 찾게 되리라고는 생각한 적이 없어서 그런 겁니다."

"그런데 이젠 찾았지. 감히 말하건대, 모든 행성마다 신의 무한한 의지를 보여 줄 것들이 가득 있으리라 생각한다네."

"여기가 천국인가요?" 힝스턴이 물었다.

"천만에, 그럴 리가. 그저 하나의 세계일 뿐이고, 우리는 두 번째 기회를 얻은 것뿐이지. 이유를 일러 준 사람은 없다네. 그러나 생각해 보면 우리가 지구에 존재했던 이유를 일러 준 사람도 없지 않나. 그러니까, 다른 지구 말이야. 자네들이 온 지구. 그럼 이제 그 지구 이전에도 다른 지구가 있었는지 알 도리가 있겠나?"

"좋은 질문이로군요." 대장이 말했다.

러스티그는 조부모를 향해 계속 웃음 짓고 있었다. "세상에, 뵙게 되어 정말 기뻐요. 세상에, 정말 좋네요."

대장은 자리에서 일어나며 손으로 가볍게 자기 다리를 때렸다. "슬슬 가 봐야겠습니다. 음료 감사합니다."

"물론 돌아오겠지? 저녁은 함께 들어야 하지 않겠나." 노부부가 말했다.

"노력해 보지요. 감사합니다. 할 일이 너무 많아서 말입니다. 로켓에서 부하 대원들이 기다리고 있을 테고—"

그는 말을 멈췄다. 그리고 깜짝 놀라 문 쪽을 바라봤다.

멀리 햇살 속에서 사람들의 목소리가, 고함과 목청을 돋운 인사 소리가 들려왔다.

"방금 그 소리 뭡니까?" 힝스턴이 물었다.

"곧 알게 되겠지." 존 블랙 대장은 서둘러 현관을 나와서, 푸른 정원을 가로질러 화성 마을의 거리로 달려 나왔다.

그리고 로켓 쪽을 바라보다가 그대로 굳어 버렸다. 출입구가 활짝 열리고 대원들이 손을 흔들며 뛰쳐나오고 있었다. 주변에는 제법 많은 사람이 모여 있었다. 대원들은 그들 사이로 뛰어들고 대화를 나누고, 웃음을 터트리고, 손을 맞잡았다. 춤을 추는 사람도 있었다. 그러더니 무리 지어 우르르 몰려갔다. 텅 빈 로켓은 버려진 채로 남았다.

관악대의 연주가 햇살 속에서 폭발하듯 울리며, 하늘로 높이 든 튜바와 트럼펫에서 경쾌한 곡조가 사방으로 튀어 나갔다. 쿵 쿵 울리는 북소리와 높은 파이프 소리도 합류했다. 금발 소녀들이 깡충거리며 뛰어올랐다. 소년들은 "만세!" 하고 소리쳤다. 뚱뚱한 남자들이 10센트짜리 여송연을 돌렸다. 촌장은 연설을 했다. 그러더니 대원들은 제각기, 한쪽 팔에는 어머니를, 반대쪽 팔에는 아버지나 누이를 긴 채로, 거리를 따라 바삐 걸음을 옮겨서는 작은 시골집이나 커다란 저택으로 들어가 사라졌다.

"멈춰!" 블랙 대장이 소리쳤다.

사방에서 문이 쾅 하고 닫혔다.

청명한 봄날 하늘로 아지랑이가 솟아오르는 가운데, 순식간에 거리는 고요해졌다. 관악대는 큰 소리로 음악을 마무리하며 한쪽 길모퉁이를 돌아 사라졌다. 이제 햇살 속에는 로켓만 홀로 남아 눈이 시리도록 반짝이고 있었다.

"버리다니!" 대장이 말했다. "우주선을 버리다니! 저 자식들의 가죽을 벗길 테다. 세상에! 명령을 내렸는데!"

"대장." 러스티그가 말했다. "너무 가혹하게 굴지 마시죠. 죄다 옛 친지나 친구들일 것 아닙니까."

"그건 변명이 안 돼!"

"기분이 어땠을지 생각해 보십쇼, 대장. 우주선 밖에 낯익은 얼굴들이 보였을 것 아닙니까!"

"명령을 받았잖나, 젠장!"

"대장이라면 기분이 어땠을 것 같습니까?"

"나라면 무조건 명령을 준수하고," 대장은 말을 끝맺지 못했다.

화성의 햇살 속에서 한 남자가 보도를 따라 걸어오고 있었다. 훤칠한 키와 미소를 머금은 얼굴에, 놀라울 정도로 맑은 푸른색의 눈동자를 가진 스물여섯 살쯤 되어 보이는 젊은이였다. "존!" 남자는 소리치더니, 이내 달음박질하기 시작했다.

"뭐야?" 존 블랙은 순간 비틀거렸다.

"존, 이 얼어 죽을 자식아!"

남자는 달려와서 그의 손을 붙들고 등을 철썩 때렸다.

"형이잖아." 블랙 대장이 말했다.

"당연하지, 누구라고 생각한 거냐?"

"에드워드!" 그리고 대장은 낯선 남자의 손을 붙든 채로, 러스티그와 힝스턴을 돌아보며 말했다. "우리 형 에드워드일세. 에드, 이쪽은 내 부하들이야. 러스티그하고 힝스턴. 세상에, 형이라니!"

두 남자는 서로의 손과 팔을 붙들고 끌어당기다가, 마침내 포옹했다. "에드!" "존, 이 자식아, 너 정말!" "에드 형, 정말 좋아 보이기는 하는데, 이게 대체 어떻게 된 거야? 전혀 나이를 먹지 않았잖아. 형이 죽었을 때는 스물여섯이었고 그때 나는 열아홉이었지. 원 세상에, 그렇게 오랜 세월이 흘렀는데, 형은 여기 있고, 아 신이시여, 이게 대체 무슨 일이야?"

"엄마가 기다리고 계셔." 에드워드 블랙은 웃으며 말했다.

"엄마가?"

"아빠도."

"아빠도?" 대장은 육중한 무기로 세게 얻어맞은 것처럼 거의 넘어질 뻔했다. 걸음걸이도 뻣뻣하고 제대로 몸을 가누기도 힘들어 보였다. "엄마하고 아빠가 살아 계신다고? 어디에?"

"오크놀 거리에 있는 우리 옛집이지."

"우리 옛집." 대장은 기쁨과 경탄을 담은 눈빛으로 멍하니 주변을 둘러보았다. "그 말 들었나, 러스티그, 힝스턴?"

힝스턴은 이미 그곳에 없었다. 거리 저편에서 자기 집을 발견하고 그쪽으로 달려가 버린 것이었다. 러스티그는 크게 웃고 있었다. "대장, 이제 로켓에 있던 친구들한테 무슨 일이 벌어진 건지 아시겠습니까? 다들 어찌할 수 없었던 겁니다."

"그래, 그렇군." 대장은 눈을 질끈 감았다. "눈을 뜨면 형은 사라졌을 거야." 그리고 그는 눈을 깜빡였다. "아직도 있잖아. 세상에, 에드. 하지만 정말 멀끔해 보이는데!"

"얼른 가자. 점심 준비가 끝났을 거야. 엄마한테 말씀드렸거든."

러스티그가 말했다. "대장, 저는 조부모님하고 함께 있을 테니, 혹시 필요하면 찾아오십쇼."

"뭐라고? 아, 알겠네, 러스티그. 그럼 나중에 보지."

에드워드는 대장의 팔을 붙들고 함께 걷기 시작했다. "저기우리 집이야. 기억은 나려나?"

"무슨 헛소리야! 누가 현관에 먼저 도착하나 시합해 볼까!"

그들은 달리기 시작했다. 나무들이 우렁차게 소리치며 블랙대장의 머리 위로 지나갔다. 발밑의 대지가 꿍음을 울렸다. 경이로운 현실의 꿈속에서, 그는 금빛으로 일렁이는 에드워드 블랙이 자신을 앞서가는 모습을 지켜봤다. 옛집이 앞으로 훌쩍 다가오며, 방충 문이 활짝 열렸다. "내가 이겼다!" 에드워드가 소리쳤고, 대장은 헐떡이며 대꾸했다. "난 이제 노인이라고. 그런데 형은 아직도 젊잖아. 하지만 생각해 보면 언제나 형이 이겼었지. 기억이 생생한데!"

문간에는 통통하고 발그레한 얼굴의 엄마가 활짝 웃고 계셨다. 그 뒤편에는 회색 머리카락의 아빠가 손에 파이프를 들고 계셨다.

"엄마, 아빠!"

그는 어린아이처럼 두 사람을 향해 계단을 뛰어 올라갔다.

근사한 긴 오후가 흘러갔다. 그들은 늦은 점심 식사를 끝내고 응접실에 자리를 잡았다. 블랙 대장이 로켓 이야기를 하나도 빠짐없이 들려주었고, 그들은 고개를 끄덕이며 그를 보고 웃음을 머금었다. 엄마는 기억 속에서와 똑같은 모습이셨고, 아빠는 예전에 그러셨듯 여송연 끝을 물어뜯고는 생각에 잠긴 모습으로 불을 붙이셨다. 밤이 되어 만찬 식탁에는 칠면조가 올랐고 시간은 쏜살같이 흘러갔다. 깔끔이 발라 먹은 다리뼈가 쟁반 위에 가득 쌓이자, 대장은 의자에 몸을 묻고 앉아 깊은 만족의 한숨을 흘렸다. 이제 모든 나무와 하늘에 밤의 색조가 깃들었고, 부드러운 집 안의 조명은 분홍빛 후광을 드리웠다. 거리에 늘어선 다른 집들에서도 음악 소리가, 피아노 연주 소리가, 문 닫는 소리가 흘러나오고 있었다.

엄마가 빅터 축음기에 음반을 올렸고, 존 블랙 대장은 그녀와 춤을 추었다. 엄마는 부모님이 기차 사고로 돌아가셨던 여름에 사용하셨던, 그가 기억하는 것과 똑같은 향수를 뿌리고 계셨다.

그는 품에 안은 엄마의 존재감을 가득 느끼며 음악에 맞춰 가볍게 몸을 움직였다. "두 번째 삶을 누릴 기회는 흔히 찾아오는 게 아니란다." 엄마가 말했다.

"내일 아침에 일어나 보면 로켓을 탄 채로 우주 공간에 있겠지요. 이 모든 것이 사라질 거예요." 대장이 말했다.

"아니야, 그런 생각은 말렴." 그녀는 부드럽게 일렀다. "질문을 던지면 안 돼. 주님이 은총을 베풀어 주셨잖니. 행복을 즐기자꾸나."

"죄송해요, 엄마."

음악이 멈추고, 음반이 돌아가는 신음 소리만 남았다.

"지친 모양이로구나, 아들." 아빠는 파이프로 그를 가리키며 말했다. "네 옛 침실을 정리해 놨다. 옛날에 쓰던 황동 침대도 고스란히 있어."

"하지만 원정대원 점호를 해야 하는데요."

"왜?"

"왜냐고요? 흠, 모르겠군요. 사실 별 이유도 없는데. 아니, 그럴 필요 없겠군요. 다들 식사 중이거나 잠자리에 들었겠지요. 하룻밤 푹 잔다고 해될 일은 없을 테고."

"잘 자렴, 아들." 엄마가 그의 볼에 입을 맞추었다. "네가 집에 돌아오니 정말 기쁘구나."

"집에 돌아오니 정말 좋군요."

그는 여송연 연기와 향수와 책들과 은은한 조명의 땅을 떠나 계단을 올라갔다. 에드워드와 끊임없이 대화를 나누면서. 에드워드가 문 하나를 밀어 열자, 노란색 황동 틀 침대와 대학 시절의 낡은 수신호 깃발이 눈에 띄었다. 그는 애정이 담긴 손길로 끔찍하게 퀴퀴한 라쿤 털가죽 외투를 쓸었다. "충격이 너무 컸는데." 대장이 말했다. "가슴도 먹먹하고 지친 기분이야. 오늘 너무 많은 일을 겪었으니까. 48시간 동안 우산도 외투도 없이 폭우 속에 서 있었던 것 같군. 온갖 감정에 피부까지 흠뻑 젖어 버렸어."

에드워드는 눈처럼 하얀 시트를 탁탁 쳐서 펼치고 베개에 커버를 씌웠다. 그가 창문을 올리자 재스민 밤꽃 향기가 바람을 타고 흘러 들어왔다. 달빛, 그리고 멀리서 춤추며 재잘거리는 사람들의 소리가 그 뒤를 따랐다.

"그래서 이게 화성이라 이거지." 대장은 옷을 벗으며 말했다.

"그래." 에드워드는 느릿하게, 마치 즐기듯 옷을 벗었다. 셔츠가 머리 위로 올라가자 금빛 어깻죽지와 근육질의 훌륭한 목이 드러났다.

불이 꺼졌다. 두 사람은 침대에 나란히 누웠다. 이렇게 지내는 것이 대체 몇십 년 만이던가? 대장은 나른하게 누운 채로 레이스 커튼을 젖혀, 어둑한 방 안으로 들어오는 재스민 향기에서 양분을 취했다. 누군가 정원에 이동식 축음기를 내다 놓고 크랭크를 돌리기 시작한 모양이었다. 이내 부드러운 음악 소리가 나무 사이로 들려오기 시작했다. 〈언제까지나〉*였다.

문득 메릴린이 떠올랐다.

"메릴린도 여기 있어?"

창을 통해 들어오는 달빛을 정면으로 받으며 누워 있던 형은,

• 어빙 벌린, 〈Always〉.

잠시 대답을 미루다 말했다. "응. 지금은 마을 밖에 나갔어. 그래도 아침이면 여기 도착할 거야."

대장은 눈을 감았다. "메릴린이 정말로 보고 싶은데."

두 사람의 숨소리를 제외하면 방은 고요하고 적막했다.

"잘 자, 에드."

잠시 침묵이 흘렀다. "잘 자, 존."

그는 평화롭게 누워 이런저런 생각을 떠올리기 시작했다. 처음으로 낮 동안 겪었던 압박에서 벗어날 수 있었다. 이젠 논리적으로 생각할 수 있었다. 지금껏 모든 것이 너무도 감정적이었으니까. 연주하는 악단, 낯익은 얼굴들. 그러나 이제는……

그는 곰곰이 생각하기 시작했다. 어떻게 이런 일이? 이 모든 것이 어떻게 만들어진 것일까? 그리고 무슨 이유로? 무슨 목적으로? 어떤 신적 존재가 선의로 개입한 덕분에? 그렇다면 주님이 진정 그렇게까지 자기 자식들을 살피는 존재란 말인가? 어떻게, 왜, 무슨 목적으로?

그는 오후의 열기 속에서 힝스턴과 러스티그가 제안했던 다양한 이론들을 곱씹어 보았다. 온갖 종류의 새로운 이론을 물에 떨어트린 조약돌처럼 천천히 정신 깊은 곳으로 빠트리고, 이리저리 흐릿한 불빛을 비추며 살펴보았다. 엄마. 아빠. 에드워드. 화성. 지구. 화성. 화성인.

천 년 전에 이곳 화성에는 누가 살았을까? 화성인이 있었을까? 아니면 언제나 지금처럼 이런 곳이었던 걸까?

화성인이라. 그는 그 단어를 느릿하게 속으로 곱씹었다.

그리고 순간 거의 큰 소리로 웃음을 터트릴 뻔했다. 지금껏 생각한 중에서도 가장 터무니없는 이론이 머릿속에 떠올랐기 때문이다. 조금 오싹해지는 이론이었다. 물론 굳이 고려할 필요도 없는 것이긴 했다. 가능성은 거의 없었다. 한심했다. 잊어버려. 터무니없다고.

그러나 생각을 멈출 수가 없었다. 만약, 정말로 만약…… 지금도 화성에는 화성인들이 살고 있으며, 그들이 날아오는 우주선과 거기 탄 우리를 목격하고 혐오하기 시작했다고 가정하면 어떨까. 터무니없어도 어디까지나 상상일 뿐이니 가정해 보자. 저들이 우리를 침략자로 여기고, 원치 않는 존재라고 생각하고, 우리를 죽이고 싶어졌다고 한다면. 그것도 아주 영리한 방법을 사용해서, 우리를 완벽하게 기습하고 싶었다면. 글쎄, 그렇다면 핵무기를 가진 지구인에게 대적하기 위한 화성인의 최고의 무기는 무엇이 될까?

해답은 흥미로웠다. 정신 감응, 암시, 기억, 그리고 상상력.

존 블랙 대장은 생각을 이어갔다. 이곳의 모든 집이, 내가 누운 침대가, 진짜가 아니라 내 상상력의 조각일 뿐이라고 해 보자고. 화성인의 정신 감응과 암시 능력으로 실체가 생긴 거라고 말이야. 이곳의 집들이 실제로는 완전히 다른 형상, 화성의 형상인데, 화성인들이 내 욕구와 갈망을 이용해서 옛 고향 마을처럼, 우리 옛집처럼 보이게 만든 거라면 어떨까. 내가 의심을 거두게 만들려고. 사람을 속이려 든다면 그 부모를 이용하는 것보다 훌륭한 미끼가 있을까?

이 마을도 마찬가지야. 1926년이라니, 휘하의 대원 중에 그 시절에 태어난 사람이 없을 정도로 낡은 마을이잖아. 내가 여섯 살이고 해리 로더의 음반이 남아 있고 맥스필드 패리시의 그림이 여전히 벽에 걸려 있던, 구슬 커튼과 〈아름다운 오하이오〉와 20세기 초의 건축물이 남아 있던 시대라고. 만약 화성인들이 마을의 기억을 오직 내 정신에서만 뽑아냈다면 어떨까? 흔히들 어린 시절의 기억이 가장 또렷하다고들 말하지. 그래서 저들은 내 정신으로 마을을 건설한 다음에, 로켓에 탑승한 모든 사람의 정신에서 가장 사랑했던 이들을 끌어내서 마을을 채운 거야!

그리고 만약 옆방에 잠들어 있는 두 사람이 우리 어머니와 아버지가 아니라면. 나를 계속 이런 꿈같은 최면 속에 가둬 둘 능력이 있는, 극도로 영리한 두 명의 화성인이라면.

그렇다면 오늘 그 관악대는? 그 얼마나 놀랍도록 대단한 계획일까. 우선 러스티그를 속이고, 다음으로 힝스턴을 속였다. 그런 다음에는 사람들을 전부 모아서, 로켓에 남은 대원들이 자기네 어머니나 숙모나 삼촌이나 연인 등, 10년이나 20년 전에 죽은 사람들을 보고, 자연스레 명령을 무시하고 우주선을 버리고 뛰쳐나오게 만든 것이다. 이보다 자연스러울 수 있을까? 이보다 완벽한 기습이 가능할까? 이보다 간단할 수 있을까? 어머니가 갑자기 되살아나면 그리 많은 질문을 던지지 않는 법이다. 행복에 겨울 테니까. 덕분에 오늘 밤 우리는 수많은 집에, 수많은 침상에, 몸을 지킬 무기조차 가지지 않은 채로 흩어져 버렸다. 텅 빈 로켓을 달빛 속에 홀로 버려두고. 이 모든 것이 각개격파를 노린 화성인의 영리한 대규모 계획의 일부라면, 정말로 끔찍하고 두려운 일이 아니겠는가? 밤이 깊어지면 지금 침대에 함께 누운 형의 모습이 변하기 시작할지도 모른다. 녹아내리고 변형되어, 완전히 다른 존재가, 끔찍한 존재가, 화성인이 될지도 모른다. 그대로 침대 위에서 몸을 돌리기만 하면 아주 손쉽게 내 심장에 칼을 꽂을 수 있을 것이다. 그리고 거리에 늘어선 다른 집들에서도, 다른 십수 명의 형제나 아버지가 갑자기 녹아내리며 손에 칼을 쥐고서 아무것도 알아채지 못한 채 잠들어 있는 지구인들에게 온갖 짓을 벌일 것이다……

이불 아래의 손이 떨리기 시작했다. 온몸이 차갑게 식었다. 문득 이 모든 것이 단순한 가설을 넘어섰다. 갑자기 지독한 두려움이 그를 사로잡았다.

그는 침대에서 몸을 일으키고 귀를 기울였다. 밤은 고요했다. 음악도 멈췄다. 바람도 숨죽였다. 형은 옆자리에 잠들어 있었다.

그는 조심스레 이불을 들췄다. 침대에서 빠져나와 소리 죽인 발걸음으로 방을 건너는 그의 귓가에 형의 목소리가 들려왔다. "어딜 가는 거야?"

"응?"

형의 목소리가 상당히 차갑게 느껴졌다. "어딜 가는 거냐고 물었잖아."

"물 좀 마시려고."

"목은 안 마르잖아."

"아냐, 아냐. 목말라."

"아니, 안 말라."

존 블랙 대장은 그대로 방을 가로질러 달려가기 시작했다. 비명이 울렸다. 두 번.

그는 결국 문에 닿지 못했다.

아침이 찾아오자 관악대는 슬픈 장송곡을 연주했다. 거리에 늘어선 모든 집에서는 길쭉한 상자를 든 침통한 행렬이 모습을 드러냈다. 흐느끼는 할머니와 어머니와 누이와 형제와 삼촌과 아버지들이 교회의 공동묘지로 걸음을 옮겼다. 새로 판 구멍과 새로 세운 묘석이 그곳에서 사람들을 기다리고 있었다. 전부 해서 열여섯 개의 구멍에, 열여섯 개의 묘석이었다.

촌장은 슬픔에 겨운 짤막한 연설을 했다. 그 얼굴은 때론 촌장처럼, 때론 완전히 다른 존재처럼 보였다.

블랙가의 아버지와 어머니도 그곳에 있었다. 형인 에드워드도 있었다. 울음을 터트리는 그들의 얼굴도 이젠 녹아내려 낯익은 얼굴에서 다른 모습으로 변하고 있었다.

러스티그의 할아버지와 할머니도 그곳에서 흐느끼고 있었다. 그들의 얼굴이 밀랍처럼 녹아내리며 일렁였다. 무더운 날의 다른 온갖 것들처럼 아지랑이 속에서 흔들렸다.

관이 땅속으로 내려갔다. 누군가 '밤새 일어난 열여섯 명의 훌륭한 사람들이 맞은 갑작스럽고 예기치 못한 죽음'에 대한 추도사를 읊었다.

관뚜껑 위로 흙이 떨어졌다.

관악대는 〈컬럼비아, 대양의 보석〉*을 연주하며 행진해서 마을로 돌아왔고, 그날은 모두가 일을 쉬었다.

---

* 미국의 옛 비공식 애국가, 〈Columbia, the Gem of the Ocean〉.

달이 변함없이
밝게 비출지라도

로켓에서 밤하늘 아래로 나오자 거센 추위가 밀려들었기에, 스펜더는 화성의 마른 나뭇가지들을 모아 모닥불을 피웠다. 그는 축하 파티에 대해서는 아예 입을 열지도 않았다. 그저 나무를 모아 불을 붙이고, 불길이 타들어 가는 모습을 지켜볼 뿐이었다.

말라붙은 화성의 바다를 감도는 희박한 공기가 불길에 일렁였다. 그는 어깨 너머로 자신과 나머지 모두를 이곳까지 데려온 로켓을 바라보았다. 와일더 대장과 체로키와 해서웨이와 샘 파크힐과 그 자신을, 별들이 점점이 박힌 검고 고요한 우주를 가로질러 꿈에 사로잡힌 죽은 행성으로 데려온 바로 그 우주선을.

제프 스펜더는 소음이 울리기를 기다렸다. 다른 대원들을 지켜보며, 그들이 사방을 뛰어다니면서 고함을 지르기를 기다리는 중이었다. 화성에 도달한 '최초의' 인간이 되었다는 먹먹함이 사라지자마자 분명 그런 일이 벌어질 것이다. 아무도 입 밖에 내지는 않았지만, 이 중 대다수는 다른 원정대가 전부 실패해서 지금 상륙한 4차 원정대가 최초가 되기를 내심 기대하고 있었다. 악의까지 품은 것은 아니었다. 그러나 너무 빨리 움직이면 거의 취한 것처럼 몽롱해지는, 화성의 희박한 대기에 폐가 적응하기를 기다리고 있자니, 눈앞의 영예와 명성이 도저히 머릿속에서 떠나지 않는 모양이었다.

기브스가 갓 피운 모닥불 쪽으로 다가오며 말했다. "나무 말고 우주선에 있는 화학연료를 태우는 게 어때?"

"신경 꺼." 스펜더는 고개도 들지 않고 말했다.

화성에서 보내는 첫날 밤이니까. 시끄럽게 소음을 울리며 스토브 따위의 괴상하고 쓸데없이 밝기만 한 물건을 끄집어내는 것은 적절치 못한 행동일 것이다. 외부에서 들여온 신성모독 같은 것이니까. 그런 물건들은 나중에 들여와도 될 것이다. 자랑스러운 화성의 운하에 연유 깡통을 내던질 때, 《뉴욕 타임스》 신문지가 바람에 휘날리며 고요한 회색 화성 바다의 바닥에 나부낄 때, 옛 화성 계곡 마을 골짜기의 고즈넉한 폐허에 바나나 껍질이며 소풍 도시락 포장지가 굴러다닐 때가 언젠가는 찾아올 테니까. 그럴 시간은 충분할 것이다. 그는 그런 모습을 떠올리며 속으로 살짝 몸을 떨었다.

손수 불길에 태울 거리를 던져 넣고 있자니 죽은 거인에게 공물을 바치는 기분이 들었다. 사실 그들은 거대한 무덤에 착륙한 참이었다. 문명 하나가 이곳에서 종말을 맞이했으니까. 첫날 밤을 고요하게 보내는 정도는 그저 지켜야 할 예의일 뿐이었다.

"이래서야 축하 행사라고 부를 수나 있겠습니까." 기브스는 와일더 대장을 돌아보며 말했다. "대장, 나는 진과 고기를 잔뜩 배급하면서 좀 신나게 놀 줄만 알았단 말입니다."

와일더 대장은 1.5킬로미터 밖의 죽어 버린 도시를 바라보았다. "다들 지쳤지 않나." 이렇게 말하는 그는 어딘지 멍한 기색이었다. 마치 부하들에 대해서는 전부 잊어버린 채 멀리 보이는 도시에만 온 신경을 쏟고 있는 것 같았다. "내일 밤 정도는 어떻겠나. 오늘 밤에는 유성에 우주선의 격벽이 부서지거나 대원이 목숨을 잃는 일 없이 우주를 건너왔다는 사실을 감사히 여겨야 마땅하다고 생각하네."

대원들이 몸을 뒤척였다. 총 스무 명의 사람이 서로의 어깨를 붙들거나 벨트를 조절하고 있었다. 스펜더는 그들을 지켜보았다. 다들 불만족스러워 보였다. 위대한 업적을 위해서 지금껏 목숨을 걸었으니까. 저들은 이제 취해서 고함을 지르고 허공에 총을 쏘아 대고 싶은 것이었다. 우주에 구멍을 뚫고 로켓에 올라 화성까지 온 것이 얼마나 대단한 일인지를 드러내 보이고 싶은 것이었다.

그러나 소리치는 사람은 아무도 없었다.

대장은 조용히 명령을 내렸다. 대원 한 사람이 우주선으로 뛰어 들어가 통조림 식량을 꺼내 왔고, 다들 별다른 소리를 내지 않고 뚜껑을 따서 식사를 마쳤다. 이제 대원들은 대화를 시작했다. 대장은 자리에 앉아 대원들에게 지금까지의 여정을 되짚어 주었다. 다들 아는 이야기였지만, 그렇게 듣고 있자니 나쁘지는 않았다. 이제 다 끝나서 안전하게 한구석에 간직할 수 있는 이야기였으니까. 돌아가는 여정은 화제에 오르지 못했다. 누군가 이야기를 꺼내기는 했지만, 다들 입을 모아 그만두게 만들었다. 한 쌍의 달빛 아래에서 숟가락이 움직였다. 음식은 제법 괜찮았고 와인은 그보다도 훌륭했다.

가물거리는 불길이 하늘을 가로지르더니, 이윽고 보조 로켓이 캠프 뒤편에 착륙했다. 스펜더는 작은 출입구가 열리며 해서웨이가 걸어 나오는 모습을 지켜봤다. 로켓의 공간 절약을 위해 대원들은 다들 기술을 두 가지씩 가지고 있었고, 해서웨이는 의사 겸 지질학자였다. 그는 천천히 대장 쪽으로 걸음을 옮겼다.

"어떤가?" 와일더 대장이 물었다.

해서웨이는 멀리 별빛에 반짝이는 도시들을 돌아보았다. 마른침을 삼키고 눈의 초점을 맞추고 나서야, 그는 간신히 입을 열었다. "대장님, 저기 보이는 저 도시는 완전히 죽었고, 수천 년 동안 그런 상태였던 것으로 보입니다. 저쪽 언덕 위에 보이는 도시 세 곳도 마찬가지입니다. 하지만 대장님, 320킬로미터 떨어진 곳에 있는 다섯 번째 도시는—"

"어떻다는 건가?"

"지난주까지도 사람들이 살고 있었습니다, 대장님."

스펜더는 벌떡 자리에서 일어섰다.

"화성인 말입니다." 해서웨이가 말했다.

"그럼 지금은 어디 있다는 건가?"

"죽었습니다." 해서웨이가 말했다. "거리에 면한 집에 들어가 봤습니다. 처음에는 다른 도시와 집들처럼 수 세기 동안 죽어 있던 곳이리라 생각했지요. 그런데 세상에, 시체가 있더군요. 마치 가을의 낙엽 무더기를 헤치고 걷는 것 같았습니다. 나뭇가지와 불탄 신문지처럼 보이는 시체만 가득했습니다. 게다가 얼마 안 됐더군요. 길게 봐도 열흘도 지나지 않았을 겁니다."

"다른 도시도 확인했나? 살아 있는 존재는 전혀 발견하지 못했나?"

"아예 없었습니다. 그래서 그곳을 나가서 다른 도시들도 확인해 봤지요. 다섯 중 넷은 수천 년 동안 텅 비어 있던 모양이더군요. 그곳의 원주민들에게 무슨 일이 일어난 것인지는 짐작조차 할 수가 없습니다. 그러나 다섯 중 하나는 어딜 가도 같은 모습만 보였습니다. 시체요. 수천 구의 시체 말입니다."

"대체 뭣 때문에 죽은 거지?" 스펜더가 앞으로 나서며 물었다.

"못 믿을걸."

"뭐가 죽였냐니까?"

해서웨이는 짤막하게 대답했다. "수두."

"세상에, 말도 안 돼!"

"사실이야. 검사해 봤거든. 지구인에게는 절대 일어나지 않는 증세를 화성인에게 일으켰더군. 신체 대사의 반응이 우리하고 달랐던 거겠지. 그대로 몸이 꺼멓게 타들어 가서, 조각 나 부스러질 정도로 바싹 말라 버렸거든. 하지만 그래도 수두가 맞아. 그러니까 요크와 윌리엄스 대장과 블랙 대장은 화성까지 도착하긴 한 거지. 세 원정대 모두 말이야. 그들이 어떻게 되었는지는 신만이 아시겠지만. 그래도 적어도 그들이 화성인들에게 무심결에 저지른 일은 확인할 수 있었으니까."

"살아 있는 사람이 전혀 없었다고?"

"소수의 영리한 화성인이 산속으로 숨어들었을 수도 있겠지. 그래도 문제가 될 만큼 원주민이 많이 남아 있지는 않을 거야. 이 행성은 끝장났다고."

스펜더는 몸을 돌려 다시 불가에 앉으며 불길 속을 들여다보았다. 수두라니, 세상에, 수두라니, 생각해 보라! 백만 년에 걸쳐 고도의 문명을 연마한 이들이, 저 밖에 보이는 저런 도시를 세운 이들이, 자긍심과 아름다움을 위해 모든 것을 바친 이들이 순식간에 그렇게 죽어 없어지다니. 물론 그중 일부는 자기네 시간에 맞춰 우리가 도래하기 전에 위엄을 품고 천천히 사멸했다. 그러나 나머지는! 결국 질병에 의해 사라질 것이었다면, 차라리 훌륭한 이름이나 끔찍한 이름이나 장중한 이름을 가진 질병에 스러지는 편이 낫지 않았겠는가? 온갖 성스러운 존재들의 이름으로 묻노니, 왜 하필이면 수두여야 했단 말인가. 아이들의 질병, 심지어 지구에서는 아이들조차 죽이지 못하는 질병에 당하다니! 옳은 일도 정당한 일도 아니다. 마치 그리스인들이 볼거리에 전멸하거나, 자부심 넘치는 로마인들이 무좀 때문에 아름다운 일곱 언덕에서 죽어 쓰러지는 것이나 마찬가지 아닌가! 화성인들에게는 수의를 마련하고 장중한 모습으로 자리에 누워서, 죽음을 맞이할 다른 핑계를 생각할 시간이 필요했다. 수두처럼 지저분하고 한심한 병이어서는 안 되는 일이었다. 저 위대한 건물들에 어울리지 않으니까. 이 행성 자체에 조금도 어울리지 않으니까!

"알겠네, 해서웨이. 자네도 식사 좀 하게나."

"감사합니다, 대장님."

그리고 이 일은 순식간에 잊혔다. 대원들은 자기네끼리 이야기를 나누기 시작했다.

스펜더는 그들에게서 눈을 떼지 않았다. 그는 남은 음식을 손 아래 쟁반에 내려놓았다. 주변이 조금씩 추워지는 게 느껴졌다. 너무도 선명한 하늘의 별들이 손에 잡힐 듯 가깝게 보였다.

누구든 지나치게 큰 소리로 말하는 사람이 생기면, 대장은 나 직한 목소리로 대꾸해서 그 사람의 목소리도 따라 잦아들도록 만들었다.

공기에서는 신선하고 새로운 냄새가 났다. 스펜더는 그저 그 내용물을 찬찬히 음미하며 한참을 가만히 앉아 있었다. 선뜻 판 별할 수 없는 수많은 냄새가 섞여 있었다. 꽃, 화학 약품, 먼지, 바 람까지.

"그러다 뉴욕에서 그 금발 아가씨를 낚아채게 되었단 말이지. 걔 이름이 뭐였더라? 그래, 지니!" 빅스가 소리쳤다. "바로 그런 이름이었어."

스펜더는 몸을 바싹 움츠렸다. 손이 떨리기 시작했다. 얇고 가 냘픈 눈꺼풀 아래에서 안구가 이리저리 움직였다.

"그랬더니 지니가 나를 보고 말하기를—" 빅스가 소리 높여 외쳤다.

대원들은 환호성을 울렸다.

"그래서 이 몸께서 쪽 소리 나게 키스해 줬지!" 빅스가 한 손 에 병을 든 채로 소리쳤다.

스펜더는 쟁반을 내려놓았다. 그는 귓가를 스치는 바람의 시 원한 속삭임에 귀를 기울였다. 그리고 말라붙은 바다의 텅 빈 해 저에 차가운 얼음 기둥처럼 서 있는 순백의 화성 건조물로 시선을 돌렸다.

"대단한 여자였다고, 대단한 여자였어!" 빅스는 입을 크게 벌리고 그대로 병의 내용물을 마저 쏟아부었다. "내가 알았던 여자 중에서도 최고였다니까!"

빅스의 땀에 젖은 몸에서 풍기는 체취가 공기를 가득 메웠다. 스펜더는 불이 그대로 꺼지도록 놔두었다. "어이, 스펜더! 거기 불 좀 돋우라고!" 빅스가 흘깃 그를 돌아보며 말하고는, 다시 술병에 대고 말하기 시작했다. "그러다 어느 밤에 지니하고 내가—"

숀키라는 이름의 대원이 아코디언을 꺼내더니 발을 구르며 춤추기 시작했다. 사방으로 먼지가 피어올랐다.

"야호, 난 살아남았다!" 숀키가 소리쳤다.

"예이!" 대원들이 함성을 질렀다. 다들 빈 쟁반을 내려놓았다. 그중 세 명이 일어서더니, 합창단 아가씨들처럼 일렬로 서서 발을 구르며 시끄럽게 농담을 던지기 시작했다. 다른 사람들은 손뼉을 치며 무슨 일이든 일어나기를 기대하는 것처럼 고함을 질렀다. 체로키는 셔츠를 벗어 맨가슴을 드러내고, 땀을 흘리며 주변을 빙빙 돌기 시작했다. 짧게 깎은 머리와 깔끔하게 면도한 생기 넘치는 뺨에 달빛이 반짝였다.

바다 밑바닥에서 바람이 일어나 흐릿한 안개를 휘젓고, 산맥쪽에서는 거대한 바위 얼굴이 은빛 로켓과 작은 모닥불을 굽어보고 있었다.

소음은 커져만 갔고, 더 많은 대원이 자리에서 일어섰다. 한 대원은 하모니카를 불었고, 다른 대원은 종이를 댄 빗으로 피리 소리를 냈다. 병뚜껑 스무 개가 일제히 날아가고 내용물이 그대로 목구멍으로 넘어갔다. 빅스는 춤추는 사람들을 지휘하려는 것처럼 휘청거리며 팔을 휘둘렀다.

"얼른 오시죠, 대장!" 체로키가 대장에게 소리치고는 울부짖듯 노래하기 시작했다.

대장도 춤판에 참여할 수밖에 없었다. 내키지는 않는지 우울한 얼굴이었다. 스펜더는 그의 모습을 바라보며 생각했다. 불쌍한 사람 같으니, 어쩌다 오늘 밤이 이런 꼴이 된 걸까! 저들은 자기가 뭘 하는지도 모르는데. 화성으로 오기 전에 오리엔테이션이라도 했어야지. 적어도 며칠만이라도 몸가짐이나 행실을 조심하고 얌전하게 굴라고 일러 줬어야 한다고.

"이제 됐네." 대장은 사람들을 물리치고 자리에 앉으며, 이제 지쳤다고 말했다. 스펜더는 대장의 가슴께를 유심히 살폈다. 그리 빠르게 오르내리고 있지는 않았다. 얼굴이 땀투성이가 된 것도 아니었다.

아코디언, 하모니카, 와인, 함성, 춤, 고함, 빙 두른 춤판, 냄비 두드리는 소리, 웃음.

빅스는 화성 운하 가장자리로 비틀거리며 걸어갔다. 그는 빈 병 여섯 개를 가져가서, 운하의 깊고 푸른 물 속으로 하나씩 떨어트렸다. 병은 가라앉으며 공허하고 텅 빈 소리를 울렸다.

"내 그대를 세례하노라, 세례하노라, 세례하노라." 빅스는 목쉰 소리로 말했다. "내 그대에게 빅스, 빅스, 빅스 운하라는 이름을 내리노라."

다른 사람들이 미처 반응하기도 전에, 스펜더는 자리에서 일어나 모닥불을 넘어 빅스 옆에 섰다. 그리고 빅스의 얼굴을 정면에서 한 번, 그리고 귀 쪽으로 한 번 갈겼다. 빅스는 비틀거리다 그대로 운하의 물 위로 떨어졌다. 풍덩 소리가 뒤따랐고, 스펜더는 빅스가 석조 운하 둑으로 기어 올라올 때까지 아무 말 없이 기다렸다. 그때쯤 되니 다른 대원들이 스펜더를 붙들고 있었다.

"어이, 갑자기 무슨 짓이야, 스펜더? 이봐?" 그들은 물었다.

기어 올라온 빅스는 물을 뚝뚝 흘리며 서 있다가, 사람들에게 붙들려 있는 스펜더 쪽으로 시선을 돌렸다. "좋았어." 그가 앞으로 달려 나오기 시작했다.

"그만 됐다." 와일더 대장이 쏘아붙였다. 대원들은 스펜더에게서 떨어졌다. 빅스는 걸음을 멈추고 대장 쪽을 힐끔거렸다.

"좋아, 빅스. 가서 마른 옷으로 갈아입도록. 나머지 대원은 마음대로 파티나 계속해라! 스펜더, 날 따라와!"

나머지 대원들은 파티를 재개했다. 와일더는 조금 거리를 벌린 다음 스펜더를 마주했다. "방금 일어난 일을 설명해 줬으면 하는데."

스펜더는 운하 쪽으로 시선을 돌렸다. "저도 모르겠습니다. 수치심이 느껴졌어요. 빅스에게도 우리 원정대에도 이 소음에도 말입니다. 젠장, 정말 대단한 장관 아닙니까."

"긴 여행 아니었나. 저들도 즐길 필요가 있어."

"존중 따위는 없는 겁니까, 대장님? 옳은 일을 판별할 능력은요?"

"자네는 지쳤어, 스펜더. 다른 사람들과 사물을 보는 방식이 다르기도 하고. 자네에게는 50달러 벌금을 부과하지."

"알겠습니다, 대장님. 그저 저들에게 우리들의 한심한 모습을 보이고 싶지 않은 것뿐이었습니다."

"저들?"

"화성인 말입니다. 죽었든 살았든."

"거의 확실히 죽었지." 대장이 말했다. "그들이 우리가 여기 있는 걸 알고 있다고 생각하나?"

"옛 존재는 새로운 존재의 도래를 항상 알아차리지 않습니까?"

"그럴 수도 있겠지. 자네는 꼭 영혼의 존재를 믿는 것처럼 말하는군."

"저는 지금껏 이루어진 일들을 믿습니다. 그리고 화성에서 지금껏 온갖 일들이 이루어졌다는 단서는 충분합니다. 거리와 집들도 있고, 제 생각에는 책도 있을 테고, 거대한 운하와 시계와 마구간도 있을 겁니다. 말은 없을지도 모르지만요. 어쩌면 다른 가축이 있을지도 모르지요. 누가 알겠습니까? 다리가 열두 개쯤 달려 있을지도요. 여긴 어딜 봐도 한때 사람의 손길이 닿았던 것들이 가득합니다. 수 세기 동안 만지고 사용했던 것들뿐 아닙니까.

그들이 사용했던 물건에 영혼이 깃들었다 믿느냐고 물어보신다면, 저는 그렇다고 답할 겁니다. 전부 여기 있지 않습니까. 그들이 사용했던 모든 것들이. 그들이 이름 지은 모든 산이. 그리고 우리는 그 모든 것을 사용할 때마다 거북함을 느낄 겁니다. 산의 이름은 아무리 애써도 어딘가 잘못된 것처럼 들리겠지요. 물론 우리가 새 이름을 주겠지만, 옛 이름은 세월에 묻힌 채 남아 있을 테니까요. 이곳의 산들은 그 이름으로 형체가 잡히고 사람들의 눈길을 받아 온 거니까요. 우리가 운하나 산이나 도시에 붙이는 이름들은, 하나같이 오리의 등에 뿌린 물처럼 미끄러져 떨어질 겁니다. 아무리 화성을 매만져도 우리 손길은 그 본질에 닿지 못할 겁니다. 그렇게 되면 우리는 분통을 터트리겠죠. 그리고 무슨 일을 할지 짐작이 가십니까? 우리는 화성을 뜯어낼 겁니다. 거죽을 벗겨 내서 우리에게 어울리는 모습으로 바꿔 버릴 겁니다."

"우리는 화성을 망치지는 못할 걸세." 대장이 말했다. "화성은 너무 크고 훌륭하지 않나."

"못 할 거라 생각하십니까? 우리 지구인은 크고 아름다운 것들을 망치는 일에는 일가견이 있습니다. 우리가 이집트 카르나크 신전 한복판에 핫도그 가판대를 세우지 않은 이유는, 그저 너무 외딴곳이라 대규모 상업단지 조성에 적합하지 않기 때문입니다. 그리고 이집트는 지구에서도 작은 지역에 지나지 않지요. 그러나 이 행성은 모든 곳이 오래되었고 색다릅니다. 당연히도 이곳 어딘가에 정착해서 오염시키는 작업을 시작해야겠지요. 우리는 저 운하를 록펠러 운하라고 부르고, 저 산을 킹 조지산이라 부르고, 저 바다를 듀폰해라 부를 겁니다. 그리고 루스벨트와 링컨과 쿨리지시티가 탄생하고 올바른 이름으로는 영영 돌아가지 못하게 될 겁니다. 제각기 적절한 이름이 있는 곳인데 말입니다."

"그게 고고학자인 자네가 할 일이 아니겠나. 옛 이름을 발견해서 그걸 쓰면 되는 거지."

"우리 같은 사람은 소수일 뿐이라 수많은 상업적 이권에 대적할 수 없습니다." 스펜더는 무쇳빛 산들을 바라보았다. "저들은 우리가 오늘 밤 이곳에 와서 자기네 와인에 침을 뱉었다는 사실을 알고 있을 겁니다. 우리를 증오하고 있으리라는 상상을 떨칠 수가 없군요."

대장은 고개를 저었다. "이곳에 증오는 없네." 그는 바람에 귀를 기울이며 말을 이었다. "저들의 도시를 보면 우아하고, 아름답고, 사색적인 종족이 분명하지 않나. 자신들에게 닥친 운명을 받아들였을 걸세. 좌절에 빠져 전쟁을 일으켜서 자기네 도시를 난장판으로 만드는 일 없이 종족의 사멸을 받아들였다는 정도는 우리도 알고 있지 않은가. 지금껏 우리가 살펴본 모든 도시는 흠집 하나 없이 온전했으니 말일세. 어쩌면 저들은 이곳에 도착한 우리를 정원에서 뛰노는 아이들 정도로 여기고 개의치 않을지도 모르네. 아이들의 본성이 어떤지를 잘 알고 이해하는 사람처럼 말이야. 게다가 어쩌면, 이 모든 것들 덕분에 우리가 더 나은 존재가 될 수도 있지 않겠나.

스펜더, 빅스가 억지로 유쾌하게 만들기 전까지 대원들이 묘하게 조용했다는 사실을 눈치챘나? 다들 제법 겸손하고 겁에 질린 모습이었지. 여기 이 모든 것들을 둘러보면, 누구나 우리가 그리 대단한 존재가 아니라는 점을 깨닫게 되는 거라네. 우리는 정신없이 뛰노는 애들일 뿐이야. 장난감 로켓과 원자탄을 손에 들고 큰 소리로 떠들며 활기차게 돌아다니는 거지. 그러나 언젠가 지구도 오늘날의 화성처럼 변할 걸세. 이 풍경을 보면 정신이 들 테니까. 문명의 형태로 실례가 눈앞에 펼쳐져 있으니까. 우리도 화성을 보고 배우게 될 걸세. 그러니 부루퉁한 표정은 그만두게나. 돌아가서 즐겁게 놀아 보지. 50달러 벌금은 취소할 생각 없네."

파티는 그리 제대로 진행되지 못하고 있었다. 말라붙은 바다에서 계속해서 바람이 불어왔다. 바람은 대원들을 휘감아 돌고 일행에게로 돌아오는 대장과 제프 스펜더도 감싸 버렸다. 바람은 먼지를 휘몰아 반짝이는 로켓을 휩쓸고 아코디언으로 불어닥쳤고, 잘 수선한 하모니카도 순식간에 먼지투성이가 되었다. 눈에도 먼지가 들어가고 바람의 새된 노랫소리가 허공을 메웠다. 이내 바람은 찾아왔을 때와 마찬가지로 순식간에 잦아들었다.

그러나 파티 역시 잦아든 후였다.

대원들은 그저 어둑하고 차가운 하늘 아래 꼿꼿이 서 있을 뿐이었다.

"자 자, 신사 여러분, 계속하자고!" 빅스가 새 제복으로 갈아입고 우주선에서 뛰쳐나왔다. 스펜더 쪽은 아예 돌아보지도 않으면서, 마치 텅 빈 강당에 홀로 남은 사람처럼 목소리를 높이 올렸다. 유일한 목소리였다. "이봐들!"

아무도 움직이지 않았다.

"어이, 화이티, 하모니카 불라고!"

화이티는 음 하나를 불었다. 우스꽝스럽고 어색한 가락이 울렸다. 화이티는 하모니카의 습기를 털어 낸 다음 한쪽으로 집어넣었다.

"파티 꼴이 이게 뭐야?" 빅스가 따지듯이 말했다.

누군가 아코디언을 품에 안았다. 마치 죽어 가는 짐승 같은 소리가 났다. 그게 전부였다.

"됐어, 이 몸께서는 술병하고 단둘이서 우리만의 파티를 즐길 테니까." 빅스는 로켓에 기대 쭈그려 앉아서 술병을 홀짝이기 시작했다.

스펜더는 그를 주시했다. 한참 동안 꼼짝 않고 선 채로. 문득 그의 손가락이 떨리는 다리를 건너 허리춤의 권총으로 아주 조용히 다가갔다. 그리고 가죽 총집을 쓰다듬고 톡톡 두드렸다.

"함께 가고 싶은 사람은 모두 나와 함께 도시로 진입한다." 대장이 선언했다. "만일을 대비해서 로켓에는 보초를 세우고, 전원 무장을 유지하겠다."

인원을 헤아리는 작업이 이어졌다. 총 열네 명이 진입조에 자원했다. 병을 흔들고 큰 소리로 웃으며 끼워 달라고 말하는 빅스도 이쪽에 포함됐다. 나머지 여섯 명은 뒤에 남았다.

"그럼 출발!" 빅스가 소리쳤다.

일행은 아무 말 없이 달빛 속에서 걸음을 옮겼다. 꿈꾸듯 죽은 도시의 외곽 지대로 들어서는 그들의 머리 위에서, 함께 하늘을 달리는 한 쌍의 달빛이 비추었다. 쌍둥이 달빛 속에 발밑의 그림자도 이중으로 비쳤다. 그들은 한참을 숨죽인 채로 걸음을 옮겼다. 어쩌면 거의 몇 분 동안, 숨을 쉬기조차 버거웠는지도 모르겠다. 다들 죽은 도시에서 뭔가 움직이기를 기대하고 있었다. 잿빛의 형체가, 고대의 존재가, 시조의 형상이 자리에서 일어나서 말라붙은 텅 빈 해저를 가로질러 달려오기를 기다리고 있었다. 헤아릴 수조차 없는 먼 옛날부터 전해 내려오는, 기원조차 짐작할 수 없는 강철의 탈것을 몰아 달려오기를.

스펜더는 자신의 눈에 비친 거리에 마음으로 만든 피조물을 가득 채웠다. 거미줄처럼 뻗은 거리에서 빛나는 푸른 수증기 형상의 사람들이 움직였다. 희미하게 웅얼거리는 소리도 들리고,

기묘한 짐승들이 적회색 모래 위로 바삐 걸음을 옮기기도 했다. 창문마다 몸을 내민 사람들이, 마치 시간이 사라진 물속에 잠긴 것처럼 느릿하게 손을 흔들고 있었다. 달빛에 은색으로 물든 수많은 첨탑 아래 심연에서 나른하게 움직이는 형체들을 향해서. 내면의 귓가에서 음악이 울리기 시작했고, 스펜더는 그런 음악을 만들어 내려면 어떤 악기가 필요할지를 상상했다. 혼령이 머무는 땅이었다.

"어이!" 빅스가 몸을 꼿꼿이 세우고는 입가에 손을 대고 소리쳤다. "어이, 거기 도시 친구들, 들리나!"

"빅스!" 대장이 말했다.

빅스는 입을 다물었다.

그들은 타일이 깔린 거리를 따라 걸음을 옮겼다. 이제 다들 속삭이듯 말하고 있었다. 마치 바람이 거주하고 별빛이 내리비치는, 활짝 열린 광대한 도서관이나 영묘에 들어서는 기분이었기 때문이다. 대장은 나직하게 말을 이었다. 그는 이곳의 종족이 어디로 갔을지, 이들이 어떤 이들이었을지, 이들의 왕은 누구였을지, 이들이 어떻게 죽었을지 질문을 던졌다. 그리고 나직하지만 낭랑한 목소리로, 그들이 어떻게 오랜 세월을 견디는 도시를 건설했을지, 그들이 지구에 온 적이 있을지를 물었다. 이들이 사실은 지구인의 조상으로서, 1만 년 전에 찾아온 것은 아니었을까? 이들도 사랑과 증오의 대상을 우리처럼 사랑하거나 증오했을까? 어리석은 행동을 할 때는 비슷한 어리석은 짓을 벌였을까?

아무도 움직이지 않았다. 한 쌍의 달빛이 그들을 자리에 붙들었다. 바람이 잔잔하게 그들 주변을 쓸고 지나갔다.

"바이런 경이로군요." 제프 스펜더가 말했다.

"무슨 경?" 대장은 몸을 돌려 그를 바라봤다.

"바이런 경요. 19세기의 시인 말입니다. 그는 아주 오래전에 이 도시와 화성인들이 느꼈을 법한 감정을 시로 남겼습니다. 감정을 느낄 화성인이 남아 있을지는 알 수 없지만요. 최후의 화성인 시인이 썼다 해도 어울릴 만한 시입니다."

대원들은 움직임 없이, 그림자 위에 못 박히듯 서 있었다.

대장이 말했다. "그 시가 어떤 내용인가, 스펜더?"

스펜더는 몸을 뒤척이더니, 손을 내밀고 기억을 더듬으며, 잠시 아무 말 없이 눈을 찌푸렸다. 그리고 기억을 가다듬은 그의 입에서 느리고 나직한 목소리가 흘러나왔고, 대원들은 그가 뱉는 단어 하나하나에 귀를 기울였다.

> 그러니 우리는 이제 그렇게
> 밤이 늦도록 방황하지 않으리,
> 가슴에는 여전히 사랑이 남고
> 달이 변함없이 밝게 비출지라도.

잿빛의 도시는 그대로 우뚝 솟은 채 얼어붙어 있었다. 대원들은 달빛 속에서 고개를 돌렸다.

> 칼집이 칼날에 닳아 해어지듯
> 영혼은 가슴을 지치게 만들며
> 심장이 숨을 돌리려면 쉬어야 하듯

사랑 또한 휴식을 취해야 하나니.

밤은 사랑을 위해 존재하며
낮은 너무나 빨리 돌아오지만
우리는 이제 달빛에 이끌려
더는 그렇게 방황하지 않으리.

지구인들은 아무 말 없이 도시 한복판에 서 있었다. 청명한 밤이었다. 바람 말고는 아무런 소리도 없었다. 발치의 광장에 깔린 타일은 고대의 짐승과 사람들의 형상을 그리고 있었다. 그들은 그 모습을 굽어보았다.

순간 빅스의 목에서 역겨운 소리가 흘러나왔다. 눈빛이 흐릿했다. 그는 양손을 입가로 가져가더니, 쿨럭거리면서 눈을 질끈 감고 몸을 숙였다. 진득한 액체가 그의 입을 가득 메우더니 이내 쏟아져 나와서, 그대로 타일 위에 쏟아지며 형상을 뒤덮어 버렸다. 빅스는 같은 짓을 두 번 반복했다. 코를 찌르는 알코올의 악취가 서늘한 공기를 가득 메웠다.

아무도 빅스를 도우려 움직이지 않았다. 그는 계속 토하며 신음했다.

스펜더는 잠시 그 모습을 물끄러미 바라보더니, 이윽고 몸을 돌리고는 도시의 대로를 따라 걸음을 옮겼다. 홀로 달빛을 따라서. 모여 서 있는 대원들 쪽은 단 한 번도 뒤돌아보지 않으며.

그들은 새벽 4시가 되어서야 돌아왔다. 그리고 모포 위에 누워서 눈을 감고 고요한 공기를 들이마셨다. 와일더 대장은 자리에 앉아 모닥불에 잔가지를 던져 넣었다.

두 시간 후에 매클루어가 문득 눈을 떴다. "안 주무십니까, 대장?"

"스펜더를 기다리는 중이야." 대장은 흐릿하게 웃어 보였다.

매클루어는 잠시 곱씹더니 입을 열었다. "있잖습니까, 대장, 저는 그 친구가 영영 돌아오지 않을 것 같습니다. 어떻게 아는지는 모르겠지만, 그 친구한테서는 그런 느낌이 듭니다. 돌아오지 않을 겁니다."

매클루어는 돌아누워 다시 잠들었다. 모닥불은 타닥거리다 이내 꺼졌다.

스펜더는 일주일이 지날 때까지도 돌아오지 않았다. 대장은 수색조를 파견했지만, 다들 언제나 스펜더가 어디로 갔을지 짐작도 못 하겠다고 말하며 돌아왔다. 그가 정신 차리고 준비가 되면 돌아올 거라고 말했다. 성마른 놈이라고, 놈이 어떻게 되든 무슨 상관이냐고 말했다.

대장은 아무 말도 하지 않았지만, 일지에 그런 발언을 그대로 남겼다……

월요일일 수도, 화성 기준이라면 화요일이나 다른 어떤 요일일 수도 있는 아침이 밝았다. 빅스는 운하 가장자리에 앉아서 서늘한 물에 발을 담그고 얼굴로 쏟아지는 햇빛을 맞고 있었다.

운하 둑을 따라 한 남자가 걸어왔다. 빅스의 머리 위로 그림자가 드리웠다. 빅스는 슬쩍 시선을 들었다.

"이야, 빌어먹을, 이게 누구야!"

"나는 최후의 화성인이다." 남자가 총을 꺼내며 말했다.

"방금 뭐라고 지껄였어?" 빅스가 말했다.

"너를 죽이겠다."

"적당히 해. 대체 그건 무슨 부류의 농담이야, 스펜더?"

"일어나서 당당하게 정면에서 맞아라."

"원 세상에, 그 총 치워."

스펜더는 방아쇠를 정확하게 한 번 당겼다. 빅스는 잠시 운하 가장자리에 앉아 있다가, 그대로 앞으로 기울어지며 수면으로 떨어졌다. 총에서는 그저 가냘픈 웅 소리만 났을 뿐이었다. 시체는 무심하고 느릿한 운하의 물살을 따라 떠내려갔다. 거품이 부글거리며 올라오는 소리가 잠시 이어지더니 이내 다시 정적이 찾아왔다.

스펜더는 총을 다시 총집에 꽂고 소리 없이 자리를 떴다. 빛나는 태양이 화성에 내리쬐고 있었다. 햇살이 손을 태우고 굳은 얼굴 양옆으로 흘러내리는 것이 느껴졌다. 그는 뛰지 않았다. 마치 햇살 외에는 아무것도 새로울 것 없다는 것처럼, 꾸준히 걸음을 옮길 뿐이었다. 그는 목표인 로켓 앞에 도착했다. 요리사가 세운 천막에서 대원 몇 명이 갓 조리한 아침을 먹고 있었다.

"고독한 분께서 왕림하셨군." 누군가 말했다.

"어이, 스펜더! 정말 오랜만이야!"

식탁에 앉아 있던 네 사람은, 아무 말 없이 서서 자신들을 지켜보는 남자를 물끄러미 바라봤다.

"그 빌어먹을 폐허는 이제 질렸나." 주방장이 냄비에 담긴 검은 물질을 휘저으면서 웃음을 터트렸다. "아주 묘지를 헤집고 다니는 강아지처럼 신났던 모양이구먼."

"그럴지도 모르지." 스펜더가 말했다. "이것저것 발견한 게 많거든. 내가 근처를 돌아다니는 화성인을 발견했다고 말하면 어떻게 생각하겠나?"

네 사람은 포크를 내려놓았다.

"화성인을 찾았다고? 어디서?"

"됐어. 질문이나 하나 하지. 자네들이 화성인인데, 사람들이 자기네 땅에 찾아와서 사방을 부수기 시작하면 어떤 기분이 들 것 같나?"

"나는 정확히 어떤 기분일지 알고 있지." 체로키가 말했다. "나한테는 체로키 인디언의 피가 조금 흐르고 있거든. 할아버지가 오클라호마 준주에서 벌어진 수많은 이야기를 들려주셨지. 주변에 화성인이 있다면 나는 완전히 그 친구 편이야."

"나머지 너희들은 어떻지?" 스펜더가 조심스레 물었다.

아무도 입을 열지 않았다. 그 침묵으로 충분히 답변이 되었다. 들 수 있는 만큼 집어라. 줍는 자가 임자. 상대방이 반대편 뺨을 내밀면 최대한 힘껏 때릴 것. 기타 등등……

"좋아." 스펜더가 말했다. "화성인을 하나 발견하긴 했어."

대원들은 눈을 가늘게 뜨고 그를 바라봤다.

"죽은 마을에 있더군. 찾아낼 거라는 생각조차 못 했지. 굳이 찾아낼 의도가 있었던 것도 아니야. 거기서 뭘 하고 있었는지는 모르겠군. 나는 일주일 정도 작은 계곡 마을에 살면서, 고대의 서적을 읽는 법을 익히고 옛날의 예술 양식을 감상하며 지냈어. 그러던 어느 날 화성인이 시선에 들어온 거야. 잠시 그곳에 서 있다가 사라지더군. 그러고는 꼬박 하루를 돌아오지 않았지. 그러다 내가 주변에 주저앉아 고대의 글자를 읽는 법을 배우고 있자니 다시 화성인이 나타났어. 매일 조금씩 가까이 오다가, 마침내내가 화성인의 언어를 해독할 수 있게 되자—사실 놀라울 정도로 단순한 언어거든. 게다가 도움을 줄 그림문자도 있고—내 앞으로 나와서 말했지. '네 부츠를 줘.' 그래서 부츠를 줬더니 이렇게 말하더군. '네 제복과 나머지 장비도 전부 줘.' 그래서 전부 줬더니, 다음에는 '네 총을 줘'라길래, 내 총도 건넸지. 그랬더니 '그럼 이제 따라와서 무슨 일이 일어나는지 지켜봐'라고 했어. 그래서 그 화성인은 캠프로 걸어와서 지금 여기에 서 있는 거야."

"화성인은 안 보이는데." 체로키가 말했다.

"유감이군."

스펜더는 총을 빼 들었다. 은은한 웅웅 소리가 울렸다. 첫 총알에 왼쪽 대원이 쓰러졌다. 두 번째와 세 번째 총알은 식탁의 오른쪽과 중앙에 앉은 대원에게 명중했다. 주방장은 공포에 질린채로 불가에서 몸을 돌리다가 네 번째 총알을 맞았다. 그는 그대로 불 속으로 쓰러져서 움직임을 멈췄다. 옷에 불이 옮겨붙었다.

로켓은 햇살 속에 서 있었다. 세 명의 대원은 아침 식탁에 앉아서 탁자에 손을 올린 모습으로 더 이상 움직이지 않았다. 음식이 그들 앞에서 식어 가고 있었다. 체로키만 홀로 멀쩡한 채로 앉아서, 눈앞의 광경을 믿지 못하는 먹먹한 표정으로 스펜더를 바라보고 있었다.

"자네는 나와 함께 가지." 스펜더가 말했다.

체로키는 입을 열지 않았다.

"나하고 함께 이 일을 하자고." 스펜더는 기다렸다.

마침내 체로키가 간신히 입을 열었다. "네가 저 사람들을 죽였어." 그는 힘겹게 주변의 대원들을 둘러보며 말했다.

"응분의 대가일 뿐이야."

"너 미쳤지!"

"그럴지도 모르겠군. 하지만 자네는 나와 함께 가도 돼."

"너랑 함께 가다니, 무엇 때문에?" 체로키는 핏기가 가신 얼굴로, 눈물을 흘리며 울부짖었다. "저리 꺼져, 꺼져 버리라고!"

스펜더의 얼굴이 굳었다. "다른 사람들은 몰라도 자네만은 이해할 거라 생각했는데."

"꺼지라고!" 체로키는 자기 총으로 손을 뻗었다.

스펜더가 마지막 총알을 발사했다. 체로키의 움직임이 멎었다.

이제 스펜더는 비틀거리기 시작했다. 그는 땀에 젖은 얼굴에 손을 가져다 댔다. 그리고 로켓을 흘깃 바라보더니 갑자기 온몸을 격렬히 떨기 시작했다. 육체의 반응이 너무 격렬해서 거의 넘어질 뻔했다. 최면에서, 꿈에서 깨어나는 사람의 표정이 얼굴에 떠올라 있었다. 그는 잠시 주저앉아 떨림을 향해 사라지라고 윽박질렀다.

"멈춰, 멈추라고!" 그는 자신의 몸에 명령했다. 온몸의 근섬유가 부들부들 떨리고 있었다. "멈추라니까!" 그는 모든 떨림이 빠져나갈 때까지 정신으로 육체를 짓찧었다. 이내 무릎은 조용해지고, 그 위에 얹힌 손까지 차분해졌다.

스펜더는 자리에서 일어나 조용하지만 효율적인 움직임으로 휴대용 저장고를 등에 짊어지고 끈을 조였다. 한순간 손이 다시 떨리기 시작했지만, 그가 아주 단호하게 "안 돼!"라고 소리치자 떨림은 사라졌다. 이내 그는 대지를 수놓는 뜨겁고 붉은 언덕 사이로, 홀로 뻣뻣한 걸음을 옮기기 시작했다.

하늘 높이 떠오른 태양이 열기를 내뿜었다. 한 시간 후 대장이 햄과 달걀을 가지러 로켓에서 내려왔다. 그는 식탁에 앉아 있는 네 명의 대원에게 인사를 건네려다 문득 걸음을 멈추고, 허공에 희미하게 남은 충격의 잔향을 알아차렸다. 모닥불 위에 쓰러져 있는 요리사의 모습도 눈에 들어왔다. 네 명의 대원은 차갑게 식은 아침 식사를 앞에 두고 둘러앉아 있었다.

잠시 후 파크힐과 다른 두 명의 대원이 로켓에서 내려왔다. 대장은 아침 식탁에 앉아 침묵을 지키는 대원들을 홀린 듯이 바라보고 있었다.

"전 대원을 소집해라. 지금 당장." 대장이 명령했다.

파크힐은 서둘러 운하를 따라 달려 내려갔다.

대장이 체로키를 건드렸다. 체로키의 몸이 소리 없이 뒤틀리더니 그대로 의자에서 떨어졌다. 짧게 깎은 머리와 높은 광대뼈 위에서 햇살이 뜨겁게 빛났다.

대원들이 집합했다.

"사라진 사람은?"

"여전히 스펜더뿐입니다, 대장님. 빅스는 운하에 떠 있는 것을 발견했습니다."

"스펜더!"

대장은 햇살에 이글거리며 타오르는 언덕을 둘러봤다. 이빨을 드러낸 태양이 고약한 웃음을 짓고 있었다. "빌어먹을 자식." 그는 지친 듯 중얼거렸다. "왜 나한테 와서 이야기하지 않은 거야?"

"나한테 왔어야 하는데." 파크힐이 이글거리는 눈으로 소리쳤다. "그대로 놈을 쏴서 피투성이 뇌수를 터트려 줬을 텐데, 이런 젠장!"

와일더 대장은 대원 둘을 돌아보며 고갯짓을 했다. "가서 삽을 가져오게."

무덤을 파기에는 뜨거운 날이었다. 대장이 성서의 페이지를 넘기는 동안, 말라붙은 바다에서 불어오는 뜨뜻한 바람이 대원들의 얼굴로 먼지를 날렸다. 대장이 성경을 덮자 한 대원이 천으로 휘감은 시체 위로 천천히 모래를 떠 넣기 시작했다.

원정대는 로켓으로 걸어 돌아와서 소총의 잠금장치를 풀고, 등에는 두툼한 유탄 꾸러미를 짊어지고, 총집에 꽂은 권총의 상태를 확인했다. 대원 각자에게 구릉지의 구역이 배정되었다. 명령을 내리는 대장은 목소리를 높이지도, 옆으로 늘어뜨린 손을 움직이지도 않았다.

"출발하지." 그가 말했다.

스펜더는 계곡 곳곳에서 솟아오르는 먼지를 바라보며, 추격대가 꾸려지고 준비도 끝났다는 사실을 깨달았다. 그는 지금껏 읽고 있던 은으로 만든 얇은 책을 내려놓으며 편편한 바위 위에

편한 자세로 앉았다. 티슈처럼 얇은 순은 책장 위에 검은색과 금색 안료로 필사한 물건이었다. 화성 계곡 마을의 어느 저택에서 찾아낸, 적어도 1만 년은 묵은 철학책이었다. 그는 머뭇거리며 책을 한쪽으로 밀어 놓았다.

한동안 이런 생각이 들기도 했다. 그게 다 무슨 소용이야? 저들이 다가와서 쏠 때까지 여기 앉아서 책이나 읽고 있자고.

오늘 아침에 여섯 명을 죽이고 가장 먼저 찾아온 것은 충격에서 비롯된 먹먹함이었다. 뒤이어 메스꺼움이 밀려들었고, 이제는 묘한 평화로 바뀌었다. 그러나 그 평화도 이제 끝나 가고 있었다. 사냥에 나선 이들의 발걸음을 따라 일어나는 먼지바람이, 그의 마음속에 다시 혐오의 불씨를 되살렸다.

그는 허리춤에 매단 수통에서 시원한 물을 한 모금 마셨다. 그리고 자리에서 일어나서 기지개를 켜고, 하품을 하고, 주변 계곡에서 들리는 평화롭고 경이로운 온갖 소리에 귀를 기울였다. 지구에 있는 몇 없는 지인을 불러와 이곳에서 함께 지낼 수 있다면, 허용된 남은 삶을 보낼 수 있다면, 고요하고 근심 없이 살 수 있다면 얼마나 좋을까.

그는 한 손에는 책을, 다른 손에는 쏠 준비를 마친 권총을 들었다. 근처에 하얀 조약돌이 가득한 급류가 흘렀다. 그는 옷을 벗고 첨벙거리며 들어가 가볍게 몸을 씻었다. 그리고 느긋하게 충분히 시간을 보낸 다음에야 옷을 챙겨 입고 다시 손에 총을 들었다.

총성이 울리기 시작한 것은 오후 3시가 다 되어서였다. 그즈음 스펜더는 언덕 꼭대기에 있었다. 원정대는 구릉지의 작은 화성인 마을 세 개를 가로질러 그를 추격했다. 마을 위편으로는 홀로 서 있는 저택들이 조약돌처럼 점점이 박혀 있었다. 먼 옛날 화성인 가족이 냇물이나 초목이 우거진 곳을 발견해서, 타일을 깐 수영장과 서재와 분수가 솟아오르는 정원을 건설해 놓은 곳이었다. 스펜더는 30분을 들여 우기의 빗물이 고인 수영장에서 수영을 즐기며, 추격대가 자신을 따라잡기를 기다렸다.

작은 저택을 떠날 때쯤 총성이 울리기 시작했다. 뒤쪽으로 6미터가량 떨어진 곳의 타일이 폭발하듯 터져 나갔다. 그는 가벼운 눈속임 동작을 반복하며 서둘러 걸음을 옮기다가, 곧바로 몸을 돌리며 그를 쫓아오던 대원을 총알 한 발로 쓰러트렸다.

저들은 포위망을 짜서 사방에서 조여 올 것이다. 스펜더는 그 사실을 알고 있었다. 사방을 둘러싸고 포위망을 좁혀서 그를 죽일 것이다. 유탄을 사용하지 않는다는 점이 묘했다. 와일더 대장이라면 수류탄을 던지라고 간단히 명령할 수 있을 텐데.

문제는 내가 산산조각 내기에는 너무 착한 사람이라는 거겠지, 하고 스펜더는 생각했다. 대장은 그렇게 생각하고 있을 거야. 저 사람은 내 몸에 구멍 하나만 남기고 싶은 거라고. 묘한 일이잖아? 내가 깨끗하게 죽기를 원하는 거야. 지저분하게 끝내고 싶지 않은 거지. 왜냐고? 그야 대장도 나를 이해하기 때문이겠지. 나를 이해하기 때문에, 훌륭한 대원들을 희생해서라도 내 머리를 깔끔하게 명중시키고 싶은 거라고. 그런 거 아니겠어?

연이어 아홉 발, 열 발의 총성이 울렸다. 주변의 바위에서 파편이 튀었다. 스펜더는 꾸준히 총을 쏘아 댔다. 때때로 한쪽 손에 들고 있는 은빛 책을 힐끔거리면서.

대장이 소총을 든 채로 뜨거운 햇빛 속에서 달려오는 모습이 보였다. 스펜더는 권총 조준경으로 그를 쫓으면서도 방아쇠를 당기지 않았다. 대신 그는 화이티가 엎드려 있는 바위의 꼭대기를 날려 버렸다. 성난 고함 소리가 들려왔다.

갑자기 대장이 자리에서 일어섰다. 손에는 하얀 손수건을 들고 있었다. 그는 부하들에게 뭐라 이르더니, 소총을 내려놓고 산을 오르기 시작했다. 스펜더는 한동안 엎드려 있다가 권총을 겨눈 채로 자리에서 일어섰다.

대장은 그에게 다가오더니 뜨끈한 바위 위에 자리를 잡고 앉았다. 스펜더 쪽으로는 눈길도 주지 않으면서.

대장은 상의 주머니에 손을 넣었다. 권총을 쥔 스펜더의 손에 힘이 들어갔다.

대장이 입을 열었다. "담배?"

"고맙습니다." 스펜더는 한 개비를 뽑았다.

"불은?"

"저도 있습니다."

두 사람은 침묵 속에서 한두 번 연기를 뿜었다.

"덥군." 대장이 말했다.

"그렇지요."

"이 위쪽은 살 만한가?"

"괜찮은 편입니다."

"얼마나 오래 버틸 수 있겠나?"

"열두 명 몫은 할 수 있을 것 같군요."

"기회가 있을 때 전 대원을 죽이지 않은 이유가 뭔가? 충분히 가능했을 텐데."

"저도 알아요. 질려 버렸던 겁니다. 뭔가를 간절히 하고 싶어진 사람은 자신에게 거짓말을 하게 됩니다. 다른 사람들은 모조리 틀렸다고요. 그런데 사람을 죽이기 시작하자마자, 저는 그들이 그저 어리석을 뿐이고 죽여서는 안 됐다는 사실을 깨닫게 된 겁니다. 그러나 너무 늦어 버렸지요. 그 상태로 계속할 수는 없었습니다. 그래서 이리로 올라와서 자신에게 거짓말을 더 열심히 해서, 다시 분노를 쌓으려 한 겁니다."

"이제 충분히 쌓였나?"

"별로 많지는 않습니다만, 충분합니다."

대장은 자신의 쾰런을 물끄러미 바라보았다. "왜 그런 짓을 한 건가?"

스펜더는 조용히 발치에 권총을 내려놓았다. "이곳의 화성인들이 우리가 감히 희망할 수 있는 최고점에 도달해 있었음을 깨달았기 때문입니다. 이들은 우리가 100년 전에 멈췄어야 하는 지점에서 멈추는 데 성공했습니다. 저는 이들의 도시를 거닐었고, 이제는 기꺼이 조상이라 부를 수 있을 정도로 이들을 잘 알고 있습니다."

"저쪽 도시는 아름답더군." 대장은 도시 하나를 턱짓으로 가리켰다.

"저곳만 그런 것이 아닙니다. 그래요, 이들의 도시는 훌륭합니다. 화성인은 생활 속에 예술을 조화시키는 법을 알고 있었지요. 미국인들에게는 언제나 동떨어진 개념이지만 말입니다. 미국인에게 예술이란 다락방에 틀어박힌 정신 나간 아들 녀석의 방에 가둬 놓는 물건이지요. 기껏해야 일요일마다 종교와 섞어 적정

량을 복용하는 정도가 고작일 겁니다. 그러나 이곳의 화성인들은 모든 사물에 예술과 종교를 불어넣었습니다."

"저들이 이 모든 것의 의미를 알고 있었으리라 생각하는 건가?"

"내기해도 좋습니다."

"그러면 자네는 무슨 이유로 대원들을 쏘기 시작한 건가."

"제가 꼬맹이였던 시절에 부모님이 멕시코시티에 데리고 가 주신 적이 있습니다. 그때 아버지의 행동이 기억에서 지워지지를 않더군요. 큰 소리로 떠들며 거물 행세를 하고 돌아다니셨죠. 그리고 어머니는 피부색이 짙고 제대로 안 씻는다는 이유로 그곳 사람들을 싫어하셨습니다. 그리고 누나는 거의 모든 사람에게 말조차 걸지 않았죠. 진심으로 그곳을 좋아한 사람은 저뿐이었습니다. 우리 부모님이 화성에 오시면 이곳에서도 똑같이 행동하실 것이 분명합니다.

평범한 미국인은 어딘가 이상한 존재는 쓸모없는 것으로 여깁니다. 시카고식 하수도가 갖춰져 있지 않으면 사람 살 곳이 못 된다고 여기는 겁니다. 이해가 되나요! 아, 신이시여, 생각만 해도 끔찍하군요! 그뿐 아니라 전쟁도 있지요. 우리가 떠나기 전에 한 의회 연설은 들으셨겠지요. 저들은 일이 잘 풀리면 화성에 원자력 연구 시설 겸 핵무기 보관소를 세 곳이나 건설하려 하고 있습니다. 그런 것이 지어지면 화성은 끝장입니다. 이 모든 눈부신 것들이 사라질 겁니다. 화성인이 찾아와서 백악관 바닥에 술 냄새 풍기는 토사물을 쏟아 냈다면 기분이 어떨 것 같습니까?"

대장은 아무 말 없이 그저 귀 기울일 뿐이었다.

스펜더는 말을 이었다. "뒤이어 다른 이권 세력들이 찾아오겠지요. 광업과 관광업 분야의 사업가들이 찾아올 겁니다. 코르테스와 그의 아주 훌륭하고 선량한 친구들이 스페인에서 찾아온 후에 멕시코에서 무슨 일이 벌어졌는지 기억하십니까? 탐욕스럽고 정의로운 편견 덩어리들이 문명 하나를 통째로 파괴했지요. 역사는 결코 코르테스를 용서하지 않을 겁니다."

"오늘은 자네도 그리 도덕적으로 행동하지 않았잖나." 대장이 덧붙였다.

"제가 뭘 할 수 있었겠습니까? 당신과 말싸움이나 하면서 버티라고요? 지구의 비뚤어지고 끝도 없이 계속되는 탐욕스러운 계획에 저 홀로 맞서야 하는 상황입니다. 저들은 그 지저분한 원자폭탄을 이리로 싣고 와서, 전쟁 기지를 확보하려고 싸움을 벌일 겁니다. 행성 하나를 이미 망쳤는데도 다른 행성까지 망치지 않고는 견딜 수 없는 거지요. 다른 이들의 여물통에까지 오물을 쏟을 필요가 있습니까? 단순무식한 떠버리들 같으니. 여기까지 올라오니 놈들의 소위 문화라는 것뿐 아니라, 놈들의 도덕과 관습에서도 해방된 기분이 들었습니다. 저는 놈들의 준거 규범에서 완전히 벗어났다고 생각했습니다. 이제 제가 할 일은 당신들을 전부 죽이고 홀로 살아가는 것뿐이겠지요."

"하지만 이미 제대로 되지 않았지." 대장이 말했다.

"그렇지요. 아침 식탁에서 다섯 번째 살인을 저지르고 나니, 제가 온전히 새로운 존재도, 온전한 화성인도 아니라는 사실을 깨달은 겁니다. 지구에서 배운 모든 것을 그렇게 가볍게 버릴 수가 없었습니다. 하지만 이젠 다시 마음을 다잡았습니다. 당신들

을 전부 죽일 겁니다. 그러면 다음번 탐사 로켓은 넉넉잡아 5년
은 늦출 수 있겠지요. 지금은 우리가 타고 온 로켓이 전부니까요.
지구의 사람들은 한두 해 정도는 기다리겠지만, 결국 우리의 소
식이 들리지 않으면 새 로켓을 만들 때는 잔뜩 겁을 먹을 겁니다.
두 배로 오래 걸리고, 시험기도 100대는 만들어서 다시는 실패
하지 않도록 만반의 준비를 하겠지요."

"자네 말이 맞네."

"반면 당신들이 돌아가서 고무적인 보고를 올리면, 화성 침
공 작전이 전반에 걸쳐 가속화되지 않겠습니까. 운이 좋으면 저
도 60세까지는 살 수 있겠지요. 저는 화성에 도착하는 모든 원정
대를 맞이할 겁니다. 우주선은 한 번에 한 대씩만 찾아오겠지요.
1년에 하나 정도일 테고, 인원도 스무 명을 넘지 않을 겁니다. 그
들과 친해지고 나서 우리 로켓이 갑자기 폭발해 버렸다고 설명
한 다음—이번 주 안에 일을 끝마치고 나면 손수 폭발시킬 생각
입니다—그들도 전부 죽일 겁니다. 한 명도 남기지 않고. 화성에
는 앞으로 반세기 동안 사람의 손길이 닿지 않을 겁니다. 시간이
조금 지나면 지구인들도 시도를 포기할지도 모르지요. 체펠린
비행선이 번번이 화염에 휩싸여 추락하자 새로 만들기를 꺼리게
되었던 일은 기억하시지요?"

"자네는 계획을 다 세워 놓았군." 대장도 인정했다.

"그렇습니다."

"하지만 수적으로 열세지. 한 시간만 있으면 우리는 자네를
포위할 걸세. 한 시간 후면 자네는 죽을 거야."

"당신들이 절대 찾아내지 못할 지하 통로와 거처를 찾아 놓았

습니다. 그곳으로 퇴각해서 몇 주 정도 버틸 생각입니다. 당신들이 방비를 늦출 때까지요. 그런 다음에 땅속에서 기어 나와 한 사람씩 해치울 겁니다."

대장은 고개를 끄덕였다. "이곳의 자네 문명에 대해 말해 주겠나." 그는 산속 마을들을 향해 손짓하며 말했다.

"이들은 자연과 함께 어울려 사는 법을 알고 있었습니다. 우리 내면에서 인간만 남기고 동물은 사라지도록 지나치게 노력하지도 않았습니다. 다윈이 등장하자 우리는 그런 실수를 저질렀지요. 우리는 만면에 웃음을 머금고 다윈과 헉슬리와 프로이트를 맞이했습니다. 그런 다음에야 다윈과 우리의 종교가 섞일 수 없음을 깨달았지요. 적어도 우리는 섞이지 않는다고 생각했습니다. 우리가 어리석었지요. 우리는 우선 다윈과 헉슬리와 프로이트를 뽑아내려 시도했지요. 그러나 그들은 쉽사리 움직이지 않았습니다. 그래서 우리는 머저리처럼 종교를 격퇴하려 시도했습니다.

게다가 제법 성공을 거두었지요. 우리는 신앙을 잃고 삶의 의미를 고민하기 시작했습니다. 예술이란 것이 좌절 속에서 욕망을 분출하는 행위일 뿐이라면, 종교가 자기기만일 뿐이라면, 삶에 무슨 의미가 있겠습니까? 신앙은 언제나 모든 것에 대한 해답을 제공했지요. 그러나 프로이트와 다윈 덕분에 이제는 전부 배수구로 쓸려 내려갔습니다. 우리는 과거에도 지금도 길 잃은 종족일 뿐입니다."

"이곳의 화성인들은 길을 찾은 이들이었나?" 대장이 물었다.

"그렇습니다. 이들은 과학과 종교를 접목시켜, 서로 배제하지 않고 함께 작용해서 상대를 풍요롭게 만드는 방법을 알고 있었습니다."

"이상적으로 들리는군."

"실제로 그랬습니다. 화성인들이 어떻게 그런 일을 벌였는지 보여 드리고 싶군요."

"대원들이 기다리고 있네."

"30분이면 충분할 겁니다. 그렇게 일러 주십시오, 대장님."

대장은 잠시 머뭇거리다 자리에서 일어나서 언덕 아래쪽으로 명령을 내렸다.

스펜더는 그를 이끌고 작은 화성인 마을로 들어섰다. 모든 것이 대리석으로 훌륭하고 완벽하게 만들어진 곳이었다. 장대하고 아름다운 동물 모양 부조에, 하얀 사지를 가진 고양이 비슷한 조각상과 노란 사지를 지닌 태양 상징에, 황소 비슷한 짐승의 조각상과 남녀의 조각상과 거대하고 섬세한 개들의 형상이 그들을 맞이했다.

"이게 그 해답입니다, 대장님."

"무슨 뜻인지 모르겠는데."

"화성인들은 동물에서 삶의 비밀을 깨달았습니다. 동물은 삶에 의문을 던지지 않지요. 그저 삶을 누릴 뿐입니다. 동물의 삶의 이유는 생명 그 자체입니다. 생명을 즐기고 만끽하는 거지요. 아시겠습니까? 이곳의 조각상을 보면, 동물의 상징이 계속 반복되는 것이 보일 겁니다."

"이교의 신앙처럼 보이는군."

"정반대입니다. 이것들은 전부 조물주의 상징, 생명의 상징입니다. 화성인 또한 지나치게 인간이 되어 버려 동물성을 상실했습니다. 그러나 화성인들은 살아남으려면 질문 하나를 완전히 포기해야 한다는 사실을 깨달은 겁니다. 왜 사느냐는 질문 말입니다. 삶 그 자체가 해답이었던 겁니다. 삶이란 더 많은 생명을 번성하게 하고 최대한 훌륭한 삶을 누리기 위한 것입니다. 화성인들은 전쟁과 절망이 절정에 이르렀던 시대에 '우리가 왜 사는 거지?'라는 질문을 던졌기 때문에, 그에 대한 해답이 존재하지 않는다는 사실을 자연스레 깨달았습니다. 그러나 문명이 고요속으로 잦아들고 전쟁이 멈추자, 그 질문은 새로운 방식으로 무의미해졌습니다. 삶이 워낙 훌륭한 것이라 논쟁할 필요조차 없어졌으니까요."

"화성인들은 제법 순진한 자들이었던 모양이로군."

"순진해도 될 때만 순진했지요. 그들은 모든 것을 파괴하려 지나치게 애쓰기를, 모든 것을 굴종시키려는 노력을 포기했습니다. 그들이 종교와 예술과 과학을 융합할 수 있던 이유도 여기에 있습니다. 근원을 살펴보면 과학이란 우리가 설명할 수 없는 기적에 대한 탐구에 지나지 않으며, 예술이란 그 기적의 해석이기 때문입니다. 저들은 과학이 미학을, 그리고 아름다운 존재를 파괴하도록 방치하지 않았습니다. 모든 것은 단순히 정도의 문제입니다. 지구인이라면 이런 식으로 생각합니다. '저 그림에는 사실 색채라는 것은 존재하지 않는 거야. 색채는 특정 물질의 입자가 특정 방식으로 배열되어 빛을 반사하기 때문에 만들어지는 것이고, 그 사실은 과학으로 증명할 수 있으니까. 따라서 색채란 내가 목격하는 실체의 일부분이라고는 할 수 없는 거지.' 하지만 훨씬 똑똑한 화성인은 이렇게 말했을 겁니다. '훌륭한 그림이군. 영감을 받은 인간의 손과 정신에서 창조된 거야. 저 착상과 색채는 생명 그 자체에서 온 거지. 이건 훌륭한 작품이야.'"

침묵이 흘렀다. 대장은 오후의 햇살 속에 앉아서 흥미로운 눈으로 주변의 작고 고요하고 선선한 마을을 둘러보았다.

"이런 곳에 살고 싶군." 그가 말했다.

"원한다면 그러셔도 됩니다."

"하필 나한테 그걸 권하는 건가?"

"당신 휘하의 대원 중에 이 모든 것을 진심으로 이해할 사람이 있을까요? 냉소의 기술을 갈고 닦아 온 저들은 바뀌기에는 너무 늦어 버렸습니다. 당신은 왜 저들에게 돌아가려는 겁니까? 비슷비슷한 사람들과 어울릴 수 있으니까? 다른 사람의 나침반을 따라갈 수 있으니까? 분비샘이 아니라 해설서에 의지해 노래를 들으려고? 저 아래에 작은 안뜰이 하나 있는데, 적어도 5만 년은 묵은 화성의 노래 타래가 남아 있습니다. 아직 재생이 되더군요. 평생 들어 볼 수 없는 음악입니다. 그걸 들을 수 있어요. 책도 있습니다. 저는 이제 제법 괜찮게 읽을 수 있습니다. 자리에 앉아서 책을 읽을 수도 있다는 겁니다."

"전부 상당히 훌륭하게 들리는군, 스펜더."

"하지만 머물지 않으실 거지요?"

"그렇네. 어쨌든 고맙네."

"그리고 제가 문제를 일으키지 않고 머물게 해 주실 생각도 없을 테지요. 저는 당신들을 전부 죽일 수밖에 없습니다."

"낙관적이군."

"제게는 싸울 이유와 살아갈 이유가 생겼습니다. 그러니 살육에 유리해졌다고 할 수 있겠지요. 이제는 종교에 해당하는 것도 생겼습니다. 숨 쉬는 법을 처음부터 익히는 셈입니다. 그리고 자리에 누워 일광욕을 하는 법도, 태양이 몸에 깃들게 하는 법도 익혔습니다. 음악을 듣는 법도, 책을 읽는 법도 마찬가지지요. 당신의 문명은 무엇을 제공해 줍니까?"

대장은 자세를 고쳐 앉았다. 그리고 고개를 저었다. "이런 일이 벌어지게 되어 유감일세. 모든 면에서 애석하게 생각하네."

"저도 그렇습니다. 아무래도 이제 저쪽으로 돌아가야겠군요. 당신이 공격을 시작할 수 있게 말입니다."

"그럴 것 같군."

"대장, 당신은 죽이지 않을 겁니다. 모든 것이 끝나도 당신은 살아남을 겁니다."

"뭐라고?"

"시작할 때부터 당신은 건드리지 않겠다고 결정했습니다."

"그건……"

"당신을 나머지 사람들로부터 구원할 겁니다. 저들이 전부 죽으면, 당신도 마음을 돌릴지도 모르지요."

"아닐세." 대장이 말했다. "내 몸에는 지구인의 피가 너무 많이 흐르고 있어. 나는 계속 자네를 추격할 걸세."

"여기 머물 기회가 생겨도 말입니까?"

"우스꽝스럽기는 하지만, 그렇네. 설령 그렇게 되어도 말이야. 이유는 모르겠네. 자문해 본 적도 없고. 자, 다 왔군." 그들은 이제 처음 만났던 장소로 돌아왔다. "조용히 따라올 생각은 없나,

스펜더? 마지막으로 권유하는 거네."

"고맙습니다만 사양하지요." 스펜더는 손을 내밀었다. "마지막으로 한 가지만. 당신이 이기면 부탁 하나만 들어주십시오. 이 행성을 파괴하는 일을 최대한 억누를 방법을 찾아 주십시오. 고고학자들이 충분히 이곳을 살펴볼 시간을 가질 수 있도록 적어도 50년은 시간을 벌어 주십시오. 그렇게 해 주시겠지요?"

"물론이지."

"그리고 마지막으로…… 혹시라도 도움이 된다면, 저를 어느 여름날에 완전히 정신이 나가 광포해져서 결국 제정신을 찾지 못한 사람으로 여겨 주셨으면 합니다. 그렇게 생각하면 당신에게도 조금이나마 수월할 겁니다."

"생각해 보겠네. 잘 있게, 스펜더. 행운을 비네."

"당신은 묘한 사람이에요." 따뜻한 바람을 맞으며 산길을 따라 걸어 내려가는 대장을 보면서 스펜더는 중얼거렸다.

대장은 뭔가를 상실한 얼굴로 먼지투성이 대원들 곁으로 돌아왔다. 그는 계속 눈을 찡그리고 태양을 올려다보며 숨을 몰아쉬고 있었다.

"마실 거 있나?" 그가 말했다. 차가운 병이 그의 손에 닿았다. "고맙네." 그는 그대로 들이켜고 입가를 훔쳤다.

"좋아, 주의하도록. 우리 쪽에는 시간이 아주 많다. 더 이상의 사상자는 용납하지 않겠다. 목표를 사살한다. 가능하면 깨끗하게 한 발에 끝내라. 난장판을 만들지 말고. 그대로 끝내란 소리다."

"저 개자식의 뇌수를 터트릴 겁니다." 샘 파크힐이 말했다.

"아니, 가슴을 노린다." 대장이 말했다. 스펜더의 강인하고 단호한 얼굴이 눈앞에 떠올랐다.

"뇌수로 피칠갑을 해 주겠어." 파크힐이 말했다.

대장은 그에게 병을 거칠게 내밀었다. "내 말 똑똑히 들어. 가슴을 노린다."

파크힐은 혼자 웅얼거리듯 투덜댔다.

"그럼 출발한다." 대장이 말했다.

대원들은 다시 산개해서 걷다가 이윽고 뛰기 시작했다. 그러나 무더운 언덕 사면으로 나오자 다시 걸음이 느려졌다. 언덕에서는 이끼 냄새가 풍기는 서늘한 동굴이 불쑥 나타나는가 하면, 바위에 내리쬐는 햇빛 냄새가 나는 탁 트인 개활지가 눈앞에 펼쳐지기도 했다.

영리하게 움직이는 자신이 마음에 안 든다고, 대장은 생각했다. 헛똑똑이의 영리함 같은 느낌에다 그다지 영리하고 싶지도 않은 상황이니. 숨어서 몰래 움직이며 온갖 계획을 세우고 그 계획에 터무니없는 자부심이나 느끼고. 나 자신도 확신하지 못하는데 올바른 일을 한다는 느낌이 든다니, 정말 끔찍하지 않은가? 애초에 우리에게 이럴 권리가 있나? 다수자라서? 그게 해답인가? 다수자는 언제나 신성한 법이지, 그렇지 않던가? 항상, 언제나. 아주 사소한 찰나의 순간에조차 틀리는 법이 없다는 거겠지? 천만 년이 지나가도 절대 틀리지 않는다는 거겠지? 애초에 다수자라는 게 뭐고, 누가 다수자를 구성하지? 그리고 저들은 무슨 생각을 하고 어쩌다 그런 생각을 하게 되었고 그 생각이 과연 바뀔 일이 있기는 할 것이며 나는 또 어쩌다 이 빌어먹을 다수에 포함되어 버린 거야? 이렇게 끔찍하게 거북한데. 이 거북함은 군중 공포증일까, 아니면 단순한 상식 차원의 문제일까? 나머지 세계 전체가 자기네가 옳다고 여기는 상황에서, 단 한 사람만이 진정으로 옳을 수도 있는 걸까? 아니, 그냥 생각을 멈추면 되잖아. 흥분에 몸을 맡기고 바닥을 기어 다니다 방아쇠를 당기기만 하면 되는 거야. 됐어, 이제 됐다고!

대원들은 뛰어나가다 몸을 수그리고, 뛰어나가다 그늘에 쪼그려 앉으며 입을 벌리고 헐떡였다. 희박한 대기 탓에 뛰기 힘들었기 때문이다. 숨이 가빠지면 5분씩 앉아 쉬면서 시야의 검은 반점이 사라질 때까지 기다려야 했다. 아무리 들이켜도 부족한 희박한 공기를 열심히 빨아들이며, 눈을 부라리며 초점을 잡다가, 마침내 자리에서 일어나 다시 총을 쥐는 것이다. 옅은 여름날의 공기에 구멍을 뚫기 위해서, 소리와 열기의 구멍을.

스펜더는 원래 자리에 머물면서, 가끔 응사만 할 뿐이었다.

"빌어먹을 뇌수를 사방에 뿌려 주지!" 파크힐은 이렇게 소리치며 비탈을 오르기 시작했다.

대장은 샘 파크힐에게 총을 겨누었다. 그리고 다음 순간 공포에 질린 얼굴로 멍하니 손을 내렸다. "내가 지금 뭘 하려던 거야?" 그는 축 늘어진 손과 총을 향해 물었다.

거의 파크힐의 등을 쏴 버릴 뻔했으니까.

"주여, 도와주소서."

파크힐이 계속 달려가다 안전하게 엎드리는 모습이 그의 눈에 들어왔다.

앞서 뛰어간 대원들이 느슨한 그물을 만들어 스펜더를 몰아

넣었다. 언덕 꼭대기에 있는 두 개의 바위 뒤편에, 스펜더는 희박한 대기에 탈진한 채로 웃음을 가득 머금고 누워 있었다. 양팔 겨드랑이에서 스며 나온 땀이 두 개의 커다란 섬을 이루었다. 대장은 두 개의 바위를 살폈다. 10센티미터 정도 사이가 벌어져 있어서, 스펜더의 가슴을 그대로 노릴 수 있을 것처럼 보였다.

"어이, 너!" 파크힐이 소리쳤다. "여기 네 머리에 선물할 납탄이 있는데!"

와일더 대장은 기다렸다. 얼른 서둘러, 스펜더. 아까 말한 대로 여기서 도망치라고. 이제 도망칠 시간도 몇 분밖에 남지 않았잖아. 달아났다가 나중에 돌아오란 말이야. 얼른. 그럴 거라고 했잖아. 자네가 찾았다는 지하 통로로 들어가서 납작 엎드린 채로 몇 달이고 몇 년이고 살라고. 그 훌륭한 책들을 읽고 신전의 저수조에서 목욕하며 살란 말이야. 도망쳐, 당장, 이 친구야, 너무 늦기 전에.

스펜더는 자기 자리에서 꿈쩍도 하지 않았다.

"저 친구 뭐가 문제야?" 대장은 혼잣말을 중얼거렸다.

대장은 총을 들었다. 그리고 달려가다 몸을 숨기는 대원들을 지켜봤다. 그의 시선이 작고 깨끗한 화성 마을로, 오후의 햇살 속에서 날카롭게 깎은 체스 말처럼 보이는 첨탑들로 향했다. 그리고 한 쌍의 바위로, 스펜더의 가슴이 드러나 있는 바위 틈새로 돌아갔다.

파크힐이 분노의 괴성을 울리며 거센 기세로 뛰어 올라가고 있었다.

"그만, 파크힐." 대장이 말했다. "너한테 맡길 수는 없다. 다른 이들도 마찬가지다. 아니, 너희들로는 안 돼. 내가 해야만 한다."
그는 총을 들어 조준했다.

이 일을 끝낸 다음에도 내가 무고하다고 할 수 있을까? 그는 생각했다. 내가 직접 해야 한다는 것은 옳은 생각일까? 그래, 그럴 거야. 나는 무슨 이유로 이런 일을 하는지를 알고 있으며, 내가 적합한 사람이라고 생각하기 때문에 적합한 거니까. 앞으로는 그저 여기에 부응하는 삶을 살 수 있기를 희망하고 기원할 수밖에 없겠지.

그는 스펜더 쪽을 향해 고개를 끄덕였다. 그리고 대원들에게 들리지 않을 정도로만 소리 높여 속삭였다. "얼른 가라고. 30초 더 줄 테니까 도망쳐. 30초야!"

손목시계가 째깍거렸다. 대장은 초침이 움직이는 모습을 지켜봤다. 대원들은 달려가기 시작했다. 스펜더는 움직이지 않았다. 시계가 한참을 째깍거리는 소리가 대장의 귀에 크게 울렸다. "도망쳐, 스펜더, 움직여, 달아나라고!"

30초가 흘렀다.

조준경이 목표를 겨누었다. 대장은 깊이 숨을 들이쉬었다. 그리고 내쉬면서 중얼거렸다. "스펜더."

손가락이 방아쇠를 당겼다.

그저 돌가루가 흐릿하게 햇살 속으로 터져 올랐을 뿐이었다. 총성의 메아리도 이내 사그라들었다.

대장은 자리에서 일어나서 부하들에게 소리쳤다. "죽었다."
다른 대원들은 그의 말을 믿지 못했다. 각도 때문에 바위 사이의 틈새가 보이지 않았던 것이다. 눈앞에서 대장이 홀로 언덕을 뛰어 올라가는 모습을 보면서, 그들은 그가 아주 용감하거나 정신이 나갔다고 생각하고 있었다.

대원들은 몇 분이 지난 후에야 그를 따라 올라왔다.

시체를 둘러싼 사람들 속에서, 누군가 말했다. "그 위치에서 가슴을 맞혔다고요?"

대장은 시체를 내려다보았다. "가슴을 맞혔군." 스펜더의 몸 아래 바위가 물드는 모습이 그의 눈에 들어왔다. "왜 여기서 기다렸는지 모르겠군. 왜 계획한 대로 도망치지 않았는지 모르겠어. 왜 여기서 머물다가 죽음을 맞이한 걸까."

"누가 알겠어요?" 누군가 말했다.

스펜더는 그렇게 누워 있었다. 한쪽 손은 총을 쥐고, 다른 손은 햇살 속에 반짝이는 은빛 책을 쥔 채로.

나 때문이었나? 대장은 생각했다. 내가 받아들이기를 거부했기 때문에 그런 걸까? 스펜더는 나를 죽이고 싶지 않았던 걸까? 내가 여기 있는 나머지 사람들과 다르다고 할 수 있나? 그래서 이렇게 된 걸까? 나를 믿을 수 있다고 생각한 걸까? 다른 어떤 해답이 가능하지?

아무것도 없었다. 그는 말없는 시체 옆에 쭈그려 앉았다.

그의 기대에 부응하는 삶을 살아야 한다고, 대장은 생각했다. 이젠 그를 저버릴 수가 없어. 만약 이 친구가 내 안에서 자신과 비슷한 존재를 느꼈고 그 때문에 죽일 수 없었던 거라면, 앞으로 내가 해야 할 일이 얼마나 많을까! 그래, 그거야. 그거라고. 나는 스펜더와 같은 사람이지만, 그래도 총을 쏘기 전에 생각을 하지.

나라면 아예 쏘지 않을 거야. 죽이지 않을 테지. 나는 사람들과 협력해서 일을 처리하려 하니까. 이 친구는 내가 살짝 다른 상황에 놓인 자기 자신이었기 때문에 나를 죽일 수 없었던 거겠지.

목덜미에 내리쬐는 햇살이 느껴졌다. 그리고 자기 입에서 흘러나오는 목소리가 들렸다. "누굴 쏘기 전에 나를 찾아와서 대화로 풀었더라면, 어떻게든 해결책을 마련할 수도 있었을 텐데."

"뭘 해결해요?" 파크힐이 말했다. "이런 부류의 놈들하고 함께 뭘 할 수가 있는데요?"

드넓은 대지에서, 바위와 푸른 하늘에서, 열기가 노래하기 시작했다. "자네 말이 맞을 것 같군." 대장이 말했다. "결국에는 함께 어울릴 수 없었겠지. 스펜더와 나라면 가능했을지도 몰라. 그러나 스펜더와 자네와 다른 사람들은, 아니, 불가능하지. 차라리 이게 나을 걸세. 거기 수통 좀 주게."

스펜더를 빈 석관에 잠들게 하자고 제안한 사람은 대장이었다. 그들은 고대의 화성인 묘지를 발견했다. 그들은 스펜더를 적어도 1만 년은 묵은 양초와 와인과 함께 은빛 상자에 넣고, 손을 가슴에 모아 주었다. 그들의 눈에 마지막으로 비친 스펜더는 평화로운 표정을 짓고 있었다.

그들은 한동안 고대의 묘실에 서 있었다. "자네들이 가끔 스펜더를 기억해 주는 것도 나쁘지 않을 것 같네." 대장이 말했다.

그들은 묘실을 나오며 대리석 문을 닫았다.

다음 날 오후, 파크힐은 죽은 도시 한 곳을 과녁 삼아 사격 연습을 해서, 수정 창문을 부수고 섬세한 첨탑 꼭대기를 산산조각 냈다. 대장은 파크힐을 붙들고 그대로 이빨을 털어 버렸다.

이주민

수많은 지구인이 화성에 도착했다.

두렵거나 두려움을 모르기 때문에, 행복하거나 불행하기 때문에, 신대륙의 이주자와 같은 기분이거나 그렇지 않기 때문에 온 이들이었다. 저마다 나름의 이유가 있었다. 고약한 아내나 고약한 일자리나 고약한 마을을 떠나는 이들도 있었다. 뭔가를 찾거나 뭔가를 떠나거나 뭔가를 얻으려는 이들도 있었고, 뭔가를 파내거나 뭔가를 파묻거나 뭔가를 홀로 남기려고 오는 이들도 있었다. 작은 꿈을 품거나 큰 꿈을 지니거나 아예 꿈이 없이 오는 이들도 있었다. 그러나 이들은 하나같이 마을 곳곳에 붙은 4도 인쇄 포스터를 보고, 정부의 손가락을 따라 움직인 것이었다. '천상에 당신이 일할 곳이 있다. 화성을 보라!' 사람들은 그 방향으로 미적미적 움직이기 시작했다. 처음에는 수가 적었다. 고작해야 마흔 명 정도였다. 거의 모든 사람이 로켓이 우주로 날아가기 한참 전부터 끔찍한 병을 앓기 시작했기 때문이다. 그 병의 이름은 고독이었다. 자기 고향 마을이 주먹 크기로, 레몬 크기로, 좁쌀 크기로 작아지다, 마침내 불길 속으로 사라지는 모습을 목격하게 되면, 자신이 아예 태어나지도 않았고 마을도 존재하지 않았던 것처럼 느껴지기 때문이다. 사방이 텅 빈 우주 공간이고, 낯익은 것은 아무것도 없이, 오로지 다른 낯선 사람들의 존재만 느껴질 뿐이니까. 일리노이, 아이오와, 미주리, 또는 몬태나주가 구름바다 속으로 사라지고, 미국이 안개에 둘러싸인 섬으로 졸아들고, 마침내 지구라는 행성 전체가 진흙투성이 야구공처럼 날아가 버리면, 당신은 진정 홀로 남게 되는 것이다. 우주라는 광활한 평원의 떠돌이가 되어 상상조차 할 수 없던 곳으로 걸음을 옮기는 신세가 되는 것이다.

따라서 처음에는 사람이 별로 없었던 것도 그리 이상한 일이 아니었다. 그러나 화성에 도착한 지구인이 늘어 감에 따라, 그에 비례하듯 뒤따르는 이주자도 꾸준히 증가해 나갔다. 수가 불어나면 안심이 되게 마련이니까. 그러나 처음 도착한 고독한 이들은 자신의 힘으로 맞서 나가야 했다⋯⋯

녹색의 아침

해가 지자 그는 길가에 쭈그려 앉아 가벼운 저녁거리를 준비했다. 모닥불이 타닥거리는 소리에 귀를 기울이면서 음식을 입으로 옮기고, 생각에 잠긴 채로 씹었다. 지난 30일 동안과 별로 다를 것 없는 하루였다. 동이 틀 무렵부터 계속 깔끔하게 구멍을 파고, 씨앗을 심고, 햇살에 반짝이는 운하에서 물을 길어 오는 것이 전부였다. 이제 그는 호리호리한 몸에 무쇠처럼 깃든 피로를 짊어진 채로, 자리에 누워 하늘의 색조가 한 어둠에서 다른 어둠으로 변하는 모습을 지켜보고 있었다.

그의 이름은 벤저민 드리스콜이고, 나이는 서른하나였다. 그리고 그는 화성이 녹색으로 변하고 나무와 수풀이 무성해지기를, 갈수록 더 많은 공기를 생성하며 계절이 지나갈 때마다 쑥쑥 자라나기를 바랐다. 끓어오르는 여름에 마을을 서늘하게 식혀 줄 나무를, 겨울바람을 막아 줄 나무를 원했다. 나무는 온갖 곳에 유용하다. 풍경에 색을 더해 주고, 그늘을 제공해 주고, 열매를 떨굴 뿐 아니라, 아이들의 놀이터로서 하늘을 뒤덮은 우주가 되어 기어오르고 매달릴 수도 있는 존재다. 나무란 먹거리와 즐거움이 구석구석 가득한 존재다. 그러나 다른 무엇보다도, 나무는 허파로 들이쉴 수 있는 서늘하고 시원한 공기를 걸러 준다. 그리고 눈처럼 하얀 침대에 누워 잠 못 이루는 밤을 보낼 때는, 우리 귓가에 부드럽게 살랑거리는 소리를 울려 마음을 달래고 잠에 빠져들 수 있도록 해 준다.

그는 자리에 누운 채로 검은 흙이 스스로 힘을 북돋우며 태양을 기다리는 소리에, 아직 내리지 않은 비를 기다리는 소리에 귀를 기울였다. 땅에 귀를 붙이고 있으면 다가올 미래의 나날이 멀리서 걸음을 옮기는 소리가 들린다. 그는 오늘 뿌린 씨앗이 녹색 싹을 틔워 하늘을 붙드는 모습을, 가지에서 가지를 연이어 뻗어내는 모습을 상상했다. 마침내 오후의 그늘로 덮인 숲이 되는 화성을, 반짝이는 과수원이 되는 화성을.

새벽이 찾아와 겹겹이 겹친 언덕 사이에서 작은 태양이 흐릿한 고개를 내밀면, 그는 자리에서 일어나 뜨끈한 식사를 뚝딱 해치우고 재 속의 불씨를 밟아 끈 후, 작은 배낭을 메고 작업에 나섰다. 토질을 확인하고, 땅을 파고, 씨앗이나 모종을 심고, 가볍게 다져 주고, 물을 주고, 자리를 옮기고, 휘파람을 불고, 맑은 하늘이 밝아지며 더운 한낮이 찾아오는 모습을 지켜보는 것이었다.

"너도 공기가 필요하지." 그는 한밤의 모닥불에 말을 걸었다.

모닥불은 불그레한 혈색에 항상 활기차고, 뭐든 그대로 받아 되쏘는 말동무였다. 곁에서 잠들면 나른한 분홍빛의 따스한 눈으로 싸늘한 밤을 함께해 주는 존재였다. "우리 모두 공기가 필요해. 여기 화성은 공기가 희박하단다. 너도 너무 빨리 지쳐 버리지. 꼭 남미 안데스의 고지대에 사는 것 같지 뭐냐. 숨을 힘껏 들이쉬어도 소득이 없어. 만족스럽지가 못하단 말이야."

그는 자신의 갈빗대를 더듬어 보았다. 고작 30일 만에 얼마나 부풀어 올랐는지. 더 많은 공기를 받아들이려면 다들 폐를 잔뜩 키워야 할 것이다. 아니면 나무를 더 심거나.

"그래서 내가 여기 있는 거란다." 그가 말했다. 불이 타닥거리며 뛰었다. "학교에 다닐 때 조니 애플시드라는 친구가 미국을 가로질러 걸어가며 사과나무를 심은 이야기를 들었거든. 뭐, 나는 그보다 더 많은 일을 하는 셈이지. 떡갈나무에 느릅나무에 단풍나무까지, 온갖 종류의 나무를 심고 있거든. 사시나무, 삼나무, 밤나무도. 배를 채울 과일을 만드는 것에 그치지 않고, 허파를 채울 공기도 만드는 셈이란다. 언젠가 여기 나무들이 자라나면 얼마나 많은 산소를 만들어 낼지 생각해 보렴!"

그는 화성에 처음 도착했던 순간을 떠올렸다. 다른 1,000명의 사람들처럼, 그는 고요한 아침 풍경을 내다보며 이런 생각을 했다. 어떻게 하면 여기 적응할 수 있을까? 무슨 일을 하게 될까? 내가 맡을 역할이 있을까?

그러다 그는 실신해 버렸다.

누군가 코밑에 암모니아병을 가져다 대자, 그는 기침을 내뱉으며 정신을 차렸다.

"괜찮을 겁니다." 의사가 말했다.

"어떻게 된 거죠?"

"대기가 상당히 희박하거든요. 못 버티는 사람들도 있지요. 아무래도 당신은 지구로 돌아가야 할 것 같습니다."

"안 돼요!" 그는 벌떡 자리에서 일어났지만, 거의 즉시 눈앞이 캄캄해졌다. 발밑의 화성이 두 배 속도로 자전하는 것처럼 느껴졌다. 그는 팽창된 콧구멍을 벌름거리고 억지로 폐를 움직이며 아무 도움도 안 되는 공기를 깊이 들이마셨다. "괜찮을 겁니다. 난 여기 있어야 해요!"

의료진은 물고기처럼 비참하게 헐떡이는 그를 다시 자리에 눕혔다. 그는 누운 채 생각했다. 공기, 공기, 공기. 저들은 공기 때문에 나를 돌려보내려는 거야. 그는 고개를 돌려 화성의 들판과 언덕을 내다보았다. 눈의 초점이 맞자 가장 먼저 깨달은 것은, 저 너머에는 나무가 하나도 없다는 것이었다. 어느 방향으로 아무리 내다봐도 한 그루도 눈에 띄지 않았다. 대지가 헐벗은 모습을 고스란히 드러내고 있었다. 검고 비옥한 흙이었지만 그 위에는 아무것도, 심지어 잔디조차도 자라나지 않았다. 공기라. 소리를 내며 콧구멍으로 들락거리는 그 흐릿한 물질을 말하는 거지. 공기, 공기라. 언덕 꼭대기에도, 또는 그 사면의 그늘에도, 심지어 가느다란 시냇물 주변에도, 나무 한 그루나 녹색 풀잎 하나조차도 보이지 않았다. 그거야! 해답이 마음속이 아니라, 허파와 기도를 타고 올라오는 것이 느껴졌다. 그리고 그 생각은 마치 순수한 산소가 몰아치는 것처럼 그를 일으켜 세웠다. 나무와 풀이라. 그는 자신의 손을 내려다보면서 이리저리 뒤집어 보았다. 나무와 풀을 심을 것이다. 바로 그것이 그의 임무가 될 것이다. 그가 이곳에 머물지 못하도록 방해하는 바로 그 존재와 싸우는 것이다. 화성을 상대로 풀과 나무를 무기 삼아 혼자만의 전쟁을 치르는 것이다. 옛 토양은 그대로 남아 있다. 그곳에 자라던 식물들이 너무 오랜 세월에 지쳐 사라져 버렸을 뿐이다. 그러나 새로운 식물종을 도입하면 어떨까? 지구의 나무를, 미모사 나무와 수양버들과 목련과 장엄한 유칼리나무를 들여오면, 무슨 일이 벌어질까? 이 토양에 어떤 풍요로운 무기물이 숨어 있을지는 짐작조차 할 수 없었다. 과거의 양치류가, 꽃이, 덤불이, 나무들이 질려서 죽어 버린 이후로는 손댈 자가 없었으니까.

"좀 일으켜 줘요!" 그는 소리쳤다. "조정관을 만나야겠습니다!"

오전 내내 그는 조정관과 녹색으로 자라나는 온갖 존재들에 대해 이야기를 나누었다. 조직적인 조림 계획이 수립되려면 몇 달이, 아니 몇 년이 걸릴지도 몰랐다. 사람들은 아직까지 지구에서 얼어붙은 고드름 형태로 수송해 오는 냉동식품으로 식사를 하고 있었다. 몇 군데 지역 공동체의 정원에서 수경재배로 식물을 키우는 정도가 고작이었다.

조정관은 말했다. "그때까지는 당신에게 이 일을 맡기겠습니다. 당신을 위해서 씨앗과 약간의 장비를 공수해 보죠. 지금은 로켓의 공간이야말로 비할 수 없이 귀중한 자산입니다. 애석하지만 이곳의 개척지는 광업 마을이니까, 나무를 심는 일로는 별로 공감을 얻기 힘들겠지만—"

"그래도 해 봐도 된다는 거지요?"

그들은 그에게 그 일을 맡겼다. 모터사이클 한 대와, 수납 공간을 가득 채울 만큼의 통통한 씨앗과 모종이 제공되었다. 그는 황량한 계곡에 탈것을 세워 놓고 직접 걸음을 옮기기 시작했다.

그게 30일 전의 일이었고, 그는 단 한 번도 뒤돌아보지 않았다. 뒤돌아보면 가슴이 저리도록 쓰라릴 것이 분명했으니까. 이곳의 기후는 끔찍할 정도로 건조했다. 지금껏 싹을 틔운 씨앗이 있기는 할는지 의심스러울 정도였다. 어쩌면 지금까지 그가 벌인 모든 일이, 허리를 숙이고 땅을 파며 지낸 4주의 시간이, 전부 헛된 것일지도 몰랐다. 그는 계속 앞만 바라보며, 햇빛 속에서 널찍하고 얕은 계곡을 따라 걸음을 옮겼다. 첫 정착지 마을에서 점점 멀어지며, 비가 내리기만을 기다리며.

어깨에 담요를 걸치며 하늘을 바라보자 메마른 산맥 위로 구름이 모이는 모습이 보였다. 화성은 시간 그 자체만큼이나 예측 불가능한 땅이었다. 그는 열기에 달궈진 언덕이 아지랑이 속에서 일렁이며 얼어붙은 밤으로 빠져드는 것을 느끼면서, 비옥한 짙은 검은빛 흙을 손으로 퍼 올렸다. 너무도 검고 반짝이는 흙은 마치 쥐어 든 손안에서 그대로 꿈틀거리며 움직일 것만 같았다. 뼛속까지 뒤흔드는 충격과 함께 거인이 비명을 지르며 떨어져 내릴, 거대한 콩줄기가 솟아오를 것 같은 흙이었다.

불길은 나부끼다 이내 잠에 겨운 잿더미로 변했다. 멀리서 수레바퀴가 덜컹거리는 소리가 울리며, 그에 맞춰 공기가 진동했다. 천둥이었다. 문득 물 내음이 풍겼다. 오늘 밤이겠군. 빗방울을 찾아 손을 내밀며, 그는 생각했다. 오늘 밤이겠어.

그는 이마를 부드럽게 건드리는 느낌에 잠에서 깨어났다.

코를 타고 흘러내린 물방울이 입술로 떨어졌다. 다른 물방울이 눈에 떨어져 시야를 흐렸다. 다른 물방울이 뺨에 부딪혀 부서졌다.

비였다.

갓 내리는 부드러운 빗방울이 높은 하늘에서 스며 내려 떨어졌다. 신묘한 영약처럼 마법과 별빛과 공기의 맛이 나는 빗방울이, 쌉싸름한 먼지를 머금은 채로, 귀한 셰리주처럼 부드럽게 혓바닥 위에서 굴렀다.

비였다.

그는 일어나 앉았다. 담요가 땅에 떨어지고 푸른색 데님 셔츠가 젖어 들었지만, 그는 개의치 않았다. 빗방울은 점점 더 굵어졌다. 모닥불은 투명한 짐승의 춤추는 발길에 짓밟히는 것처럼 거칠게 일렁이더니, 결국에는 성난 연기만을 남기고 사라져 버렸다. 비가 내렸다. 하늘을 덮은 거대한 검은 뚜껑에 여섯 개짜리 블루칩처럼 구멍이 나고, 깨진 광택제 표면처럼 수많은 실금이 생기더니, 그대로 쏟아져 내리기 시작했다. 수백억 개의 수정 빗방울이 허공에 머물러 있는 모습이 마치 전자 장비로 사진으로 옮길 수 있을 것처럼 선명히 보였다. 뒤이어 어둠과 물이 사방을 가득 뒤덮었다.

온몸이 흠뻑 젖어 버렸는데도, 그는 그대로 얼굴을 들고 눈꺼풀을 때리는 물방울을 만끽하며 큰 소리로 웃었다. 손뼉을 치면서 흥겹게 자신의 작은 야영지 주변을 돌아다니기도 했다. 새벽 1시인데도.

비는 꼬박 두 시간을 꾸준히 내리다가 멎어 버렸다. 이윽고 그 어느 때보다도 깨끗하고 청명하게 씻겨 나간 하늘에 별이 떠올랐다.

벤저민 드리스콜은 셀로판 꾸러미에서 마른 옷을 꺼내 갈아입은 다음, 자리에 누워 행복하게 잠들었다.

언덕 사이를 비집고 느릿하게 해가 떠올랐다. 햇살이 고요히 지면에 드리웠고, 드리스콜은 자신이 누웠던 바로 그 자리에서 깨어났다.

그는 일어나는 것을 미루며 조금 어물쩍거렸다. 지금껏 무더위 속에서 한 달을 일했으니까. 그러다 겨우 자리에서 일어나서는, 드디어 자신이 온 방향으로 몸을 돌렸다.

녹색 아침이 그를 맞이했다.

그의 시선 끝까지 하늘을 떠받치듯 솟아오른 나무들이 보였다. 한 그루도, 두 그루도, 십여 그루도 아니었다. 지금껏 그가 씨앗과 모종으로 심었던 수천 그루가 자라나 있었다. 심지어 작은 나무도, 묘목이라 부를 크기도, 작고 연약한 싹도 아니었다. 잘 자란 나무가, 거대한 나무가, 장정 열 명만큼 키가 큰 나무가, 짙은 녹색에 거대하고 우람하고 충실히 자란 나무가, 윤기 나는 나뭇잎으로 반짝이는 나무가, 속삭이는 나무가, 언덕 너머까지 줄지어 선 나무가, 레몬 나무가, 라임 나무가, 삼나무와 미모사와 떡갈나무와 느릅나무와 사시나무가, 벚나무와 단풍나무와 물푸레나무와 사과나무와 오렌지 나무와 유칼리나무가, 격렬한 빗줄기에 자극받고 외계 행성의 마법의 흙에서 자양분을 얻어서, 그가 지켜보는 동안에도 새 가지를 뻗고 새 눈을 틔우고 있었다.

"말도 안 돼!" 벤저민 드리스콜은 소리쳤다.

그러나 계곡도 아침도 전부 초록색이었다.

게다가 공기는!

사방에서, 해류의 움직임처럼, 산에서 흘러나오는 강물처럼, 새 공기가 밀려들기 시작했다. 녹색 나무에서 산소가 밀어닥쳤다. 수정처럼 반짝이며 밀려드는 물결이 맨눈에도 똑똑히 보였다. 산소가, 신선하고 순수하고 녹색이고 차가운 산소가 계곡을 강 하구의 삼각주로 바꾸어 놓았다. 조금만 기다리면 마을의 문이 활짝 열릴 것이고, 사람들은 산소라는 새로운 기적 속으로 뛰쳐나올 것이다. 콧구멍을 킁킁거리고, 담뿍 들이마셔 폐를 채우고, 볼을 발갛게 물들이고, 콧속에 가득 맺히고, 허파에 새로운 생명을 불어넣고, 심장을 달뜨게 하고, 지친 몸을 움직여 춤추게 만들 것이다.

벤저민 드리스콜 씨는 녹색 물결의 공기를 힘껏 깊이 들이마시고는, 그대로 기절해 버렸다.

그가 다시 깨어나기 전까지, 5,000그루의 새로운 나무들은 노란 태양을 향해 한껏 솟아올랐다.

메뚜기 떼

로켓의 불길이 황량한 초원을 달구었다. 바위는 용암이 되고, 목재는 숯이 되고, 물은 증기로 변하고, 모래와 규사는 녹색 유리로 굳어 사방에서 벌어지는 침공의 장면을 깨진 거울처럼 비추었다. 수많은 로켓이 밤하늘에 울리는 북소리처럼 정적을 부수며 날아들었다. 수많은 로켓이 메뚜기처럼 떼 지어 장밋빛 폭연을 가득 내뿜으며 내려앉았다. 수많은 로켓에서 손에 망치를 든 사람들이 쏟아져 나와 이 기묘한 세계에 깃든 모든 기묘함을 두들겨 부수고 자기네 눈에 익은 모습으로 바꾸기 시작했다. 남자들은 마치 강철의 이빨을 가진 포식자처럼 입에 못을 가득 물고 등장해서, 망치를 놀리는 재주 많은 손에 그 못을 하나씩 뱉어 내어 조립식 주택을 세우고, 판자 지붕을 올려 은은하게 반짝이는 별들을 완전히 덮어 버리고, 녹색 커튼을 달아 다가오는 밤을 가로막았다. 이렇게 목수들이 서둘러 지나간 자리에는 화분과 꽃무늬 면직물과 냄비를 짊어진 여자들이 도착해서 부엌의 소음을 울리며, 문과 커튼을 드리운 창문 밖에서 기다리던 화성의 정적을 뒤덮어 버렸다.

6개월이 지나자 이 벌거벗은 행성에는 지글거리는 네온관과 노란 전구로 가득한 열두 개의 작은 도시가 생겨났다. 전부 합쳐 9만여 명의 사람들이 화성에 찾아왔다. 그리고 지구에서는 더 많은 사람이 가방을 꾸리고 있었다……

한밤의 만남

파란 언덕을 올라가기 전에, 토마스 고메스는 외따로 떨어진 주유소에 차를 세우고 휘발유를 채웠다.

"여기 계시면 외롭지 않으세요, 영감님?" 토마스가 말했다.

노인은 작은 트럭의 앞 유리를 닦으며 대꾸했다. "나쁘지는 않네."

"화성은 마음에 드세요?"

"괜찮은 편이야. 항상 새로운 일이 생기지. 나는 작년에 여기 오면서 아무것도 기대하지 않겠다고, 아무것도 요구하지 않겠다고, 무슨 일에도 놀라지 않겠다고 다짐했다네. 지구의 삶이 어땠는지는 전부 잊어버리자고 말이야. 우리가 지금 있는 곳에, 이곳이 얼마나 다른지에 주목해야 한다고 말이지. 나는 이곳 날씨만 가지고도 나름대로 즐기며 살 수 있다네. 화성의 날씨 아닌가. 낮에는 지옥처럼 뜨겁고, 밤에는 지옥처럼 추워지지. 꽃도 낯설고, 비 내리는 모습마저 낯서니 상당히 즐길 만하다네. 나는 은퇴하면 모든 것이 낯선 곳에 살고 싶었다네. 그래서 화성에 온 거야. 늙은이한테는 낯선 것들이 필요하거든. 젊은이들은 대화에 끼워 주지도 않고, 다른 늙은이들은 끔찍하게 지루하게 느껴지니까. 그러니 모든 것이 낯설어서 눈만 떠도 즐길 수 있는 그런 곳이야 말로 내가 은퇴하기에 가장 어울린다고 생각한 거라네. 그래서 여기 주유소를 차렸지. 장사가 지나치게 잘되면 다른 곳으로 이사할 생각이야. 통행량이 적은 옛 고속도로로 말일세. 그저 먹고 살 만큼 벌면서 이곳의 온갖 낯선 것들을 느낄 시간이 있다면 충분하지 않겠나."

"아주 정확한 판단인데요, 영감님." 토마스는 갈색 손을 나른하게 운전대에 올린 채로 말했다. 그는 기분이 좋았다. 새로 생긴 정착지 한 곳에서 꼬박 열흘을 쉬지 않고 일한 후에 이틀의 휴가를 받아서 파티에 가는 중이었기 때문이다.

"이제는 무슨 일이 일어나도 놀라지를 않는다니까." 노인이 말했다. "그저 구경할 뿐이지. 경험하는 거야. 화성을 있는 그대로 받아들일 수 없다면 차라리 지구로 돌아가는 게 낫지 않겠나. 여긴 모든 것이 미쳐 돌아가는 곳이니까. 흙도, 공기도, 운하도, 원주민도(아직 본 적은 없지만, 실제로 있기는 하다더군), 시계도 말이야. 내 시계마저도 제대로 작동을 안 한다니까. 여기서는 시간조차도 미쳐 돌아가는 거야. 때론 여기 있는 게 나뿐이라는 생각이 들어. 이 빌어먹을 행성에 나 혼자뿐이라고, 내기라도 할 수 있을 정도로 확실하게 느껴지지. 때론 내가 여덟 살로 돌아간 기분이 들기도 하지. 온몸이 졸아든 채로 우뚝 솟은 존재들 사이에 남겨진 그런 느낌 말이야. 세상에, 정말로 늙은이에게 딱 맞는 곳이지 않은가. 항상 긴장을 유지시키고 행복하게 만들어 주니까. 자네는 화성이 어떤 존재라고 생각하나? 나한테는 70년 전에 받았던 크리스마스 선물 같다네. 만화경이라고 부르는 물건이었는데, 자네가 그런 걸 본 적이 있을지 모르겠군. 수정 조각과 옷감과 구슬과 예쁜 잡동사니를 원통에 넣어 만든다네. 그걸 태양 쪽으로 들어 올리고 안을 들여다보면 숨이 멎는 광경이 펼쳐지지. 수많은 패턴이 끝도 없이 펼쳐지거든! 그래, 화성이 딱 그렇지 않나. 마음껏 즐기게나. 화성 그 자체가 아닌 다른 것이 되라고 요구하지는 말고. 세상에, 자네 저쪽 고속도로 보이지? 화성인이 16세기 전에 만든 건데도 여전히 상태가 훌륭하다는 것 알고 있나? 1달러 50센트일세. 고맙고, 좋은 밤 보내게나."

토마스는 나직하게 웃음을 터트리며 고대의 고속도로를 따라 차를 몰았다.

그는 어둠 속에서 운전대를 꼭 붙든 채로 구릉지를 통과하는 긴 도로를 달려가며, 가끔 점심 꾸러미에 손을 넣어 사탕을 하나 꺼내 입에 넣었다. 한 시간을 꾸준히 달려왔는데도 도로에서는 다른 차들도 불빛 하나도 찾아볼 수 없었다. 그저 바퀴 아래로 지나가는 도로, 부드러운 엔진 소리와 거친 배기음, 그리고 창밖으로 펼쳐진 너무도 고요한 화성이 있을 뿐이었다. 화성은 항상 고요한 곳이지만, 오늘 밤은 유달리 적막했다. 사막과 말라붙은 바다가 옆으로 스치듯 지나갔고, 높이 솟은 산들이 하늘의 별을 쓸었다.

오늘 밤에는 공기에서 시간의 냄새가 풍겼다. 그는 웃음을 머금고 자신의 상상을 곱씹었다. 생각해 볼 만한 거리였다. 시간에서는 어떤 냄새가 날까? 먼지와 시계와 사람들의 냄새가 나지 않을까. 그리고 시간의 소리는 어둑한 동굴에서 흐르는 물소리와 울음소리, 텅 빈 상자 뚜껑에 떨어지는 진흙 소리와 빗소리 같겠지. 그러면 더 나아가서, 시간은 어떤 모습으로 보일까? 시간은 어두운 방에 조용히 떨어지는 눈송이나, 오래된 극장에서 틀어 주는 무성영화처럼 보일 거야. 새해맞이 풍선처럼 수백억 개의 얼굴들이 떨어져 내리겠지. 떨어지고 또 떨어지면서 사라지는 얼굴들. 시간이란 이런 냄새와 모습과 소리를 가진 거야. 그리고 오늘 밤은—토마스는 트럭을 쓸고 지나가는 바람 속으로 손을 내밀었다—오늘 밤은 시간을 거의 만질 수도 있을 것 같아.

그는 시간의 언덕들 사이로 트럭을 몰았다. 순간 목덜미에 쭈뼛한 기운이 스쳤고, 그는 자세를 바로잡고 앞을 내다보았다.

토마스는 먼 옛날에 숨이 끊긴 작은 화성인 도시로 들어섰다. 그리고 시동을 끄고 주변을 정적으로 가득 메웠다. 그는 숨을 죽이고 앉아서 달빛에 휘감긴 하얀 건물들을 눈으로 훑었다. 수 세기 동안 아무도 살지 않은 곳이었다. 온전하고, 무결하고, 그래, 폐허가 되기는 했지만 그 자체로 온전한 건물들이었다.

그는 시동을 걸고 몇 킬로미터를 더 가서 다시 차를 세웠다. 그리고 점심 도시락을 들고 차에서 내려, 먼지투성이 도시를 돌아볼 수 있는 작은 둔덕으로 걸어갔다. 토마스는 보온병을 열고 커피를 한 잔 따랐다. 밤새 한 마리가 날아갔다. 아주 행복하고 평화로운 기분이었다.

5분쯤 지났을까, 뭔가 소리가 들렸다. 언덕 너머에서, 고대의 도로가 방향을 틀어 시선에서 사라지는 곳에서 무언가 움직이며 흐릿한 빛이 비치더니, 뒤이어 낮은 웅웅거리는 소리가 들려오기 시작했다.

토마스는 커피 잔을 손에 든 채로 천천히 몸을 돌렸다.

언덕 너머에서 등장한 색다른 존재가 그의 시야에 들어왔다.

말간 초록빛 사마귀처럼 생긴 기계 하나가 차가운 공기를 뚫고 섬세하게 다리를 놀리며 달려오고 있었다. 셀 수 없이 많은 녹색 다이아몬드가 동체에 박혀 은은하게 빛났고, 붉은 보석으로 만든 겹눈이 반짝였다. 여섯 개의 다리가 고대의 도로를 디딜 때마다 잦아드는 보슬비의 소리가 울렸고, 일렁이는 금빛 눈을 가진 화성인이 기계의 등에 탄 채로, 마치 우물 안을 들여다보는 것처럼 토마스를 내려다보고 있었다.

토마스는 손을 들면서 반사적으로 '안녕!'이라고 생각했으나 입술을 움직이지는 못했다. 눈앞의 존재는 화성인이었으니까. 그러나 토마스는 지구에 살 적에도 길거리에서 만난 낯선 사람들과 함께 푸른 강물에서 헤엄치고, 색다른 사람들과 색다른 집에서 밥을 먹고 다니고, 언제나 자신의 미소를 무기로 삼으며 지냈던 사람이었다. 총을 가지고 다닌 적은 없었다. 그리고 지금도 총은 필요치 않았다. 심지어 마음속에 작은 공포가 맺힌 이 순간에도.

화성인 쪽도 빈손이었다. 둘은 잠시 차가운 공기를 뚫고 서로를 바라봤다.

먼저 움직인 쪽은 토마스였다.

"안녕!" 그가 소리쳤다.

"안녕!" 화성인도 자신의 언어로 소리쳤다.

두 사람은 서로의 말을 이해하지 못했다.

"안녕이라고 말한 거지?" 양쪽 모두 이렇게 물었다.

"방금 뭐라고 한 거야?" 두 사람은 제각기 다른 언어로 물었다.

그리고 서로 얼굴을 찌푸렸다.

"넌 누구야?" 토마스가 영어로 말했다.

"여기서 뭘 하던 거야?" 낯선 이의 입술이 움직이며 화성어가 흘러나왔다.

"어딜 가는 길이야?" 두 사람은 이렇게 말하고, 서로 어리둥절했다.

"나는 토마스 고메스야."

"나는 무헤 카야."

양쪽 모두 알아듣지 못하면서도, 상대방이 가슴을 두드리며 단어를 말하는 모습에서 뜻을 짐작해 냈다.

그러고 나서 화성인은 웃음을 터트렸다. "잠깐!" 토마스는 누군가 머리를 건드리는 느낌을 받았지만, 건드리는 손은 보이지 않았다. "됐어!" 화성인은 영어로 말했다. "이게 낫네!"

"우리 언어를 배운 거야? 뭐가 그렇게 빨라!"

"별것도 아닌데!"

둘은 서로를 마주 보며 새삼스레 침묵에 빠졌다. 문득 저쪽의 시선이 그의 손에서 김을 뿜고 있는 커피로 향했다.

"어째 색다른 느낌인데?" 화성인은 이렇게 말하며 그와 커피를 번갈아 보았다. 아마도 양쪽 모두를 일컫는 말이었을 것이다.

"한 잔 하겠어?" 토마스가 말했다.

"부탁해."

화성인은 자기 기계에서 내려왔다.

토마스는 두 번째 컵을 꺼내 김을 뿜는 액체를 가득 따랐다. 그리고 컵을 내밀었다.

손이 맞닿는 순간, 두 사람의 손은 안개처럼 서로를 통과해 지나갔다.

"이런 세상에!" 토마스가 소리치며 컵을 떨어트렸다.

"이게 무슨 일이야!" 화성인도 자기네 언어로 이렇게 말했다.

"방금 무슨 일이 일어났는지 봤어?" 두 사람은 함께 속삭였다.

그리고 함께 끔찍한 추위를 느끼며 겁에 질려 버렸다.

화성인은 몸을 숙여 컵을 건드리려 했지만, 아무리 해도 만질 수 없었다.

"세상에!" 토마스가 말했다.

"그러게." 화성인은 반복해서 컵을 쥐려 시도했지만, 아무리 해도 소용없었다. 그는 자리에서 일어나 잠시 생각을 정리하더니 허리춤에서 나이프를 꺼냈다.

"뭐 하는 거야!" 토마스가 소리쳤다.

"그런 의도가 아니야. 받아 봐!" 화성인은 나이프를 가볍게 던졌다. 토마스는 양손을 모아 받으려 했지만, 그 물건은 그대로 몸을 통과해서 땅에 떨어졌다. 토마스는 몸을 숙여 그걸 집으려 했지만 건드릴 수조차 없었다. 그는 몸을 움츠리며 부르르 떨었다.

그리고 고개를 돌리다, 하늘을 등지고 서 있는 화성인을 바라보며 소리쳤다.

"별이!"

"별이!" 화성인 쪽에서도 토마스를 바라보며 이렇게 말했다.

화성인의 육신 너머에서 날카로운 별빛이 하얗게 빛났다. 몸 안에 점점이 수놓아진 별빛이, 마치 젤라틴질 바닷물고기의 얇은 형광 피막에 흡수된 반짝이는 점들처럼 보였다. 별들이 화성인의 배와 가슴에서 보랏빛 눈동자처럼 반짝이고, 손목에서 보석처럼 빛나고 있었다.

"너 몸이 투명하잖아!" 토마스가 말했다.

"네 몸도 투명한데!" 화성인이 한 발짝 물러서며 말했다.

토마스는 자신의 몸을 더듬거리며 온기를 느끼고는 안심했다. 자신은 현실이라고, 그는 생각했다.

화성인은 자신의 코와 입술을 만지작거렸다. "나는 육신이 있어. 살아 있다고." 그리고 반쯤 소리 내어 이렇게 말했다.

토마스는 낯선 이를 바라보았다. "그리고 내가 현실이라면, 너는 죽은 사람이 분명하지."

"아냐, 그건 너지!"

"유령이잖아!"

"환영이면서!"

둘은 단검과 고드름과 반딧불처럼 별빛에 타오르는 사지를 휘두르며 서로에게 손가락질을 하다가, 문득 다시 자신의 사지를 더듬으며 그 존재를 확인했다. 그리고 제각기 자기 몸이 아무 문제 없다는 것을 깨닫고, 흥분하고 들뜨고 충격받고 경탄한 채로, 상대방이, 그래, 저쪽에 있는 상대방이 현실이 아니라고, 머나먼 다른 세계에 고인 빛을 이쪽으로 보내는 환영 프리즘 같은 존재라고 생각했다.

토마스는 생각했다. 나 취한 모양이야. 내일이 되어도 아무한테도 말 못 할 거야. 절대 못 하지.

둘은 그렇게 고대의 고속도로 위에 서 있었다. 양쪽 모두 움직임을 멈춘 채로.

"넌 어디서 왔어?" 마침내 화성인이 물었다.

"지구에서."

"그건 어디야?"

"저기." 그는 하늘을 향해 고갯짓했다.

"언제?"

"착륙한 지 1년도 넘었는데, 기억 안 나?"

"모르겠는데."

"그리고 너희들은 몇몇만 남고 거의 다 죽었잖아. 너희는 이제 희귀하다고. 그것도 모르고 있었어?"

"그럴 리가 없잖아."

"맞아, 죽었다고. 내 눈으로 시체를 봤어. 방마다 집마다 검게 타들어 간 시체가 가득했다고. 수천 명이나."

"그건 말도 안 돼. 우린 살아 있다고!"

"친구, 너희는 침략당한 거야. 네가 모르고 있을 뿐이지. 너는 분명 무사히 도망친 모양이니까."

"도망 따위 친 적 없어. 도망칠 이유도 없고. 대체 무슨 소리야? 나는 에니얼 산맥 근처 운하에서 열리는 축제에 가는 길이었어. 어젯밤에도 거기 갔다고. 저쪽에 도시 안 보여?" 화성인은 한

쪽을 가리켰다.

토마스가 그쪽을 돌아보니 폐허가 보였다. "뭐야, 저 도시는 수천 년 동안 죽어 있었잖아."

화성인은 웃음을 터트렸다. "죽다니. 바로 어제 저기서 잤다고!"

"그리고 나는 일주일 전에도, 그 일주일 전에도 저곳에 있었지. 그리고 조금 전에 차를 몰고 지나왔을 때도 저긴 그대로 돌무더기였다고. 저기 부러진 기둥 보여?"

"부러져? 뭐야, 아주 잘 보이는데. 달빛 덕분에 말이야. 아주 꼿꼿이 서 있지만."

"거리에도 먼지만 가득하고." 토마스가 말했다.

"거리는 깨끗하잖아!"

"저쪽에 운하도 말라붙었고."

"운하에는 라벤더 와인이 가득 차 있는데!"

"죽었어."

"살아 있다니까!" 화성인은 더 크게 웃으면서 항의했다. "이거 참, 네 말은 완전히 틀렸어. 저쪽에 축제의 등불 안 보여? 여인처럼 늘씬한 아름다운 나룻배에, 나룻배처럼 늘씬한 아름다운 여인들이, 모래의 색을 띤 여인들과 불길의 꽃을 든 여인들이 가득한데. 저쪽 거리에서 뛰어다니는 여인들의 모습이 작아도 똑똑히 보인단 말이야. 지금 내가 가는 곳이 바로 저쪽 축제판이라고. 밤새 물 위에 배를 띄울 거야. 함께 노래하고 술을 마시고 사랑을 나눌 거라고. 그런데 안 보인단 말이야?"

"미안하지만, 저 도시는 말라붙은 도마뱀만큼이나 완전히 죽어 있거든. 우리 친구들한테 물어보라고. 나는 오늘 밤 그린시티 까지 갈 예정이야. 얼마 전에 일리노이 고속도로 근처에 세운 새 정착지. 넌 온통 뒤죽박죽이야. 우리는 엄청나게 많은 오레곤 산 목재에 강철 못 수십 톤을 가져와서, 너희들이 지금껏 본 적도 없을 훌륭한 작은 정착촌을 두 개나 지었다고. 오늘 밤은 그중 하 나에 시동을 거는 날이야. 로켓 두어 대가 지구에서 우리 아내하 고 여자 친구들을 데려온다고. 댄스파티를 벌이고 위스키도 있 을 테고―"

화성인은 이제 동요하는 기색이었다. "저기 저쪽이라고 했 어?"

"그쪽에 로켓들이 있어. 보이지?" 토마스는 그와 함께 언덕 가 장자리까지 나가서 아래를 가리켰다.

"아니."

"젠장, 바로 저기 있잖아! 길쭉한 은빛 물체들 말이야."

"없는데."

이제는 토마스가 웃음을 터트릴 차례였다. "네 눈이 멀었나 보지!"

"눈은 똑똑히 잘 보이는데. 못 보는 쪽은 너겠지."

"하지만 새로 건설한 마을은 보이겠지?"

"썰물 때가 되어 빠져나가는 바닷물밖에 안 보이는데."

"이봐, 바닷물은 전부 증발해 버린 지 40세기도 넘게 지났다 고."

"아, 그만, 됐어. 이걸로 충분해."

"사실이야. 장담할 수 있어."

화성인은 이제 상당히 진지해졌다. "다시 말해 봐. 너한테는 저 도시가 내가 묘사한 모습으로 보이지 않는다는 거지? 순백의 기둥에, 늘씬한 나룻배에, 축제의 불빛마저도…… 아, 나한테는 똑똑히 보이는데! 게다가 귀를 기울여 보라고! 사람들의 노랫소리가 들리잖아. 그리 멀리 떨어진 곳도 아니란 말이야."

토마스는 귀를 기울이다가 고개를 저었다. "안 들려."

"반면 나는 네가 묘사하는 풍경을 볼 수가 없지. 흠." 화성인이 말했다.

다시 한번, 한기가 찾아왔다. 살점 속이 얼어붙는 것만 같았다.

"설마 그런……?"

"뭐야?"

"넌 '하늘에서' 왔다고 했지?"

"지구야."

"지구는 이름일 뿐이지, 아무 의미도 없어." 화성인이 말했다. "하지만…… 내가 한 시간 전에 저쪽 고개로 들어섰을 때……" 그는 뒷덜미를 건드리며 말했다. "느낌이 있었는데……"

"오한이 느껴진 거야?"

"맞아."

"그리고 지금은?"

"다시 한기를 느꼈어. 묘하게도. 불빛에도 언덕에도 도로에도 뭔가 이상한 구석이 있었어." 화성인이 말했다. "도로도 불빛도 낯설게만 느껴지고, 잠시지만 내가 이 세상에 살아남은 마지막 사람이 된 것만 같았어……"

"나도 그랬어!" 토마스가 말했다. 절친한 친구를 상대로 내밀한 이야기를 털어놓으며, 대화를 나눌수록 점점 훈훈해져 갈 때와 같은 느낌이었다.

화성인은 눈을 감았다 다시 뜨면서 말했다. "결론은 명확하군. 시간이 관련된 거야. 맞아. 너는 과거의 파편인 거라고!"

"아니, 과거의 사람은 네 쪽이겠지." 이제 생각할 여유가 생긴 지구인은 이렇게 받아쳤다.

"진짜 자신만만하군. 누가 과거에서 왔고 누가 미래에서 왔는지 어떻게 증명할 건데? 올해가 몇 년이지?"

"2001년이지!"

"그게 나한테는 무슨 의미가 있는데?"

토마스는 곰곰 생각하다 어깨를 으쓱했다. "아무 의미도 없겠지."

"내가 너한테 올해가 462853S.E.C.라고 말해 주는 것하고 똑같은 셈이잖아. 단순히 아무 의미도 없는 정도가 아니라고! 별들의 위치를 보여 줄 수 있는 시계가 존재하기는 하겠어?"

"하지만 폐허로 증명이 되잖아! 폐허가 있으니 내가 미래고, 내가 살아 있고, 너는 죽었다는 증명이 되는 거라고!"

"내 모든 감각은 네 말을 부정하는데. 심장도 뛰고, 배도 고파 오고, 목도 말라 오니까. 아니, 아니, 우리 둘 다 죽은 것도 산 것도 아닌 거야. 살아 있다고는 절대 못 하겠지. 사이에 끼었다는 쪽이 더 어울리겠네. 두 명의 낯선 이들이 한밤중에 우연히 마주친 것뿐이겠지. 그렇게 스쳐 지나가는 것뿐이야. 저곳이 폐허라고 했지?"

"맞아. 혹시 겁이 나?"

"미래를 보고 싶은 사람이 과연 있기는 할 것 같아? 인간이란 과거는 마주할 수 있어. 하지만 미래를 생각하면…… 기둥이 무너졌다고 했지? 게다가 바다는 텅 비고, 운하는 말라붙고, 아가씨들은 숨이 끊어지고, 꽃은 시들었다고?" 화성인은 침묵했지만, 이내 시선을 들고 정면을 바라보았다. "하지만 저기 있는걸. 내 눈에는 보여. 나한테는 그걸로 충분하지 않을까? 네가 뭐라고 말하든, 저들은 나를 기다리고 있으니까."

그리고 토마스에게는, 로켓들과 마을과 지구에서 찾아온 여인들이 저 멀리서 그를 기다리고 있었다. "우리는 어떻게 해도 의견이 일치할 수 없겠네." 그가 말했다.

"일치할 수 없다는 점에 동의하기로 하자고." 화성인이 말했다. "누가 과거고 누가 미래든 무슨 의미가 있겠어. 우리 둘 다 살아 있다면 일어날 일은 결국 일어날 뿐이잖아. 바로 내일이든, 아니면 1만 년 후든 말이야. 저쪽의 사원들이 100세기 후에 너희 문명의 사원이 무너지고 파괴된 모습이 아니라고 확신할 수 있겠어? 알 방법이 없을걸. 그럼 묻지 않는 게 낫잖아. 어쨌든 밤은 짧으니까. 이러는 동안에도 하늘에는 축제의 불꽃이 피어오르고 새들이 날아다니니까."

토마스는 손을 내밀었다. 화성인도 그의 동작을 흉내 내듯 따라 했다.

두 사람의 손은 닿지 않았다. 서로의 손으로 녹아들 뿐이었다.

"또 만날 수 있을까?"

"누가 알겠어? 언젠가 또 이런 밤이 찾아올지도 모르지."

"너와 함께 그 축제에 가 보고 싶은데."

"나도 너희 새 마을에 방문해서, 네가 말하는 그 우주선을 직접 보고, 사람들도 보고, 지금껏 일어난 이야기를 전부 듣고 싶어."

"잘 가." 토마스가 말했다.

"좋은 밤 보내."

화성인은 녹색 금속 탈것을 몰아 조용히 언덕 너머로 사라졌다. 지구인은 아무 말 없이 트럭을 돌려 반대 방향으로 몰았다.

"세상에, 대체 이게 무슨 꿈이람." 토마스는 운전대에 손을 올린 채로 한숨을 쉬었다. 로켓을, 여인들을, 물을 타지 않은 위스키를, 흥겨운 버지니아 민속 춤곡을, 파티를 생각하면서.

정말 묘한 환영이었다고, 화성인은 바삐 탈것을 몰며 생각했다. 축제를, 운하를, 나룻배를, 금빛 눈을 가진 여인들을, 노래를 생각하면서.

밤은 어두웠다. 한 쌍의 달도 이미 하늘에서 모습을 감추었다. 소리도, 탈것도, 사람도, 모두 사라진 텅 빈 고속도로 위에는 이제 별빛만 남아 반짝였다. 그리고 서늘하고 어둑한 밤이 전부 흘러갈 때까지 아무것도 변하지 않았다.

해변

　화성은 머나먼 해변이었고, 사람들은 파도에 실려 해변 위로 퍼져 나갔다. 파도는 갈수록 거세지며 매번 다른 모습으로 찾아왔다. 첫 파도에는 우주와 추위와 고독에 익숙한 사람들이 실려 왔다. 군살이라고는 한 점도 없는 몸에, 세월에 쓸려 각진 얼굴, 못대가리 같은 눈빛, 뭐든 기꺼이 손댈 수 있는 낡은 가죽 장갑 같은 손을 가진, 방랑자나 소치기 같은 이들이었다. 화성도 이런 자들에게는 손을 댈 수가 없었다. 화성의 평원만큼이나 탁 트인 벌판과 초지에서 자라난 이들이었으니까. 이들이 도착해서 주변의 빈 공간을 조금이나마 채우자, 다른 이들도 뒤따를 용기를 내기 시작했다. 이들은 텅 빈 창문에 유리를 끼우고 그 뒤에 조명을 달았다.

　화성에 처음 도착한 남자들은 이런 이들이었다.

처음 도착한 여자가 어떤 이들이었는지는 누구나 짐작할 것이다.

두 번째 파도는 다른 억양으로 말하고 다른 사상을 품은 다른 나라들에서 도착해야 마땅했다. 그러나 로켓은 계속 미국산이었고 그 안의 사람들도 계속 미국인이었으며, 유럽과 아시아와 남미와 오스트레일리아와 여러 섬나라의 사람들은 무수한 불꽃놀이가 그들을 남겨 두고 떠나는 모습을 지켜보기만 할 수밖에 없었다. 나머지 세계는 전쟁 또는 전쟁의 꿈에 깊이 파묻혀 있었으니까.

따라서 두 번째 이주민도 미국인이었다. 이들은 닭장 같은 연립주택과 지하철에서 찾아왔으며, 이곳에서 휴식과 여유를 찾을 수 있었다. 황야의 땅에서 찾아온 고요한 이들이 침묵을 능숙하게 다룰 줄 알았기에, 뉴욕의 지하철과 식당과 상자처럼 쌓인 집에서 으스러지며 살던 사람들의 마음에도 평화를 선사할 수 있었던 것이다.

그리고 두 번째 이주민 무리 가운데는 신에게 이르고자 하는 사람들도 있었다. 눈빛을 보면 그 점은 명백했다……

풍등

여름밤의 정원 위로 불길이 폭발했다. 삼촌과 숙모들의 얼굴이 불빛 속에 반짝였다. 베란다에 모여 선 사촌들의 갈색 눈동자 속에서 로켓이 하늘로 솟구쳤고, 멀리 어딘가에서는 식어 버린 그을린 막대가 말라붙은 초원 위로 떨어졌다.

조지프 대니얼 페러그린 신부는 눈을 떴다. 이렇게 즐거운 꿈이라니. 먼 옛날 오하이오의 할아버지 옛집에서, 사촌들과 함께 화려한 불꽃놀이를 즐기던 꿈이었다!

그는 그대로 자리에 누워 교회 안에 자리한 다른 사제들의 칸막이방 쪽으로 귀를 기울였다. '십자가상'호 로켓을 타고 떠나기 전날 밤이었다. 다른 이들도 7월 4일의 기억에 젖어 있으려나? 그래. 마치 고요한 독립기념일 새벽에, 벅찬 마음으로 첫 축포가 울리기를 기다릴 때와 흡사했다. 얼른 시끄러운 기적을 양손에

한 아름 쥐고 이슬에 젖은 보도를 달려가고 싶었다.

그 때문에 미국 성공회 교단의 사제들은 이곳에 모여 새벽을 헤아리고 있었다. 머지않아 벨벳처럼 보드라운 우주의 대성당에 향 내음을 가득 뿌리며, 회전 폭죽을 타고 화성으로 날아가게 될 테니까.

"화성에 가는 것이 옳은 일이려나?" 페러그린 신부는 중얼거렸다. "지구에서 우리 자신의 죄부터 해결해야 하는 것은 아닐까? 이곳의 삶에서 도피하는 셈이지는 않을까?"

그는 살집 좋은 몸을 침대에서 일으켰다. 딸기와 우유와 스테이크로 빵빵해진 몸이 힘겹게 움직였다.

"어쩌면 이런 생각조차 나태는 아닐까? 여정이 두려워진 것은 아닐까?"

그는 샤워장으로 들어가 바늘처럼 따가운 물줄기 아래 섰다.

"하지만 육신이여, 나는 너를 화성으로 데려갈 것이니." 그는 자신에게 중얼거렸다. "옛 죄는 전부 이곳에 남겨 둔 채로, 화성에 가서 새로운 죄를 찾을 것이로다." 이런 생각을 하자 거의 유쾌해질 지경이었다. 누구도 생각조차 해 본 적 없는 죄라니. 사실 그 주제로 소책자를 쓴 전적도 있었다. 『다른 행성에서의 죄에 관하여』라는 제목이었다. 교단의 형제들은 그 책을 별로 진지하지 않게 여기며 무시해 버렸지만.

어젯밤에야 간신히 그 이야기를 꺼낼 수 있었다. 스톤 신부와 함께 마지막 여송연을 태우면서.

"화성에서는 죄를 미덕으로 간주할지도 모르지요. 고결한 행위를 했다가, 나중에 죄였다는 사실로 밝혀지지 않도록 주의를 기울여야 하지 않을까요!" 페러그린 신부는 활짝 웃으며 말했다. "참으로 흥분되는군요! 선교 사역이 이토록 모험처럼 느껴지다니 실로 몇 세기만의 일이라 할 수 있겠지요!"

"죄는 어떤 모습이든 알아볼 수 있습니다." 스톤 신부가 퉁명스럽게 대꾸했다. "화성에서도 다를 바 없지요."

"아, 물론 우리 성직자에게는 리트머스 용지로서의 자부심이 있지요. 죄가 존재하면 바로 색깔이 바뀌리라 여기는 거예요." 페러그린 신부는 이렇게 응수했다. "하지만 화성의 화학 법칙으로는 아예 색이 바뀌지 않는다면 어쩌실 건가요! 화성에 새로운 종류의 감각이 존재한다면, 그대도 인식할 수 없는 죄의 존재 가능성을 인정할 수밖에 없을 텐데요."

"고의로 악의를 품지 않았다면 같은 죄로 인정할 수도, 같은 벌을 내릴 수도 없습니다. 주께서 우리에게 그 점만은 확답하지 않으셨습니까." 스톤 신부가 대답했다.

"지구에서라면 그렇겠지요. 하지만 어쩌면 화성의 죄는 무의식에 악성을 정신 감응으로 심어서, 의식적인 악의 없이도 자유의지에 따르는 악행을 유발할 수 있지 않겠습니까! 그러면 어쩔 겁니까?"

"대체 어떤 새로운 죄가 남아 있을 수 있겠습니까?"

페러그린 신부는 뚱뚱한 몸을 앞으로 바싹 기울였다. "아담은 홀로 있을 때는 죄를 저지르지 않았습니다. 이브를 더하고 유혹마저 필요했지요. 여기다 두 번째 남자를 더하면 간통이 가능해져요. 성이라는 개념이나 사람이 추가되면서 죄가 더해진 거지요. 인간에게 팔이 없었다면 손으로 목을 조를 수 없었을 겁니다.

교살이라는 죄는 존재할 수 없었겠지요. 인간에 팔을 더하면 새로운 폭력이 탄생하는 겁니다. 아메바는 분열로 번식하므로 죄를 저지를 수 없지요. 이웃의 아내를 탐하지도, 서로를 살해하지도 않아요. 아메바에 성을 더하고 팔다리를 주면 살해와 간통이 일어나기 시작할 겁니다. 팔다리나 사람을 더하거나 뺄 때마다, 가능한 악의 범주를 더하거나 빼는 셈입니다. 그러니 화성에 다섯 가지의 새로운 감각이나 신체 기관이, 아니면 우리가 지각할 수 없는 투명한 팔다리가 있다면 어떻게 되겠습니까. 다섯 가지의 새로운 죄가 존재할 수도 있지 않겠습니까?"

스톤 신부는 숨이 턱 막혔다. "아무래도 몽상을 즐기시는 모양입니다!"

"항상 정신의 활력을 유지하는 거예요. 계속 생각하는 것뿐이지요."

"그대의 생각은 언제나 곡예에 가깝습니다. 거울과 횃불과 접시로 저글링을 하는 셈입니다."

"그렇긴 하지요. 이유를 설명하자면, 때론 교회가 서커스의 극적인 한 장면처럼 보이기 때문입니다. 장막을 들추면 산화아연이나 활석 가루를 온몸에 하얗게 바른 사람들이, 정지한 채로 추상적인 아름다움을 표현하는 모습 같아요. 아주 훌륭하긴 하지요. 그러나 저는 언제나 그 석상들 사이에 제가 뛰놀 공간이 있기를 바라 왔어요. 스톤 신부님은 그렇게 생각하지 않으시나요?"

스톤 신부는 이미 자리에서 일어서 있었다. "이만 잠자리에 들어야 할 것 같습니다. 몇 시간 안에 그대의 새로운 죄악을 만나러 날아올라야 할 테니 말입니다, 페러그린 신부님."

로켓의 발사 준비가 끝났다.

뉴욕과 시카고와 로스앤젤레스에서 찾아온, 교단에서 선발한 가장 훌륭한 신부들이 기도를 마치고 밖으로 나와서 싸늘한 아침의 서리 내린 들판을 가로질렀다. 페러그린 신부는 걸음을 옮기면서 주교가 했던 말을 떠올렸다.

"페러그린 신부님, 그대가 선교단장을 맡아 주십시오. 스톤 신부님이 보좌할 겁니다. 이런 막중한 임무를 맡기는 이유치고는 애석할 정도로 모호하게 들립니다만, 그대가 쓴 다른 행성에서의 죄악에 대한 소고를 읽은 분들이 계시기 때문입니다. 그대는 유연한 분입니다. 그리고 화성은 수천 년 동안 청소하지 않고 방치해 놓은 옷장 같은 곳입니다. 그동안 죄악이 잡동사니처럼 차곡차곡 쌓여 왔겠지요. 화성은 지구보다 나이가 두 배는 많으니, 토요일 밤이나 술독이나 하얀 물개처럼 벌거벗은 여인들에게 눈이 돌아가는 사람도 두 배는 많았을 것입니다. 옷장 문을 열면 그런 잡동사니들이 우리 위로 쏟아지겠지요. 이런 일에는 기민하고 유연한 사람이 필요합니다. 몸을 피할 수 있는 정신력을 갖춘 사람 말입니다. 조금이라도 교조적인 사람이라면 부러져 버릴지도 모르지요. 하지만 그대라면 유연하게 이겨 내리라는 생각이 듭니다. 신부님, 부디 이 일을 맡아 주셨으면 합니다."

주교와 사제들은 함께 무릎을 꿇었다.

축복의 말과 함께 로켓의 동체 위로 성수가 흩뿌려졌다. 주교는 자리에서 일어나 사제들에게 말을 걸었다.

"주님께서 그대들의 임무에 함께하십니다. 화성인들이 주님의 진실을 영접할 준비를 마치도록 도우십시오. 그대들 모두에게 뜻깊은 여정이 되기를 빕니다."

사제들은 주교 앞으로 걸어갔다. 스무 명의 남자가 저마다 옷자락을 펄럭이며, 주교의 친절한 손을 한 번씩 붙들고는 그를 지나쳐 축복받은 발사체 안으로 들어갔다.

마지막 순간에, 페러그린 신부가 입을 열었다. "혹시 화성이 지옥이라면 어쩌지요? 우리가 도착하기만 기다리고 있다가 유황과 불길을 뿜으며 터져 버리면요."

"주여, 우리와 함께해 주소서." 스톤 신부가 말했다.

로켓이 움직이기 시작했다.

우주 공간을 벗어나는 일은 세상에서 가장 아름다운 대성당에서 나오는 것처럼 느껴졌다. 화성에 착륙하는 일은 주님께 품은 사랑을 진실로 깨닫고 5분 후에 교회를 나와 평범한 포석을 밟는 것만 같았다.

사제들은 뜨거운 로켓에서 조심조심 내려서 화성의 모래 위에 무릎을 꿇었고, 페러그린 신부가 감사 기도를 올렸다.

"주여, 당신께서 거하시는 공간을 지나 무사히 여행을 마치게 해 주셔서 감사합니다. 주여, 우리는 이제 새 땅에 도착했으니 마땅히 새 눈을 가져야 합니다. 새 소리를 들어야 하니 마땅히 새 귀를 가져야 합니다. 그리고 분명 새로운 죄도 존재할진대, 부디 우리에게 선하고 굳세고 순결한 마음을 허락하여 주시옵소서. 아멘."

신부들은 자리에서 일어섰다.

마치 생명을 찾아 심해를 헤매는 잠수함 속의 생물학자들처럼, 사제들은 이곳 화성을 헤매기 시작했다. 이곳은 숨은 죄악이 존재하는 영역이므로. 아, 이들이 이곳 새로운 환경에서 회색의 깃털처럼 균형을 유지하려 얼마나 노력했던가. 걷거나 숨 쉬는 일조차도, 단순한 단식조차도 죄가 되지는 않을지 얼마나 걱정했던가!

마중 나온 퍼스트타운의 시장은 두 팔을 벌려 그들을 환영했다. "제가 어떻게 도와드리면 되겠습니까, 페러그린 신부님?"

"화성인들에 대해서 알고 싶군요. 그들에 대해 알아야 현명하게 교회를 세울 수 있을 테니까요. 키가 3미터라면? 문을 크게 만들어야겠지요. 피부가 푸른색이나 붉은색이나 녹색이라면? 스테인드글라스에 넣을 사람 형상의 색을 맞추려면 알아 둬야 합니다. 몸이 무겁다면? 회중석을 튼튼하게 만들어야겠지요."

"신부님, 화성인 걱정은 안 하셔도 될 것 같습니다." 시장이 말했다. "화성에는 두 종족이 있는데요, 한쪽은 거의 죽어 없어졌습니다. 생존자 일부가 숨어 지낼 뿐이지요. 다른 종족은…… 글쎄요, 인간 형태가 아니라서요."

"네?" 페러그린 신부의 심장이 빠르게 뛰기 시작했다.

"둥글고 반짝이는 빛의 구체들인데, 저쪽 구릉지에 살고 있습니다. 그게 인간일지 짐승일지 누가 알겠습니까? 소문으로는 지성이 있는 것처럼 행동한다고 합니다만." 시장은 어깨를 으쓱했다. "물론 인간이 아니라면 그쪽에는 그리 관심이 있으실 리가……"

"정반대지요." 페러그린 신부는 얼른 대답했다. "지성이 있다고 하셨지요?"

"소문일 뿐입니다. 광물 탐사꾼 한 명이 저쪽 구릉지에서 다리가 부러져 그 자리에서 죽을 뻔했답니다. 그런데 푸른색의 빛나는 구체가 다가왔다는 거지요. 정신이 들어 보니 고속도로까지 나와 있었는데, 어떻게 거기 도착했는지는 짐작도 안 간다더군요."

"취해 있었겠지요." 스톤 신부가 말했다.

"여하튼 소문은 그렇습니다." 시장이 말했다. "페러그린 신부님, 화성인은 거의 다 죽고 그 푸른 구체들밖에 안 남았으니, 솔직히 우리 퍼스트타운으로 오시는 편이 나을 듯합니다. 화성은 이제 막 개방된 땅입니다. 지구의 옛 서부나 알래스카 같은 개척지지요. 사람들이 쏟아져 들어오고 있습니다. 퍼스트타운에서는 2,000명의 검은 머리 아일랜드인 기계공과 광부와 일용 노동자들이 구원을 바라고 있습니다. 사악한 여인들을 너무 많이 데려온 데다, 10세기를 묵은 화성의 와인도 흘러넘치니……"

페러그린 신부의 눈길은 아른거리는 파란 언덕 쪽을 향했다.

스톤 신부가 헛기침을 했다. "페러그린 신부님?"

페러그린 신부에게는 아무것도 들리지 않았다. "푸른 불길의 구체라고요?"

"그렇습니다, 신부님."

"아." 페러그린 신부는 한숨을 쉬었다.

스톤 신부는 고개를 저었다. "푸른 풍선이라니. 서커스 같지 않습니까!"

페러그린 신부는 맥박이 쿵쿵 뛰는 손목을 감싸 쥐었다. 그의 시선이 갓 만들어진 날것의 죄들이 넘치는 작은 개척 도시를 향했다. 그리고 시선을 돌려, 가장 오래됐지만 어쩌면 그에게는 더 새것일지도 모르는 죄가 깃들어 있을 언덕을 바라보았다.

"시장님, 이곳의 아일랜드인 노동자들에게 한 주만 더 지옥불 속에서 견뎌 달라고 부탁해도 될까요?"

"신부님을 위해 뒤집고 양념도 뿌려 드리지요."

페러그린 신부는 언덕 쪽으로 고갯짓을 했다. "그럼 우리는 저쪽으로 가 봐야겠군요."

사람들이 술렁거리기 시작했다.

페러그린 신부의 설명이 이어졌다. "도시로 들어가는 일은 참으로 간단하겠지요. 저는 주님께서 이곳에 오셔서 '여기 길이 있습니다'라는 말을 들으시면, 분명 '잡초밭으로 안내하여라. 내가 그곳에 길을 낼 것이니'라고 대답하시리라 생각합니다."

"하지만—"

"스톤 신부님, 죄지은 자들을 지나치며 손을 내밀지 않는다면 얼마나 큰 죄가 될까요."

"하지만 불타는 구체라지 않습니까!"

"우리가 처음 탄생했을 때에는 뭇 동물들의 눈에 우스꽝스럽게 보였겠지요. 그러나 인간은 그 수수한 생김새에도 불구하고 영혼이 깃들었어요. 반례가 나올 때까지는, 우리도 그 불타는 구체에 영혼이 있다고 생각합시다."

"알겠습니다." 시장도 동의했다. "하지만 마을로 꼭 돌아와 주셔야 합니다."

"그래요. 우선 아침부터 들지요. 그런 다음에 저와 스톤 신부님, 우리 둘이서만 언덕으로 걸어가는 겁니다. 기계나 인파로 불

194

덩이 화성인들을 놀라게 하고 싶지 않으니까요. 그럼 식사하러 가실까요?"

식사 자리의 사제들은 침묵만 지켰다.

해 질 녘이 되어 페러그린 신부와 스톤 신부는 언덕 꼭대기에 올랐다. 두 사람은 걸음을 멈추고 바위에 앉아 잠시 휴식을 취하며 기다렸다. 아직 화성인은 모습을 드러내지 않았고, 두 사람은 어렴풋한 실망감에 휩싸였다.

"혹시 말이에요," 페러그린 신부는 얼굴을 훔치며 말했다. "우리가 '안녕하십니까!'라고 소리치면 저들이 대답해 주지는 않을까요?"

"페러그린 신부님, 잠시라도 진지해질 수 없으십니까?"

"주님께서 진지해지시기 전까지는요. 아, 부디 그렇게 끔찍하게 충격받은 표정은 짓지 말아 주세요. 주님께서 진지하실 리가 없잖아요. 그분의 면모 중에서 우리가 알 수 있는 것은 오직 사랑뿐이지요. 그리고 사랑은 익살과 연관이 있겠지요? 다른 사람을 참고 견딜 수 없다면 사랑할 수도 없는 법이니까요. 바라보고 웃을 수 없는 사람을 어떻게 계속 참고 견딜 수 있겠어요. 이것이야말로 진실이지 않을까요? 게다가 우리가 과자 반죽 속에서 뒹구는 우스꽝스러운 미물인 것도 사실이니, 우리가 주님의 유머 감각에 호소할 수 있다면 그분께서도 분명 우리를 더 사랑해 주시겠지요."

"저는 주님께서 유머 감각을 가지신 분이라 생각해 본 적이 없습니다." 스톤 신부가 말했다.

"오리너구리에 낙타에 타조에 인간까지 창조하신 분인데요? 원 세상에!" 페러그린 신부는 웃음을 터트렸다.

그러나 바로 그 순간, 황혼에 물든 언덕 사이에서, 마치 길을 인도하려 늘어선 푸른 등불처럼, 화성인들이 등장했다.

먼저 발견한 쪽은 스톤 신부였다. "저길 보십시오!"

페러그린 신부는 몸을 돌렸고, 순간 웃음이 입 안으로 잦아들었다.

둥글고 푸른 불타는 구체들이 반짝이는 별들 사이로 떠올라, 아련하게 몸을 떨고 있었다.

"괴물이다!" 스톤 신부가 펄쩍 자리에서 일어났다.

그러나 페러그린 신부가 그를 붙들었다. "기다려요!"

"마을로 갔어야 하는데!"

"아니, 잠시만, 자세히 봐요!" 페러그린 신부가 애원했다.

"두렵단 말입니다!"

"그러지 말아요. 저들도 주님의 피조물입니다!"

"악마의 피조물이겠죠!"

"아니에요. 제발, 조용!" 페러그린 신부가 그를 달랬고, 두 사람은 바닥에 몸을 붙였다. 타오르는 구체들이 가까워지면서, 은은한 푸른 불빛이 위를 올려다보는 그들의 얼굴에 비추었다.

그리고 다시 한번, 페러그린 신부는 온몸을 떨면서 독립기념일 밤을 떠올렸다. 7월 4일 저녁의 어린아이로 돌아간 것만 같았다. 하늘이 환히 터져 나가며 별가루와 타오르는 소리를 자욱이 뿌리고, 물웅덩이에 깔린 살얼음 같은 창문들이 그 충격에 흔들렸다. 숙모와 삼촌과 사촌들은 마치 천상의 주재자에게 감탄하듯 탄성을 올렸다. 여름 하늘이 환히 물들었다. 어느덧 할아버지의 크고 다정한 손에는 불을 붙인 종이 풍등이 들려 있었다. 아, 그 사랑스러운 풍등의 기억이여. 부드럽게 일렁이는 불꽃에 따스히 데워지며 부풀어 오르는 종이가, 마치 곤충의 날개처럼, 날개를 고이 접은 말벌처럼 상자 속에서 기다렸다. 그리고 소란과 흥분으로 가득한 하루가 끝나고 마지막 순간이 찾아오면, 마침내 푸른색과 붉은색과 하얀색의, 애국자의 색으로 칠한 종이로 만든 풍선이, 사뿐하게 몸을 펼치고 상자를 떠나는 것이었다! 할아버지가 작은 초에 불을 붙이면 풍등은 천천히 빛을 품고 부풀어 올랐고, 이미 오래전 세상을 떠난 사랑하는 친척들은 우울한 얼굴로 그 모습을 지켜보고 있었다. 떠나보내기 싫은 반짝이는 환영이었으니까. 풍등을 손에서 놓으면 인생의 한 해가, 또 한 번의 독립기념일이, 또 한 조각의 아름다움이 사라지는 셈이니까. 풍등은 빛을 품은 채로 따스한 여름밤의 별자리 사이로 흘러갔고, 빨갛고 하얗고 파랗게 물든 눈들은 함께 베란다에 앉아 아무 말 없이 그 모습을 좇았다. 멀리 일리노이의 시골 하늘로, 한밤중의 강물과 잠든 저택들을 건너, 빛을 품은 종이 풍등은 서서히 작아지다가 이내 영원히 사라져 버렸다……

문득 눈물이 맺혔다. 화성인들이, 하나가 아니라 천 개의 풍등이 살랑거리며 페러그린 신부의 머리 위 하늘을 떠다니고 있었다. 오래전에 돌아가신 할아버지가 언제라도 곁에 다가와서 함께 이 영원한 아름다움을 올려다볼 것만 같았다.

그러나 다가온 사람은 스톤 신부였다.

"부탁이니 제발 떠납시다, 신부님!"

"저들과 대화를 나누어야 해요." 페러그린 신부는 부스럭거리며 앞으로 나섰지만, 무슨 말을 해야 할지 짐작도 가지 않았다. 저 옛날 풍등에게 속으로 말을 걸었을 때는 '정말 아름답네, 너무 아름다워'라고 되뇌었을 뿐이고, 이제 그것만으로는 부족할 테니까. 그러나 지금의 그도 묵직한 팔을 들고 하늘을 향해 소리치는 것이 고작이었다. 어린 시절 빛을 품은 풍등의 매혹적인 모습을 향해 외치고 싶었던 것처럼. "안녕하십니까!"

그러나 타오르는 구체들은 그저 어둑한 거울 속 형상처럼 타오를 뿐이었다. 그대로 기적처럼, 영원히, 둥실 떠오른 채로 하늘에 고정되어 있었다.

"주님의 말씀을 전하러 왔습니다." 페러그린 신부는 하늘을 올려다보며 말했다.

"미쳤어, 미쳤어, 미쳤어." 스톤 신부는 손등을 잘근잘근 씹고 있었다. "주님의 이름으로, 페러그린 신부님, 제발 그만두십시오!"

그러나 이제 인광을 발하는 구체들은 바람을 타고 구릉지 깊은 곳으로 날아가기 시작했다. 사라지는 것은 순식간이었다.

페러그린 신부는 다시 한번 소리쳐 그들을 불렀고, 그 마지막 외침이 위쪽 언덕에 울리며 메아리쳤다. 고개를 돌리자 언덕이 무너지듯 먼지가 일어나는 모습이 보였다. 순간 정적이 감돌더니, 돌바퀴가 굴러가는 듯한 굉음과 함께 그들 머리 위에서 산사태가 일어났다.

"대체 무슨 일을 저지른 겁니까!" 스톤 신부가 소리쳤다.

페러그린 신부는 거의 황홀경에 빠진 것처럼 서 있다가, 다음 순간 겁에 질렸다. 서둘러 몸을 돌리긴 했지만, 두 사람 모두 몇

미터도 채 달리지 못하고 그대로 바위에 짓이겨질 것이 분명했다. 간신히 "아, 주여!"라고 중얼거릴 시간이 고작이었다. 바위가 그를 덮쳤다!

"신부님!"

두 사람은 이삭에서 낱알을 고르듯 튕겨 나갔다. 구체들의 은은한 푸른 빛이 일렁이고, 차가운 별빛이 시야를 가로지르고, 귓가에 굉음이 들리더니, 다음 순간 그들은 60여 미터 떨어진 바위 선반에 서 있었다. 그들이 원래 있던 곳은 수 톤의 바위 아래 파묻혀 있었다.

푸른 빛은 증발하듯 사라졌다.

두 신부는 서로를 부여잡았다. "무슨 일이 일어난 겁니까?"

"푸른 불길이 우리를 들어 올렸어요!"

"그럴 리가요, 우리가 달려온 겁니다!"

"아뇨, 저 구체들이 우리를 구한 거예요."

"무슨 수로요!"

"실제로 구했잖아요."

하늘에는 아무것도 없었다. 거대한 종이 울리다 그친 느낌이 들었다. 이빨과 골수에 아직도 진동이 느껴졌다.

"여길 떠납시다. 그대 때문에 함께 죽을 뻔했습니다."

"저는 죽음을 겁내지 않고 살아온 지도 한참 됐어요, 스톤 신부님."

"아무것도 증명하지 못했잖습니까. 그대가 소리치자마자 저 푸른 불빛들은 달아나 버렸습니다. 전부 소용없는 일입니다."

"그렇지 않아요." 페러그린 신부의 목소리에는 굳건한 경이감이 가득했다. "무슨 수를 썼든, 저들이 우리를 구한 겁니다. 저들에게 영혼이 있다는 증거지요."

"잘 쳐줘도 저들이 우리를 구했을지도 모른다는 증거 정도입니다. 혼란스러운 상황 아니었습니까. 우리 힘으로 몸을 피한 걸지도 모릅니다."

"저들은 짐승이 아니에요, 스톤 신부님. 짐승은 다른 생명을 구하려 들지 않아요. 특히 낯선 이들은요. 이곳에는 자비와 연민이 존재합니다. 어쩌면 내일은 더 많은 것을 증명할 수 있을지도 모르겠군요."

"뭘 증명합니까? 무슨 수로요?" 스톤 신부는 이미 끔찍하게 지쳐 버렸다. 마음과 육신에 받은 충격이 뻣뻣하게 굳은 얼굴에 고스란히 드러나 보였다. "헬리콥터로 따라다니며 성경 구절이라도 읽어 주실 겁니까? 저들은 인간이 아닙니다. 눈도 귀도 우리와 같은 육신도 가지고 있지 않잖습니까."

"하지만 저들에게서는 뭔가가 느껴져요." 페러그린 신부가 대답했다. "엄청난 계시가 눈앞에 있는 것이 분명해요. 저들은 우리를 구했지요. 생각할 줄 아는 겁니다. 게다가 우리를 살릴 수도, 죽게 놔둘 수도 있는 상황에서 선택을 했어요. 이건 자유의지를 증명하는 겁니다!"

스톤 신부는 모닥불을 피우면서 손에 든 나뭇가지만 노려보다가, 뿌옇게 일어나는 연기에 목이 메어 콜록거렸다. "그러면 저는 거위 새끼들을 위해 학교를 열고, 고결한 돼지를 기리는 수도원을 짓지요. 그리고 현미경 속에도 작은 예배당을 만들어야겠습니다. 짚신벌레도 예배에 참석하고 편모를 놀려 묵주를 헤아려야 할 테니 말입니다."

"아, 스톤 신부님."

"죄송합니다." 스톤 신부는 모닥불 건너편에서 벌게진 눈을 깜빡였다. "하지만 이건 그대를 씹어 삼키기 직전의 악어에게 축복을 내리는 짓이나 다름없습니다. 선교단 전체가 위태로워질 겁니다. 우리의 소명은 퍼스트타운에 있습니다. 사람들의 목구멍에서 술 냄새를, 손에서 향수 냄새를 씻어 내는 것이야말로 우리의 책무입니다!"

"인간이 아닌 존재에게 깃든 인간성이 보이지 않나요?"

"저는 차라리 인간에게 깃든 비인간성을 찾겠습니다."

"스톤 신부님, 만일 제가 저들이 죄를 저지르고, 죄를 알고, 도덕적인 삶을 알고, 자유의지와 지성을 지니고 있다고 증명한다면 어찌하실 건가요?"

"그렇다면 저도 생각이 달라질 수도 있겠지요."

밤공기는 순식간에 차갑게 식었고, 두 신부는 가장 과격한 생각을 찾아 불길을 들여다보며 비스킷과 과일로 식사를 했다. 그리고 이내 반짝이는 별빛 아래 몸을 웅크리고 잠을 청했다. 마지막으로 몸을 뒤척이기 직전, 지금껏 페러그린 신부를 거북하게 만들 생각을 찾으려고 애쓰던 스톤 신부는, 부드러운 분홍빛으로 잦아든 숯덩이를 바라보며 말했다. "화성에는 아담과 이브가 없었습니다. 따라서 원죄도 없습니다. 어쩌면 화성인들은 온전한 신의 은총 속에 살고 있을지도 모릅니다. 그렇다면 우리의 소임은 마을로 돌아가서 지구인들을 상대하는 것입니다."

페러그린 신부는 스톤 사제를 위해 짤막한 기도를 올려야 한다고 새삼 다짐했다. 그토록 성내다 이제는 앙심마저 품다니, 주님의 도움이 필요할 테니까. "그렇지요, 스톤 신부님. 그러나 화성인들은 우리 정착민 일부를 살해하기도 했어요. 죄를 저지른 거지요. 분명 원죄도, 화성의 아담과 이브도 있었을 거예요. 우리가 그걸 찾아내야지요. 애석하게도 형상과는 관계없이 인간은 인간일 뿐이고, 결국에는 죄를 저지르게 마련이니까요."

그러나 스톤 신부는 이미 자는 척하고 있었다.

페러그린 신부는 눈을 감지 않았다.

당연하지만 화성인들이 지옥으로 떨어지게 방치할 수는 없는 일이다. 그러나 혹시라도, 양심과 타협하고 저 개척 도시로 돌아가는 것이 옳은 일은 아닐까? 탐식의 죄악이 가득하고, 하얀 굴처럼 매끈한 여인들이 반짝이는 눈으로 외로운 노동자들을 유혹해 침대로 끌어들이는 곳으로? 성직자의 소명은 그런 곳에 있지 않은가? 혹시 언덕을 오른 것도 단순히 개인적인 변덕 때문은 아니었을까? 진심으로 주님의 교회를 생각한 것이 아니라, 그저 스펀지처럼 호기심을 흡수해 갈증을 채우려 한 것은 아닐까? 푸른 구체의 불빛이 마치 달아오르는 피부병처럼 그의 마음을 태웠다. 가면 아래의 인간을, 비인간 속의 인간을 찾는다니, 실로 대단한 도전이 아닌가. 하늘이라는 거대한 당구대를 가득 메우는 불타는 구체의 무리를 개종시켰다고 말할 수 있다면 참으로 자랑스럽지 않겠는가? 설령 그 자랑을 아무도 듣지 못한다 해도! 이 얼마나 끔찍한 오만의 죄인가! 속죄의 고행이 필요하리니! 그러나 사랑에 빠진 사람은 오만하게 행동하기 마련이다. 그리고 페러그린 신부는 주님을 너무 사랑하고 그 사랑에 너무 행복했기 때문에, 다른 모든 사람도 그렇게 행복하기를 원했다.

잠들기 직전 푸른 불길들이 돌아오는 모습이 보였다. 마치 불타는 천사들이 하늘에서 내려와, 고민 속에 잠드는 그에게 소리 없는 천상의 음률을 들려주는 것만 같았다.

새벽이 되어 페러그린 신부가 잠에서 깨어났을 때도, 둥글고 푸른 꿈들은 여전히 둥실 떠 있었다.

스톤 신부는 뻣뻣한 몸을 말고 조용히 잠들어 있었다. 페러그린 신부는 하늘에 둥실 떠올라 자신을 바라보는 화성인들을 지켜봤다. 저들은 인간이었다. 그는 알고 있었다. 그러나 그 사실을 증명하지 못하면, 주교님은 실망한 목소리와 실망한 시선을 그에게 돌리며, 단장직에서 내려오기를 친절히 권할 것이다.

그러나 저들이 높은 하늘에 몸을 숨기는데 어떻게 그 인간성을 증명할 수 있겠는가? 무슨 수로 저들을 끌어 내려 온갖 의문에 해답해 줄 수 있을까?

"저들은 우리를 산사태에서 구했지."

페러그린 신부는 자리에서 일어나서, 바위 사이로 걸음을 옮기며 가장 가까운 언덕을 오르기 시작했다. 마침내 그는 높이 60미터의 깎아지른 절벽에 도착했다. 쌀쌀한 공기 속에서 열심히 비탈을 오르니 숨이 가빠 왔다. 그는 자리에 멈춰 서서 헉헉거렸다.

"여기서 떨어지면 확실히 죽겠는데."

그는 조약돌 하나를 떨어트렸다. 아래쪽 바위를 때리는 소리가 들리기까지 제법 시간이 걸렸다.

"주님께서는 절대 용서하지 않으시겠지."

그는 조약돌을 하나 더 떨어트렸다.

"주님에 대한 사랑 때문에 저지른 일이라면 자살은 아니지 않을까……?"

그는 시선을 들어 푸른 구체들 쪽을 바라봤다. "일단 한 번만 더 시도해 봐야지. 이봐요, 안녕하십니까!"

메아리가 돌아오며 서로 겹쳐 울렸지만, 푸른 구체들은 깜빡이지도 움직이지도 않았다.

그는 5분 동안 계속 말을 걸었다. 그리고 마침내 말을 멈추고는, 작은 야영지에서 부루퉁한 얼굴로 잠들어 있는 스톤 신부를 내려다보았다.

"남김없이 증명해야 해." 페러그린 신부는 절벽 가장자리로 발을 내디뎠다. "난 이미 늙었잖아. 두려울 건 없어. 주님께서도 전부 그분을 위해 하는 일이라는 정도는 알아주시겠지?"

그는 숨을 깊이 들이쉬었다. 눈앞에 자신의 일생이 주마등처럼 흘러가는 것을 보면서, 그는 생각했다. 이제 곧 죽는 걸까? 그러기에는 삶을 지나치게 좋아하는 것 같기는 한데. 하지만 내게는 그보다 더 사랑하는 분이 계시지.

그는 이렇게 생각하며, 절벽에서 뛰어내렸다.

그리고 그대로 떨어졌다.

"한심하기는!" 신부는 소리쳤다. 허공에서 몸이 빙글빙글 돌았다. "내가 틀렸나!" 바위 바닥이 눈앞으로 밀려들었다. 그대로 처박혀 천국으로 올라가는 자신의 모습이 눈에 선했다. "내가 어쩌다 이런 짓을 한 거지?" 그러나 답은 이미 알고 있었다. 문득 추락하는 그의 마음속에 평화가 찾아왔다. 바람이 그를 둘러싸고 거칠게 울었고, 바위는 그를 맞이하려 돌진해 왔다.

다음 순간 별들이 밀려가며 푸른 빛이 일렁였고, 페러그린 신부의 몸은 푸른 기운에 둘러싸여 허공에 멈췄다. 잠시 후 그는 가볍게 바위에 내려섰다. 살아 있었다. 그는 한동안 멍하니 앉아서 자신의 몸을 매만지다가, 고개를 들어 순식간에 사라진 푸른 기운 쪽을 바라보았다.

"너희가 나를 구했구나!" 그는 중얼거렸다. "나를 죽게 놔두지 않은 거야. 잘못된 일이라는 사실을 알고 있어서."

그는 아직도 조용히 잠들어 있는 스톤 신부 쪽으로 뛰어갔다. "신부님, 신부님, 일어나요!" 그리고 그를 흔들고 붙들어 일으켰다. "신부님, 저들이 나를 구했습니다!"

"누가 구했다는 겁니까?" 스톤 신부는 눈을 깜빡이며 일어나 앉았다.

페러그린 신부는 방금 경험한 사건을 털어놓았다.

"꿈입니다. 악몽이에요. 더 주무십시오." 스톤 신부는 짜증 섞인 목소리로 말했다. "그 서커스 풍선이 정말로 마음에 걸리시나 보군요."

"하지만 깨어 있었는데요!"

"자 자, 신부님, 진정하시고. 정신 차리십시오."

"내 말을 못 믿는 건가요? 혹시 총 있나요? 그래요, 거기 있군요. 이리 좀 줘 봐요."

"뭘 하시려는 겁니까?" 스톤 신부는 뱀이나 다른 동물이 습격해 올 때를 대비해 가져온 작은 권총을 건넸다.

페러그린 신부는 권총을 쥐었다. "증명해 보이지요!"

신부는 권총으로 반대쪽 손을 겨누더니 그대로 방아쇠를 당겼다.

"그만두십시오!"

순간 빛이 번쩍하더니, 손바닥에서 몇 센티 떨어진 곳에서 총알이 멈췄다. 그리고 푸른 인광에 둘러싸인 채로 공중에 잠시 떠 있다가, 그대로 치익 소리를 내며 흙 위로 떨어졌다.

페러그린 신부는 그렇게 세 번을 쐈다. 자기 손에, 자기 다리에, 자기 몸에. 총알은 모두 반짝이는 빛에 휩싸여 허공에서 멈췄다가, 그대로 죽은 벌레처럼 발치로 떨어졌다.

"보셨지요?" 페러그린 신부는 팔을 늘어트리고 권총을 총알 옆으로 떨어트리며 말했다. "저들은 알아요. 이해하는 겁니다. 저들은 짐승이 아니에요. 사고하고 판단하고 도덕관념도 가진 거예요. 짐승이 다른 존재의 자해를 막으려 들까요? 세상에 그런 짐승은 없어요. 인간에게만 가능한 일입니다, 신부님. 이제 믿으시겠나요?"

스톤 신부는 계속 하늘의 푸른 빛들을 바라보고 있었다. 그는 조용히 한쪽 무릎을 꿇더니, 아직 뜨거운 총알을 주워서 한쪽 손에 담았다. 그리고 손을 꾹 쥐었다.

"아무래도 내려가서 다른 분들에게도 이 이야기를 들려주고, 이리로 모셔 와야 할 것 같군요." 페러그린 신부가 말했다.

태양이 언덕배기를 비출 때쯤, 그들은 이미 로켓으로 돌아가는 길에 올라 있었다.

페러그린 신부는 칠판 가운데에 동그라미를 하나 그렸다.

"이분은 하느님 아버지의 독생자이신 그리스도입니다."

그는 다른 사제들이 헉 하고 숨을 멈추는 소리를 못 들은 척하며 말을 이었다.

"그리스도시며 곧 주님의 영광이지요."

"제 눈에는 기하학 문제처럼 보입니다만." 스톤 신부가 평했다.

"훌륭한 비유로군요, 여기서 우리는 상징을 다루고 있으니 말이지요. 원이나 사각형으로 표시한다고 해서 그리스도의 본질이 훼손되지는 않아요. 그건 인정하겠지요? 우리는 수 세기 동안 그분의 사랑과 고통의 상징으로 십자가를 사용했어요. 화성에서는 이 동그라미가 그리스도가 될 거예요. 우리는 이 형태로 그분을 화성에 모실 겁니다."

사제들은 불편한 기색으로 몸을 뒤척이며 서로를 바라봤다.

"매시어스 수사님, 유리로 이런 원을, 그러니까 구체 형태로 만들어서, 안에 불꽃을 채워 주세요. 제단에 올려놓을 거니까요."

"싸구려 마술 속임수 아닙니까." 스톤 신부가 중얼거렸다.

페러그린 신부는 참을성 있게 말을 이었다. "그 반대지요. 우리는 저들이 이해할 수 있는 주님의 형상을 만들어 건네는 겁니다. 그리스도께서 문어의 형상으로 지구에 찾아오셨다면, 과연 우리가 손쉽게 그분을 받아들였을까요?" 그는 양쪽으로 손을 벌렸다. "그렇다면 주님께서 인간의 형상으로 예수 그리스도를 보내신 것도 싸구려 마술 속임수일까요? 우리가 이곳에 교회를 지어 축복하고 제단과 이 상징물을 축성하면, 과연 그리스도께서 우리 눈앞의 형상에 깃들기를 거부하실까요? 그대들도 그분이 거부하지 않으시리라고 마음으로는 깨닫고 있을 겁니다."

"하지만 이건 영혼 없는 짐승의 형상 아닙니까!" 매시어스 수사가 소리쳤다.

"오늘 아침에 돌아와서 그 이야기는 여러 번 났었지 않나요, 매시어스 수사님. 이 존재들은 우리를 산사태에서 구해 냈습니다. 자해가 죄라는 사실을 깨닫고 계속 막아 주기도 했어요. 따라서 우리는 언덕 위에 교회를 짓고 그들과 함께 지내야 합니다. 저들 특유의 죄를 범하는 방식을, 외계의 방식을 발견하고, 저들이 주님을 발견하도록 도와야 해요."

사제들은 그리 탐탁지 않은 표정이었다.

"저들이 우리 눈에 너무 괴상해 보이기 때문인가요?" 페러그린 신부는 물었다. "하지만 형상이란 과연 무엇일까요? 그저 주께서 타오르는 영혼을 담으라고 우리 모두에게 내리시는 그릇일 뿐이지 않나요. 내일이라도 바다사자가 갑자기 자유의지와 지성을 가지고, 죄를 범하지 않을 때와 삶의 본질을 알아차리고, 관용으로 정의를 벼리고 사랑으로 삶을 풍요롭게 하는 법을 깨닫는다면, 저는 즉시 해저에 대성당을 지을 겁니다. 그리고 내일이라도 기적이 일어나 참새들이 주님의 의지에 따라 영생불멸의 영혼을 가지게 된다면, 저는 교회에 헬륨을 가득 채워서 그들을 쫓아다닐 테고요. 형태와 무관하게, 자유의지가 있으며 자신의 죄를 아는 모든 영혼은, 제대로 영성을 접하지 않으면 지옥불에 떨어지고 맙니다. 저는 화성의 구체가 지옥불 속에서 타오르도록 내버려 두지 않을 겁니다. 불덩어리 형상은 육신의 눈으로 보는 모습이니까요. 눈을 감으면 내 앞에 지성체가, 사랑이, 영혼이 서 있는 것이 보이니까요. 이를 거부할 수는 없어요."

"하지만 그대가 말하는 그 유리 구체를 제단에까지 올려놓다 니……" 스톤 신부가 항변했다.

"중국인들을 생각해 보세요." 페러그린 신부가 침착하게 대답 했다. "중국의 기독교인들은 어떤 그리스도를 섬기지요? 당연하 지만 동방의 그리스도지요. 동방 사람들이 등장하는 예수의 탄 생 장면은 다들 봤을 겁니다. 그리스도께서 어떤 옷을 걸치셨나 요? 동방의 옷을 걸치셨지요. 어떤 곳을 걸으셨나요? 대나무에 안개 자욱한 산에 뒤틀린 나무가 있는 중국의 땅을 걸으셨지요. 가느다란 눈꼬리에 광대뼈가 솟은 모습을 취하셨고요. 모든 나 라의 모든 인종은 저마다 우리 주님께 뭔가를 더하곤 했어요. 멕 시코의 모든 사람이 사랑을 바치는 과달루페의 성모님이 떠오르 는군요. 그분의 피부는 어땠지요? 그분의 그림을 기억하는 분 계 신가요? 신도들과 마찬가지로 어두운 피부였지요. 그게 신성모 독일까요? 천만에요. 아무리 사실적이라도, 다른 색 피부를 가진 신을 용납한다는 것 자체가 논리적이지 못해요. 가끔은 우리 선 교사들이 눈처럼 하얀 피부의 그리스도로 어떻게 아프리카에서 그리 성공한 것인지 궁금하기도 합니다. 어쩌면 아프리카 부족 들 사이에서 흰색이 알비노나 다른 형상 때문에 성스러운 색이 어서였을지도 모르지요. 시간이 흐르면 그쪽 그리스도의 피부색 도 검게 변하지 않을까요? 형상은 관계없어요. 중요한 것은 내용 물이지요. 이곳의 화성인들이 외계인의 형태를 받아들이기를 바 랄 수는 없어요. 우리는 저들의 형상을 가진 그리스도를 선사할 겁니다."

"그대의 논리에는 허점이 하나 있습니다, 신부님." 스톤 신부가 말했다. "화성인들이 우리를 위선자라 의심하지는 않겠습니까? 저들은 우리가 둥근 구체 형상의 그리스도가 아니라, 사지와 머리를 가진 인간을 숭배한다는 사실을 깨달을 겁니다. 그 차이를 어떻게 설명하실 겁니까?"

"차이가 존재하지 않음을 보여야지요. 그리스도께서는 제공되는 어떤 그릇이든 채우는 분이라고요. 육신이든 구체든 그분은 그곳에 머무시며, 모두 저마다 다른 형상을 취하신 그분을 섬길 뿐이라고요. 추가로 우리는 화성인에게 건네는 이 구체를 믿어야 하겠지요. 그 형상만으로는 우리에게 아무 의미도 없는 이 구체를 신앙의 대상으로 삼아야 하는 거예요. 이 구체가 그리스도가 될 겁니다. 그리고 우리 또한 우리 지구의 그리스도가, 이곳 화성인에게는 아무 의미도 없는, 그저 터무니없이 자재를 낭비한 결과물로밖에는 보이지 않는다는 사실을 기억해야겠지요."

페러그린 신부는 분필을 내려놓았다. "그럼 이제 언덕에 우리 교회를 세우러 갈까요."

사제단은 장비를 꾸리기 시작했다.

교회 건물을 세우는 것은 아니었다. 야트막한 산에서 바위 없는 평탄한 땅을 골라, 땅을 다지고 빗자루질을 한 다음, 제단을 세우고 그 위에 매시어스 수사가 제작해 온 불타는 구체를 올려놓을 뿐이었다.

엿새의 작업으로 '교회'의 준비가 끝났다.

"이걸로는 뭘 하는 겁니까?" 스톤 신부는 여기까지 가져온 쇠

종 하나를 톡톡 두드리며 말했다. "저들에게 종 같은 물건이 무슨 의미가 있겠습니까?"

"사실 우리들의 평안을 위해 가져온 거지요." 페러그린 신부가 인정했다. "우리에게도 몇 가지 낯익은 물건은 필요할 테니까요. 이 교회의 모습이 너무 교회답지 않으니까요. 다들 터무니없다는 생각이 들겠지요. 심지어 저조차도 그래요. 다른 행성의 생명체를 개종시키다니 진실로 새로운 사역 아닌가요. 때로는 부조리극의 배우가 된 듯한 기분이 들지요. 그리고 그럴 때면 주님께 힘을 달라고 기도를 드립니다."

"사제님들 중에서 불만 있는 분들이 많습니다. 이 모든 일을 농담거리로 삼는 분들도 있습니다, 페러그린 신부님."

"저도 알아요. 어쨌든 이 종은 그분들의 평안을 위해 작은 탑에 달아 놓기로 하지요."

"오르간은 어쩌실 겁니까?"

"내일 첫 예배에서 연주해야지요."

"하지만 화성인들은—"

"저도 압니다. 하지만 우리가 평안을 찾으려면 우리 쪽 음악이 필요할 테니까요. 나중에는 저들의 음악을 발견할 기회도 생기겠지요."

일요일이 찾아왔다. 사제들은 아주 이른 아침부터 희멀건 유령들처럼 싸늘한 공기 속으로 걸음을 옮겼다. 수도복 자락에 내려앉은 서리가 잘그랑거렸다. 그 작은 종소리에 맞춰 털어 낸 은빛 물방울이 땅으로 흩뿌려졌다.

"오늘이 화성의 일요일이려나요?" 페러그린 신부는 이렇게 운을 띄우다가, 스톤 신부가 얼굴을 찌푸리는 모습에 서둘러 걸음을 옮겼다. "화요일이나 목요일일 수도 있겠죠. 누가 알겠어요? 하지만 상관없는 일이지요. 잠시 공상에 빠졌을 뿐이에요. 어쨌든 우리에게는 일요일이고. 얼른 갑시다."

사제들은 '교회'의 영역인 널찍한 공터로 들어와서, 퍼렇게 질린 입술에 온몸을 떨면서 무릎을 꿇었다.

페러그린 신부는 짧은 기도문을 읊조린 후 차가운 손가락을 오르간 건반에 올렸다. 선율이 어여쁜 새 떼처럼 하늘로 날아올랐다. 그는 황량한 정원의 잡초 사이로 바삐 손을 움직이는 정원사처럼 건반을 어루만지며, 놀랍도록 선명한 아름다움을 언덕 너머의 하늘로 흩뿌렸다.

음악에 맞춰 공기가 차분히 가라앉았다. 아침의 상쾌한 냄새가 코를 간질였다. 선율이 골짜기로 흘러 들어가며 광물 가루를 뿌연 비처럼 털어 냈다.

사제들은 기다렸다.

"있잖습니까, 페러그린 신부님." 용광로처럼 이글거리는 태양이 떠오르는 황량한 하늘을 힐끔거리며, 스톤 신부가 말했다. "우리 친구들이 안 보입니다만."

"다시 한번 시도해 보지요." 페러그린 신부도 진땀을 흘리고 있었다.

그는 바흐의 선율을 쌓아 올리기 시작했다. 정교하게 다듬은 석재를 하나씩 포개어 광대한 음악의 대성당을 지었다. 성단소의 한쪽 끝은 니느웨에 있고, 반대쪽 돔은 열쇠를 쥔 성 베드로의 왼손에 닿아 있는 웅장한 건물이었다. 연주가 끝난 다음에도, 음악은 그대로 무너져 폐허가 되지 않고 허공에 머무르며, 흘러가는 흰 구름과 한데 어울려 다른 땅으로 흘러가기 시작했다.

하늘은 여전히 텅 비어 있었다.

"그들은 올 겁니다!" 그러나 페러그린 신부의 가슴속에서도 아주 작은 동요가 조금씩 커져 가기 시작했다. "함께 기도하지요. 그들에게 이곳을 찾아 달라고 부탁합시다. 그들은 마음을 읽어요. 알고 있을 거예요."

사제들은 옷자락을 펄럭이고 서로 수군거리며 다시 무릎을 꿇었다. 그리고 기도했다.

그리고 동쪽에서, 얼어붙은 산맥 쪽에서, 화성의 일요일 아침 7시나 어쩌면 목요일이나 어쩌면 월요일의 차가운 공기를 뚫고서, 은은하게 빛나는 구체들이 날아오기 시작했다.

그들은 주변으로 둥실 떠와서 내려앉으며, 몸을 떠는 사제들의 주변을 가득 메웠다. "감사합니다, 아, 주님, 감사합니다." 페러그린 신부는 눈을 질끈 감고 음악을 연주했다. 그리고 연주를 끝낸 다음에야 고개를 돌려 그의 신비로운 신도들을 바라봤다.

곧 목소리 하나가 그의 마음을 건드리더니, 이렇게 말했다.

"잠시 들렀을 뿐입니다."

"여기 머무르셔도 되는데요." 페러그린 신부가 말했다.

"잠시면 충분합니다." 목소리는 나직하게 말했다. "우리는 그대에게 몇 가지를 알려 주러 왔습니다. 사실 미리 말했어야 하지만, 두고 가면 그대로 떠나리라 생각했지요."

페러그린 신부는 입을 열었지만, 목소리는 그의 입을 막았다.

"우리는 옛 존재입니다." 목소리가 푸르게 일렁이는 불꽃처럼 그의 몸으로 들어와 머릿속 공간을 불살랐다. "우리는 한때 누렸던 물질의 삶을 버리고, 하얀 대리석의 도시를 떠나서 구릉지로 들어간 옛 화성인입니다. 이런 존재가 된 것은 한참 옛날의 일이었지요. 한때는 우리도 그대들처럼 육신과 다리와 팔을 가진 인간이었습니다. 전설에 따르면 어느 선량한 이가 인간의 영혼과 지성을 해방하는 방법을, 육신의 질병과 우울증으로부터, 죽음과 변용으로부터, 언짢음과 노쇠로부터 해방되는 방법을 알아냈다고 합니다. 그래서 우리는 번개와 푸른 불길의 형상을 두르고 바람과 하늘과 언덕을 영원히 누비며 살았습니다. 자부심도 자만도 없는, 부유하지도 가난하지도 않은, 열정적이지도 냉정하지도 않은 삶이었지요. 우리는 뒤에 남기고 떠난 이 행성의 다른 종족과 동떨어진 삶을 살았고, 이런 모습이 되는 방법도 그 과정도 전부 잊어버렸습니다. 그러나 우리는 이제 죽지도 않고 해를 끼치지도 않는 존재입니다. 육신의 죄에서 벗어나 주님의 은총으로 충만한 삶을 살기 때문이지요. 재물이 없으니 남의 재물을 탐내지도 않습니다. 훔치지도, 죽이지도, 정욕에 빠지지도, 혐오하지도 않습니다. 행복한 삶이지요. 우리는 번식할 수도 없습니다. 먹거나 마시거나 전쟁을 벌이지도 않습니다. 모든 육욕과 치기와 육신의 죄는 우리가 육신을 벗어던진 순간 떨어져 나갔습니다. 페러그린 신부여, 우리는 죄를 남기고 떠났고, 그 죄는 이미 가을 축제의 허수아비 속 낙엽처럼 불타고, 혹독한 겨울의 더럽혀진 눈처럼 녹아 버렸습니다. 봄날의 빨갛고 노란 육감적인 꽃처럼 떨어지고, 무더운 여름날의 숨 가쁜 밤처럼 흘러가 버렸습니다. 그리하여 이제 우리의 모든 계절은 그저 온화할 뿐이며,

하늘에는 오로지 사색만이 남았습니다."

이제 페러그린 신부는 자리에서 일어나 있었다. 울리는 목소리 때문에 오감이 흔들려 떨어져 나갈 지경이었기 때문이다. 그의 목소리는 희열이자 동시에 온몸을 씻어 내리는 불길이었다.

"그대들이 우리를 위해 이런 장소를 만들어 준 것에는 감사를 표합니다. 그러나 우리는 이런 곳이 필요치 않습니다. 저마다 스스로의 성전이라 죄를 정결케 할 장소가 따로 필요치 않기 때문입니다. 더 빨리 오지 못한 것은 용서하십시오. 그러나 우리는 서로 멀리 떨어져 살았고, 1만 년 동안 그 누구와도 대화를 나눈 적이 없습니다. 이 행성의 다른 생명에 개입하지 않은 것은 물론입니다. 이제 그대들도 우리가 들판의 백합이라는 사실을 이해했으리라 믿습니다. 우리는 수고도 아니하고 길쌈도 아니하는 존재입니다. 당신은 옳습니다. 그러니 이 성전의 일부를 그대들의 새로운 도시로 가져가 그곳의 사람들을 정결케 하기를 권합니다. 우리는 이미 지복과 평화를 누리고 있기 때문입니다."

사방에 가득한 푸른 빛 속에서, 사제들은 무릎을 꿇고 있었다. 이제 페러그린 신부도 몸을 낮추었다. 모두의 눈에서 눈물이 흘러내렸다. 지금껏 낭비한 시간 따위는 아무 상관도 없었다. 이제 그들에게는 전혀 중요치 않았다.

푸른 구체들은 다시 살랑거리며, 서늘한 바람 한 줄기를 타고 공중으로 떠오르기 시작했다.

"제가—" 페러그린 신부는 소리쳤다. 차마 청할 수가 없어서, 눈을 감은 채로. "제가 언젠가 다시 이곳을 찾아 그대들에게 가르침을 구해도 되겠습니까?"

푸른 불꽃이 타올랐다. 대기가 떨렸다.

그렇습니다. 다시 찾아와도 됩니다. 언젠가는.

그렇게 빛을 품은 풍등은 그대로 바람에 날려 사라져 버렸고, 신부는 마치 어린아이처럼 무릎을 꿇고 눈물을 줄줄 흘리면서, 울음을 삼키며 소리쳤다. "돌아와요, 돌아와요!" 언제라도 할아버지가 그를 안아 들 것만 같았다. 세월 속으로 사라진 오하이오의 작은 마을로, 위층의 침실로 데려다줄 것만 같았다.

해 질 녘이 되어 사제단은 줄지어 언덕을 내려왔다. 뒤를 돌아보는 페러그린 신부의 시선이 은은한 푸른 불꽃에 멎었다. 아니, 그대들 같은 존재에게 교회를 지어 줄 수는 없겠지요. 그대들의 본질이 아름다움이니까요. 그 어떤 교회도 순수한 영혼의 불꽃놀이와 겨룰 수는 없겠지요.

곁에서 묵묵히 걸음을 옮기던 스톤 신부가 입을 열었다. "제 생각에는 모든 행성마다 저마다의 진실이 존재할 듯합니다. 언젠가 특별한 날이 찾아오면 그 모든 진실이 퍼즐의 조각처럼 짜맞춰질지도 모르지요. 참으로 영혼을 뒤흔드는 경험이었습니다. 이제 다시는 의심하지 않겠습니다, 페러그린 신부님. 이곳의 진리도 지구의 진리만큼이나 진실되며, 서로가 대등한 관계이기 때문입니다. 우리는 계속 다른 행성으로 걸음을 옮기며 진실의 조각을 그 총합에 더해 나가야 합니다. 언젠가 새로운 날의 광명 앞에 온전한 진실이 모습을 드러낼 수 있도록 말입니다."

"그대의 말씀치고는 상당히 놀랍군요, 스톤 신부님."

"어떤 면에서는 이제 조금 유감스럽기도 합니다. 마을로 내려가서 우리의 동족을 다뤄야 한다니요. 그 푸른 불길은, 그들이 우리를 둘러싸고 들려준 그 목소리는⋯⋯" 스톤 신부는 몸을 떨었다.

페러그린 신부는 손을 뻗어 그의 팔을 붙들었다. 그리고 함께 걸음을 옮겼다.

"저기 말입니다." 마침내 스톤 신부가 입을 열었다. 그의 시선은 유리 구체를 조심스레 들고 앞서 걸어가는 매시어스 수사에게 고정되어 있었다. 푸른 인광이 그 안에서 영원히 타오를 유리 구체에. "있잖습니까, 페러그린 신부님. 저 구체는—"

"말씀하세요."

"저 구체는 그분입니다. 처음부터 그분이었어요."

페러그린 신부의 얼굴에 미소가 번졌다. 그들은 함께 언덕을 내려가 개척 도시로 걸음을 옮겼다.

과도기

사람들은 엄청난 양의 오레곤 소나무 목재를 지구에서 가져와 열 번째 도시를 세우기 시작했고, 이어 그 다섯 배가 넘는 캘리포니아 삼나무 목재를 추가한 다음 남은 목재로 석조 운하 옆에 깔끔하고 작은 소도시를 세웠다. 일요일 밤이 되면 교회의 스테인드글라스에서 붉고 푸르고 녹색을 띤 빛이 반짝였고, 숫자로 칭하는 찬송가의 노랫소리가 들려왔다. "이제 79번을 부르겠습니다. 이제 94번을 부르겠습니다." 몇몇 집에서는 소설가가 타이프라이터를 무겁게 철커덕거리며 작업하는 소리가 들렸다. 시인이 펜을 끼적이며 작업하는 소리도 들렸다. 아무런 소리가 들리지 않을 때면, 왕년의 해변 넝마주이가 소리 없이 작업하고 있었다. 여러모로 아이오와의 여느 소도시를 떠오르게 하는 모습이었다. 마치 거대한 지진이 도시의 기반과 지하시설을 흔들어 헐겁게 만

든 다음, 오즈의 마법사에나 등장할 거대한 소용돌이가 도시를
통째로 들어다가 화성으로 옮겨다 놓은 것만 같았다. 충격도 흔
들림도 없이 사뿐히……

음악가들

소년들은 한데 어울려 화성의 교외 멀리로 소풍을 다녀오곤 했다. 저마다 손에는 냄새를 풍기는 종이봉투를 하나씩 들고 있었다. 소년들은 걸음을 옮기다 봉투에 코를 들이밀고 햄과, 피클을 넣은 마요네즈의 진한 냄새를 킁킁거리고, 미지근해지는 병 안에서 오렌지 소다가 부글거리는 소리에 귀를 기울였다. 상큼하고 물기 많은 파와 냄새나는 간 소시지와 붉은 케첩과 흰 빵을 담은 음식 바구니를 휘두르며, 소년들은 어머니들이 단단히 일러둔 금기를 어겨 보라고 서로를 도발하곤 했다. 그들은 이렇게 외치며 달음박질쳤다.

"먼저 도착하는 사람이 차는 거야!"

아이들은 여름에도 가을에도 겨울에도 소풍에 나섰다. 가장 즐거운 것은 가을이었다. 가을이면 지구에 있을 때처럼 가을 낙엽을 헤치고 나간다고 상상할 수 있었기 때문이다.

달려온 아이들은 운하 옆의 대리석 평판 위로 공깃돌처럼 흩어졌다. 사탕처럼 발그레한 볼과 마노처럼 푸른 눈을 가진 아이들이 양파 냄새를 풍기는 숨을 헐떡이면서 서로에게 명령을 내리기 시작했다. 죽은 도시에, 금지된 도시에 도착했기 때문에, 이제는 "꼴찌는 계집애다!"나 "일등이 음악가 한다!"는 문제가 아니었다. 죽은 도시의 문이 활짝 열린 모습을 눈앞에 둔 아이들은, 그 안에서 흐릿하게 울리는 소리가 마치 가을 낙엽이 부스러지는 소리 같다고 생각했다. 아이들은 서로에게 조용히 하라고 재촉하며 전진했다. 서로의 팔을 붙들고, 나뭇가지를 손에 쥔 채로, 부모님이 일렀던 말을 기억하면서. "거긴 가면 안 된다! 안 돼, 옛 도시에는 절대 가면 안 돼! 소풍 목적지는 신중하게 정해라. 거기 갔다 오면 평생 잊지 못할 정도로 흠씬 두들겨 줄 테니까. 신발을 확인할 거야!"

그런데도 그들은 죽은 도시에 발을 들였다. 소풍 도시락을 이미 반쯤 먹어 치운 소년들은 새된 속삭임으로 서로를 계속 도발했다.

"이까짓 게 뭐라고!" 갑자기 한 소년이 가장 가까운 석조 주택으로 뛰어들었다. 문을 통과해 거실을 가로질러 침실까지 간 다음, 주변을 제대로 살피지도 않고 발길질을 하고 발을 굴러 댔다. 한밤중 하늘의 살결을 저며 낸 것처럼 얇고 연약한 검은 낙엽이 공중에 나부꼈다. 나머지 여섯 소년도 그를 따라 들어왔다. 처음 도착한 소년이 음악가 역할을 맡아, 얇고 검은 박편에 뒤덮인 하얀 뼈 실로폰을 연주하기 시작했다. 커다란 해골 하나가 눈덩이처럼 굴러서 소년들의 시야로 들어왔고, 소년들은 환호성을 울렸다! 거미의 다리처럼 늘어선 갈빗대에는 투박한 하프 소리 같은 애수가 서렸고, 춤추는 발놀림에 맞춰 한때 생명을 담았던 검은 박편이 사방에서 나부꼈다. 소년들은 낙엽을 밀치고 끌어안고 그 위로 뛰어들었다. 죽음을 맞이한 이들은 그렇게 말라붙은 조각이 되어 부서졌고, 배 속에서 오렌지 소다가 부글거리는 아이들의 손에서 그 모든 것은 놀잇감이 되었다.

이내 집을 나선 아이들은 다른 열일곱 채의 집을 들락거렸다. 주변 마을의 비슷한 끔찍한 존재들이 차례대로 방화수들의 손에 깔끔하게 소각되고 있다는 사실을, 삽과 자루를 든 방역의 전사들이 흑요석 색깔의 박편과 박하사탕 막대 같은 뼈들을 전부 퍼 담아 갈 것이라는 사실을 알고 있었기 때문이다. 느리지만 확실하게, 끔찍한 존재와 정상적인 존재가 분리될 것이었다. 그러니 지금 격렬하게 놀아야 하는 것이다. 머지않아 방화수들이 도착할 테니까!

땀에 젖어 번들거리는 채로, 그들은 마지막 남은 샌드위치를 해치웠다. 마지막으로 한 번 발길질을 하고, 마지막으로 마림바를 실컷 연주하고, 마지막으로 낙엽 더미로 돌진하며 가을을 만 끽한 후, 그들은 집으로 돌아갔다.

어머니들은 신발에 검은 조각이 붙어 있는지 확인했고, 들킨 아이들은 펄펄 끓는 목욕물과 아버지의 회초리를 겪어야 했다.

그해가 끝날 무렵, 방화수들이 찾아와 가을의 낙엽을 모두 긁어 가고 하얀 실로폰을 치웠다. 그와 함께 모든 즐거움도 사라져 버렸다.

황야

"아, 마침내 좋은 계절이 찾아왔다네."

여름 어스름 속에서 재니스와 리어노라는 집에 들어앉아, 노래를 하고, 음식도 먹고, 필요할 때마다 서로를 붙들어 주었다. 그러나 그들은 절대로 점차 깊어 가는 밤, 그리고 밝고 차가운 별들이 떠오르는 모습이 보이는 창문 쪽은 돌아보지 않았다.

"들어 봐!" 재니스가 말했다.

강을 따라 흘러가는 증기선 같은 소리였지만, 사실은 하늘의 로켓이었다. 그리고 그 너머로…… 밴조 소리인가? 아니, 그저 2003년 여름밤의 귀뚜라미 소리일 뿐이었다. 마을의 공기 속으로 수천 가지의 소리가 숨 쉬고 있었다. 재니스는 고개를 갸웃하며 귀를 기울였다. 아주, 아주 오래전, 1849년에, 이 거리는 복화술사, 선교사, 점쟁이, 광대, 학자, 도박사들의 목소리로 가득했었다. 바로 이곳 미주리주 인디펜던스로 모여든 사람들의 소리였다. 축축한 대지가 말라 굳고 풀이 무성하게 자라 마차의 무게를, 자신들의 난잡한 운명과 꿈의 무게를 지탱할 수 있게 되기만을 기다리던 사람들의 소리였다.

> 아, 마침내 좋은 계절이 찾아왔네.
> 우리는 화성으로 떠나가네.
> 5,000명의 여인이 하늘에 있으니
> 봄철에 걸맞은 씨 뿌릴 때가 아닌가!

"와이오밍의 옛날 노래야." 리어노라가 말했다. "단어만 바꾸면 2003년에도 그대로 사용할 수 있겠어."

재니스는 음식 알약이 든 성냥갑 크기의 상자를 들고, 당시 높은 굴대가 달린 마차에 실려 있었을 음식의 총량을 가늠해 보았다. 그 모든 남자와 여자들이 먹을 음식이니 당연히 엄청난 양이었겠지! 햄, 베이컨 덩어리, 설탕, 소금, 밀가루, 말린 과일, 건빵, 구연산, 물, 생강, 후추…… 땅덩어리만큼이나 긴 목록이 만들어질 거야! 하지만 오늘날 이곳에서는 손목시계에 넣을 수 있는 알약 몇 알이면 포트래러미에서 행타운 정도가 아니라 별들 사이의 황야를 여행하면서도 살아남을 수가 있다.

재니스는 옷장 문을 활짝 열어젖히다가 거의 비명을 지를 뻔했다. 어둠, 밤, 그리고 별들 사이의 드넓은 우주가 그녀를 바라보고 있었다.

오래전, 두 가지 사건이 있었다. 언니가 비명을 지르는 그녀를 옷장에 가두었던 적이 있다. 그리고 파티에서 숨바꼭질을 하다 가 부엌을 지나 길고 어두운 복도로 들어갔던 적이 있다. 하지만 그곳은 복도가 아니라 불이 켜지지 않은 층계, 모든 것을 삼켜 버리는 암흑이었다. 그녀는 허공으로 달려 나갔고, 그대로 발을 허우적거리며 비명을 지르다 떨어져 버리고 말았다! 한밤중과 같은 어둠 속으로, 지하실까지 떨어졌다. 떨어지는 데는 단 한순간, 심장이 한 번 뛰는 정도의 시간이 걸릴 뿐이었다. 그리고 그녀는 옷장 안에서 오래, 정말로 오랫동안 꼼짝도 못 하고 있었다. 친구 하나 없이, 그녀의 비명을 들어 줄 사람도 없이, 모든 것들로부터 유리된 채 어둠 속에 갇혀 있었다. 어둠 속으로, 비명을 지르며 떨어지고 있었다!

그 두 가지의 기억.

활짝 열린 옷장 문 앞에서, 어둠이 벨벳처럼 그녀 주변을 감싸서 떨리는 손으로 훑어 주는 동안, 어둠이 검은 표범처럼 빛을 삼켜 버리는 눈으로 그녀를 조용히 바라보며 숨 쉬는 동안, 이런 두 가지 기억이 그녀에게 밀려왔다. 우주, 그리고 추락. 우주, 그리고 어둠 속에 갇힌 채 질러 대는 비명. 그녀와 리어노라는 꾸준히 일하며, 짐을 싸며, 창밖의 두려운 은하수와 광대한 공허를 바라보지 않으려고 애썼다. 그들의 마지막 운명을 알려 주는 것은 오랫동안 사용해 익숙해진 옷장, 그리고 그 안에 있는 한 사람분의 밤으로 충분했다.

그렇게 될 것이다. 밖으로 나가, 별들을 향해 날아가며, 밤 속에서, 거대하고 끔찍하고 칠흑 같은 옷장 속에서, 누구도 듣지 못하는 비명을 지르면서. 유성우와 신의 손길이 닿지 않는 혜성들

속으로 영원히 떨어지게 될 것이다. 승강기의 통로 아래로. 공허
뿐인 악몽의 갱도 아래로.

그녀는 비명을 질렀지만, 소리가 입 밖으로 나오지는 않았다.
그녀의 비명은 그대로 자신의 가슴과 머리에 부딪쳐 왔다. 그녀
는 비명을 지르고는 옷장 문을 쾅 닫았다! 어둠이 문가에서 숨
쉬며 지껄이는 소리가 들렸고, 그녀는 물기 어린 눈으로 옷장 문
을 부여잡고 있었다. 그렇게 한동안, 몸의 떨림이 잦아들 때까지,
그녀는 그렇게 서서 리어노라가 일하는 모습을 바라보았다. 이
렇게 외면하고 있는 동안 히스테리가 천천히 그녀의 몸에서 빠
져나가 사라져 버렸다. 손목시계 하나가 보통 세상의 또렷한 소
리로 방 안을 가득 채웠다.

"1억 킬로미터야." 마침내 그녀는 창문이 깊은 우물이라도 되
는 양 그쪽으로 조심스레 움직여 갔다. "오늘 밤에도 남자들이
화성에서 우리를 기다리며 도시를 건설하고 있다니, 믿을 수가
없어."

"믿을 수 있는 건 내일 로켓을 타게 되리라는 것뿐이야."

재니스는 유령처럼 보이는 하얀 드레스를 들어 보였다.

"이상해, 너무 이상해. 다른 세계로 가서 결혼을 하다니."

"침실로 가자."

"싫어! 자정에 전화가 온단 말이야. 윌한테 내가 화성행 로켓
을 타기로 결정했다고 어떻게 설명할지 생각하느라 제대로 잘
수도 없었어. 아, 리어노라, 생각해 봐. 내 목소리가 광속 전화를
타고 1억 킬로미터를 이동한다니. 너무 마음을 빨리 바꾸는 바람

에…… 겁이 날 지경이야!"

"지구에서의 마지막 밤이잖아."

이제 그들은 그 사실을 마음속 깊이 인지하고, 받아들이고 있었다. 이제는 눈을 돌릴 수 없었다. 그들은 떠날 예정이었고, 두 번 다시 돌아오지 못할지도 몰랐다. 그들은 한쪽이 태평양, 한쪽이 대서양으로 둘러싸인 북미 대륙을, 미주리주 인디펜던스를 떠날 것이다. 그리고 그들의 여행가방에는 이 모든 것들이 단 하나도 들어가지 못한다. 그들은 그동안 이 마지막 깨달음을 애써 회피했다. 그러나 이제 여행은 눈앞으로 다가와 있었고, 그들은 옴짝달싹할 수 없는 상황이 되었다.

"우리 아이들, 그 아이들은 미국인이 아닐 거야. 지구인도 아니겠지. 우리는 남은 일생을 화성인으로 지내게 될 거야."

"가고 싶지 않아!" 갑자기 재니스가 소리쳤다.

그녀의 마음속에서 얼음과 불길처럼 공포가 솟아올랐다.

"무섭단 말이야! 우주가, 어둠이, 로켓이, 운석이! 거긴 아무것도 없는데! 내가 왜 그리 가야 하는데?"

리어노라는 그녀의 어깨를 잡고 가까이 끌어당겨 흔들었다. "새로운 세상이잖아. 예전과 마찬가지야. 남자가 먼저 가고 여자가 따라가는 거지."

"내가 왜, 왜 가야 하는 건데, 말해 줘!"

"왜냐하면," 리어노라가 마침내, 침대에 앉아 있는 그녀를 바라보며 조용히 입을 열었다. "윌이 저 위에 있기 때문이지."

그의 이름을 들으니 기분이 나아졌다. 재니스의 마음이 가라앉았다.

"남자들은 일을 너무 힘들게 만들어." 리어노라가 말했다. "옛날에는 여자가 남자를 따라 300킬로미터를 가는 것도 엄청난 일이었는데 말이야. 그러더니 곧 1,000킬로미터가 되었지. 그런데 이제는 우리 사이에 우주가 가로놓여 있지. 하지만 그런다고 우리가 멈출 리는 없잖아, 그렇지?"

"로켓에 타면 바보가 된 기분이 들 것 같아."

"나도 너랑 같이 바보가 될 거야." 리어노라가 자리에서 일어섰다. "자, 그럼 마을을 한 바퀴 돌아보면서 모든 것을 마지막으로 한번 훑어보자."

재니스는 마을 쪽을 바라보았다. "내일 밤에도 이 모든 것들은 이곳에 있겠지. 하지만 나는 없을 거야. 사람들은 자리에서 일어나서, 식사를 하고, 일하고, 잠이 들고, 다시 일어나겠지만, 우리는 그 모든 것을 알 수 없을 거야. 그리고 사람들은 우리를 그리워하지 않을 테고."

리어노라와 재니스는 문을 찾지 못하는 것처럼 주변을 한 바퀴 둘러보았다.

"이리 와."

그들은 문을 열고, 불을 끈 다음, 밖으로 나가서 문을 닫았다.

하늘에서는 계속 무언가가 움직이고 또 움직였다. 거대한 불꽃이 피어오르며, 호각과 소용돌이 소리가 크게 울리고, 눈보라가 몰아쳤다. 헬리콥터들이 하얀 눈송이처럼 조용히 떨어져 내려왔다. 서쪽과 동쪽과 북쪽과 남쪽에서 여자들이 끊임없이 도착했다. 밤하늘 곳곳에서 헬리콥터들이 눈보라처럼 떨어져 내려오는 모습이 보였다. 호텔은 가득 차고, 개인 주택은 민박을 받았으며, 들판과 목초지마다 천막의 도시가 기이하고 흉측한 꽃처럼 자라나고, 도시와 주변 근교는 단순한 여름 이상의 그 무엇으로 달아오르고 있었다. 하늘을 올려다보는 여자들의 분홍빛 얼굴, 그리고 새로 온 남자들의 햇볕에 그을린 얼굴이 그렇게 만들고 있었다. 언덕 너머에서는 로켓이 시험 삼아 화염을 뿜고 있었고, 그와 함께 커다란 오르간의 건반을 모두 한 번에 누른 듯한 소리가 모든 수정 같은 창문과 숨어 있는 뼈들을 진동시켰다. 턱으로도, 발가락으로도, 손가락으로도 느낄 수 있었다. 격렬한 떨림이었다.

리어노라와 재니스는 낯선 여인들과 함께 드러그스토어에 자리를 잡고 앉았다.

"거기 숙녀분들은 아주 예쁜데 꽤나 슬픈 얼굴이군요." 소다수 판매원이 말했다.

"초콜릿 몰트 두 잔 주세요." 리어노라는 재니스가 벙어리라도 되는 양 두 사람의 주문을 도맡아 했다.

그들은 초콜릿 음료가 박물관의 희귀 전시품이라도 되는 양 내려다보았다. 화성에서는 한참 동안 몰트를 찾아보기 힘들 것이다.

재니스는 핸드백을 뒤적거리더니, 머뭇거리며 봉투 하나를 꺼내 대리석 탁자 위에 올려놓았다.

"윌이 보낸 거야. 이틀 전에 로켓 우편으로 왔어. 이 편지 때문에 마음을 다잡고, 그곳으로 가기로 정한 거야. 너한테는 말하지 않았지. 이제 봐 줬으면 좋겠어. 어서, 쪽지를 읽어 봐."

리어노라는 봉투를 털어 쪽지를 꺼낸 다음 소리 내어 읽었다.

"사랑하는 재니스. 네가 화성으로 오기로 결심한다면 이곳이 우리 집이 될 거야. 월."

리어노라는 다시 한번 봉투를 털었다. 반짝이는 컬러사진 한 장이 탁자 위로 떨어졌다. 집을 찍은 사진이었다. 어둡고, 이끼가 끼고 오래된, 담갈색의 편안한 집이었다. 주변에는 붉은 꽃과 멋 들어진 녹색 양치식물이 자라나고, 현관에는 가는 담쟁이덩굴이 올라가고 있었다.

"하지만 재니스!"

"왜?"

"이건 너희 집 사진이잖아. 여기 지구에, 엘름가에 있는 너희 집 말이야!"

"아니야. 자세히 봐."

그리고 그들은 다시 함께 사진을 들여다보았다. 편안해 보이 는 짙은 색조의 건물 양쪽, 그리고 뒤로 보이는 풍경은 지구의 풍 경이 아니었다. 토양은 기묘한 자줏빛을 띠고, 잔디에는 희미하 게 붉은빛이 감돌며, 하늘은 회색 다이아몬드처럼 반짝이고 있 었다. 그리고 한쪽으로는 기묘하게 굽은 나무가 자라고 있었다. 마치 하얀 머리카락에 반짝이는 수정 조각들을 단 노파 같은 모 습이었다.

"이건 월이 나를 위해 화성에 지은 집이야." 재니스가 말했다. "이걸 보면 도움이 돼. 어제 하루 종일, 혼자 시간이 있을 때마다, 그리고 가장 두렵고 혼란스러울 때마다 나는 이 사진을 꺼내 봤 어."

그들은 함께 1억 킬로미터 떨어진 곳의 어둡고 편안한 집을 바라보았다. 낯익으며 동시에 낯선, 예스럽지만 새로운, 현관 오른쪽 창문 안에서 노란 불빛이 비치는 집을.

"월이라는 남자는 자기가 뭘 해야 되는지 잘 아는 모양이네." 리어노라가 고개를 끄덕였다.

그들은 음료를 마저 비웠다. 밖에서는 낯선 사람들이 상기된 채 무리를 지어 돌아다녔고, 여름 하늘에서는 끊임없이 '눈'이 떨어져 내리고 있었다.

그들은 화성에 가져갈 여러 가지 한심한 물건들을 사 모았다. 레몬 사탕 여러 봉지, 반짝이는 여성용 잡지, 깨지기 쉬운 향수병('필수품 중량'에 포함될지 여부는 나중에 우주항 관리들이 알아서 결정하게 할 생각이었다). 그리고 그들은 도시 중심가로 걸어 나와 반중력 장치가 달린 벨트 재킷 두 벌을 빌린 다음, 나방을 흉내내듯 조심스레 조작기를 움직여 하얀 꽃잎처럼 도시를 날아다녔다. "어디라도." 리어노라가 말했다. "어디든 좋아."

그들은 불어오는 바람에 몸을 내맡겼다. 바람을 타고 여름날 사과나무와 서서히 더워지고 있는 밤 속을 가로지르며, 그들은 사랑스러운 도시, 어린 시절을 보낸 집들, 학교와 거리, 계곡과 초원과 농장 위를 날아다녔다. 너무 낯익어 이삭의 밀알 하나하나가 황금 동전처럼 보였다. 그들은 불똥의 위협에도 계속 날아다니는 낙엽처럼, 경고의 속삭임과 여름 번개의 소리를 들으며 구름으로 덮인 언덕 위를 날아다녔다. 별로 오래전도 아닌 때, 지금은 가 버린 젊은 남자들과 함께 헬리콥터를 타고 차가운 밤의 시냇물을 만지려고 내려갔던, 바로 그 희뿌연 빛의 시골길이 아득하게 보였다.

그들과 지구 사이에 놓인 얼마 안 되는 공간만으로도, 그들은 이미 도시에서 한참을 떨어져 나온 기분에 휩싸였다. 검은 강이 사라지고 빛과 색채가 해일처럼 밀려들었다. 도시는 이미 만질 수 없는 꿈처럼 느껴지는, 이미 그들의 눈 속에 향수와 함께 새겨진, 시야에서 온전히 사라지기 전부터 불안한 추억의 일부가 되어 버렸다.

조용히 바람을 타고 흩날리며, 그들은 비밀스럽게 이곳에 남기고 가는 100여 명의 친구들 얼굴을, 바람에 스쳐 지나가는 창가에 놓아둔 램프의 불빛을 바라보았다. 시간이 그들을 따라 호흡하고 있었다. 옛사랑의 고백이 새겨지지 않은 나무는 하나도 없었다. 백색의 눈가루로 덮인 골목길 중 지나가 보지 않은 곳은 하나도 없었다. 그들은 난생처음으로 자신들의 도시가 아름답다는 사실을, 외로운 불빛과 오래된 벽돌 건물이 아름답다는 사실을 깨달았다. 그들 앞에 펼쳐진 아름다움의 만찬에 눈이 휘둥그레질 지경이었다. 여기저기서 아련하게 들려오는 음악 소리, 집집마다 들려오는 텔레비전 소리에 섞인 중얼거림들이 하나가 되어 밤의 허공을 끊임없이 떠돌았다.

두 여인은 거리를 날아다니며 마치 바늘이라도 된 양 나무 한 그루 한 그루를 자신들의 향수 냄새로 꿰매 붙였다. 눈에는 이미 수많은 것이 그득 담겨 있었지만, 그들은 하나하나의 모습을, 그림자를, 외따로 서 있는 떡갈나무와 느릅나무를, 구불구불한 작은 골목길을 지나가는 차들을 계속 담았다. 그들의 눈만이 아니라 머리까지, 그리고 마침내는 심장까지 가득 차 넘칠 지경이 될 때까지.

죽은 것 같은 기분이야, 하고 재니스는 생각했다. 봄밤에 무덤에 누운 채로, 나를 제외한 모두가 살아서 나 없이 돌아다니는 모습을 보는 기분이야. 열여섯 살 때 봄밤마다 공동묘지 옆을 지나가며, 이렇게 부드러운 봄날 나는 살아 있는데 저들은 죽어 있다는 사실이 공평치 않다는 생각에 눈물 흘렸던 때와 같은 감정이야. 살아 있다는 죄를 저지르고 있었던 거야. 그리고 이제 오늘밤 여기서는, 그들이 나를 무덤에서 꺼내어 다시 한번 마지막으로 도시 위를 날게 해 주며, 살아 있다는 것이 어떤 느낌인지를, 도시와 사람들과 함께하는 기분이 어떤지를 느끼게 해 준 다음, 다시 내 몸 위로 검은 뚜껑을 덮을 것만 같은 느낌이야.

부드럽게, 부드럽게, 밤바람에 날리는 하얀 종이 등불처럼, 여인들은 자신의 일생과 과거 위를 날아다녔다. 천막 도시가 세워진 풀밭 위, 그리고 새벽까지 계속 트럭이 오가며 보급품을 실어 나를 고속도로 위도. 그들은 그 모두 위를 오랫동안 날아다녔다.

거미집을 만들듯 별들 사이를 떠돌다 재니스의 오래된 집 앞의 달빛 어린 포석에 발을 디뎠을 때, 탑시계가 11시 45분을 알렸다. 도시는 잠들어 있었고, 재니스의 집은 잠자리를 찾아들어오는 그들을 기다리고 있었다. 그러나 아직 잠들 기분은 들지 않았다.

"여기 있는 게 우리 맞지?" 재니스가 물었다. "재니스 스미스와 리어노라 홈스, 2003년. 맞지?"

"맞아."

재니스는 입술을 핥으며 자세를 바로 하고 섰다. "다른 시대였으면 좋겠어."

"1492년? 1612년?" 리어노라는 한숨을 쉬었고, 나무 사이로 불어 가는 바람도 그녀와 함께 한숨을 쉬었다. "어느 시대든 콜럼버스의 날이나 플리머스 록의 날은 존재할 테고, 우리 여자들이 거기에 대해 대체 무슨 일을 할 수 있을지 짐작도 가지 않는걸."

"독신 여성들이 될 수 있겠지."

"아니면 지금 우리가 하려는 일을 하든가."

그들은 따뜻한 한밤중의 집 문을 열었다. 도시의 소리가 천천히 그들의 귓속에서 잦아들었다. 문을 닫자마자 전화가 울리기 시작했다.

"전화가 왔어!" 재니스가 소리치며 달려갔다.

리어노라는 그녀를 따라 침실로 들어갔고, 재니스는 이미 송수화기를 들고 말하고 있었다. "여보세요, 여보세요!" 먼 도시에 있는 교환원이 두 세계를 하나로 엮어 주는 거대한 기계를 준비하기 시작했다. 두 여인은 기다렸다. 한 여인은 창백한 얼굴로 자리에 앉아서, 다른 여인은 서 있지만 마찬가지로 창백한 얼굴을 하고 첫 번째 여인 쪽으로 몸을 굽힌 채로.

한참 침묵이 흘렀다. 별과 시간으로 가득한, 그들 모두가 지난 3년 동안 느꼈던 것과 별로 다르지 않은 기다림의 시간이. 그리고 이제 그 때가 되었다. 이제는 재니스가 수백만 킬로미터의 유성과 혜성을 뚫고 대답을 할 차례였다. 그녀의 말을 끊어오르게 하거나 지져 버릴 수도 있는, 또는 그 안의 내용을 태워 없앨 수도 있는 노란 태양을 피해, 그녀가 대답을 할 차례였다. 그러나 그녀의 목소리는 은빛 바늘처럼 모든 것을 꿰뚫으며 전해져 갔다. 목소리로 모든 것을 꿰매 버리듯, 광막한 밤하늘을 지나, 화성의 위성에 반사되어 울려 퍼졌다. 그러다 마침내, 그녀의 목소리는 길을 찾아 다른 행성 다른 도시의 어느 방에 앉아 있는 남자에게 도달했다. 소리가 전달되는 데만 5분이 걸리는 거리였다. 그리고 그녀의 대답은 이러했다.

"안녕, 월. 나 재니스야!"

그녀는 침을 삼켰다.

"시간이 별로 없대. 한 1분 정도."

그녀는 눈을 감았다.

"천천히 이야기하고 싶은데, 빨리 한마디 안에 전부 담아서 말하라고 하네. 그러니까 내가 하고 싶은 말은…… 결정을 내렸어. 그리로 갈게. 내일, 로켓을 타고 갈 거야. 무슨 일이 생겨도 당신이 있는 곳으로 갈 거야. 그리고 사랑해. 내 목소리가 들렸으면 좋겠어. 사랑해. 정말 오랜 시간이 지났는데……"

그녀의 목소리가 눈에 보이지 않는 세계로 퍼져 나갔다. 대답을 보내고 나자, 그녀는 자신이 뱉은 말을 다시 불러들이고 싶어졌다. 검열하고 재배치해서, 조금 더 아름다운 문장으로, 자신의 영혼을 보다 충실하게 표현할 수 있도록 만들고 싶었다. 그러나 이미 그녀의 말은 행성들 사이를 날아가고 있었다. 문득 이런 생각이 들었다. 만약 어떤 우주적인 힘이 그 말에 불빛이 들어오게 한다면, 방울져 불타오르게 한다면, 그녀의 사랑은 열 몇 개의 행성에 빛을 밝히고 밤이 된 쪽의 지구에 때 이른 새벽을 찾아오게 할 수 있을 것이라고. 이제 그 말은 더 이상 그녀의 것이 아니라 우주의 일부가 되었다. 도착할 때까지는 누구에게도 속해 있지 않았다. 그리고 그 말은, 지금 초속 28만 9,682킬로미터의 속도로 목적지로 날아가고 있었다.

그가 내게 뭐라고 말해 줄까? 자신에게 주어진 1분의 시간 동안 무슨 말을 할까? 그녀는 궁금했다. 그녀는 손목의 시계를 만지작거리고 비틀었다. 귀에 대고 있는 수화기에서 지직대는 소리가 들렸다. 우주가 전기의 움직임과 춤과 귀에 들리는 오로라의 형태로 그녀에게 속삭였다.

"대답했어?" 리어노라가 속삭였다.

"쉬잇!" 재니스는 몸이 좋지 않은 것처럼 잔뜩 허리를 굽혔다.

그리고 우주를 통해 그의 목소리가 도착했다.

"목소리가 들려!" 재니스가 소리쳤다.

"뭐라고 했어?"

화성에서 들려온 소리는 해가 뜨지도 지지도 않는, 언제나 암흑 가운데 해가 떠 있는 밤을 통해 날아왔다. 그리고 화성과 지구 사이의 어디선가 소리의 대부분이 사라져 버렸다. 아마도 지나가는 유성우로 인한 전자기장에 휩쓸려 버렸든가, 빗발치는 은빛 유성우의 장막에 가려진 모양이었다. 어쨌든 그렇게 해서 사소한 단어, 중요하지 않은 단어들은 전부 휩쓸려 사라졌다. 그리고 그의 목소리는 단 하나의 단어만을 그녀에게 전달해 주었다.

"……사랑……"

그리고 다시 광막한 밤이 찾아왔고, 별과 태양이 자기들끼리 속삭이며 서로를 바라보는 소리, 그녀의 맥박이 뛰는 소리만이, 우주 저 너머의 또 다른 세계처럼 그녀의 수화기를 가득 채웠다.

"목소리 들었어?" 리어노라가 물었다.

재니스는 고개를 끄덕일 수밖에 없었다.

"뭐라 그래? 뭐라고 했어?" 리어노라가 소리쳐 물었다.

하지만 재니스는 누구에게도 말해 줄 수 없었다. 입 밖에 내기에는 너무 행복했다. 그녀는 기억 속에서 끊임없이 재생을 되풀이하며, 그 한 단어를 계속 듣고 또 들었다. 그렇게 계속 귀를 기울이는 동안, 리어노라가 그녀의 손에서 송수화기를 빼앗아 전화기 위에 올려놓았다. 그녀는 그 사실을 알아채지도 못했다.

그리고 그들은 잠자리에 들어 불을 껐고, 밤바람이 방 안을 휘감고 지나가며 어둠과 별 속의 긴긴 여행의 냄새를 실어다 주었다. 그리고 그들은 내일 일어날 일을, 그리고 내일 이후의 날들에 일어날 수많은 일들을 이야기했다. 이후의 날들은 날이 아니라, 헤아릴 수 없는 시간 속의 낮이자 밤이 될 것이다. 그들의 목소리는 차츰 잠 속으로, 그리고 생각 속으로 잦아들었고, 재니스는 홀로 침대에 누워 있었다.

문득 이런 생각이 들었다. 1세기 전에도 이런 일이 있었을까. 동부의 작은 마을에서, 떠나기 전날 밤, 준비를 끝낸 채로, 또는 아직 준비를 끝내지 못한 여인들이, 떠날 준비를 마친 말 울음소리나 대형 짐마차가 삐걱대는 소리에 귀를 기울이며 누워 있었을까? 나무 아래에서 신음하는 황소들의 소리나, 자신의 때가 오기도 전에 벌써 외로운 울음을 터트리는 아이들의 소리를 듣고 있었을까? 깊은 숲이나 평원에서 도착하고 또 떠나가는 소리, 자정이 넘도록 붉은 지옥에서 일하고 있는 대장장이들의 소리를? 여행길을 위해 준비한 베이컨과 햄의 냄새도, 나무통이 흔들려 넘친 물을 대평원으로 흩뿌리며 움직이는, 화물을 가득 실은 배처럼 묵직한 마차도, 마차 아래쪽 상자 안에서 격렬하게 홰를 치는 암탉들도, 마차를 앞질러 황야로 달려 나가다 광활한 평야를 눈에 담은 채 돌아오곤 하는 개들까지도? 그 옛날에도 모든 것이 이러했을까? 낭떠러지 끝에 몰리듯이, 별의 절벽 가장자리에 몰려서. 당시에는 들소의 냄새를, 우리 시대에는 로켓의 냄새를 맡으면서. 그렇다면 그때에도 이러했던 걸까?

그리고 그녀는 잠이 베푸는 꿈속으로 빠져들며 생각했다. 그래, 물론 그랬겠지. 정말 비슷했을 거야. 항상 그래 왔고, 앞으로도 영원히 그런 모습이겠지.

하늘 높은 곳의 길

"소문 들었어?"

"무슨 소문?"

"깜둥이들 말이야, 깜둥이!"

"깜둥이들이 뭘 어쨌는데?"

"놈들이 떠난다고. 여기서 벗어난다고. 도망친단 말이야. 그 소식 못 들었어?"

"무슨 말이야, 떠난다니? 놈들이 무슨 수로 떠나?"

"떠날 수 있고, 떠날 생각이고, 떠날 거야."

"한두 명 정도겠지?"

"남부에 있는 깜둥이는 몽땅 간다는데!"

"말도 안 돼."

"진짜야!"

"내 눈으로 봐야겠어. 믿을 수가 없군. 어딜 간다는 거지? 아프리카?"

침묵이 흘렀다.

"화성."

"그러니까 화성이라는 게, 그 행성 화성 말이야?"

"맞아."

남자들은 공구점 베란다의 무더운 그늘에 서 있었다. 누군가 조용히 파이프에 불을 붙였다. 다른 누군가는 정오의 뜨거운 먼지 속으로 침을 뱉었다.

"누구 맘대로 떠난다는 거야. 그렇겐 안 되지."

"어쨌든 할 모양이던데."

"그딴 소린 어디서 들었어?"

"사방에서. 조금 전에 라디오에서도 나왔다고. 방금 들어온 소식이야."

먼지 쌓인 석상처럼 서 있던 남자들이 일제히 움직이기 시작했다.

공구점 주인인 새뮤얼 티스는 거북하게 큰 소리로 웃었다. "실리한테 무슨 일이 일어났는지 궁금하군. 한 시간 전에 내 자전거에 태워 보냈는데. 아직 보드먼 씨네 집에서 돌아오지 않았단 말이지. 그 멍청한 깜둥이가 그대로 페달을 밟아 화성으로 떠난 건 아니겠지?"

남자들은 코웃음을 쳤다.

"그냥 이 말만 해 두지. 내 자전거는 돌려주는 게 서로에게 좋을 거야. 신께 맹세코 내 물건을 훔치는 놈은 절대 용납 못 하니까.”

“이건 또 무슨 소리야!”

남자들은 짜증스럽게 서로 몸을 부딪치며 몸을 돌렸다.

마치 저 멀리서 둑이 무너져 내린 것처럼, 거리를 따라 검고 따스한 물길이 밀려와 마을을 삼켰다. 늘어선 마을 상점들로 이루어진 하얗게 타오르는 강둑 사이로, 조용히 서 있는 가로수를 맴돌며, 검은 물살이 밀려왔다. 먼지가 계핏가루처럼 자욱이 앉은 길을 따라서, 마치 여름날의 당밀처럼 진득하게 흘러내렸다. 남자와 여자와 말과 짖어 대는 개들과 어린 소년 소녀로 이루어진 물길이 느릿느릿 밀려들고 있었다. 그리고 물결에 동참하는 사람들의 입에서는 강물의 소리가 흘러나왔다. 정처 없이 흘러가는 여름날 강물처럼 돌이킬 수 없이 웅얼거리는 소리였다. 그리고 한낮의 눈부신 흰 빛을 가르는 느리고 끊임없는 어둠의 흐름 속에서, 종종 경계하는 하얀 점이 슬쩍 비치기도 했다. 앞길을 바라보고 주변을 힐긋거리는 상아색의 눈이었다. 그러는 동안에도 끝을 모르도록 기나긴 강은 계속해서 옛 수로에서 새 수로로 밀려들었다. 셀 수도 없이 많은 지류에서, 시내와 계곡에서 넘쳐 흐른 검은 물결이 강물과 합류해 하나의 물살을 이루어 함께 흘러갔다. 그리고 불어난 강물은 온갖 물건들을 함께 휘몰아 가고 있었다. 울려 대는 자명종 시계며, 째깍대는 부엌 시계며, 괴성을 울리는 닭장 속 암탉들이며, 울부짖는 아기들까지. 노새와 고양이들은 북적이는 소용돌이 속에서 허우적대며 헤엄치고, 속이 터져서 털이 삐져나온 매트리스 스프링이 정신없이 흘러가고, 종이 상자에 나무 상자에 떡갈나무 액자에 끼운 검은 피부의 조

부모 사진들까지. 초조한 사냥개처럼 공구점 베란다에 앉아 있는 남자들의 눈앞에서, 강물은 도도히 흘러갔다. 이미 둑을 수리하기에는 너무 늦어 버렸으니까. 도구도 없었고.

새뮤얼 티스는 끝까지 믿지 않을 모양이었다. "뭐야, 젠장, 놈들이 어디서 교통수단을 얻을 수 있겠어? 무슨 수로 화성까지 가겠냐고?"

"로켓으로 가겠지." 쿼터메인 영감이 말했다.

"그건 또 무슨 빌어먹을 헛소리야. 로켓은 또 어디서 가져왔고?"

"돈을 모아서 직접 만들었다더군."

"생판 처음 듣는 소린데."

"저 깜둥이들이 자기네끼리 로켓을 만들면서 비밀로 했던 모양이야. 어딘지는 모르지만. 뭐, 아프리카 아니겠어."

"놈들이 그런 짓을 해도 된다고?" 새뮤얼 티스는 베란다를 이리저리 돌아다니며 물었다. "금지법 같은 것도 없나?"

"전쟁을 선포한 것도 아니잖나." 영감이 조용히 말했다.

"이런 얼어 죽을, 대체 출발은 어디서 하는 거야? 감히 몰래 음모를 꾸몄단 말이지?" 티스가 소리쳤다.

"이 도시의 모든 깜둥이들이 룬 호수에서 모일 예정이라고 일정표가 배부됐더군. 1시 정각에 로켓이 도착해서 전부 태우고 화성으로 출발할 거라던데."

"주지사한테 연락해. 민병대를 소집하자고." 티스가 소리쳤다. "미리 고지하지도 않았잖아!"

"자네 부인이 오는데, 티스."

남자들이 다시 고개를 돌렸다.

그들이 지켜보는 가운데, 바람 한 점 없는 햇볕이 내리쬐는 뜨거운 거리를 따라 백인 여성들이 한 명씩 모습을 드러냈다. 다들 충격받은 얼굴에, 낡은 종잇장처럼 바람에 나부끼고 있었다. 몇 몇은 울고 있었고, 몇몇은 굳은 얼굴이었다. 모두가 남편을 찾으러 온 사람들이었다. 일부는 술집의 미닫이문을 밀치고 들어가 사라졌다. 서늘하고 고요한 식품점으로도 들어갔다. 잡화점과 정비소로 모습을 감추기도 했다. 그리고 그들 중 한 명인 클라라 티스 여사는 먼지가 풀풀 날리는 공구점의 베란다로 들어와서는, 도도히 흐르는 검은 강물을 배경으로 눈을 깜빡이며, 분노로 뻣뻣하게 굳은 남편을 마주했다.

"루신다가 문제예요, 여보. 집으로 좀 와 봐요!"

"내가 빌어먹을 깜둥이 때문에 집에 갈 것 같아!"

"여길 떠난대요. 루신다 없이 어떻게 살아요?"

"당신이 직접 가서 잡아 오던가. 떠나지 말라고 애원할 생각은 절대 없으니까."

"하지만 가족 같은 사람이잖아요." 티스 부인이 신음했다.

"큰소리 내지 말고! 빌어먹을 깜둥이 때문에 사람들 앞에서 횡설수설하는 꼴은 절대 용납하지 않을—"

아내가 낮게 훌쩍이고 있다는 것을 깨닫고, 그는 말을 멈췄다. 그녀는 눈가를 찍으며 말을 이었다. "난 이렇게까지 말했어요. '루신다, 여기 있으면 급료도 올려 주고, 일주일에 이틀 밤은 쉬게 해 줄게. 네가 원한다면.' 그런데 결심을 굳힌 표정이었다고요! 그렇게 단단히 마음먹은 모습은 본 적도 없어요. 그래서 '나를 사랑하지 않니, 루신다?'라고 묻기까지 했는데, 사랑하기는 하지만 떠날 수밖에 없다는 거예요. 일이 그렇게 흘러가는 게 마땅하다면서요. 집을 청소하고 먼지도 떨고 식탁에 점심을 차려놓은 다음에 거실 현관으로 나가서는…… 꾸러미 두 개를 양쪽 발치에 내려놓고 서더니, 나하고 악수를 하면서 '잘 있어요, 티스 부인'이라고 말했다고요. 그리고 그대로 문으로 나가 버렸어요. 식탁에 점심이 차려져 있는데도 다들 너무 속상해서 손도 대지 못했단 말이에요. 아직도 그대로 있을 거예요. 분명해요. 마지막으로 봤을 때는 이미 식고 있었거든요."

티스는 거의 아내를 때릴 뻔했다. "이 빌어먹을 여편네야, 당장 집으로 돌아가. 거기 그렇게 서서 사람들 구경거리나 될 생각이야!"

"하지만 여보……"

그는 무덥고 그늘진 가게 안으로 들어갔다. 그리고 잠시 후 은빛 권총을 손에 들고 다시 등장했다.

아내는 가 버린 후였다.

검은 강물은 부스럭거리고 삐걱거리는 소음과 낮게 울리는 발소리를 내며 건물 사이로 계속해서 흘러갔다. 아주 조용한 소리였지만 단호한 확신이 느껴졌다. 웃음도, 거친 움직임도 없었다. 그저 꾸준하고 단호하게 멈추지 않고 흘러갈 뿐이었다.

티스는 공구점 의자 끄트머리에 걸터앉았다. "저 안에서 웃는 놈이 하나라도 나오면, 주님께 맹세코 골로 보내 버리겠어."

남자들은 기다렸다.

꿈처럼 나른한 한낮 속에서 강물은 고요히 흘러갔다.

"자네 아무래도 몸소 나가서 웃게 만들어야 할 것 같은데, 샘." 영감이 웃음을 터트렸다.

"표적이 백인이라도 내 솜씨는 변하지 않아." 티스는 영감 쪽을 돌아보지도 않고 말했다. 영감은 고개를 슬쩍 돌리고 입을 다물었다.

"거기 멈춰!" 새뮤얼 티스는 베란다에서 풀쩍 뛰어내렸다. 그리고 손을 뻗어 키 큰 검둥이 남자가 탄 말고삐를 쥐고 끌어냈다. "너, 벨터, 당장 이리 내려오라고!"

"네, 선생님." 벨터가 말에서 내려왔다.

티스는 그를 훑어보았다. "좋아, 지금 너 뭘 하고 있는 거냐?"

"그거야, 티스 씨……"

"분명 그대로 떠나 버릴 생각이겠지. 그 노래처럼, 가사가 어떻게 되더라? '저 하늘 높은 곳에서''였던가, 그랬지?"

"네, 선생님." 검둥이 남자는 기다렸다.

"나한테 50달러를 빚졌다는 건 기억하고 있겠지, 벨터?"

"네, 선생님."

"그런데 감히 몰래 빠져나가려고? 세상에, 말채찍으로 후려쳐 주지!"

"너무 흥분해서 그만 잊어버렸습니다, 선생님."

"그만 잊어버렸다는데." 티스는 공구점 베란다에 앉은 남자들에게 심술궂게 눈을 찡긋해 보였다. "빌어먹을, 이 친구야. 이제 네놈이 어떻게 될지 알고 있나?"

• 윌리엄 L. 도슨의 노래, 〈에제키엘은 바퀴를 보았네Ezekiel Saw the Wheel〉에서.

"아뇨, 선생님."

"네놈은 여기 머무르면서 50달러를 노동으로 갚게 될 거다. 내 이름 새뮤얼 W. 티스에 걸고 맹세하지." 그는 다시 그늘에 앉은 남자들을 돌아보며 자신만만하게 웃음을 터트렸다.

벨터의 시선이 거리를 따라 흐르는 강물을 향했다. 상점 사이를 굽이치며 흐르는 검은 강물을, 수레와 말과 지저분한 신발에 실려 움직이는 강물을, 방금 자신이 끌려 나온 그 검은 강물을. 그는 몸을 떨기 시작했다. "가게 해 주세요, 티스 씨. 그쪽에서 선생님 돈을 부칠게요, 약속드립니다!"

"똑똑히 들어라, 벨터." 티스는 벨터의 양쪽 멜빵을 하프의 현처럼 붙들고 경멸하듯 퉁기면서, 하늘을 향해 코웃음치고는 앙상한 손가락을 들어 신에게 정면으로 삿대질했다. "벨터, 저 위에 뭐가 있는지 제대로 알기는 하나?"

"일러 준 만큼은 압니다."

"일러 준 만큼이라고! 세상에! 다들 들었나? 저들이 일러 주는 대로 믿는다는군!" 그는 멜빵을 붙들고 느릿하게 벨터의 몸을 흔들면서, 아주 태평스럽게 그의 검은 얼굴에 대고 손가락을 퉁겼다. "벨터, 네놈은 독립기념일 불꽃놀이처럼 하늘로 날아가고 또 날아가다 쾅 하고 폭발할 거다! 그대로 잿더미가 되어 우주에 흩날리겠지. 너희 쪽 정신 나간 과학자들은 아무것도 몰라. 너희는 놈들 때문에 전부 죽을 거라고!"

"상관없습니다."

"그거 정말 반가운 소리군. 화성에 뭐가 기다리고 있을지를 생각하면 말이야. 커다란 눈이 버섯처럼 툭 튀어나온 괴물들이 기다리고 있을 거다! 잡화점에서 10센트 내고 사는 그 미래 잡지라는 것들에서 삽화를 봤을 텐데? 그래! 그런 괴물들이 뛰어들어서 네놈의 뼈에서 골수를 빨아 먹을 거라고!"

"괜찮아요, 상관없습니다, 전혀 신경 안 쓰니까요." 벨터는 자신을 두고 스쳐 지나가는 행렬에서 눈을 떼지 못했다. 검은 이마에 땀방울이 맺혔다. 거의 쓰러질 것처럼 보였다.

"게다가 저 위는 지독하게 춥다고. 공기도 없고. 그대로 쓰러져서 생선처럼 헐떡이면서 질식해 죽는다고, 숨을 못 쉬어서 죽는다니까. 그게 좋나?"

"어차피 좋아하지 않는 일은 수도 없이 많습니다, 선생님. 제발, 선생님, 보내 주십시오. 이미 늦었어요."

"내가 널 보낼 준비가 되면 그때 보내 줄 거다. 내가 가도 좋다고 말할 때까지 여기서 예의 바르게 대화하고 있어야지. 너도 아주 잘 알 텐데. 떠나고 싶다고 했겠다? 좋아, '저 하늘 높은 곳에서' 선생, 당장 집으로 돌아가서, 열심히 일해서 나한테 빚진 50달러를 갚으라고! 두 달은 걸리겠군!"

"하지만 일해서 갚으려면 로켓을 놓칠 텐데요, 선생님!"

"거참 애석한 일이지?" 티스는 슬픈 표정을 지으려 시도했다.

"제 말을 드리겠습니다, 선생님."

"말은 법정 통화가 아니지. 내 손에 돈이 들어오기 전까지 너는 아무 데도 못 가." 티스는 속으로 웃음을 터트렸다. 훈훈하고 행복한 기분이 그를 사로잡았다.

검은 피부의 사람들 한 무리가 둘러서서 그들의 대화를 듣고 있었다. 고개를 숙인 채 온몸을 떨고 있는 벨터를 제치고, 노인한 명이 앞으로 나섰다.

"나으리?"

티스는 그를 슬쩍 바라봤다. "뭐야?"

"이 젊은이가 얼마나 돈을 빚졌습니까, 나으리?"

"네놈이 신경 쓸 일이 아니야!"

노인은 벨터를 바라봤다. "얼마나 빚진 게냐, 얘야?"

"50달러요."

노인은 주변에 둘러선 사람들을 향해 검은 손을 내밀었다. "전부 해서 스물다섯 명이군. 각자 2달러씩 내게. 서둘러, 말다툼할 시간이 없으니까."

"어이, 뭘 하는 거야!" 티스는 몸을 뻣뻣이 세우고 굳은 얼굴로 소리쳤다.

돈이 모였다. 노인은 모은 돈을 모자에 담아서 벨터에게 건넸다. "얘야, 로켓을 놓칠 일은 없을 거다."

벨터는 모자를 내려다보며 환히 웃었다. "그렇네요, 어르신. 그럴 것 같아요!"

티스는 소리쳤다. "그 돈 당장 돌려주지 못해!"

벨터는 정중하게 고개를 숙여 인사하고, 돈을 내밀었다. 그리고 티스가 돈에 손대지 않자 그 발치의 먼지 속에 돈을 내려놓았다. "여기 돈입니다, 선생님. 친절에 감사드립니다." 그는 웃으면서 말안장에 올라서, 노인에게 감사 인사를 건네며 자기 말에 태우고는 채찍을 휘둘러 길을 재촉했다. 이윽고 그들은 모습도 소리도 사라졌다.

"개새끼." 티스는 눈부신 태양을 바라보며 중얼거렸다. "개새끼."

"돈 줍게, 새뮤얼." 베란다에서 누군가 이렇게 말했다.

그런 일이 계속 여기저기서 일어났다. 맨발의 백인 꼬맹이 남자아이들이 소식을 외치며 달려왔다. "가진 것이 있는 자들이 없는 자들을 돕는대요! 그렇게 해서 모두가 자유로워졌대요! 부자가 가난한 사람에게 200달러를 줘서 빚을 갚게 하는 걸 봤어요! 다른 사람들도 10달러, 5달러, 16달러를 다른 이들에게 건넸어요. 사방에서 모두가 돈을 나누고 있다고요!"

백인 남자들은 떫은 입맛을 다시며 앉아 있었다. 눈은 마치 부어올라 감긴 것처럼 보였다. 바람과 모래와 열기를 정통으로 맞아 버린 것만 같은 모습이었다.

새뮤얼 티스의 배 속에서 분노가 끓어올랐다. 그는 베란다로 뛰어올라, 지나가는 인파를 노려보며 총을 흔들었다. 그렇게 잠시 시간이 흘러 뭐든 해야겠다는 생각이 들자, 그는 자신을 올려다보는 검둥이들에게 닥치는 대로 소리치기 시작했다. "빵! 우주에서 로켓이 하나 추락한다!" 모두에게 들릴 정도로 큰 소리로. "빵! 이런 세상에!" 검은 머리들은 움직이지도 듣는 내색을 하지도 않았지만, 하얀 눈이 재빠르게 그를 힐끔거리고 돌아가는 모습은 알아볼 수 있었다. "쾅! 로켓이 전부 떨어지는구나! 비명을 지르면서 죽는구나! 빵! 위대하신 주여, 제가 이곳에 단단한 땅을 딛고 있어 얼마나 다행인지 모르겠습니다. 옛날 농담에서 말하는 것처럼, 굳은 땅일수록 덜 무섭기 마련이니까요! 하하!"

말발굽 소리를 따라 먼지가 피어올랐다. 엉망이 된 봄날 위로 마차가 서둘러 지나갔다.

"빵!" 먼지바람과 하늘의 타오르는 태양을 겁주려는 것처럼, 열기 속에서 그의 목소리만 울렸다. "쾅! 깜둥이들이 우주에 가득하네! 유성에 맞아서 송사리 떼처럼 로켓 밖으로 튕겨 나간 거겠지, 원 세상에! 우주에는 유성이 잔뜩 있으니까. 혹시 알고 있었나? 진짜라니까! 산탄총 총알처럼 가득 메우고 있다고. 그 앞에서 양철깡통 로켓들은 오리 떼나 다름없단 말씀이야. 사기 파이프처럼 깨져 나갈 거라고! 까만 생선으로 가득한 정어리 통조림처럼! 길쭉한 카스텔라 조각처럼 그대로 바스러질 거라고, 빵, 빵, 빵! 이쪽에서 1만 명이 죽고, 저쪽에서 또 1만 명이 죽고. 다들 영원히 우주에 둥둥 떠서 지구 주변을 도는 신세가 되겠지. 그 먼 곳에서 얼어붙은 채로 영원히 말이야, 원 세상에! 내 말 들었어? 거기 너!"

침묵이 흘렀다. 강물은 도도하고 끊임없이 흘렀다. 지금껏 목화밭의 모든 움막을 들락거리며 모든 귀중품을 끌어내 왔기 때문에, 이제 강물은 시계와 빨래판, 명주 두루마리와 커튼대 따위를 싣고 멀리 어딘가 있을 검은 바다로 흘러가고 있었다.

밀물이 끝났다. 어느덧 2시였다. 썰물이 찾아왔다. 이내 강물은 말라붙고 도시는 고요해졌다. 상점에도, 자리에 앉은 남자들의 몸에도, 뜨겁게 달아오른 키 큰 나무에도, 먼지가 얇은 막처럼 들러붙었다.

침묵이 흘렀다.

베란다의 남자들은 귀를 기울였다.

아무 소리도 들리지 않자, 그들은 주변의 초원으로 생각과 상상의 손길을 뻗었다. 평소 이른 아침의 대지는 온갖 소리로 가득했다. 이곳은 전통이 끈덕지게 자리를 지키는 땅이었으니까. 노랫소리, 미모사 가지 아래서 울리는 꿀처럼 달콤한 웃음소리, 맑은 계곡물로 뛰어드는 검둥이 아이들 소리, 농장의 인부들이 걸음을 옮기고 허리를 굽히는 소리, 녹색 덩굴로 뒤덮인 오두막집에서 울리는 농담과 즐거운 함성이 이곳저곳에서 울리곤 했다.

지금은 세찬 바람이 그 모든 소리를 깔끔하게 쓸어 가 버린 것 같았다. 아무것도 남지 않았다. 창살문은 가죽 경첩에 매달린 채로 힘없이 열려 있었다. 고무 타이어 그네도 고요한 허공에 홀로 매달려 있었다. 강가의 빨래터 바위도 텅 비었고, 덩굴에 달린 수박도 달콤한 즙을 품은 채로 햇볕에 달아오르고 있었다. 거미들은 버려진 오두막에서 거미줄을 뽑기 시작했다. 해진 지붕에서 들어온 먼지가 갓 만든 거미집에 내려앉아 금빛으로 반짝였다. 여기저기 불길이 보였다. 마지막 순간에 서두르느라 잊고 간 불꽃이, 어질러진 오두막의 말라붙은 잔해를 먹어 치우며 갑자기 타오르기 시작한 것이었다. 주변을 삼키며 타오르는 불길의 나직한 소리가 고요한 대기를 타고 퍼져 나갔다.

남자들은 눈을 깜빡이지도, 침을 삼키지도 못하는 채로 공구점 베란다에 앉아 있었다.

"놈들이 왜 하필 이제야 떠나는지 이해가 안 되는군. 갈수록 나아지고 있는데. 그러니까 내 말은, 매일 조금씩 권리가 늘어나던 상황이었잖아. 대체 뭘 더 원하는 거야? 이젠 인두세도 사라졌고, 갈수록 더 많은 주에서 린치 금지법을 제정하는 데다, 온갖 동등한 권리를 주고 있는데. 대체 여기에 뭘 더 원하는 거야? 이젠 백인 남자와 거의 비슷할 정도로 돈도 잘 벌잖아. 그런데 저따위 짓이나 벌이고."

텅 빈 거리를 따라 자전거 한 대가 다가왔다.

"이런 빌어먹을 일이. 티스, 저거 자네 가게에서 일하는 실리 아닌가."

자전거는 베란다 앞에 멈췄다. 열일곱 살의 유색인종 소년이 자전거에 타고 있었다. 움직임은 어딘지 어색하고, 길쭉한 다리와 둥그런 수박 같은 머리를 가진 아이였다. 소년은 새뮤얼 티스를 올려다보며 웃음을 지었다.

"드디어 양심의 가책을 느끼고 돌아온 모양이로군." 티스가 말했다.

"아뇨, 주인어른. 그냥 자전거를 돌려놓으려고 온 것뿐이에요."

"뭐가 문제냐, 로켓에 탈 수가 없었어?"

"그건 아닌데요, 주인어른."

"변명은 집어치워라! 썩 내려, 내 물건을 훔칠 생각은 꿈도 꾸지 말고!" 그는 소년을 밀쳤다. 자전거는 그대로 넘어졌다. "얼른 들어와서 탄피나 닦아라."

"뭐라고 하셨어요?" 소년의 눈이 커졌다.

"내 말 아주 똑똑히 들었을 텐데. 저쪽에 총기는 포장을 풀어야 하고, 나체즈에서 못 상자도 방금 들어왔고,"

"티스 주인어른."

"게다가 수리할 망치도 한 상자는 있고,"

"저기요, 티스 주인어른?"

"아직도 그러고 서 있냐!" 티스는 그를 노려보았다.

"티스 주인어른, 죄송하지만 오늘은 휴가를 써도 될까요."소
년은 사과하듯 말했다.

"그리고 내일도 모레도 그다음 날도 또 다음 날도 안 나오겠
지."티스가 말했다.

"죄송하게도 그럴 것 같아요, 주인어른."

"이제 진심으로 죄송해질 거다, 꼬맹아. 이리 와라."그는 소년
을 붙들고 베란다를 가로질러 들어가 책상 서랍에서 서류 한 장
을 꺼냈다. "이거 보이냐?"

"주인어른?"

"네 노동계약 서류다. 네가 서명했지. 여기 X 자 네가 쓴 것 아
니냐? 똑바로 대답해라."

"제가 서명한 거 아니에요, 티스 주인어른."소년은 몸을 떨기
시작했다. "X 정도는 누구든 쓸 수 있잖아요."

"똑똑히 잘 들어라, 실리. 계약 조항 : '나는 새뮤얼 티스 씨를
위해 2001년 7월 15일부터 2년 동안 일하겠습니다. 그리고 계약
을 종료할 때에는 4주 전에 미리 고지하고 자리를 채울 사람이
나올 때까지 계속 근무하겠습니다.' 잘 들었지."티스는 눈을 빛
내면서 서류를 탁 쳤다. "문제를 일으키면 그대로 법정으로 끌고
갈 거야."

"그럴 수는 없어요."소년은 울부짖었다. 눈물이 얼굴을 타고
흘러내리기 시작했다. "오늘 가지 않으면 영영 못 간다고요."

"네가 어떤 기분일지는 아주 잘 알고 있다, 실리. 그래, 나도
너한테 공감할 수 있단다, 애야. 하지만 우리는 너를 잘 대접하고
맛있는 음식도 먹여 줄 거다. 그럼 이제 안으로 들어가서 얼른 일

이나 시작하고 그딴 헛소리에 대해서는 전부 잊어버리는 게 어떻겠냐, 응, 실리? 물론 그래야지." 티스는 만면에 웃음을 머금고 소년의 어깨를 두드렸다.

소년은 고개를 돌려 베란다에 앉은 나이 든 남자들을 돌아보았다. 이제는 눈물 때문에 거의 앞이 보이지 않을 지경이었다. "어쩌면…… 어쩌면 여기 계신 신사분들 중에서……" 뜨겁고 초조한 그림자에 잠겨 있던 남자들이 고개를 들었다. 그들의 시선은 소년을 바라보다 티스 쪽으로 옮겨 갔다.

"설마 백인 남자가 네 자리를 채울 수 있다고 생각하는 건 아니겠지, 꼬맹아?" 티스는 차가운 목소리로 말했다.

쿼터메인 영감이 무릎에 올리고 있던 불그레한 손을 내렸다. 그리고 생각에 잠긴 눈빛으로 지평선 너머를 내다보며 말했다. "티스, 나는 어떤가?"

"뭐?"

"내가 실리의 자리를 맡아 주겠네."

베란다에는 침묵이 흘렀다.

티스는 휘청이다 간신히 자세를 유지하며, 경고하듯 말했다. "영감."

"저 아이는 보내 주게. 탄피는 내가 닦겠네."

"그래 주실 건가요? 정말로 그래 주실 거예요?" 실리는 볼에 눈물을 매단 채로, 믿을 수 없다는 듯 웃음을 터트리며 노인에게 달려갔다.

"물론이지."

"영감, 지금 어디서 빌어먹을 헛수작을 부리려고." 티스가 말했다.

"이 아이는 좀 봐주게, 티스."

티스는 그리로 걸어가서 소년의 팔을 붙들었다. "이놈은 내 거야. 오늘 밤이 될 때까지 골방에 가둬 놓겠어."

"그러지 마세요, 티스 주인어른!"

소년은 이제 흐느끼기 시작했다. 울음소리가 베란다의 공기를 가득 메웠다. 눈은 통통 부어 뜨기도 힘들 정도였다. 거리 저 멀리서 낡은 고물 포드 한 대가 쿨럭대며 다가오는 모습이 보였다. 마지막 남은 유색인종 한 무리가 그 위에 타고 있었다. "우리 가족이 와요, 티스 주인어른, 아 제발, 제발요, 세상에, 제발요!"

"티스." 베란다의 다른 남자가 일어나며 말했다. "보내 주게."

다른 남자도 따라 일어섰다. "나도 같은 생각이야."

"나도." 다른 사람도 말했다.

"그래 봤자 뭔 소용인데?" 마지막 남은 남자도 말했다. "적당히 하라고, 티스."

"보내 줘."

티스의 손이 주머니 속의 총에 닿았다. 문득 그는 남자들의 얼굴을 둘러보더니, 총을 놓고 손을 빼면서 말했다. "그러니까 이렇게 되는 거란 말이지?"

"이렇게 되는 거지." 누군가 대꾸했다.

티스는 소년의 팔을 놓았다. "알았다. 썩 꺼져." 그는 손으로 가게 뒤쪽을 가리키며 말을 이었다. "하지만 내 가게 뒤쪽에 쓰레기를 남기고 갈 생각은 하지도 마라."

"알겠어요, 주인어른!"

"뒤편에 네 움막에 있는 것들 전부 치워. 태우라고."

실리는 고개를 저었다. "가져갈 거예요."

"그 빌어먹을 로켓에 싣게 해 주지 않을 텐데."

"가져갈 거예요." 소년은 나직한 목소리로 주장했다.

소년은 공구점 뒤편으로 달려 들어갔다. 정신없이 쓸고 훔쳐 내는 소리가 이어지더니, 잠시 후 다시 모습을 드러낸 소년의 손에는 팽이며 구슬이며 먼지투성이 낡은 연 따위의 수년 동안 모아 온 잡동사니들이 잔뜩 들려 있었다. 때맞춰 낡은 고물 포드가 공구점 앞으로 다가왔고, 실리는 거기에 올라타서 문을 쾅 닫았다. 티스는 쓴웃음을 머금은 채로 베란다에 서 있었다. "저 위에 가서는 뭘 할 생각이냐?"

"새 가게를 열 거예요." 실리가 말했다. "제가 직접 공구점을 차릴 거라고요!"

"이런 빌어먹을, 도망쳐서 써먹으려고 내 기술을 배워 온 거냐!"

"아녜요, 주인어른, 언젠가 이런 일이 일어날 거라고는 상상도 해 본 적 없거든요. 하지만 이렇게 됐으니까요. 지금까지 배운 것들을 잊어버릴 수는 없잖아요, 티스 주인어른."

"너희 로켓들에도 이름 같은 걸 붙였겠지?"

그들은 자동차 계기판에 얹은 시계를 바라보았다.

"네, 주인어른."

"'엘리야와 불타는 전차'나, '큰 바퀴 안의 작은 바퀴'나, 신앙과 희망과 관용이나, 뭐 그런 거냐?"

"우주선마다 어울리는 이름이 있어요, 티스 주인어른."

"설마 '성부와 성자와 성령'은 아니겠지? 애야, 대답해 봐라. 하나 정도는 '주님의 침례교회'라는 이름을 붙였겠지?"

"이제 가야 해요, 티스 주인어른."

티스는 웃음을 터트렸다. "하나는 '이리 내려오소서', 다른 하나는 '편안한 전차여'라고 이름 지었으려나?"•

자동차에 시동이 걸렸다. "안녕히 계세요, 티스 주인어른."

"하나쯤은 '그들의 뼈를 굴려라'라고 부르려나?"••

"잘 있어요, 주인어른!"

"그리고 다른 하나는 '요단강 너머'라고 불러야겠지!••• 하! 그래, 로켓 끌고 썩 꺼져라, 원하는 대로 끌고 가라고, 어디 가 봐, 터지든 말든 내가 알 게 뭐냐!"

차는 먼지구름을 일으키며 달려갔다. 소년은 자리에서 일어나서 양손을 입가에 모으고는 마지막으로 티스를 향해 소리쳤다. "티스 주인어른, 티스 주인어른, 이제부터는 밤마다 뭘 하실 건가요? 이제 뭘 하면서 밤을 보내실 건가요, 티스 주인어른?"

침묵이 흘렀다. 자동차는 도로를 따라 흐릿해지더니, 이내 사라져 버렸다. "저놈이 무슨 소리를 하는 거야?" 티스가 중얼거렸다. "밤마다 뭘 할 거냐니?"

먼지가 가라앉는 모습을 지켜보던 티스는, 문득 소년의 말뜻을 깨달았다.

• 흑인 영가 〈Swing Low, Sweet Chariot〉에서.
•• 흑인 영가 〈Dem Bones〉에서.
••• 흑인 영가 〈Deep River〉에서.

남자들이 차를 몰고 그의 집을 찾았던 수많은 밤이 떠올랐다. 험악한 눈빛의 남자들이 여름철 나무 아래에서 그를 기다렸다. 바짝 세운 무릎에 산탄총은 더 바짝 세운 모습이 마치 한 무리의 황새 같았다. 그들이 경적을 울리면 그는 문을 벌컥 열고 밖으로 나서곤 했다. 손에는 총을 들고, 너털웃음을 터트리며, 마치 열 살 소년처럼 두근대는 가슴으로, 그들과 함께 여름밤의 도로를 따라 차를 몰았다. 자동차 바닥에는 밧줄 꾸러미가 잔뜩 굴러다니고, 웃옷 가슴께마다 갓 꺼낸 탄환 상자가 도드라져 보였다. 지금껏 차에 올라 밀려오는 바람을 맞으며, 험악한 눈빛 위로 머리카락을 나부끼며, 그들과 함께 얼마나 많은 밤을 보냈던가. 고함을 지르고, 훌륭하고 튼튼한 나무를 고르고, 움막집의 문을 거칠게 두드린 것이 몇 번이던가!

　"저 개새끼가 그걸 말한 거였나?" 티스는 햇빛 속으로 풀쩍 뛰어나갔다. "돌아와, 이 개자식! 이제 밤마다 뭘 할 거냐고? 빌어먹을, 이 지저분하고 무례한 개새끼 주제에……"

　훌륭한 질문이었다. 구역질과 함께 공허감이 밀려왔다. 그래. 이제부터는 밤마다 뭘 하지? 그는 생각했다. 저들이 떠났는데, 이젠 어떻게 밤을 보내지? 공허감과 먹먹함에 짓눌려 버릴 것 같았다.

　그는 주머니에서 권총을 꺼내 장전된 총알을 확인했다.

　"뭘 할 생각이야, 샘?" 누군가 물었다.

　"저 개새끼를 죽여야지."

　영감이 말했다. "너무 열 올리지 말게."

　그러나 새뮤얼 티스는 이미 가게 뒤편으로 사라져 버렸다. 잠시 후 그는 오픈탑 자동차를 진입로로 끌고 나왔다. "함께 갈 사람 없나?"

"드라이브나 좀 즐겨 볼까." 영감이 이렇게 말하며 일어섰다.

"또 없어?"

아무도 대꾸하지 않았다.

영감은 차에 올라 문을 쾅 닫았다. 새뮤얼 티스는 먼지바람을 일으키며 전속력으로 차를 몰았다. 청명한 하늘 아래 도로를 따라 질주하는 동안, 두 사람은 입을 열지 않았다. 메마른 초원에서 올라오는 열기가 허공에서 아른거렸다.

그들은 교차로에서 차를 멈췄다. "어디로 갔을 것 같아, 영감?"

영감은 눈을 찌푸렸다. "아무래도 직진하지 않았겠나."

그들은 계속 차를 몰았다. 늘어선 여름날의 가로수 아래에는 자동차가 내는 굉음만 고독하게 울렸다. 텅 빈 도로를 따라서 계속 차를 몰던 그들은 이내 뭔가를 발견했다. 티스는 속도를 줄이며 한쪽으로 몸을 빼고는, 날카롭고 누르께한 눈으로 앞을 내다봤다.

"이런 빌어먹을, 영감, 저 개자식들이 뭘 했는지 보이나?"

"뭐야?" 영감은 이렇게 물으며 정면을 바라봤다.

텅 빈 시골길을 따라서, 그들이 놓고 떠난 온갖 물건 꾸러미가 수 미터 간격으로 놓여 있었다. 낡은 롤러스케이트며, 온갖 잡동사니가 담긴 스카프며, 낡은 신발이며, 수레바퀴며, 바지와 외투와 오래된 모자 꾸러미며, 한때 바람에 짤랑거리던 오리엔트풍 수정 커튼이며, 깡통에 담은 분홍 제라늄이며, 접시에 담은 모조 과일이며, 그리고 옛 남부 연방 돈을 담은 상자와, 욕조, 빨래판,

빨랫줄, 비누, 누군가의 세발자전거, 누군가의 전정가위, 장난감 수레, 깜짝 상자, 검둥이 침례교회에서 떼 온 스테인드글라스 창문, 자전거 바퀴살, 내측 튜브, 매트리스, 소파, 흔들의자, 콜드크림 통, 손거울 따위가 늘어서 있었다. 그냥 던져 버린 물건은 하나도 없었다. 차분하게, 감정을 담아서, 주변을 꾸미듯이, 먼지투성이 길가에 사뿐히 내려놓은 것이었다. 마치 도시의 모든 사람이 양손 가득 짐을 들고 여기까지 걸어오다가, 거대한 청동 나팔 소리가 울리자 모든 물건을 포기하고 고요한 먼지 속에 내려놓고는, 그대로 모두 그 자리에서 푸른 천상으로 날아오른 것처럼 보였다.

"태우지 않을 거라고 해 놓고서." 티스가 분통을 터트리며 말했다. "그래, 내가 말한 대로 태우지 않고서 한 짓이라는 게, 그대로 가져가서 마지막으로 볼 수 있도록 길 한복판에 놔두고 가는 거였다 이거지. 저 깜둥이들이 자기네가 뭐라도 되는 줄 알고."

그는 거칠게 차의 방향을 틀면서, 계속 도로를 따라 수 킬로미터를 달려갔다. 종이 뭉치를, 보석 상자를, 거울을, 의자를, 밀치고 부수고 깨트리면서. "똑똑히 봐라, 빌어먹을, 꼴좋다!"

앞쪽 타이어에서 새된 비명이 울렸다. 자동차는 정신없이 미끄러져 길을 벗어나 도랑에 빠져 버렸고, 티스는 그대로 앞 유리에 머리를 부딪쳤다.

"개새끼들이!" 그는 몸을 털고는, 분노로 거의 울부짖다시피하며 운전석에서 벌떡 일어섰다.

그는 고요하고 텅 빈 도로를 바라봤다. "이젠 놈들을 다시는 잡지 못할 거야. 절대로, 영원히." 불어오는 따뜻한 바람 속에서,

수많은 꾸러미와 무더기와 더 많은 꾸러미들만이 그의 시선이 닿는 끝까지 늘어서 있었다. 마치 재림의 날에 버려진 성전처럼.

티스와 영감은 한 시간 후에야 터덜터덜 걸어서 공구점으로 돌아왔다. 남자들은 여전히 자리에 앉아 귀를 기울이며 하늘을 바라보고 있었다. 티스가 자리에 앉아서 단단히 조였던 신발 끈을 풀고 있는데, 문득 한 사람이 소리쳤다. "저기 좀 봐!"

"얼어 죽을, 보기는 뭘 봐." 티스가 말했다.

그러나 다른 이들은 그쪽으로 시선을 돌렸다. 저 멀리서 교차하는 황금빛 바퀴들이 하늘로 날아오르고 있었다. 바퀴들은 불타는 길을 허공에 남기며, 이내 사라져 버렸다.

나른한 바람이 목화밭에 영근 눈덩이들을 어루만지며 지나갔다. 그 너머 초원에서는 사람의 손이 닿지 않은 수박들이 마치 얼룩고양이처럼 줄무늬 가득한 몸을 뉘고 일광욕을 즐기고 있었다.

베란다의 남자들은 자리에 앉아서 서로를 마주 보고, 가게 선반에 깔끔하게 쌓여 있는 누르께한 밧줄을 바라보고, 상자 속에서 황동빛으로 반짝이는 총알을 힐끔거리고, 은빛 권총과 그림자 속에 조용히 도사린 산탄총의 검은 광택을 지켜봤다. 누군가 입에 지푸라기를 물었다. 다른 누군가는 먼지 속에 낙서를 끄적였다.

마침내 새뮤얼 티스가 벗은 신발을 당당하게 높이 들고 이리저리 돌려 보면서 선언했다. "너희들 그거 알아? 주님께 맹세코, 그놈은 마지막의 마지막 순간까지도 나를 '주인어른'이라고 불렀다니까!"

이름 위에 이름을

낯설고 파란 땅을 찾은 사람들은 여기저기 자기네 이름을 붙였다. 힝스턴 계곡과 러스티그 교차로와 블랙강과 드리스콜 숲과 페러그린산과 와일더타운이, 사람들의 이름과 사람들의 행적을 따라 등장했다. 화성인들이 최초로 지구인을 죽인 곳은 레드타운이 되었고, 그 이름을 들은 사람은 누구나 피의 붉은색을 떠올렸다. 2차 원정대가 살해당한 곳에는 세컨드트라이라는 이름이 붙었다. 로켓 조종사가 불을 뿜는 용광로를 착륙시켜 대지를 불태운 곳마다, 불탄 흔적처럼 그런 이름들이 남겨졌다. 그리고 당연하게도 스펜더 언덕과 너새니얼 요크타운도 생겨났다……

화성인이 지은 옛 이름은 물과 공기와 언덕의 이름이었다. 남쪽의 석조 운하를 비우고 말라붙은 바다를 채워 준 눈송이의 이름이었다. 봉인되고 파묻힌 수많은 마법사와 탑과 거석의 이름이었다. 로켓들은 이런 이름을 망치처럼 때려 부수고, 대리석을 부스러트려 점토 바위로 만들고, 옛 도시의 이름을 적은 도자기 표지판을 박살 낸 다음, 장대한 탑이 무너지고 남은 폐허에 새로운 이름을 붙였다. 아이언타운, 스틸타운, 알루미늄시티, 일렉트릭빌리지, 콘타운, 그레인빌라, 디트로이트 II 따위의, 하나같이 지구에서 가져온 온갖 기계와 금속의 이름이었다.

그리고 도시를 건설하고 이름 붙이는 일이 끝나자, 묘지를 만들고 이름 붙이는 일이 시작되었다. 그린힐, 모스타운, 부츠힐, 짧은 안식처. 얼마 지나지 않아 첫 사망자가 자기 무덤을 찾아 들어갔다⋯⋯

그러나 모든 것이 정해지고 깔끔하게 자리를 찾아 가자, 모든 것이 안전하고 확실해지자, 도시들이 충분히 자리를 잡고 고독이 최저로 억제되자, 교양인들이 지구에서 날아들기 시작했다. 이들은 파티나 휴가를 즐기러, 기념품을 찾아 쇼핑을 하고 사진을 찍고 '분위기'를 느끼러 이곳을 찾았다. 연구 대상으로 삼고 사회학의 법칙을 적용하려 이곳을 찾았다. 계급장과 휘장과 규칙과 제약을 대동하고 이곳을 찾아서, 외계의 잡초처럼 꾸물대며 지구 표면을 뒤덮던 관료제와 공문서의 붉은 끈을 가져와서 화성에 옮겨 심어 번성하게 만들려 했다. 이들은 사람들의 삶과 서재를 통제하기 시작했다. 지시받고 규율에 얽매이고 강요당하는 것이 싫어서 화성으로 온 바로 그 사람들에게 지시를 내리고 강요하기 시작했다.

그러니 일부 반발하는 사람이 등장한 것도 필연적이라 할 수 있을 것이다⋯⋯

어셔 II

"'우울하고 어둡고 적막했던 그해 어느 가을날, 하늘에 짙게 깔린 구름이 우울하게 마음을 짓누르는 가운데, 나는 홀로 말을 몰아 기이하도록 을씨년스러운 어느 시골길을 가로질렀다. 마침내 저녁의 어스름마저도 거의 사라진 시간이 되어서야, 음울한 어셔가의 저택이 내 눈앞에 모습을 드러냈다……'"

윌리엄 스텐달 씨는 잠시 인용을 멈추었다. 나지막한 검은 언덕에 서 있는 그의 '저택' 앞이었다. 주춧돌에는 '서기 2005년'이라는 글자가 새겨져 있었다.

건축가인 비글로 씨가 말했다. "공사는 끝났습니다. 여기 열쇠입니다, 스텐달 씨."

조용한 가을 오후, 두 남자는 아무 말 없이 함께 서 있었다. 발치의 까마귀처럼 검은 풀밭에서 건물의 청사진이 펄럭였다.

"어셔가의 저택이야." 스텐달은 기쁜 투로 말했다. "설계도, 건설도, 구매도 끝났고, 잔금도 완전히 치렀군. 포 선생도 기뻐하지 않으시겠소?"

비글로 씨는 눈살을 찌푸렸다. "전부 원하시던 대로입니까?"

"그렇소!"

"색상도 제대로 된 겁니까? 황량하고 소름 끼친다고 할 수 있겠습니까?"

"끝내주게 황량하고, 끝내주게 소름 끼치는구려!"

"벽도…… 으스스한 느낌이 듭니까?"

"실로 놀라울 지경이오!"

"연못도 충분히 '까맣고 충격적'이라고 할 수 있겠습니까?"

"믿기 힘들 정도로 까맣고 충격적이오."

"그리고 사초莎草도─아시겠지만 직접 물들인 겁니다─잿빛과 흑요석 광택이 적절한 겁니까?"

"눈 뜨고 보기 힘들 정도요!"

비글로는 자신의 건축 설계도를 확인하고, 거기서 한 부분을 인용했다. "이 건물 전체가 '얼음과 같은 차가움, 마음속에서 번져 오는 역겨움, 생각을 좀먹는 두려움'을 유발하는 것도 확실합니까? 저택도 호수도 부지 전체도 말입니다, 스텐달 씨?"

"비글로, 내 주머니에서 나온 동전 한 닢까지도 전혀 아깝지 않은 건물이오! 세상에, 아예 아름다울 지경이지 않소!"

"감사합니다. 저는 완전한 무지 속에서 작업했으니까요. 선생께 개인용 로켓이 있었기에 망정이지, 아니었으면 필요한 장비는 대부분 가져올 허가조차 얻지 못했을 겁니다. 아시겠지만 이곳은 언제나 황혼이 깔린 시월의 땅입니다. 척박하고 생명을 품을 수 없는 죽은 대지지요. 이런 땅을 만드느라 제법 애썼습니다. 모든 생명을 죽였지요. DDT를 1만 톤이나 퍼부었습니다. 뱀 한 마리, 개구리 한 마리, 화성파리 한 마리조차 남아 있지 않습니다! 언제나 황혼인 땅입니다, 스텐달 씨. 그 점은 자랑스럽군요. 숨겨 놓은 기계가 태양조차 흐릿하게 보이게 만듭니다. 언제나 적절하게 '음울한' 곳이지요."

스텐달은 그 모든 것을 음미했다. 음울함을, 압박감을, 악취를 품은 증기를, 전반적인 '분위기'를, 세심하게 단장하고 적재적소에 배치된 온갖 요소들을. 그리고 저택은 또 어떤가! 사람을 무너트리는 공포는, 무시무시한 호수는, 곰팡이는, 사방에 손길을 뻗은 부패는 어떠한가! 정체가 플라스틱이긴 하지만 무슨 상관인가, 아무도 짐작조차 못 할 텐데?

그는 가을 하늘을 바라보았다. 저 위편 어딘가, 저 너머 먼 곳에, 태양이 있었다. 화성의 다른 어딘가에서는 4월을 맞이해 푸른 하늘에서 노란색으로 빛나고 있을 것이다. 저 위편 어딘가에서는, 로켓들이 이 아름답고 죽은 행성을 문명의 길로 이끌어 가려고 사방을 불태우고 있을 것이다. 그러나 날아오는 로켓들의 찢어지는 비명조차도, 여기 훌륭한 방음을 갖춘 흐릿한 세계에서는 그저 먹먹하게 들릴 뿐이었다. 이곳은 먼 옛날의 가을이 다스리는 세계니까.

"그럼 제 작업은 다 끝났으니," 비글로 씨는 초조하게 말했다. "이제 이 모든 것을 가지고 뭘 하실 생각인지를 여쭈어봐도 될 듯하군요."

"어셔가의 저택인데? 아예 짐작도 못 하는 거요?"

"전혀요."

"어셔라는 이름에서 떠오르는 것이 아무것도 없소?"

"없습니다."

"흠, 그렇다면 에드거 앨런 포라는 이름은 어떻소?"

비글로 씨는 고개를 저었다.

"물론 그렇겠지." 스텐달은 실망과 경멸이 세심하게 배합된 코웃음을 흘렸다. "당신이 축복받은 포 선생을 알고 있으리라 어찌 기대할 수 있겠소? 아주 오래전에, 링컨보다도 먼저 죽은 사람이오. 그의 책은 모두 대분서 때 불타 버렸소. 그게 30년 전의 일이었소. 1975년이었지."

"아." 비글로 씨는 현명하게 대답을 골랐다. "그들 중 하나로군요!"

"그렇소, 그들 중 하나요. 비글로. 러브크래프트와 호손과 앰브로스 비어스와 다른 모든 소름 끼치거나 환상적이거나 공포스러운 이야기들과, 덧붙여 미래에 대한 모든 이야기들과 함께 불타 버린 사람이오. 무자비했지. 저들은 법률을 통과시켰소. 아, 처음에는 아주 사소하게 시작했다오. 1950년대와 60년대에는 단순히 모래 알갱이 수준이었소. 처음에는 만화를 통제하기 시작하더니 이어서 탐정소설로 번져 갔고, 당연하지만 영화도 어떤 식으로든, 어떤 부류로든, 정치적 성향이나 종교적 편견이나 노동조합의 압력에 통제당하기 시작했소. 그 어떤 대상이라도 두려워하는 소수의 사람은 존재하게 마련이오. 그리고 다수를 차지하는 훨씬 많은 사람들은 어둠을, 미래를, 과거를, 현재를,

자기 자신과 자신의 그림자를 두려워하지."

"그렇겠군요."

"'정치'라는 단어에 대한 두려움이 번져 나가고(반동적 성향을 지닌 사람들 사이에서는 이 단어가 공산주의와 동의어로 쓰이게 되었다고 들었소. 한때는 다른 무엇과도 바꿀 수 없이 소중한 단어였는데!) 이쪽에서 나사를 조이고 저쪽에서 죔쇠를 물리고 밀고 당기고 끌고 가기 시작하자, 예술과 문학은 이내 거대한 물엿 세공품이 되어 버렸소. 배배 꼬고 끌어당겨 매듭짓고 사방으로 돌리면서, 탄력도 맛도 아예 남지 않을 정도로 가공해 버렸단 말이오. 다음에는 영화 필름을 잘라 내고 영화관의 불을 꺼 버렸고, 한때 나이아가라 폭포처럼 읽을거리를 쏟아 내던 인쇄기에서는 악의 없는 '순수한' 물질만 찔끔찔끔 흘러나오게 되어 버렸다오. 아, 심지어 '도피'라는 단어조차도 극단적이라는 판결을 받았소!"

"그랬습니까?"

"그렇소! 저들은 모든 인간은 현실을 마주해야 한다고 말했소. 이 땅의 현실을 직면해야 한다고! 따라서 그렇지 않은 것들은 모조리 사라져야 한다고 말이오. 모든 문필적 거짓말과 상상력의 발현은 전부 사냥하듯 쏘아 떨어트려야 한다고. 그래서 저들은 30년 전, 그러니까 1975년의 어느 일요일 아침에 그 모든 것들을 도서관 벽을 따라 쌓아 올렸소. 성 니콜라스와 머리 없는 기수와 백설공주와 룸펠슈틸츠헨과 머더구스를—아, 얼마나 끔찍한 비명이 울렸는지!—벽에 일렬로 세우고는 그대로 총살해 버린 거요. 그리고 종이로 만든 성과 요정 개구리와 옛 왕들과 영원히 행복하게 산 주인공들을(당연하지만 영원히 행복하게 사는 사

268

람들이란 존재할 수 없다는 것이 진실이니!) 불태우고 나니, 아무도 옛날 옛적의 세계로 돌아갈 수 없게 된 거요! 저들은 유령 인력거의 재를 오즈의 땅의 잔해와 섞어서 뿌렸소. 착한 마녀 글린다와 오즈마 공주의 뼈를 발라내고, 무지개의 요정 폴리크롬을 분광기에 넣어 산산조각 낸 다음, 호박 머리 잭은 머랭을 곁들여 생물학자들의 연회에 내놓은 거요! 콩나무는 붉은 끈의 가시덤불 속에서 시들어 버렸고! 잠자는 숲속의 공주는 과학자의 키스에 깨어났다가 치명적인 주사기에 꿰뚫려 숨이 끊어졌소. 그리고 그들은 앨리스에게 병에 든 약물을 먹여서 '점점 흥미로워지네'라고 소리치지도 못할 정도로 작게 줄인 다음, 그대로 망치를 휘둘러 거울 나라를 박살 내서 붉은 왕과 호기심 많은 굴조개까지도 전부 몰아내 버린 거요!"

그는 주먹을 꾹 쥐었다. 주여, 어찌 그런 일이 자신의 눈앞에서 벌어질 수 있나이까! 그는 벌게진 얼굴로 숨을 헐떡이기 시작했다.

반면 비글로 씨는 도도하게 이어지는 감정의 폭발에 깜짝 놀라고 말았다. 그는 눈을 깜빡이다가 마침내 입을 열었다. "죄송합니다. 무슨 말씀을 하시는 건지 모르겠군요. 저한테는 그냥 이름들일 뿐인데요. 저는 분서가 좋은 일이라고 들었습니다."

"썩 꺼지시오!" 스텐달이 소리쳤다. "당신 일은 끝냈으니, 이제 나를 혼자 있게 해 달란 말이오. 이 머저리 같으니!"

비글로 씨는 휘하의 목수들을 소집해서 자리를 떠났다.

스텐달 씨는 자신의 저택 앞에 홀로 남았다.

"똑똑히 들어라." 그는 눈에 보이지 않는 로켓들을 향해 이렇게 말했다. "나는 너희 티 없이 무결한 정신의 소유자들로부터 벗어나기 위해 화성에 온 거다. 그런데 네놈들은 마치 짐승의 내장에 꼬이는 파리 떼처럼 나날이 수가 불어나고 있지. 그러니 내가 몸소 보여 줄 테다. 네놈들이 포 선생과 지구에 저지른 일의 대가를 아주 훌륭하게 치르게 해 줄 테다. 오늘부터는 두려움에 떨도록 해라. 어셔가의 저택이 영업을 개시했으니까!"

그는 하늘로 힘껏 주먹을 치켜올렸다.

로켓이 착륙했다. 남자 하나가 거들먹거리며 밖으로 나왔다. 저택을 힐끔 바라보는 그의 잿빛 눈에는 불쾌함과 짜증이 가득했다. 그는 해자를 가로질러 와서 그곳에 서 있는 작달막한 남자를 마주했다.

"당신 이름이 스텐달인가?"

"그렇소."

"나는 개릿이다. 윤리사조국 수사관이지."

"그래, 당신네 윤리사조국 사람들도 마침내 화성에 도착한 모양이지? 당신네가 언제쯤 등장할지 궁금해하던 참이라오."

"지난주에 도착했지. 머지않아 이곳도 지구처럼 정결하고 깔끔하게 만들 생각이야." 남자는 저택 쪽을 향해 짜증스럽게 신분증을 흔들어 댔다. "그럼 저 주택에 대해 설명해 주시겠나, 스텐달?"

"이렇게 말해도 괜찮다면, 유령 들린 성이라오."

"괜찮지 않아. 스텐달, 괜찮지 않다고. 그 '유령 들린'이라는 표현 말이야."

"단순한 문제요. 우리 주께서 오신 지 2005년이 되는 해를 맞이하여 기계 장치로 작동하는 안식처를 지은 것이 전부라오. 전자 광선의 유도로 날아다니는 구리 박쥐도 있고, 플라스틱 와인 저장고를 돌아다니는 황동 쥐들도 있고, 춤추는 로봇 해골도 있고. 로봇 흡혈귀에, 어릿광대에, 늑대에, 화학물질과 독창성으로 만들어 낸 희멀건 유령까지, 모두 여기 살고 있다오."

"내가 걱정하던 그대로군." 개릿은 조용히 미소 지으며 대꾸했다. "유감이지만 자네 집은 부술 수밖에 없을 것 같아."

"당신네 쪽에서 무슨 일이 벌어졌는지 알자마자 찾아올 거라고 확신하고 있었소."

"사실 더 빨리 왔어야 했는데, 우리 윤리사조국에서는 개입하기 전에 자네의 의도를 확실히 알고 싶었거든. 저녁때쯤이면 해체 및 분서 담당관들이 도착할 거야. 자정쯤이면 자네 집은 지하 저장고까지 말끔하게 무너져 있을 테고. 스텐달 선생, 나한테 자네 같은 작자들은 머저리로밖에 안 보여. 열심히 벌어들인 돈을 이런 어리석은 일에 탕진하다니. 세상에, 이걸 만들려면 3백만 달러는 들었을 텐데—"

"4백만이오! 하지만 개릿 씨, 나는 상당히 젊은 시절에 2천 5백만 달러를 상속받았다오. 그 정도는 허공에 버릴 수 있지. 다만 이 저택을 완공한 지 고작 한 시간밖에 지나지 않았는데 벌써 당신네가 해체반을 이끌고 달려오다니 끔찍하게 애석하긴 하오. 적어도 24시간 정도는 내 장난감을 가지고 놀게 해 주지 않겠소?"

"법령은 알고 있을 텐데. 글자 하나까지 지켜야 하거든. 책이든 집이든, 유령이나 흡혈귀나 요정이나 기타 상상의 산물을 암시하는 물건은 그 어떤 것도 만들어서는 안 돼."

"그렇다면 다음에는 중산층을 불태우겠군!"

"스텐달 선생, 예전에 우리를 제법 힘들게 했더군. 전부 기록에 남아 있어. 20년 전이지. 지구에서. 당신하고 당신 서재를 가지고 말이야."

"그렇소. 나하고 내 서재 문제였지. 그리고 나와 같은 부류의 다른 사람들도 있었고. 아, 이제 포가 잊힌 지도 한참이 흘렀군. 오즈나 다른 여러 존재들도 마찬가지고. 하지만 내 얼마 안 되는 수집품은 남아 있었다오. 사적 공간을 가진 일부 시민들은 서재를 보유하고 있었지. 당신네가 횃불과 소각기를 든 하수인들을 보내서 내 5만 권의 장서를 찢어발기고 불태우기 전까지는 말이오. 당신네가 핼러윈의 심장에 말뚝을 박고 영화 제작자들에게 앞으로는 계속 어니스트 헤밍웨이 작품이나 만들어야 한다고 지시했던 때의 일이었지. 세상에, 내가 〈누구를 위하여 종은 울리나〉를 몇 번이나 봤는지 아시오! 서른 가지의 서로 다른 작품으로. 전부 사실적이더군. 아, 사실주의라니! 아, 세상에, 아, 이런, 빌어먹을!"

"비통을 곱씹어 봤자 달라질 건 없을 텐데!"

"개릿 씨, 당신도 상세한 보고서를 올려야 하는 입장 아니오?"

"그렇지."

"그렇다면 호기심을 충족시키기 위해서라도, 일단 들어와서 한번 둘러보는 게 어떻겠소. 몇 분이면 충분할 거요."

"좋아. 앞장서시지. 그리고 속임수는 포기하라고. 총도 가지고 왔으니까."

삐걱거리는 소리와 함께 어서 저택의 문이 열렸다. 축축한 공기가 그들 앞으로 밀려왔다. 마치 땅속에 파묻힌 풀무가 버려진 지하 묘실의 공기를 빨아들이는 것처럼, 거대한 한숨과 신음 소리가 울렸다.

커다란 쥐 한 마리가 돌바닥을 가로질러 달려갔다. 개릿은 고함을 지르며 쥐를 걷어찼다. 쥐는 그대로 풀썩 쓰러졌고, 나일론 털가죽에서는 셀 수도 없이 많은 금속 벼룩 떼가 쏟아져 나왔다.

"끝내주는군!" 개릿은 그 모습을 살피려고 허리를 굽혔다.

벽감에는 늙은 마녀가 하나 앉아서, 떨리는 손으로 주황색과 푸른색의 타로 카드를 만지작거리고 있었다. 그녀는 머리를 휙 돌려 개릿을 바라보더니, 기름때로 번들거리는 카드를 탁탁 치면서 이빨 없는 합죽이 입으로 쉿 소리를 냈다.

"죽음이 나왔어!" 그녀가 소리쳤다.

"바로 저런 게 내가 말하는 거지." 개릿이 말했다. "개탄스럽군!"

"그녀는 당신이 직접 태우게 해 주겠소."

"진심인가?" 개릿은 즐거운 표정이 되었다가, 이내 얼굴을 찌푸렸다. "이 상황을 너무 스스럼없이 받아들이는 것 같은데."

"이곳을 창조할 수 있었다는 것만으로 충분했소. 불신으로 가득한 현대 세계에 내 손으로 이런 고풍스러운 분위기를 만들어 냈다는 것만으로 말이오."

"마음에 안 들기는 하지만, 자네의 천재성에는 진심으로 찬사를 보내고 싶군, 선생." 개릿은 흐릿하고 아름다운 여인의 모습을 한 옅은 안개가 끊임없이 속삭이며 흘러가는 모습을 살펴보았다. 습기 찬 통로 저편에서 기계 하나가 윙윙대며 돌아가고 있었다. 빠르게 회전하는 솜사탕 기계에서 피어오르는 물질처럼, 기계에서 둥실 떠오른 안개가 작은 소리로 웅얼거리며 홀 안으로 날아들고 있었다.

난데없이 유인원 한 마리가 등장했다.

"멈춰!" 개릿이 소리쳤다.

"겁먹을 필요 없소." 스텐달은 짐승의 검은 가슴을 두드려 보였다. "아까 마녀와 마찬가지로 로봇일 뿐이오. 골격은 구리로 만들었고, 나머지도 전부 가짜요. 보이시오?" 그가 털가죽을 쓸어 내리자 아래 숨은 금속관이 반짝였다.

"그렇군." 개릿은 조심스레 손을 내밀어 짐승을 쓰다듬었다. "하지만 스텐달 선생, 왜 이 모든 것들을 만들었나? 무엇에 홀려서 이렇게 강박적인 짓을 벌인 거지?"

"관료주의요, 개릿 씨. 하지만 설명할 시간이 부족할 듯하군. 정부에서도 머지않아 발견하겠지." 그는 유인원에게 고개를 끄덕여 보였다. "됐다. 지금이야."

유인원은 개릿 씨를 살해했다.

"거의 준비가 끝난 셈이오, 파이크스?"

파이크스는 식탁에서 고개를 들었다. "예, 선생님."

"아주 훌륭하게 해 줬소."

"뭐, 돈을 받았지 않습니까, 스텐달 선생님." 파이크스는 부드럽게 말하며 로봇의 플라스틱 눈꺼풀을 들고 유리 안구를 집어넣은 다음, 유사고무 근육을 깔끔하게 접합했다. "다 됐습니다."

"개릿 씨와 판박이로군."

"저 사람은 어떻게 할 생각이십니까, 선생님?" 파이크스는 죽은 채로 수레 위에 누워 있는 진짜 개릿 씨 쪽으로 고갯짓을 했다.

"태우는 편이 낫지 않겠소, 파이크스. 개릿 씨가 둘이나 있어서는 곤란하니까. 안 그렇소?"

파이크스는 개릿 씨가 누운 수레를 벽돌 소각로로 옮겼다. "잘 가구려." 그는 개릿 씨를 안으로 밀어 넣고 문을 닫아 버렸다.

스텐달은 로봇 개릿을 마주했다. "지시 사항은 잘 알고 있겠지, 개릿?"

"예, 주인님." 로봇이 일어나 앉았다. "윤리사조국으로 돌아갑니다. 보충 보고서를 제출합니다. 실질적인 조치를 48시간 늦춥니다. 더 정밀한 조사가 필요하다고 말합니다."

"좋아, 개릿. 그럼 가 보게."

로봇은 서둘러 개릿의 로켓으로 가서 탑승한 다음 그대로 날아가 버렸다.

스텐달은 몸을 돌렸다. "좋소, 파이크스, 오늘 밤의 나머지 초대장도 전부 보냈소. 제법 즐거운 시간이 될 것 같지 않소?"

"20년이나 기다려 온 상황이니, 상당히 즐겁겠지요!"

둘은 서로 윙크를 교환했다.

7시 정각이었다. 스텐달은 시계를 확인했다. 거의 시간이 되었다. 그는 손에 든 셰리 잔을 가볍게 돌리며 말없이 앉아 있었다. 머리 위의 떡갈나무 대들보 사이에서는 섬세한 구리 동체를 고무 살점 아래 숨긴 박쥐들이 그를 향해 눈을 깜빡이며 새된 소리를 울렸다. 그는 박쥐 떼를 향해 잔을 들어 올렸다. "우리 성공을 위하여." 그리고 그는 의자에 몸을 기대어 눈을 감고는 지금에 이르기까지의 모든 여정을 되짚어 보았다. 만년에 이 일을 반추하면 얼마나 달콤하게 느껴질까. 멸균을 위해 매진하는 정부를 상대로 지금껏 문학에 저지른 테러와 불길의 세례를 되갚아 줄 수 있다니. 아, 지금껏 그의 내면에서 분노와 증오가 얼마나 커져 왔던가. 아, 먹먹한 정신 속에서 이 계획이 어떻게 천천히 형체를 이루어 왔던가. 그러다 마침내 3년 전 바로 그날, 그는 파이크스를 처음 만났다.

아, 그래. 파이크스. 녹색 산성 용액에 그슬린 우물만큼이나 검고 깊은 증오를 품고 있는 자였다. 파이크스가 누구냐고? 자신의 분야에서 단연 최고라 할 수 있는 자였다! 1만 개의 얼굴을 지닌 사나이, 분노, 연기, 푸른 안개, 하얀 빗방울, 박쥐, 가고일, 괴물, 바로 그것이 파이크스였다! 아버지 쪽 론 체이니*보다도 솜씨가 훌륭하지 않을까? 스텐달은 곰곰 생각하며, 먼 옛날 영화 속에서 매일 밤 지켜보던 체이니의 모습을 떠올렸다. 그래, 체이니보다 낫지. 다른 먼 옛날의 그 누구던가, 그 사람보다도 낫지 않나? 이름이 뭐였더라? 칼로프? 훨씬 뛰어나지! 루고시? 비교 자체가 어불성설이야! 아니, 파이크스는 독보적인 사람이었다. 그리고 지구의 모든 환상이 강제로 벗겨진 지금은 갈 곳도, 기술을 자랑할 대상도 없는 사람이었다. 심지어 거울 앞에서 홀로 공연을 하는 것조차도 금지당했으니까!

- 미국 무성영화 시대에 '천의 얼굴'로 불린 전설적 배우. 아들 론 체이니 주니어도 배우로 활동했다.

불쌍하고 구제 불능인 패배자 파이크스여! 자신의 영화를 전부 압수당하던 날 밤에는 어떤 기분이었을까. 카메라에서 필름을 뽑아내는 손길이, 그걸 부여잡고 그대로 소각로에 쑤셔 넣어 태우는 모습이, 흡사 자신의 배에서 내장을 끄집어내는 것처럼 느껴졌으리라! 아무런 보상도 없이 5만 권의 책을 태우는 것처럼 끔찍하게 느껴졌을까? 그래, 그랬겠지. 스텐달은 주체할 수 없는 분노로 손이 차갑게 식는 것을 느꼈다. 이런 두 사람이 수없이 많은 커피 주전자를 앞에 놓고서, 끝없이 많은 밤을 대화로 지새운 것도 자연스러운 일이 아니겠는가. 그리고 그 수많은 대화와 쓰디쓴 액체 속에서, 이곳 어셔가의 저택이 솟아오른 것이다.

교회 종소리가 우렁차게 울렸다. 이제 손님들이 도착하기 시작했다.

그는 만면에 미소를 머금고 손님을 맞이하러 나갔다.

기억도 없이 온전히 자라난 몸을 지닌 채로, 로봇들은 기다렸다. 숲속 연못의 색을 띤 녹색 비단을 두른 채로, 개구리와 고사리의 색인 녹색 비단을 감싸고, 로봇들은 기다렸다. 태양과 모래 같은 금빛 머리카락을 쓴 채로, 로봇들은 기다렸다. 젤라틴 속에 파묻힌 청동 관 골격에 넉넉히 기름을 치고서, 로봇들은 조용히 누워 기다렸다. 죽지도 살지도 않은 이들을 위한 관 속에서, 널빤지로 만든 상자 안에서, 그들의 메트로놈은 움직이기 시작할 순간을 기다렸다. 윤활유와 깎아 낸 황동의 냄새가 자욱했다. 공동묘지의 정적이 흘렀다. 성별을 받았지만 성별이 없는 존재로서, 이름을 받았지만 이름 없는 존재로서, 인간들로부터 인간성을 제외한 모든 것을 빌려 온 존재인 로봇들은, 꼬리표가 붙은 수출입 상자의 못질된 뚜껑을 바라보고만 있었다. 이들의 죽음은 죽음조차 될 수 없었으니, 애초에 생명을 받은 적조차 없기 때문이었다. 이내 새된 비명을 지르며 못이 뽑히기 시작했다. 뚜껑이 덜컹거리며 들렸다. 그림자가 상자 안을 굽어보고, 동체를 누르며 기름을 뿌리는 손이 느껴졌다. 시계 하나가 작동을 시작하며 들릴락 말락 작게 째깍거리기 시작했다. 시계들이 하나둘씩 살아나면서, 방은 결국 기계 소리로 가득한 거대한 시계포가 되어 버렸다. 구슬 눈알이 고무 눈꺼풀 아래에서 이리저리 움직였다. 콧구멍이 벌름거렸다. 유인원의 억센 강모와 토끼의 솜털을 두른 로봇들이 자리에서 일어섰다. 트위들덤이 트위들디의 뒤로 따라 붙었고, 모조 거북과 겨울잠쥐가 등장했다. 소금과 화이트우드의 바다에서 건져 낸 익사체들이 몸을 흔들며 걸어 나왔다. 퍼렇게 질린 교수형 시체는 조갯살로 만든 눈을 홉떴고, 얼음과 불똥으로 만든 존재들, 흙으로 만든 난쟁이와 후추로 만든 요정들, 태엽로봇 틱톡과 놈 왕 루게도, 스스로 눈보라를 일으켜 앞길에 뿌리는 성 니콜라스, 아세틸렌 불꽃처럼 퍼런 콧수염을 자랑하는 푸른 수염, 그리고 유황의 구름 속에서 불을 뿜는 녹색 주둥이를 비쭉 내민, 거대한 비늘투성이 뱀처럼 생긴 배 속에 용광로를 품은 용도 있었다. 이 모든 것들이 비명을, 째깍 소리를, 고함을, 침묵을 울리며, 서둘러 바람을 일으키며 문을 열고 나섰다. 1만 개의 뚜껑이 저절로 열렸다. 시계포의 소음이 해방되어 어서가를 가득 채웠다. 마법에 걸린 밤이었다.

따스한 산들바람이 대지에 내려앉았다. 손님을 실은 로켓들이 하늘을 불사르고 가을 날씨를 봄으로 바꾸며 도착했다.

만찬용 복장을 차려입은 남자들이 로켓에서 나오고, 머리카락을 세련되게 틀어 올린 여자들이 뒤를 이었다.

"저게 어서 저택인가!"

"그런데 문은 어디 있어?"

그 순간 스텐달이 등장했다. 여성들은 웃음을 터트리며 재잘댔다. 스텐달 씨는 손을 들어 사람들을 조용하게 만들었다. 그리고 몸을 돌려 높다란 성의 창문을 바라보며 소리쳤다.

"라푼젤, 라푼젤, 머리를 내려 주오."

저택 위에서 아름다운 아가씨가 밤바람 속으로 몸을 내밀고 금빛 머리타래를 드리웠다. 머리카락은 서로 얽히고 휘돌더니 사다리가 되었고, 손님들은 웃음을 터트리며 사다리를 타고 저택으로 들어섰다.

저명한 사회학자들! 영리한 심리학자들! 비할 데 없이 중요한 정치가들에, 박테리아학자들에, 신경학자들까지! 그들 모두가 눅눅한 벽 안으로 들어섰다.

"다들 아주 잘 오셨소!"

타이런 씨, 오언 씨, 듄 씨, 랭 씨, 스테펀스 씨, 플레처 씨, 그 외에도 스무 명이 넘었다.

"들어와요, 들어와!"

기브스 양, 포프 양, 처칠 양, 블런트 양, 드러먼드 양, 그 외에도 눈부신 차림새의 여성이 열 명은 되었다.

모두가 하나같이 저명인사 중에서도 특히 저명한 사람들로,

환상 방지 협회의 회원이자, 핼러윈과 가이 포크스의 추방을 주장하는 자들이자, 박쥐 학살자이며 서적 방화범이며 횃불을 든 기수들이었다. 모두가 선량하고 청순한 시민인지라, 거친 남자들이 이곳의 화성인을 전부 파묻고 도시들을 정화하고 마을을 건설하고 고속도로를 수리하고 완벽한 안전을 제공할 때까지 기다렸던 자들이었다. 그리고 이제 모든 것이 안전하게 제자리에 들어맞자, 흥을 깨는 자들이, 몸에는 피 대신 소독약이 흐르고 눈은 요오드 빛깔인 자들이, 이제 자기네 방식의 윤리사조를 수립하고 모두에게 선함을 배부하기 위해 찾아온 것이다. 게다가 이곳의 모든 사람은 그의 친구이기도 했다! 그렇다. 조심스레, 아주 조심스레, 그는 작년 한 해 동안 지구를 돌아다니며 이들을 개별적으로 만나 친교를 쌓아 온 것이었다!

"죽음의 광대한 홀에 아주 잘 오셨소!" 그가 소리쳤다.

"안녕하시오, 스텐달. 대체 이게 다 뭐요?"

"곧 알게 될 거요. 다들 옷을 벗어 주시겠소. 한쪽에 탈의실이 마련되어 있을 거요. 그곳에 있는 복장으로 갈아입어 주시오. 남자는 이쪽, 여자는 반대쪽이오."

사람들은 미심쩍은 기색으로 머뭇거렸다.

"여기 머무르는 게 옳은 일일지 모르겠네요." 포프 양이 말했다. "생김새가 마음에 안 들어요. 거의…… 신성모독의 경계선에 놓인 것 같은걸요."

"터무니없군, 가장무도회라니!"

"제법 불법적으로 보이는데." 스테펀스 씨가 코를 킁킁댔다.

"너무 그러지들 말고." 스텐달은 웃음을 터트렸다. "오늘은 마음껏 즐기는 게 어떻소. 내일이면 전부 무너질 테니까. 탈의실로 들어가시오!"

저택이 화려한 색채로 살아 움직였다. 어릿광대들이 종 달린 모자를 흔들어 울리고, 조그만 활로 조그만 깽깽이를 연주하는 난쟁이들의 음악에 맞춰서 하얀 생쥐들이 카드리유 춤을 췄다. 그을린 대들보에서는 깃발이 나부꼈고, 박쥐들이 구름처럼 자욱이 날아다니는 가고일의 입가에서는 시원하고 거품이 이는 와인이 쏟아져 내렸다. 계곡이 가면무도회가 열리는 일곱 개의 방을 휘감아 돌았고, 계곡물을 홀짝인 손님들의 입가에는 셰리주 향이 감돌았다. 이윽고 탈의실에서는 제각기 다른 시대의 모습으로 변신한 사람들이 얼굴에 도미노 가면을 쓰고 쏟아져 나왔다. 가면을 쓰는 것만으로도 온갖 환상과 공포에 트집을 잡을 자격증이 철회된 것만 같았다. 여자들은 붉은 드레스 자락을 휘날리며 웃음을 터트렸다. 남자들은 여자들을 붙들고 춤을 췄다. 벽면에는 주인 없는 그림자가 가득 드리웠고, 아무것도 비치지 않는 거울이 여기저기 걸렸다. "우리 모두 흡혈귀가 된 셈이로군!" 플레처 씨가 웃음을 터트렸다. "죽은 거라고!"

일곱 개의 방은 저마다 다른 색깔이었다. 하나는 청색, 하나는 자주색, 하나는 녹색, 하나는 주황색, 또 하나는 흰색, 여섯 번째는 보라색이었고, 마지막 일곱 번째는 검은 벨벳으로 뒤덮여 있었다. 그 검은 방에는 매 시각 쩌렁쩌렁 울리며 정각을 알리는, 흑단처럼 새까만 시계가 하나 서 있었다. 마침내 흠뻑 취한 손님들은 방에서 방으로 걸음을 옮기며 로봇으로 만든 환상들 사이를 뛰어다녔다. 겨울잠쥐와 모자 장수 사이를, 트롤과 거인들 사이를, 검은 고양이와 백의 여왕 사이를. 그리고 그들이 춤추는 발밑에서는, 바닥 그 자체가 모습은 감췄으나 존재가 명백한 심장 박동처럼 쿵쿵 울리고 있었다.

"스텐달 씨!"

속삭이는 소리가 들렸다.

"스텐달 씨!"

사신의 얼굴을 가진 괴물이 곁으로 다가와 섰다. 파이크스였다. "잠시 따로 뵈어야겠습니다."

"무슨 일이오?"

"이걸 좀 보시죠." 파이크스는 해골만 남은 손을 하나 내밀었다. 반쯤 녹고 그슬린 바퀴며 너트며 톱니며 볼트 따위가 그 위에 여기저기 박혀 있었다.

스텐달은 그 모습을 한참 들여다보다가, 파이크스를 복도 한쪽으로 데려갔다. "개릿이오?" 그가 속삭였다.

파이크스는 고개를 끄덕였다. "자기 대신 로봇을 보낸 겁니다. 조금 전에 소각기를 청소하다가 이걸 발견했지요."

두 사람은 한동안 그 끔찍한 톱니바퀴 덩어리를 바라보고만 있었다.

"경찰이 언제든 이곳을 습격할 수 있다는 뜻입니다." 파이크스가 말했다. "우리 계획은 끝장이에요."

"어떻게 이런 일이." 스텐달은 빙빙 돌고 있는 노란색과 파란색과 주황색의 사람들을 힐끔 바라보았다. 음악이 안개가 자욱한 홀을 휩쓸고 있었다. "개릿이 몸소 방문할 정도로 머저리가 아니라는 사실을 깨달았어야 했는데. 아니, 잠깐!"

"왜 그러십니까?"

"아무것도. 문제 될 것은 아무것도 없지 않소. 개릿은 이쪽으로 로봇을 하나 보냈소. 우리는 그에게 로봇을 하나 돌려보냈고. 세심하게 검토하지만 않으면 로봇이 바뀌었다는 사실을 깨닫지 못할 거요."

"그렇겠군요!"

"다음에는 그가 직접 올 거요. 이제는 자기가 안전하다고 생각할 테니까. 사실 언제라도 직접 문을 두드릴 수 있지! 와인 더 가져오시오, 파이크스!"

우렁찬 종소리가 울렸다.

"이제 도착한 모양이군. 내기라도 할 수 있소. 가서 개릿 씨를 맞아들이시오."

라푼젤이 금빛 머리타래를 내렸다.

"스텐달 선생?"

"개릿 씨. 진짜 개릿 씨인 거요?"

"그렇지." 개릿은 눅눅한 벽과 빙글빙글 춤추는 사람들을 곁눈질했다. "아무래도 내가 직접 와서 보는 편이 나으리라 생각했거든. 로봇만 믿을 수는 없으니까. 다른 사람의 로봇은 더욱 그렇고. 게다가 혹시 모르니 해체반도 불러 놨지. 한 시간만 있으면 이곳에 도착해서 이곳에 설치된 끔찍한 무대장치를 지반까지 들어내 버릴 거야."

스텐달은 허리를 숙여 절했다. "알려 주어 고맙구려." 그리고 손을 흔들었다. "그럼 그때까지는 당신도 조금 즐기는 게 어떻겠소. 와인 들겠소?"

"아니, 사양하지. 무슨 일을 벌이는 건가? 인간이 대체 어디까지 타락할 수 있는 거지?"

"그쪽 생각은 어떻소, 개릿 씨."

"살인이 아니겠나."

"그렇지요. 가장 처참한 살인." 스텐달이 말했다.

여인의 비명이 울렸다. 포프 양이 치즈처럼 누르께한 얼굴로 달려 올라왔다. "방금 아주 끔찍한 일이 벌어졌어요! 블런트 양이 유인원에게 목이 졸려 굴뚝에 쑤셔 박혔다고요!"

그들이 그쪽을 돌아보니 긴 금발 머리카락이 연통에서 늘어져 있었다. 개릿이 비명을 질렀다.

"끔찍해요!" 포프 양은 흐느끼다가, 갑자기 울음을 뚝 멈췄다. 그리고 눈을 깜빡이며 고개를 돌렸다. "블런트 양!"

"네." 그곳에 서 있던 블런트 양이 대답했다.

"하지만 방금 당신이 연통에 쑤셔 박히는 꼴을 봤는데요!"

"아니에요." 블런트 양은 웃음을 터트렸다. "나처럼 만든 로봇이었어요. 훌륭한 복제품이었죠!"

"그래도, 하지만……"

"울지 말아요, 아가씨. 나는 어딜 봐도 괜찮으니까요. 내가 직접 확인해 볼게요. 어머나, 여기 내가 있네! 굴뚝에 쑤셔 박혔네요. 당신이 말한 것처럼요. 정말 우스꽝스럽지 않나요?"

블런트 양은 웃음을 터트리며 걸어갔다.

"한잔하시겠소, 개릿?"

"그래야 할 것 같군. 심장이 떨어지는 줄 알았어. 세상에, 정말 끔찍한 장소로군. 이런 곳은 헐어 버려야 마땅하지. 이제 조금만 있으면……."

개릿은 술을 들이켰다.

또 비명이 울렸다. 이번에는 스테펀스 씨가 네 마리 흰 토끼의 어깨에 얹혀서 홀연히 바닥에 등장한 계단 아래로 끌려 내려갔다. 스테펀스 씨는 꽁꽁 묶인 채로 구덩이 속에 홀로 남겨졌다. 그리고 강철 칼날이 달린 거대한 진자가 흔들릴 때마다 조금씩 아래로, 그의 몸부림치는 육신 쪽으로 하강하기 시작했다.

"저 아래 있는 게 혹시 납니까?" 개릿의 옆으로 끼어들며 스테펀스 씨가 말했다. 그는 구덩이 안을 굽어보았다. "참으로 묘하고 기이하군요. 나 자신이 죽는 모습을 보게 되다니."

진자는 마지막 운동을 끝냈다.

"게다가 지독하게 현실적이고." 스테펀스는 고개를 돌리며 말했다.

"한 잔 더 하시겠소, 개릿 씨?"

"그래, 부탁하지."

"금방 끝날 거요. 해체반이 도착할 거니까."

"얼마나 다행인지 모르겠군!"

그리고 세 번째로 비명이 울렸다.

"이번엔 또 뭐야?" 개릿이 이제 뻔하다는 투로 말했다.

"내 차례네요." 드러먼드 양이 말했다. "저기 봐요."

두 번째 드러먼드 양이 비명을 지르면서 관 속으로 끌려 들어가 뚜껑에 못질을 당하고 바닥 아래의 흙 속으로 던져졌다.

"아니, 저건 기억나는데. 옛 금서에서 본 적이 있어." 윤리사조국 수사관은 헐떡이듯 말했다. "「때 이른 매장」이잖아. 다른 것들도 마찬가지야.「구덩이와 진자」에, 유인원과 굴뚝은「모르그가의 살인」이잖아. 내가 태운 책에서 봤다고. 맞아!"

"한 잔 더 하시오, 개릿. 여기, 잔 똑바로 잡고."

"세상에, 당신 정말로 상상력이 대단하군. 안 그런가?"

그들은 그대로 선 채로 다른 다섯 명이 살해당하는 모습을 지켜봤다. 한 명은 용의 입으로 들어가고, 나머지는 호수의 검은 물에 던져져 그대로 가라앉아 사라졌다.

"당신을 위해서는 뭘 준비했는지 보고 싶지 않소?" 스텐달이 물었다.

"그야 보고 싶지." 개릿이 말했다. "어차피 뭐가 달라지겠나? 이 빌어먹을 것들을 통째로 날려 버릴 건데. 당신 참 고약한 사람이로군."

"그럼 따라오시오. 이쪽이오."

그리고 그는 개릿을 이끌고 바닥의 통로로 내려갔다. 두 사람은 수많은 통로를 지나고 다시 나선계단을 따라 흙 속으로, 지하묘실로 내려갔다.

"이 아래에서 뭘 보여 주려는 거지?" 개릿이 말했다.

"당신의 죽음이오."

"모조품의?"

"그렇소. 그리고 다른 것도 있지."

"뭔데?"

"아몬티야도." 스텐달은 눈부신 랜턴을 높이 들고 앞서가며 말했다. 관 뚜껑을 반쯤 뚫고 나온 자세로 굳어 버린 해골들이 보였다. 개릿은 역겹다는 표정을 지으며 손으로 코를 쥐었다.

"뭐라고?"

"아몬티야도라고 들어 본 적 없소?"

"전혀!"

"이건 알아보겠소?" 스텐달은 감방 하나를 가리켰다.

"알아봐야 하나?"

"아니면 이건?" 스텐달은 웃음을 머금은 채로 망토 자락 아래에서 흙손을 하나 꺼냈다.

"그건 뭐 하는 물건이지?"

"따라오시오." 스텐달이 말했다.

두 사람은 감방으로 들어갔다. 그곳의 어둠 속에서, 스텐달은 반쯤 취한 남자에게 쇠사슬을 채웠다.

"세상에, 지금 뭐 하는 거야?" 개릿이 몸부림치며 소리쳤다.

"아이러니를 만드는 중이라오. 아이러니를 만드는 사람을 방해하지 마시오. 무례한 행동이니까. 다 됐소!"

"나를 쇠사슬로 묶었잖아!"

"그런 모양이구려."

"이젠 뭘 하려는 거지?"

"당신을 여기 두고 떠날 거요."

"농담이겠지."

"아주 훌륭한 농담 아니겠소."

"내 복제는 어디 있지? 놈이 죽는 걸 보는 것 아니었나?"

"복제 따위는 없소."

"하지만 다른 사람들은!"

"다른 사람들은 죽었소. 당신이 죽는 모습을 본 사람들이 진짜였소. 곁에 서서 지켜보던 자들이 복제한 로봇이었지."

개릿은 아무 말도 하지 않았다.

"이제 당신은 '주님께 맹세코 제발, 몬트레소르!'라고 말해야 하오." 스텐달이 말했다. "그럼 나는 '그렇지, 주님께 맹세코'라고 답할 테고. 어디 해 보지 않겠소? 자, 어서. 말해 보시오."

"이 머저리."

"어떻게 구슬려야 하려나? 말해 보시오. '주님께 맹세코 제발, 몬트레소르!'"

"안 할 거다. 이 얼간이. 당장 나를 여기서 풀어 줘." 이제 완전히 제정신을 차린 모양이었다.

"자, 이걸 쓰시오." 스텐달은 종소리가 울리는 물건을 하나 그에게 던졌다.

"이건 뭐야?"

"방울 달린 모자요. 그걸 쓰면 내보내 줄지도 모르지."

"스텐달!"

"쓰라고 말했을 텐데!"

개릿은 복종했다. 방울이 딸랑거렸다.

"이 모든 것이 예전에도 벌어졌던 일이라는 느낌이 들지 않으시오?" 흙손과 회반죽과 벽돌로 작업을 시작하면서, 스텐달은 이렇게 물었다.

"지금 뭘 하는 거야?"

"당신을 넣고 벽을 바르는 중이오. 이걸로 한 줄. 또 한 줄."

• 에드거 앨런 포의 단편소설 「아몬티야도 술통」의 마지막 대목.

"네놈은 미쳤어!"

"거기에 대해서는 굳이 반론할 생각 없소."

"처벌을 받을 거다!"

그는 콧노래를 흥얼거리며 벽돌 하나를 톡톡 두드린 다음, 그대로 젖은 회반죽 위에 올렸다.

조금씩 어두워지는 감방 안에서 몸부림치고 발을 구르고 고함치는 소리가 울렸다. 벽돌은 점점 높이 쌓였다. "부디 더 몸부림쳐 주겠소." 스텐달이 말했다. "연출을 제대로 해 봅시다."

"꺼내 줘, 꺼내 달라고!"

이제 마지막 벽돌 하나만 자리를 찾아가면 끝이었다. 비명은 멈추지 않았다.

"개릿?" 스텐달의 부드러운 목소리가 들렸다. 개릿은 입을 다물었다. "개릿. 내가 당신에게 왜 이런 짓을 하는지 아시오? 바로 당신이 포 선생의 책들을 제대로 읽지도 않고 불살라 버렸기 때문이오. 태워야 하는 책을 정할 때도 다른 이들의 조언을 따랐겠지. 그렇지 않았더라면 조금 전 이곳에 내려왔을 때부터 내가 뭘 하려 했는지를 알아차렸을 테니까. 무지는 목숨을 앗아 갈 수 있는 법이라오, 개릿."

개릿은 침묵을 지켰다.

"이번 일은 완벽하게 매듭짓고 싶구려." 스텐달은 랜턴을 높이 들어 무너져 내린 형체를 비추었다. "부드럽게 방울을 울려 보시오." 방울이 흔들렸다. "자, 그럼 이제 부디, '주님께 맹세코 제발, 몬트레소르'라고 말해 주겠소. 그러면 풀어 줄지도 모르지."

불빛에 남자의 얼굴이 떠올랐다. 망설이는 기색이 보였다. 이

옥고 남자의 입에서 기괴한 목소리가 흘러나왔다. "주님께 맹세코 제발, 몬트레소르."

"아." 스텐달은 눈을 감고 그의 말을 음미했다. 그러고는 마지막 벽돌을 자리에 끼우고 회반죽으로 단단히 봉했다. "편히 쉬게나, 사랑하는 친구여."

그는 서둘러 지하 묘실에서 나왔다.

일곱 개의 방에서 칠흑처럼 어두운 시계의 소리가 울리며, 모든 움직임이 멈추었다.

적사병이 등장했다.

스텐달은 문간에서 잠시 뒤돌아보았다. 그리고 그대로 대저택에서 뛰쳐나가, 해자를 건너, 헬리콥터가 기다리는 곳에 도착했다.

"준비됐소, 파이크스?"

"준비됐습니다."

"그럼 시작하지!"

두 사람은 웃으며 대저택을 바라봤다. 마치 지진이 일어난 것처럼 저택의 한가운데가 갈라지기 시작했다. 그리고 그 웅장한 광경을 지켜보는 스텐달의 귓가에, 파이크스가 운율을 맞춰 읊조리는 나직한 목소리가 들려왔다.

"……장대한 벽이 그대로 무너져 내리는 광경을 보니 머리가 어찔해지는 기분이 들었다. 천 곳의 물길이 소리치듯 길고 격렬한 함성이 이어졌다. 그리고 내 발치에 열렸던 깊고 눅눅한 호수는 음울하고 조용하게 닫히며, 그대로 어서가의 남은 파편들을 삼켜 버렸다.'"

헬리콥터는 김을 뿜는 호수 위로 날아올라 그대로 서쪽으로 사라졌다.

노인들

떠들썩한 개척자들, 고매한 교양인들, 새로운 돈벌이를 찾는 전문 여행가들과 낭만적인 설교사들이 남긴 발자취를 따라서, 마침내 노인들이 화성에 도착했다. 이보다 더 자연스러운 일이 또 어디 있을까.

그리하여 메말라 갈라지는 사람들이, 자신의 심장 박동을 헤아리고 맥박을 느끼고 찡그린 입에 시럽을 떠 넣으며 시간을 보내는 사람들이, 예전에는 11월에 기차를 타고 캘리포니아로 가고 4월에 3등급 증기선을 타고 이탈리아로 가던 사람들이, 마른 살구 같은 사람들이, 미라 같은 사람들이, 마침내 화성에 도착했다……

화성인

파란 산들이 빗줄기 속으로 솟아오르고, 빗방울이 길게 이어지는 운하 속으로 떨어졌다. 라파지 노인과 그의 아내는 집 밖으로 나와서 그 모습을 바라봤다.

"이번 계절 첫 비구려." 라파지가 말했다.

"좋은 일이에요." 아내가 말했다.

"정말 반가운 비야."

두 사람은 문을 닫았다. 그리고 집 안으로 들어와 불가에서 손을 녹였다. 몸이 떨려 왔다. 창문 너머 저 멀리에서, 그들을 지구에서 데려온 로켓에 빗방울이 맺혀 번들거리는 모습이 보였다.

"아쉬운 건 하나뿐이오." 라파지는 자기 손을 내려다보며 말했다.

"뭔데요?" 아내가 물었다.

"톰을 함께 데려올 수 있었으면 정말 좋았을 텐데."

"아, 제발, 라프!"

"다신 안 꺼내겠소. 미안하오."

"우리는 평화롭게 노년을 즐기러 온 거예요. 톰을 생각하러 온 게 아니라요. 그 아이가 죽은 지도 정말 오래 지났잖아요. 이제 그 아이도 그렇고, 지구에 대해서는 전부 잊어야 해요."

"당신 말이 맞소." 그는 이렇게 말하고, 다시 열기를 찾아 손을 뻗으며 불길 속을 지그시 바라보았다. "그런 말은 그만두겠소. 그저 매주 일요일 그린론 공원으로 차를 몰고 가서 그 아이 묘석에 꽃을 두고 오던 일이 그리울 뿐이오. 함께 밖을 거닐던 것이 그때뿐이잖소."

푸른 빗방울이 작은 집을 잔잔히 적셨다.

9시가 되자 부부는 침대로 가서, 조용히 누워 손을 맞잡았다. 쉰다섯 살의 남편과 예순 살의 아내는 함께 어둠 속에 잠겼다.

"애나?" 그가 나직하게 불렀다.

"왜 그래요?" 그녀가 대답했다.

"방금 뭔가 들리지 않았소?"

두 사람은 비바람 속으로 귀를 기울였다.

"안 들리는데요." 그녀가 대답했다.

"누군가 휘파람을 불고 있잖소."

"아니, 나는 안 들려요."

"어쨌든 일어나서 좀 보고 와야겠소."

그는 가운을 걸치고 현관으로 나섰다. 머뭇거리며 문을 활짝 열어젖히자, 빗방울이 싸늘하게 그의 얼굴을 두드렸다. 바람은 계속 불었다.

문가에 작은 형체가 하나 서 있었다.

벼락이 하늘을 가르며, 문간에서 라파지 노인을 바라보는 얼굴이 새하얀 빛 속에 드러났다.

"거기 누군가?" 라파지는 몸을 떨면서 소리쳤다.

대답은 없었다.

"거기 누구냐니까? 뭘 원하는 거냐!"

여전히 한 마디도 들려오지 않았다.

그는 매우 노쇠하고 지치고 먹먹한 기분이 되었다. "대체 누구냐니까?" 그는 울부짖었다.

뒤편에서 아내가 다가와 그의 팔을 붙들었다. "왜 소리치고 있는 거예요?"

"작은 남자애가 마당에 서 있는데 물어봐도 도통 대답을 안 하잖소." 노인은 몸을 떨면서 말했다. "우리 톰처럼 생겼는데!"

"침대로 돌아와요. 당신 꿈을 꾼 거예요."

"하지만 저기 있다니까. 직접 보구려."

라파지는 아내에게도 보이도록 문을 더 활짝 열었다. 싸늘한 바람이 불어오고 보슬비가 흙 위로 떨어지는 가운데, 그 형체는 그대로 멍한 눈으로 노부부를 바라보고만 있었다. 아내가 문틀을 부여잡았다.

"저리 가!" 그녀는 한쪽 손을 흔들며 말했다. "저리 가라고!"

"톰처럼 보이지 않소?" 남편이 물었다.

형체는 움직이지 않았다.

"너무 무서워요." 아내가 말했다. "문 잠그고 침대로 와요. 나는 저것한테는 볼일 없어요."

그녀는 신음을 흘리며 침실로 모습을 감췄다.

노인은 차가운 비바람에 손이 얼어붙으면서도 그대로 서 있었다.

"톰." 그는 나직하게 말했다. "톰, 혹시 너라면, 무슨 일이 일어났는지는 몰라도 네가 찾아온 거라면 말이다, 문에 걸쇠는 걸지 않으마. 그리고 혹시 네가 너무 추워서 집에 들어와 몸을 녹이고 싶다면, 그냥 나중에 들어와서 불가에 누워도 좋다. 털가죽 깔개도 있어."

그는 문을 닫으면서도 잠그지는 않았다.

아내는 침대로 돌아오는 남편을 느끼고 몸을 떨었다. "너무 끔찍한 밤이에요. 지독하게 나이를 먹은 기분이 들어요." 그녀는 흐느끼며 말했다.

"자, 자." 그는 아내를 부드럽게 도닥이며 품에 안았다. "이만 잡시다."

한참이 흐른 후에야 그녀는 잠들었다.

잠시 후 그의 귓가에, 아주 조용히 현관문이 열리고, 비와 바람이 들어오고, 문이 닫히는 소리가 들렸다. 불가로 다가오는 소리 죽인 발소리와 나직한 숨소리도 들렸다. "톰." 그는 혼잣말을 중얼거렸다.

하늘에서 내리치는 벼락이 어둠을 부쉈다.

아침이 찾아오며 햇살이 방 안을 뜨겁게 달궜다.

라파지는 거실로 나가는 문을 열고, 서둘러 사방을 휙 둘러보았다.

벽난로 앞의 깔개는 비어 있었다.

라파지는 한숨을 쉬었다. "나이를 먹긴 한 모양이야."

그는 운하까지 걸어가서 몸을 씻을 물을 길어 오기로 마음먹었다. 그리고 현관을 나서다가, 이미 찰랑찰랑하게 가득 찬 양동이를 들고 들어오는 톰과 부딪칠 뻔했다. "안녕히 주무셨어요, 아버지!"

"잘 잤니, 톰." 노인은 한쪽으로 물러섰다. 맨발의 소년은 서둘러 방 건너편까지 가서 양동이를 내려놓더니, 그대로 돌아보며 웃음을 지었다. "날씨가 정말 좋아요!"

"그래, 그렇구나." 노인은 자기 눈을 믿지 못하겠다는 표정이었다. 소년은 모든 것이 평소대로인 것처럼 움직이며, 방금 길어 온 물로 세수를 시작했다.

노인은 천천히 그에게 다가갔다. "톰, 여긴 어떻게 온 거냐? 살아 있는 거냐?"

"그러면 안 되나요?" 소년은 아버지를 올려다보았다.

"하지만 톰, 그린론 공원에, 매주 일요일에, 꽃다발에⋯⋯" 라파지는 비틀대며 자리에 앉았다. 소년은 그의 옆으로 다가와서 손을 붙들었다. 따스하고 단단한 손가락이 느껴졌다. "진짜로 여기 있는 거구나. 설마 꿈은 아니겠지?"

"제가 여기 있기를 원하셨던 것 아닌가요?" 소년은 걱정스러운 표정이었다.

"그래, 당연하지, 톰!"

"그런데 왜 질문을 하세요? 그냥 받아들이세요!"

"하지만 너희 어머니가 있잖니. 분명 충격을⋯⋯"

"어머니 걱정은 하지 마세요. 어젯밤 제가 두 분께 노래를 불러 드렸어요. 그 덕분에 저를 더 쉽게 받아들이실 수 있을 거예요. 특히 어머니가요. 저도 충격이 어떤 건지는 알아요. 어머니가 오실 때까지 기다리세요. 그럼 알 수 있을 거예요." 소년은 구릿빛 고수머리를 흔들며 소리 내 웃었다. 눈은 너무도 맑은 푸른색이었다.

"좋은 아침이에요, 라프, 톰." 어머니가 머리를 틀어 올리고 침실에서 나왔다. "정말 좋은 날씨 아닌가요?"

톰은 아버지 쪽을 바라보며 웃음을 터트렸다. "보셨죠?"

세 사람은 집 뒤편의 차양 아래에서 아주 훌륭한 점심 식사를 즐겼다. 라파지 부인이 구석에서 찾아낸 오래된 해바라기 와인 한 병을 한 잔씩 돌려 마시기도 했다. 라파지는 아내가 그토록 환히 웃는 모습을 본 적이 없었다. 톰에 대해서 의구심을 품고 있는지는 알 수가 없었지만, 적어도 드러내지 않는 것은 분명했다. 그녀는 모두 완전히 자연스러운 것처럼 행동하고 있었다. 그리고 라파지 본인에게도 갈수록 자연스럽게 느껴지고 있었다.

어머니가 접시를 치우는 동안, 라파지는 아들 쪽으로 몸을 기울여 나지막이 물었다. "네가 이제 몇 살이냐, 아들?"

"모르시는 거예요, 아버지? 당연히 열네 살이죠."

"그럼 진짜 네 정체는 뭐냐? 네가 톰일 리는 없어. 하지만 누군가이긴 하겠지. 대체 누구냐?"

"그러지 마세요." 소년은 깜짝 놀라서 두 손을 들어 얼굴을 가렸다.

"나한테는 말해도 된다." 노인이 말했다. "나는 이해할 수 있으니까. 너 화성인 아니냐? 화성인에 대한 얘기는 여러 번 들었지. 아무것도 확실한 건 없지만. 화성인이 얼마나 보기 드문지도 알고, 우리를 찾아올 때는 지구인의 모습을 취한다는 이야기도 들었다. 너를 보면 그런 느낌이 드는구나. 너는 톰이지만 동시에 톰이 아니야."

"그냥 조용히 저를 받아들이시면 안 되는 거예요?" 소년이 소리쳤다. 그의 손이 얼굴을 완전히 가렸다. "절 의심하지 마세요. 제발 의심하지 말아 주세요!" 그는 몸을 돌리더니 식탁을 등지고 달려갔다.

"톰, 돌아와라!"

그러나 소년은 운하를 따라서 멀리 보이는 마을로 달려가 버렸다.

"톰은 또 어딜 가는 거예요?" 애나가 남은 접시를 가지러 돌아왔다. 그리고 남편의 얼굴로 시선을 돌렸다. "당신 또 언짢은 소리 했어요?"

"애나." 그는 아내의 손을 붙들며 말했다. "애나, 혹시 그린론 공원이나, 시장이나, 톰이 폐렴에 걸렸던 일이 기억나오?"

"당신 무슨 소릴 하는 거예요?" 그녀는 웃음을 터트렸다.

"아니, 됐소." 그는 나직하게 말했다.

저 멀리 톰이 달려간 운하 둑을 따라 먼지바람이 일어나고 있었다.

오후 5시가 되어 해가 넘어가자, 톰이 돌아왔다. 그는 미심쩍은 표정으로 아버지를 바라보았다. "아무것도 안 물어보실 거죠?" 답을 반드시 들어야겠다는 투였다.

"안 물어보마." 라파지가 말했다.

소년은 하얀 이를 드러내며 활짝 웃었다. "다행이에요."

"어디 갔던 거냐?"

"마을 근처로 갔었어요. 거의 돌아오지 못할 뻔했죠. 거의……" 소년은 단어를 골랐다. "사로잡힐 뻔했거든요."

"그게 무슨 소리냐, '사로잡히다'니?"

"운하 옆에 있는 작은 양철 오두막을 지나가다가, 하마터면 이곳으로 돌아와서 두 분을 만날 수 없게 변할 뻔했어요. 이걸 어떻게 설명해야 할지 모르겠네요. 방법이 없어요. 말씀드릴 수도 없고요. 저도 잘 모르는걸요. 기묘한 느낌이에요. 이야기하고 싶지 않아요."

"그럼 이야기하지 말자꾸나. 얼른 씻는 게 좋겠다, 아들. 저녁 먹을 시간이야."

소년은 뛰어갔다.

10분쯤 후에 운하의 잔잔한 수면을 따라 나룻배 한 척이 다가왔다. 검은 머리에 키 크고 홀쭉한 남자가 느긋하게 팔을 놀려 노를 젓고 있었다. "좋은 저녁입니다, 라파지 형님." 남자는 팔을 멈추고 말했다.

"좋은 저녁일세, 솔. 무슨 소식이라도 있나?"

"오늘 밤에는 제법 괴상한 소식이 있지요. 운하 저쪽 양철 오두막에 사는 놈랜드라는 친구 아십니까?"

라파지는 긴장했다. "그 친구가 왜?"

"어떤 부류의 불한당이었는지는 아시겠지요?"

"사람을 죽이고 지구를 떠나왔다는 소문은 들었네."

솔은 젖은 삿대에 몸을 기대고 라파지를 바라봤다. "그가 죽였다는 사람 이름 기억하십니까?"

"길링스 아니었나?"

"맞습니다. 길링스죠. 그게, 두 시간 전쯤에 놈랜드가 마을로 달려 들어오더니, 길링스가 살아서 이곳 화성에 있다고, 바로 오늘 오후에 자기 눈으로 봤다고 소리치는 겁니다! 안전해지고 싶으니 유치장에 들어가고 싶다고 사정을 했죠. 물론 유치장 쪽에서는 거부했고요. 그래서 놈랜드는 집으로 돌아갔는데, 제가 듣고 온 이야기가 맞는다면 20분 전쯤에 총으로 자기 머리를 날려 버렸다지 뭡니까. 지금 그쪽에서 오는 길입니다."

"원, 그것참."

"터무니없이 끔찍한 일도 일어나는 법이니까요." 솔이 말했다. "그럼 좋은 밤 되십쇼, 라파지 형님."

"잘 자게."

나룻배는 고요한 운하의 물을 타고 멀어져 갔다.

"저녁 준비 다 됐어요." 노부인이 불렀다.

라파지 씨는 저녁 식사 자리에 앉아서, 나이프를 들고 건너편의 톰을 바라봤다. "톰, 오늘 오후에는 뭘 한 게냐?"

"딱히 아무것도요." 톰은 입 안에 가득한 음식을 우물거리며 대답했다. "왜요?"

"그냥 알고 싶어서." 노인은 목깃에 냅킨을 끼웠다.

저녁 7시가 되자 노부인은 마을에 가고 싶다고 말했다. "몇 달

동안 들르지를 않았네요."

그러나 톰은 반대했다.

"저는 마을이 무서워요. 사람들도요. 가고 싶지 않아요."

"다 큰 애가 그런 말이나 하면 어쩌니." 애나가 말했다. "안 들어줄 거다. 같이 가는 거야. 이건 명령이야."

"애나, 이 애가 가고 싶지 않다는데……" 노인이 입을 열었다.

그러나 말다툼으로는 역부족이었다. 그녀는 아들과 남편을 운하의 나룻배에 몰아넣었고, 세 사람은 함께 저녁 별빛 아래에서 운하를 둥실 떠갔다. 톰은 눈을 감은 채로 누워 있었다. 잠들었는지 아닌지는 알 수 없었다. 노인은 그를 계속 바라보면서 생각에 잠겼다. 우리만큼이나 사랑을 갈구하는 이 아이는 대체 어떤 존재일까? 그 정체는 무엇이며, 무슨 이유에서 외로움에 사로잡혀 외계인의 거처로 다가오는 것일까? 어째서 우리 기억 속의 목소리와 얼굴로 자신을 치장하고, 우리와 함께 거닐면서 받아들여지고 행복해지려 애쓰는 것일까? 지구에서 로켓이 도착했을 때, 이 행성의 주민들은 어디에 있었을까? 어느 산속에, 어느 동굴에, 얼마나 많은 최후의 생존자들이 살아남아 있던 것일까? 노인은 고개를 저었다. 알 길이 없었다. 이 아이는 어딜 봐도 톰이었으니까.

노인은 멀리 마을을 바라보며 영 마음에 들지 않는다고 투덜대다가, 이내 다시 톰과 애나와 자신의 문제를 생각하기 시작했다. 톰을 잠시라도 데리고 있는 것은 잘못된 선택일지도 모른다. 결국에는 온갖 문제와 슬픔이 찾아올 것이 분명하니까. 그러나 고작 하루 머무르다 사라져 버린다 해도, 텅 빈 마음을 더욱 공허하게 만든다 해도, 어두운 밤을 더욱 어둑하게 만든다 해도, 비 내리는 밤을 더욱 젖어들게 만든다 해도, 우리가 진심으로 갈망하던 바로 그것을 어떻게 내던질 수 있단 말인가? 이 아이를 품에서 떼어 놓느니 차라리 음식을 입에서 떼는 쪽을 택할 것이다.

그는 나룻배 바닥에서 너무도 평화롭게 잠들어 있는 소년을 바라보았다. 소년은 꿈을 꾸는지 몸을 뒤척였다. "사람들이에요." 잠꼬대도 중얼거렸다. "계속 변화하게 돼요. 사로잡혀요."

"괜찮아, 괜찮다, 아들." 라파지는 소년의 부드러운 고수머리를 쓰다듬었고, 톰은 이내 뒤척임을 멈췄다.

라파지는 아내와 아들이 배에서 내리도록 붙들어 주었다.

"도착했구나!" 애나는 사방의 불빛을 바라보며 웃어 보였다. 그리고 술집의 피아노와 축음기에서 흘러나오는 음악에 귀를 기울이고 사람들을 둘러보면서, 두 사람의 팔짱을 끼고 북적이는 거리를 걸어갔다.

"집에 있었으면 좋았을 텐데요." 톰이 말했다.

"예전에는 그런 식으로 말한 적 없으면서." 어머니가 말했다. "항상 마을에서 토요일 밤을 보내는 걸 좋아했잖니."

"내 쪽으로 바싹 붙어 주세요." 톰이 속삭였다. "사로잡히고 싶지 않아요."

애나에게도 들린 모양이었다. "그런 식으로 말하는 건 이제 그만. 자, 따라오렴!"

라파지는 소년이 자기 손을 붙들고 있다는 것을 깨달았다. 그는 손을 꾹 눌러 잡아 주었다. "내가 붙어 있으마, 우리 아들 토미." 몰려들었다 사라지는 인파를 보고 있으니, 그 또한 걱정이 들었다. "그리 오래 머물진 않을 거니까."

"무슨 소리예요, 오늘 저녁 내내 있어야죠." 애나가 말했다.

그들이 거리를 가로지르는 순간, 술 취한 남자 셋이 그들 쪽으로 밀치고 들어왔다. 한참 혼란 속에서 서로 떨어지고 이리저리 밀쳐진 끝에, 어느 순간 라파지는 우두커니 자리에 서 있었다.

톰이 사라져 버렸다.

"그 애는 또 어딜 갔대요?" 애나는 짜증을 내면서 물었다. "기회만 생기면 도망쳐 버린다니까. 톰!" 그녀는 소리쳤다.

라파지 씨는 서둘러 군중 속을 헤집고 다녔지만, 톰은 이미 사라진 후였다.

"돌아오겠죠. 우리가 떠날 때쯤 되면 배에 돌아와 있을 거예요." 애나는 단호하게 말하며 남편을 이끌고 영화관으로 향했다. 갑자기 군중 사이에 소란이 일고, 한 남자와 한 여자가 라파지 옆을 스쳐 달려갔다. 아는 얼굴이었다. 조 스폴딩과 그 아내였다. 두 사람은 말을 붙이기도 전에 사라져 버렸다.

초조하게 계속 뒤를 돌아보면서, 그는 영화관 표를 산 다음 아내의 손에 이끌려 불안한 어둠 속으로 들어갔다.

11시 정각이 되었는데도 톰은 선착장에 도착하지 않았다. 라파지 부인의 얼굴은 백지장처럼 창백해졌다.

"자, 여보." 라파지가 말했다. "걱정하지 말구려. 내가 찾아오겠소. 여기서 기다리시오."

"얼른 돌아와요." 그녀의 목소리는 일렁이는 물살 너머로 가라앉아 버렸다.

그는 주머니에 손을 찔러 넣고 밤거리를 돌아다녔다. 사방에서 불빛이 하나씩 꺼지고 있었다. 몇몇 사람은 여전히 창밖으로 몸을 내밀고 있었다. 밤공기는 따스했고, 하늘에 드리운 먹구름 사이로 가끔 별들이 모습을 드러내곤 했으니까. 그는 걸음을 옮기면서 계속 사로잡힌다는 말을 꺼내던 아이의 모습을, 군중과 도시를 두려워하던 모습을 떠올렸다. 전부 터무니없는 일이라고, 지친 노인은 생각했다. 어쩌면 그 아이는 영원히 사라졌을지도 모르고, 아예 처음부터 없었을지도 모른다. 라파지는 숫자를 살펴보다 골목 하나를 골라 들어갔다.

"잘 있었나, 라파지."

남자 한 명이 문간에 걸터앉아 파이프를 뻐끔거리고 있었다.

"안녕, 마이크."

"마누라하고 말다툼이라도 벌인 건가? 분을 삭이려고 나왔어?"

"아니, 그냥 산책하는 거야."

"뭔가 잃어버린 사람처럼 보이는데. 잃어버렸다는 이야기가 나왔으니 말인데." 마이크가 말했다. "오늘 발견된 사람이 있더군. 조 스폴딩 알지? 그 딸아이 기억하나? 러비니아라고."

"그럼." 라파지는 오한을 느꼈다. 처음부터 꿈이 되풀이되는 것만 같았다. 뒤이어 나올 말을 알고 있었으니까.

"오늘 밤 러비니아가 집으로 돌아왔다네." 마이크는 연기를 뿜으며 말했다. "한 달쯤 전에 말라붙은 해저에서 실종된 건 알고 있지? 심하게 훼손된 시체를 발견하고 다들 그 아이라고 여겼고, 그 후로 스폴딩네 가족은 완전히 망가져 버렸잖나. 조는 계속해서 딸이 죽지 않았다고, 그건 딸 시체가 아니라고 말하고 돌아다녔고. 아무래도 그 친구가 옳았던 모양이야. 오늘 밤 러비니아가 돌아왔거든."

"어디서?" 라파지는 숨이 가빠지는 것을, 심장이 쿵쿵거리는 것을 느꼈다.

"중앙 대로에서. 스폴딩 가족이 영화표를 사고 있었다더군. 그런데 갑자기 인파 사이에서 러비니아가 보인 거지. 아마 대단한 소란이 일어났을 거야. 처음에는 그 아이가 부모를 알아보지도 못했대. 그래서 대로를 거의 절반이나 따라 내려가서 말을 걸었더니 그제야 기억해 냈다는군."

"자네도 봤나?"

"아니, 하지만 노랫소리는 들었지. 그 아이가 〈로몬드 호수의 아름다운 강둑〉*을 종종 불렀던 거 생각나나? 예전에 그 집에 갔다가 자기 아버지 앞에서 그 노래를 부르는 걸 들은 적이 있어. 아주 괜찮더군. 아주 예쁜 아이였고 말이야. 그런 아이가 죽다니 정말 애석하다고 생각했지. 그런데 이제 돌아왔다니 참으로 잘 된 일 아닌가. 이거 참, 자네도 꽤 힘들어 보이는 얼굴인데. 안으로 들어와서 위스키 한 잔 하는 게……"

"고맙지만 사양하겠네, 마이크." 노인은 자리를 떠났다. 마이크가 잘 가라고 인사하는 소리가 들렸지만 대답조차 없이, 그저 화성의 선홍색 꽃들을 가득 얹은, 어느 2층 건물의 높다란 유리

• 스코틀랜드 민요, 〈The Bonnie Banks o' Loch Lomond〉.

지붕에 눈길을 고정하고 걸음을 옮길 뿐이었다. 뒤로 돌아가 보니 정원 위쪽에 주철 발코니가 나와 있고, 발코니 창문에 불이 밝혀져 있었다. 이미 아주 늦은 시간이었지만, 그는 여전히 고민하고 있었다. 내가 톰을 집으로 데려가지 못하면 애나는 어떻게 될까? 이렇게 두 번째로 충격을 받으면, 두 번째 죽음을 겪으면, 그녀에게는 무슨 일이 일어날까? 첫 번째 죽음과 오늘의 꿈과 갑작스러운 실종을 전부 기억하게 될까? 아, 제발, 반드시 톰을 찾아야 해. 애나가, 선착장에서 계속 기다리고 있는 불쌍한 애나가 어떻게 되겠어? 그는 잠시 머뭇거리다 고개를 들었다. 저 위편 어디선가, 여러 목소리가 다른 나직한 목소리를 향해 잘 자라는 인사를 건네고, 문고리를 돌려서 문을 닫고, 조명을 낮추는 소리가 들렸다. 그러는 내내 부드러운 노랫소리가 이어졌다. 잠시 후 18세를 넘지 않아 보이는 매우 사랑스러운 소녀가 발코니로 나왔다.

라파지는 불어오는 바람을 뚫고 소리쳤다.

소녀는 고개를 돌려 아래를 바라봤다. "거기 누구세요?" 그녀가 외쳤다.

"나다." 이렇게 말하던 노인은 자신의 대답이 한심하고 우스꽝스럽다는 사실을 깨닫고는, 입을 다물고 입술을 우물거렸다. "톰, 내 아들아, 아버지다"라고 외쳐야 했을까? 저 아가씨한테 어떻게 말을 걸지? 정신이 나간 사람이 들어왔다고 생각하고 부모를 부를지도 모르는데.

소녀는 너풀거리는 불빛 속에서 몸을 앞으로 내밀었다. "당신이 누군지는 알아요." 그녀는 부드럽게 말했다. "부디 가 주세요.

이제 당신은 아무것도 할 수 없어요."

"우리하고 돌아가야지!" 라파지의 입에서 미처 억누르지 못한 말이 그대로 터져 나왔다.

소녀는 달빛에서 그림자 속으로 물러났다. 모습이 사라지며 목소리만 남았다. "애초에 마을에 오면 안 되는 거였어요."

"애나가 선착장에서 기다리고 있어!"

"유감이네요." 나직한 목소리가 말했다. "그렇다고 제가 뭘 할 수 있겠어요? 저는 여기서 행복해요. 사랑받고 있고요. 당신들이 사랑해 준 것만큼이나요. 나는 나일 뿐이고, 사람들이 건네는 것을 받을 뿐이에요. 이젠 너무 늦었어요. 이분들이 저를 사로잡았거든요."

"하지만 애나가, 애나가 충격을 받을 거다. 생각 좀 해 보렴."

"이 집 안에는 강렬한 생각이 가득해요. 감금당한 거나 마찬가지예요. 돌아갈 수가 없어요."

"너는 톰이야, 톰이었잖니, 그렇지? 늙은이하고 장난치려는 건 아니겠지. 네가 진짜로 러비니아 스폴딩은 아니잖니?"

"저는 누구도 아니에요. 저 자신일 뿐이죠. 어디에 있든 다른 누군가가 되어야 할 뿐이에요. 그리고 이젠 당신도 어찌할 수 없어요."

"네가 도시에서 안전할 수가 있겠니. 아무도 너를 해칠 수 없는 운하 저편으로 나가서 사는 편이 나아." 노인은 애원했다.

"그건 맞아요." 목소리에 머뭇거리는 기색이 서렸다. "하지만 저는 이제 여기 사람들도 생각해야 해요. 아침이 되어 보니 제가 다시 사라졌고, 이번에는 두 번 다시 돌아오지 않는다면 이분들이 얼마나 힘들겠어요? 게다가 어머니도 제가 누군지는 알고 계셔요. 당신처럼 짐작하셨거든요. 제 생각에는 다들 짐작은 하면서도 나서서 의문을 던지지는 않는 것 같아요. 신의 섭리에는 의문을 품지 않는 법이잖아요. 현실을 가질 수 없으면 꿈으로도 만족할 수 있으니까요. 제가 진짜로 살아 돌아온 죽은 이가 아닐지는 몰라도, 어떻게 보면 더 나은 존재일지도 모르니까요. 정신으로 빚어낸 이상적인 모습이니까요. 저는 이곳 사람들이나 당신의 아내, 어느 한쪽에게는 상처를 줄 수밖에 없어요."

"이쪽은 가족이 다섯 명이나 되잖니. 네가 없어져도 더 잘 버틸 수 있을 거야!"

"제발요." 목소리가 말했다. "전 지쳤어요."

노인의 목소리가 거칠어졌다. "넌 우리와 가야 한다. 애나가 다시 상처 입도록 두진 않겠어. 넌 우리 아들이야. 넌 내 아들이고 우리 소유다."

"안 돼요, 제발!" 그림자가 몸을 떨었다.

"너는 이 집이나 이곳 사람들에 속하지 않아!"

"안 돼요, 이러지 마세요!"

"톰, 톰, 우리 아들, 내 말 들어라. 돌아가자. 덩굴을 타고 내려와라, 애야. 얼른 가야지, 애나가 기다리고 있어. 우리가 아주 잘 보살펴 주마. 네가 원하는 거라면 뭐든 주겠다." 그는 간절히 원하며, 모든 의지력을 담아서 계속 위를 올려다봤다.

그림자가 일렁이고, 덩굴이 사각거렸다.

마침내 나직한 목소리가 말했다. "알았어요, 아버지."

"톰!"

달빛 속에서 소년의 날렵한 형체가 덩굴을 타고 내려왔다. 라파지는 손을 뻗어 그를 받았다.

위편 방이 갑자기 환해졌다. 누군가 주물 창틀 너머에서 소리쳤다. "거기 아래 누구요?"

"얼른 가자, 얘야!"

다른 방들에서도 불이 켜지고 목소리가 들려왔다. "거기 서, 총으로 쏘기 전에! 비니, 괜찮니?" 발소리가 이어졌다.

노인과 소년은 함께 정원을 가로질러 달아났다.

총성이 울렸다. 정원 문을 닫는 순간 총알이 벽을 때렸다.

"톰, 너는 저쪽으로 가라. 내가 이쪽으로 가면서 유인할 테니까! 운하까지 달려가면 돼. 10분 후에 거기서 만나는 거다!"

둘은 갈라졌다.

달이 구름 뒤로 숨었다. 노인은 어둠 속을 달려갔다.

"애나, 돌아왔소!"

노부인은 떨리는 손으로 그가 나룻배에 오르는 것을 도왔다. "톰은 어디 있어요?"

"금방 도착할 거요." 라파지는 헐떡이며 말했다.

두 사람은 몸을 돌려 거리와 잠에 빠진 마을을 바라봤다. 늦게까지 돌아다니는 사람들이 아직 여기저기 보였다. 경찰관 한 명, 야경꾼 한 명, 로켓 조종사 한 명, 늦은 밤의 만남을 끝내고 귀가하는 홀로 남은 남자 몇 명, 웃으면서 술집에서 나오는 네 명의 남녀. 어디선가 희미하게 음악 소리가 울렸다.

"애는 왜 안 오는 거예요?" 노부인이 말했다.

"올 거요, 올 거야." 그러나 라파지는 확신할 수가 없었다. 소년이 선착장으로 오는 길에 어떻게든, 어떤 식으로든, 어둑한 집들이 늘어선 한밤중의 거리를 달려가다 다시 붙들렸다면 어떻게 할까. 기운 넘치는 소년에게도 제법 먼 거리이기는 했다. 그래도 먼저 도착했어야 하는데.

저 멀리 달빛이 비추는 거리에서, 달음박질하는 그림자가 보이기 시작했다.

라파지는 소리치려다 바로 입을 다물었다. 그 너머에서 다른 목소리와 달리는 발소리들도 함께 들려왔기 때문이다. 줄지은 창문에 하나씩 불빛이 환해졌다. 선착장으로 이어지는 훤히 트인 광장에서, 그림자는 계속 달려왔다. 톰은 아니었다. 광장에 가득한 조명 구체의 빛을 받아 얼굴이 은빛으로 빛나는 형체 하나일 뿐이었다. 그러나 가까이 달려올수록 얼굴은 익숙한 모습을 찾기 시작했고, 마침내 선착장에 도착하니 톰의 모습이 드러났다! 애나는 팔을 번쩍 들었다. 라파지는 서둘러 떠날 준비를 했다. 그러나 이미 너무 늦어 버렸다.

거리를 빠져나와 고요한 광장을 건너, 이제 남자 하나가, 다른 남자가, 여자 하나가, 다른 남자 둘이, 스폴딩 씨가, 달려오고 있었다. 그들은 어안이 벙벙한 채로 걸음을 멈췄다. 주변을 이리저리 둘러보는 그들의 얼굴에는 하나같이 돌아가고 싶은 기색이 역력했다. 이 모든 것이 전부 악몽일 수밖에 없었으니까. 전부 정신 나간 일이었으니까. 그러나 그들은 머뭇거리며, 걸음을 멈췄다 다시 옮기며, 계속 그들 쪽으로 다가왔다.

너무 늦었다. 밤과 함께 모든 것이 사라질 때가 왔다. 라파지는 배를 묶은 밧줄을 손가락으로 비틀었다. 끔찍하게 춥고 고독한 느낌만 가득했다. 사람들은 달빛 속에서 계속 발을 내디디며, 눈을 크게 뜬 채로 정신없이 사방을 헤집고 돌아다녔다. 마침내 열 명의 사람이 선착장에서 걸음을 멈추었다. 그들은 나룻배 안을 들여다보았다. 그리고 소리쳤다.

"꼼짝 마, 라파지!" 스폴딩의 손에는 총이 들려 있었다.

이제 무슨 일이 벌어졌는지 분명해졌다. 달빛에 물든 거리를 홀로 달려가던 톰은 사람들을 지나칠 수밖에 없었다. 경관의 눈길이 자기 옆을 달려 지나치는 사람을 향했을 것이다. 놀라 몸을 돌린 경찰은 그 얼굴을 멀거니 바라보다가, 이내 이름을 부르며 쫓기 시작했다. "거기 서!" 범죄자의 얼굴을 목격했으니까. 여기까지 오는 길에 계속 같은 일이 벌어졌을 것이다. 이쪽의 남자들이, 저쪽의 남자들이, 야경꾼들이, 로켓 조종사들이 그를 따라온 것이다. 서둘러 달려가는 형상은 그들에게 모든 것이, 모든 정체성이, 모든 인간이, 모든 이름이 되었다. 지난 5분 동안 얼마나 많은 이름이 입 밖으로 터져 나왔을까? 얼마나 많은 잘못된 얼굴들이 톰의 얼굴 위에 맺혔을까?

쫓기는 자와 쫓는 자들은, 꿈과 꿈꾸는 자들은, 사냥감과 사냥개들은, 그렇게 거리를 계속 달려왔다. 갑작스러운 깨달음이, 순간 스치고 지나간 눈에 익은 시선이, 입에서 터져 나오는 먼 옛날의 이름이, 흘러간 세월의 기억이, 갈수록 더 많은 사람을 끌어들였다. 모든 사람이 계속 뛰쳐나오는 앞에서, 1만 개의 거울과 1만 개의 눈에 비친 모습처럼, 그들의 꿈은 바삐 달려 그대로 스쳐 지나갔다. 앞선 이와 뒤처진 이와 아직 만나지 않은 이와 보이지 않는 이에게 모두 다른 얼굴을 비추면서.

그리하여 이제 모두 나룻배 앞에 모인 것이라고, 라파지는 생각했다. 저마다 그 꿈이 자기 것이 되기를 원하고 있겠지. 마치 우리가 이 아이를 러비니아나 윌리엄이나 로저나 다른 누군가가 아닌 톰이기를 원하는 것처럼. 하지만 이젠 다 끝났어. 이 존재는 이젠 돌이킬 수 없게 되었다고.

"얼른 나와, 너희 전부!" 스폴딩이 명령했다.

톰이 나룻배에서 걸어 나왔다. 스폴딩이 그의 손목을 붙들었다. "넌 나하고 집으로 갈 거다. 내가 모를 줄 알고."

"멈춰." 경찰이 말했다. "이자는 내가 체포한다. 덱스터라는 작자야. 살인 용의자다."

"안 돼!" 여자 한 명이 흐느꼈다. "우리 남편이라고! 내가 남편도 몰라볼 줄 알고!"

사방에서 항의하는 목소리가 울렸다. 모여든 사람들이 바싹 조여들었다.

라파지 부인이 톰을 감쌌다. "얘는 내 아들이에요. 당신네가 뭐라고 이 아이를 몰아붙이죠? 우린 집으로 갈 거예요!"

그러나 톰은 격렬하게 몸을 뒤틀며 떨기 시작했다. 끔찍하게 아파 보였다. 군중이 주변으로 바싹 몰려와 거친 손길을 내뻗으면서 그를 붙들고 다그쳤다.

톰이 비명을 질렀다.

그들의 눈앞에서 그의 모습이 변하기 시작했다. 그는 톰이자 제임스이자 스위치맨이라 불리는 남자이자, 버터필드라는 이름의 다른 남자였다. 그는 시장이자 주디스라는 젊은 여인이자 윌리엄이라는 남편이자 클라리스라는 아내였다. 수많은 사람의 정신 앞에서 그는 녹아내리는 밀랍 덩어리가 되었다. 사람들은 소리치며, 앞으로 밀치고 들어오며 애원했다. 그는 비명을 지르며 손을 내저었으나, 매번 요구가 들려올 때마다 얼굴이 녹아내리는 것은 막을 수가 없었다. "톰!" 라파지가 소리쳤다. "앨리스!" 다른 사람이 외쳤다. "윌리엄!" 사람들은 그의 손목을 낚아채고 몸을 이리저리 끌어당겼고, 마침내 공포에 질린 마지막 비명과 함께 그는 쓰러져 버렸다.

돌바닥 위에서 녹아내린 밀랍이 차갑게 식어 가며, 그의 얼굴은 모든 이들의 얼굴이 되었다. 한쪽 눈은 푸른색에 다른 한쪽은 황금색이고, 머리카락은 갈색과 붉은색과 금발과 흑발이고, 한쪽 눈썹은 짙고 다른 하나는 가늘고, 한쪽 손은 크고 다른 쪽은 작은 모습이었다.

그들은 그를 내려다보며 손을 입가로 가져갔다. 그리고 몸을 수그렸다.

"죽었잖아." 누군가 말했다.

비가 내리기 시작했다.

빗방울이 사람들의 머리 위로 떨어지자, 다들 고개를 들어 하늘을 보았다.

천천히, 그리고 조금씩 더 빠르게, 사람들은 몸을 돌려 걸어가다 이내 뛰기 시작하며, 서둘러 그 장소를 떠나 흩어졌다. 순식간에 선착장은 텅 비어 버렸다. 겁에 질린 채 손을 맞잡고 그를 내려다보는 라파지 부부만 남았다.

형체조차 알아볼 수 없는, 하늘을 올려다보는 얼굴이 비에 젖어들고 있었다.

애나는 아무 말 없이 흐느끼기 시작했다.

"집으로 갑시다, 애나. 우리가 할 수 있는 일은 이제 없소." 노인이 말했다.

두 사람은 나룻배로 내려가 어둠 속에서 운하를 따라 귀가했다. 그리고 집으로 들어가 가볍게 불을 피우고 손을 녹였다. 그들은 침대로 들어가 차갑고 수척한 몸을 나란히 누이고, 지붕 위로 돌아온 빗소리에 귀를 기울였다.

"잠깐." 한밤중에 라파지가 입을 열었다. "방금 무슨 소리 들리지 않았소?"

"아뇨, 아무것도."

"내가 가서 보고 오리다."

그는 더듬거리며 어둑한 방을 가로질러 가 현관문 앞에서 한참을 기다린 끝에 간신히 문을 열었다.

그리고 활짝 열린 문으로 밖을 내다보았다.

검은 하늘에서 쏟아지는 비가 텅 빈 안뜰을 가득 적시고, 파란 산맥에 휘감긴 운하로 흘러들고 있었다.

그는 5분을 기다린 다음, 젖은 손으로 부드럽게 문을 닫고 걸쇠를 걸었다.

짐 가방 가게

지구에서 광파 통신을 타고 날아온 소식이 심야 라디오에서 흘러나왔을 때, 짐 가방 가게 주인은 상당히 먼 곳의 일이라는 생각부터 했다. 지구의 일이 얼마나 무심하게 다가오는지 새삼 느껴졌다.

지구에서 전쟁이 일어날 것이라는 소식이었다.

그는 밖으로 나가 하늘을 올려다봤다.

그래, 그곳에 있었다. 저녁 하늘에 둥실 떠오른 지구가 태양을 쫓아 언덕을 넘어가고 있었다. 라디오에서 흘러나오는 단어는 바로 저 하늘의 녹색 별을 가리키는 것이었다.

"믿을 수가 없군." 주인이 말했다.

"그대가 거기 있지 않아서 그런 거겠지요." 저녁 시간을 보내려고 잠시 들렀던 페러그린 신부가 말했다.

"무슨 뜻입니까, 신부님?"

"제가 어릴 적에도 마찬가지였거든요." 페러그린 신부가 말을 이었다. "어린 시절에 중국에서 전쟁이 일어났다는 이야기가 들려온 적이 있지요. 하지만 도무지 믿을 수가 없었어요. 너무 멀었거든요. 게다가 그렇게 많은 사람이 죽는다니, 불가능한 일이었지요. 심지어 영화로 찍어서 보여 주는데도 믿을 수가 없었어요. 그래, 지금 이게 그런 상황이지요. 지구는 중국입니다. 너무 멀어서 믿기조차 힘든 존재지요. 이곳이 아니니까. 만질 수도 없으니까. 심지어 볼 수도 없으니까. 그대가 보는 것은 녹색의 빛 한 조각일 뿐이니까요. 저 빛 안에 20억 명의 사람이 산다고? 그런 말을 어떻게 믿을 수 있을까요! 전쟁? 여기서는 폭음도 들리지 않는데요."

"곧 믿게 될 겁니다." 주인이 말했다. "이번 주에 화성에 올 예정이었던 그 수많은 사람이 떠오르는군요. 얼마나 되더라? 10만 명인가 그쯤이 다음 달에 오기로 예정되어 있었지요. 전쟁이 벌어지면 그들은 어떻게 하겠습니까?"

"내 생각에는 다들 발길을 돌릴 것 같군요. 지구에서 자기들을 필요로 할 테니까요."

"어쨌든 우리 가게 물건들도 먼지를 털어 놔야겠습니다." 주인이 말했다. "머지않아 짐 가방이 불티나게 팔리기 시작할 것 같으니까요."

"우리가 그토록 오래 걱정하며 예상하던 대전쟁이 벌어지는 판인데도, 화성 사람들이 죄다 지구로 돌아가리라고 생각하는 건가요?"

"웃기는 일이긴 하죠, 신부님. 하지만 그래요, 저는 우리 모두가 돌아갈 거라고 생각합니다. 우리가 온갖 것들로부터 도망치려고 이곳에 왔다는 것은 잘 압니다. 정치나 원자폭탄이나 전쟁이나 압력단체나 차별이나 법률이나…… 그래요, 저도 압니다. 그래도 저곳은 여전히 고향이니까요. 두고 보십시오. 첫 폭탄이 미국 땅에 떨어지면, 이곳 사람들도 다들 생각하기 시작할 겁니다. 여기 온 지 그리 오래 지나지도 않았으니까요. 고작해야 두어 해 정도 아닙니까. 40년쯤 있었다면 상황이 달라졌겠지만, 아직은 누구나 저곳에 친지와 고향 마을이 있습니다. 그런데 저는 이제 지구의 존재를 믿을 수가 없군요. 딱히 떠오르지도 않아요. 하지만 저는 나이를 먹었으니 예외일 테지요. 저는 여기 머물지도 모르겠습니다."

"그건 아닐 것 같군요."

"그래요, 신부님 말씀이 옳을지도 모르지요."

두 사람은 베란다에 서서 별을 바라봤다. 마침내 페러그린 신부가 주머니에서 돈을 꺼내어 주인에게 건넸다. "생각해 보니, 온 김에 새 짐 가방을 사 놓는 편이 좋을 것 같군요. 예전에 쓰던 물건은 좀 망가져서 말이지요……"

비수기

샘 파크힐은 화성의 파란 모래를 쓸다가 문득 빗자루를 까딱거렸다.

"바로 이곳입니다. 그렇군요, 여길 보십시오!" 빗자루가 한쪽을 가리켰다. "소문의 그 가게입니다. '샘의 핫도그!' 진짜 끝내주게 아름답지 않아, 엘마?"

"물론 그렇겠지, 샘." 아내가 대꾸했다.

"세상에, 내가 얼마나 변했는지 좀 보라고. 4차 원정대의 친구들이 지금 내 모습을 볼 수만 있다면. 나머지 친구들은 아직도 죄다 군인 흉내를 내면서 돌아다니고 있는데, 이 몸께서는 당당하게 사업 전선에 뛰어드셨단 말이지. 우리는 수천 달러를 벌 거야, 엘마. 수천 달러."

아내는 아무 말 없이 그를 지그시 바라보고만 있었다. "와일더 대장은 어떻게 됐어?" 그녀가 마침내 물었다. "다른 지구인을 한 명도 남김없이 모조리 죽이겠다고 했던 사람을 죽인 대장 말이야. 그 사람은 이름이 뭐였더라?"

"스펜더지. 정신 나간 새끼. 지나치게 괴짜였다고. 아, 와일더 대장 말이지? 목성으로 가는 로켓에 올랐다고 들었어. 다락방으로 쫓아내 버린 셈이지. 그 사람도 화성에 조금 맛이 가 있었다고. 그러니까, 감상적이었다는 소리야. 운이 좋으면 목성과 명왕성에 들렀다가 한 20년 후에나 돌아오겠지. 입을 나불대고 돌아다니면 그런 꼴이 되는 거라니까. 그 작자가 얼어 죽어 가는 동안 내가 뭘 이뤘는지 보라고. 여길 보란 말이야!"

두 개의 죽은 고속도로가 만났다가 어둠 속으로 사라지는 교차로였다. 샘 파크힐은 이곳에 알루미늄 조립식 건물을 세우고, 백열전구로 화려하게 장식하고, 건물이 들썩거릴 정도로 주크박스 음악을 크게 틀어 놓았다.

그는 잠시 빗자루질을 멈추고 도보 진입로에 깨진 유리를 박아서 세운 경계선을 바로잡았다. 언덕 위의 낡은 화성인 건물에서 깨트려 가져온 물건이었다. "두 행성을 통틀어 최고의 핫도그라고! 내가 화성에서 최초로 핫도그 가판대를 세운 사람이란 말씀이야! 양파도 칠리도 머스터드도 최고급품이라고! 내가 기민하게 행동했다는 건 인정할 수밖에 없을걸. 여긴 통행량이 많은 고속도로고, 저쪽에는 죽은 도시하고 광맥이 있잖아. 101 지구 정착지에서 오는 트럭들이 24시간 내내 여길 지나갈 거라고! 위치 한번 끝내주게 잡았잖아?"

그의 아내는 자기 손톱만 바라보고 있었다.

"당신은 그 1만 대의 신형 작업 로켓이 화성까지 올 거라고 생각하는 거지?" 그녀는 마침내 물었다.

"한 달 안에." 그는 큰 소리로 말했다. "표정이 왜 그따위야?"

"나는 지구 사람들을 안 믿거든. 실제로 1만 대의 로켓이 10만 명의 멕시코인과 중국인을 싣고 도착한 다음에나 믿을 생각이야."

"고객이라고." 그는 말꼬리를 붙들었다. "10만 명의 굶주린 사람들이란 말씀이야."

아내는 하늘을 바라보며 느릿하게 말했다. "핵전쟁이 벌어지지 않는다면 그렇게 되겠지. 나는 원자폭탄 따위도 믿지 않거든. 지금 지구에는 원자폭탄이 정말 많으니까, 무슨 일이 일어날지 몰라."

"아." 샘은 이렇게만 말하고 빗자루질을 계속했다.

시야의 한쪽 구석에서 일렁이는 푸른 형체가 보였다. 누군가 그의 뒤편 허공에 사뿐하게 떠올라 있었다. 아내의 목소리가 들렸다. "샘, 당신 친구가 방문한 모양인데."

샘은 거칠게 몸을 돌리며, 바람을 타고 떠다니는 것처럼 보이는 가면을 마주했다.

"네놈, 또 온 거냐!" 샘은 빗자루를 무기처럼 거머쥐었다.

가면은 고개를 끄덕였다. 옅은 푸른색 유리를 가공해 만든 가면이 가느다란 목 위에 올라앉아 있고, 그 아래로는 얇은 노란색 비단 로브가 바람에 나풀거렸다. 비단 옷깃 사이로 은사를 두른 한 쌍의 손이 나와 있었다. 가면의 입 자리에 있는 홈에서는 음악처럼 들리는 소리가 흘러나왔다. 로브와 가면과 손이 그에 맞춰 커졌다 작아졌다를 반복했다.

"파크힐 씨, 다시 당신과 대화를 하러 왔습니다." 가면 뒤편의 목소리가 말했다.

"네놈들, 이 근처에서 썩 꺼지라고 말했을 텐데!" 샘이 소리쳤다. "계속해 보시지, 병을 옮겨 주겠어!"

"저는 이미 병을 겪었습니다." 목소리가 말했다. "얼마 되지 않는 생존자 중 하나지요. 아주 오래 앓았습니다."

"썩 꺼져서 언덕에 얌전히 숨어 있으라고, 거기가 네놈들의 자리니까. 네놈들이 있었던 곳이니까. 왜 내려와서 나를 괴롭히는 거야? 갑자기 이제 와서. 오늘만 두 번째잖아."

"우리는 당신을 해칠 생각이 없습니다."

"하지만 나는 아니거든!" 샘은 힘을 끌어 올리며 말했다. "이 방인은 싫다고. 화성인은 싫단 말이야. 지금껏 본 적도 없고. 네놈들은 자연스러운 존재가 아니라고. 지금껏 내내 숨어 있다가 왜 나를 괴롭히는 건데. 날 좀 놔둬."

"중요한 문제 때문에 찾아온 겁니다." 푸른 가면이 말했다.

"땅 문제라면, 이곳은 내 소유야. 내 두 손으로 여기 핫도그 가판대를 지었다고."

"어떤 면에서는 땅 문제이기도 하겠군요."

"이봐, 너." 샘이 말했다. "나는 뉴욕에서 왔어. 내가 온 곳에는 나하고 똑같은 사람들이 천만 명은 있단 말이야. 너희 화성인은 기껏해야 스무 명 정도 남았을 테고, 도시도 없고, 언덕을 떠돌아 다니는 신세고, 지도자도 없고, 법률도 없잖아. 그런데 새삼 찾아와서 나한테 땅을 놓고 잔소리를 한단 말이지. 옛것은 새것에 자리를 내줘야 하는 법이라고. 그게 세상 돌아가는 법칙이란 말이야. 나 지금 총 있거든. 오늘 아침에 네놈이 떠난 다음에 꺼내서 장전해 놨다고."

"우리 화성인은 정신 감응 능력이 있습니다." 차가운 푸른 가면이 말했다. "우리는 말라붙은 바다 너머의 당신들 도시 하나와 연결을 취하고 있습니다. 라디오 방송은 들었습니까?"

"내 라디오는 망가졌다고."

"그럼 모르시겠군요. 중요한 소식이 있습니다. 지구와 관련된 일인데—"

은빛 손이 허공을 휘저었다. 청동 관 하나가 손에 잡혔다.

"이걸 보여 드리죠."

"총이잖아." 샘 파크힐은 소리쳤다.

다음 순간 그는 허리춤의 총집에서 자기 총을 꺼내어 안개를, 로브를, 푸른 가면을 쐈다.

가면은 잠시 제자리에 멈춰 있었다. 그러다 마치 말뚝을 전부 뽑아서 부드럽게 접히며 내려앉는 서커스 천막처럼, 비단이 사락거리는 소리와 함께 떨어져 내렸다. 은빛 손톱이 돌길 위로 떨어지며 짤랑거렸다. 가면은 고요한 하얀 뼈와 옷자락의 웅덩이에 내려앉았다.

샘은 숨을 헐떡이며 서 있었다.

그의 아내는 바닥에 고인 꾸러미를 뒤적였다.

"이건 무기가 아닌데." 그녀는 허리를 숙이며 이렇게 말하고는 청동 관을 집었다. "당신한테 보여 줄 메시지가 있었나 봐. 전부 뱀 같은 글자로 적혀 있네. 푸른 뱀이야. 난 이거 못 읽는데.

당신은 읽을 수 있어?"

"뭐야, 그 화성인 그림문자 따위에 무슨 의미가 있겠어. 아무 것도 아니었다고. 그거 버려!" 샘은 황급히 주변을 둘러봤다. "놈들이 더 있을지도 몰라! 이놈을 안 보이게 숨겨야 해. 삽 가져와!"

"뭘 하려고 그래?"

"당연한 거 아냐, 이놈을 묻어야지!"

"쏘면 안 되는 거였어."

"실수였다고. 얼른!"

그녀는 아무 말 없이 삽을 가져왔다.

8시가 되자 그는 다시 핫도그 가판대 앞으로 돌아와서 누군가를 의식하는 것처럼 빗자루질을 시작했다. 아내는 팔짱을 낀채로 밝은 문간에 나와 서 있었다.

"일이 그렇게 된 건 미안해." 그가 말했다. 그는 아내를 바라보다 슬쩍 고개를 돌렸다. "운명의 장난으로 그런 상황이 된 것뿐이야. 알잖아."

"그러시겠지." 아내가 말했다.

"놈이 그 무기를 꺼내 드는 꼴을 참고 볼 수는 없잖아."

"무슨 무기?"

"그러니까, 나는 무기라고 생각했다고! 미안해, 미안하다고 했잖아! 몇 번이나 더 말해야 하는 거야!"

"쉿." 엘마가 입술에 손가락을 가져다 대며 말했다. "쉬잇."

"무슨 상관이야. 지구 정착 회사 전체가 내 편인데!" 그는 코 웃음을 쳤다. "화성인 놈들이 감히―"

"저거 봐." 엘마가 말했다.

샘의 시선이 말라붙은 바다 밑바닥 쪽을 향했다. 손에서 빗자루가 떨어졌다. 그는 입을 떡 벌린 채로 빗자루를 다시 들었다. 침 몇 방울이 허공을 날았고, 그는 갑자기 온몸을 떨기 시작했다.

"엘마, 엘마, 엘마!"

"저기 다들 왔네." 엘마가 말했다.

고대의 말라붙은 바다 가운데에, 푸른 돛을 올린 열두 척의 거대한 화성인 모래배가 떠 있었다. 마치 푸른 유령처럼, 마치 푸른 연기처럼.

"모래배잖아! 하지만 엘마, 저건 이제 한 척도 안 남았을 텐데. 모래배는 이제 없단 말이야."

"내 눈에는 모래배처럼 보이는데." 그녀가 말했다.

"하지만 당국자들이 전부 압류했다니까! 전부 파괴하고 일부만 경매에 넘겼다고! 이 빌어먹을 동네에서 저걸 가지고 있고 모는 법을 아는 사람은 나뿐이란 말이야."

"이제는 아니지만." 그녀는 바다 쪽으로 고갯짓하며 말했다.

"서둘러, 여길 뜨자고!"

"왜?" 그녀는 화성인들의 배에 매혹된 채로 느릿하게 물었다.

"놈들이 날 죽일 거라고! 얼른 트럭에 타. 얼른!"

엘마는 움직이지 않았다.

그는 아내를 억지로 끌고 가판대 뒤편으로 돌아갔다. 두 대의 기계가 그곳에 서 있었다. 하나는 한 달 전까지 꾸준히 몰았던 트럭이고, 다른 하나는 득의양양하게 경매에서 낙찰받은 낡은 화성 모래배였다. 지난 3주 동안 그는 이 모래배로 말라붙은 바다의 유리질 해저를 항해하며 필요한 물건들을 날랐다. 트럭을 눈앞에 두고서야 그는 한 가지 사실을 깨달았다. 엔진이 땅바닥에 나뒹굴고 있었던 것이다. 지난 이틀 동안 꾸물거리며 수리하던 중이었다.

"왠지 저 트럭은 안 움직일 것 같네." 엘마가 말했다.

"모래배가 있잖아. 얼른 타!"

"지금 나를 태우고 모래배를 몰겠다는 거야? 사양할래."

"얼른 타! 할 수 있다니까!"

그는 아내를 밀어 넣고 뒤따라 뛰어든 후, 키를 올렸다. 코발트색 돛이 활짝 피어나며 저녁 바람을 머금었다.

반짝이는 별빛 아래에서 화성인의 푸른 선단이 속살거리는 모래 위를 미끄러지듯 건너왔다. 샘의 배는 처음에는 제대로 움직이지 않았지만, 그는 이내 모래닻을 내려 두었다는 사실을 기억해 내고 선내로 끌어 올렸다.

"됐어!"

바람이 모래배를 순식간에 밀어 냈다. 말라붙은 바다의 해저를 가로질러, 긴 세월 파묻혀 있던 수정 결정을 휩쓸고, 뒤집힌 기둥과 대리석과 황동으로 만든 버려진 부둣가와 백색 체스 말처럼 서 있는 죽은 도시들을 지나서, 보랏빛 언덕 너머까지. 화성인의 배들은 순식간에 멀어졌다가 곧 샘의 배를 따라오기 시작했다.

"아무래도 한 방 먹인 모양인데!" 샘이 소리쳤다. "이대로 로켓 상회에 보고해야겠어. 그쪽에서라면 나를 보호해 줄 거라고! 서둘러야지."

"저들은 원하기만 했으면 당신을 멈출 수 있었을 거야." 엘마가 지친 얼굴로 말했다. "그냥 안 그랬을 뿐이잖아."

그는 웃음을 터트렸다. "허튼수작 마. 놈들이 왜 나를 도망치게 놔두겠어? 아냐, 그냥 놈들이 느려 터졌을 뿐이라고. 그게 다야."

"과연 그럴까?" 엘마는 뒤편으로 고갯짓을 했다.

그는 돌아보지 않았다. 불어오는 차가운 바람이 느껴졌다. 돌아보기가 두려웠다. 뒤편의 좌석에서 기척이 느껴졌다. 추운 아침의 숨결만큼이나 연약한 존재가, 황혼의 히코리 목재 연기만큼이나 푸른 존재가, 낡은 하얀 레이스 같은 존재가, 눈송이 같은 존재가, 연약한 사초 위에 맺힌 한겨울의 서리 같은 존재가 그곳에 있는 것이 분명했다.

얇은 유리가 부서지듯 웃음이 울렸다. 그리고 침묵이 이어졌다. 그는 뒤를 돌아보았다.

젊은 여성이 키잡이 자리에 조용히 앉아 있었다. 손목은 고드름만큼이나 가늘고, 눈은 한 쌍의 달만큼이나 맑고 크고 고요하고 하얀색이었다. 바람이 휩쓸고 지나갈 때마다 그녀의 몸은 차가운 물 위에 맺힌 형상처럼 일렁였다. 가녀린 몸에서 비단의 물결이 푸른 빗방울로 찢어지며 흘러나왔다.

"돌아가세요." 그녀가 말했다.

"싫어." 샘은 온몸을 떨고 있었다. 공중에 정지해 있는 말벌처럼 가늘고 섬세한, 공포와 증오 사이에서 움직이지 못하는 자의 떨림이었다. "내 배에서 내려!"

"이 배는 당신 것이 아니에요." 환영이 말했다. "우리 세계만큼이나 오래된 물건이죠. 1만 년 전에 바다가 속삭이는 소리 속으로 사라지고 부두가 텅 비어 버린 후에 모래의 바다를 항해했던 물건이에요. 그리고 당신들이 와서 이걸 가져갔죠. 훔쳐 갔어요. 이젠 배를 돌려서 그 교차로로 돌아가요. 우린 당신과 할 이야기가 있어요. 중요한 일이 벌어졌거든요."

"내 배에서 내려!" 샘이 말했다. 쩍 하는 가죽 떨어지는 소리와 함께 총집에서 총이 뽑혔다. 그는 조심스레 총을 겨누었다.

"셋을 셀 동안에 내리지 않으면—"

"그러지 말아요!" 여성이 소리쳤다. "당신을 해치지 않을 거예요. 다른 사람들도 마찬가지예요. 우리는 평화롭게 대화를 나누러 온 거예요!"

"하나." 샘이 말했다.

"샘!" 엘마가 말했다.

"내 말 들어요." 여성이 말했다.

"둘." 샘이 단호하게 말하며, 방아쇠에 올린 손가락에 힘을 주었다.

"샘!" 엘마가 소리쳤다.

"셋." 샘이 말했다.

"우리는 그저—" 여성이 말했다.

총구가 불을 뿜었다.

햇살 속에서 눈송이가 녹아내렸다. 수정이 증기를 뿜으며 증발하고, 그 자리에는 아무것도 남지 않았다. 증기는 불똥 속에서 춤추다 사라졌다. 화산의 중심부처럼 가냘픈 가닥들이 터져 나가며 모습을 감췄다. 여성은 발포의 불꽃 속에서, 열기 속에서,

충격 속에서, 보드라운 스카프처럼 구겨지고 수정 장식처럼 녹아 버렸다. 그녀가 남긴 얼음과 눈송이와 연기는 바람을 타고 흩날려 버렸다. 키잡이 자리에는 아무도 남지 않았다.

샘은 총을 총집에 넣으면서도 아내를 돌아보지 않았다.

"샘." 배가 달빛을 머금은 모래바다 위를 잠시 더 항해한 후에, 그녀가 입을 열었다. "배 멈춰."

아내를 바라보는 그의 얼굴은 창백했다. "안 돼, 누구 맘대로. 여기까지 와서 당신 혼자서만 빠져나가려고."

그녀는 총에 닿아 있는 그의 손을 바라봤다. "멈출 거야. 당신이 멈출 거라고 믿어."

그는 키를 단단히 붙든 채로, 고개를 좌우로 거세게 흔들었다. "엘마, 그건 미친 짓이야. 조금만 있으면 마을에 도착하고, 그럼 안전해질 거라고!"

"그러시겠지." 아내는 무심하게 자리에 앉았다.

"엘마, 내 말 좀 들어."

"들을 말 따위 없어, 샘."

"엘마!"

그들은 하얀 체스 말들이 늘어선 작은 도시를 지나고 있었다. 짜증 때문에, 분노 때문에, 그는 여섯 발의 총알을 수정 탑들에 명중시켰다. 도시는 고대의 유리와 부서진 수정 조각을 흩뿌리며 녹아내렸다. 마치 형상을 새긴 비누 조각처럼 산산이 부서지며 무너졌다. 더는 존재하지 않았다. 그는 크게 웃으며 다시 총을 쐈고, 마지막 남은 탑이, 마지막 체스 말이, 그대로 불이 붙어서 타올랐다. 푸른 파편이 별까지 닿을 듯 치솟았다.

"똑똑히 보여 주겠어! 모두에게 보여 주겠다고!"

"계속해 봐, 우리한테 보여 보라고, 샘." 그녀는 그림자 속에 주저앉았다.

"다음 도시로 가자고!" 샘은 총을 재장전했다. "내가 예쁘장하게 교정해 줄 테니 똑똑히 보라고!"

푸른 유령 같은 배들이 그들 뒤편에 떠오르더니 속도를 올리며 가까워졌다. 샘은 처음에는 그 모습을 알아채지 못했다. 그저 바람이 만들어 내는 새된 비명과 모래에 긁히는 강철의 소리가 귓가에 닿았을 뿐이었다. 그는 이내 그것이 날카롭고 뾰족한 이물이 모랫바닥을 긁는 소리, 붉고 푸른 삼각 깃발이 펼쳐지는 소리라는 사실을 깨달았다. 푸른빛의 날렵한 뱃전에는 어둡고 푸른 형상들이 늘어서 있었다. 가면을 쓴 사람들, 은빛 얼굴을 가진 사람들, 푸른 별처럼 반짝이는 눈을 가진 사람들, 섬세한 금빛 귀를 가진 사람들, 은도금한 볼과 루비로 만든 입술을 가진 사람들, 팔짱을 낀 사람들, 그를 추격하는 사람들, 화성의 사람들이었다.

하나, 둘, 셋. 샘은 수를 셌다. 화성의 배들이 거리를 좁혀 왔다.

"엘마, 엘마, 놈들을 전부 막을 수가 없어!"

엘마는 입을 열지도, 주저앉은 곳에서 일어나지도 않았다.

샘은 총을 여덟 번 쐈다. 모래배 한 척이 부서지며, 돛과 에메랄드빛 동체와 청동빛 선체와 달빛처럼 하얀 키와 그 안의 온갖 다른 형상들과 함께 무너져 내렸다. 가면을 쓴 사람들은 모두 모래 속으로 파고들어 가며 주황색 잔상만을 남기더니, 이어 연기와 불꽃을 남기고 사라졌다.

그러나 다른 배들은 거리를 좁혀 왔다.

"수적으로 열세야, 엘마!" 그가 소리쳤다. "놈들이 날 죽일 거라고!"

그는 닻을 던졌지만, 아무 소용도 없었다. 돛은 그대로 펄럭이며 내려앉아 한숨 소리를 뿜으며 접혔다. 배가 멈췄다. 바람이 멈췄다. 도주는 끝났다. 화성인의 위풍당당한 배들이 그를 둘러싸고 움직임을 멈추었고, 그 순간에는 화성조차도 정지한 것만 같았다.

"지구인이여." 저 멀리 드높은 자리에서 목소리 하나가 말했다. 은빛 가면이 움직였다. 루비로 마감한 입술이 언어를 머금고 반짝였다.

"나는 아무것도 안 했어요!" 샘은 자신을 둘러싼 100개의 얼굴을 둘러보았다. 이제 화성에는 화성인이 그리 많지 않았다. 전부 해서 100명, 아니면 150명 정도라고 추측하고 있었다. 따라서 남은 화성인 대부분이 이곳 말라붙은 바다에 모인 셈이었다. 되살아난 모래배를 타고, 체스 말로 가득한 죽은 도시가 굽어보는 아래에서. 방금 그중 하나가 조약돌에 맞은 연약한 꽃병처럼 부서진 곳에서. 사방에서 은빛 가면이 번득였다.

"전부 실수였다니까요." 그는 뱃전에서 일어나서 애원했다. 아내는 여전히 죽은 사람처럼 그의 뒤편 그림자 속에 주저앉아 있을 뿐이었다. "저는 그저 정직한 사업가로서 화성에 왔을 뿐입니다. 추락한 로켓에서 여분의 물건을 가져다가 지금껏 아무도 본 적도 없을 최고의 가판대를 바로 거기 교차로에다가 세운 거라고요. 어딘지 아시잖습니까. 아주 훌륭한 건물이란 건 인정하시지 않습니까." 샘은 주변을 둘러보며 웃음을 터트렸다. "그런데 그 화성인이—알아요, 여러분 친구겠지요—찾아온 겁니다.
장담하지만 그 친구의 죽음은 사고였어요. 저는 그저 화성에서
단 하나뿐인, 최초이자 가장 중요한 핫도그 가판대를 지키고 싶
었을 뿐이에요. 어떻게 된 건지 이해가 가시지요? 거기서 세계
최고의 핫도그를 팔 예정이었다고요. 칠리에 양파에 오렌지 주
스까지 곁들여서요."

달빛이 몸을 태울 듯 쏟아지는데도, 은빛 가면들은 움직이지
않았다. 노란색 눈들이 그를 바라보며 반짝였다. 샘은 배 속이 조
여들고 말라붙고 바위처럼 굳어 버리는 느낌이 들었다. 그는 총
을 모랫바닥에 던졌다.

"항복할게요."

"총을 주우시오." 화성인들이 한목소리로 말했다.

"뭐라고요?"

"당신 총 말이오." 푸른 배의 뱃머리에서 보석 박힌 손이 움직
였다. "주워 가시오. 치우시오."

샘은 믿을 수 없다는 듯이 총을 주웠다.

"그럼 이제 배를 돌려서 당신 가판대로 돌아가시오." 목소리
가 말했다.

"지금요?"

"당장." 목소리가 말했다. "당신을 해치지 않을 거요. 우리가
설명하기도 전에 당신이 도망쳐 버린 것뿐이오. 따라오시오."

그리고 거대한 배들은 달빛에 흔들리는 엉겅퀴만큼이나 사뿐
하게 방향을 틀었다. 날개돛이 부드러운 박수 소리를 울리며 펄

럭였다. 반짝이는 가면들이 방향을 돌리며 그림자 속으로 섬광을 뿌렸다.

"엘마!" 샘은 정신없이 배로 뛰어들었다. "일어나, 엘마. 돌아갈 거야." 그는 흥분해 있었다. 안도감에 거의 횡설수설하는 상황이었다. "나를 해치지 않겠대. 죽이지 않겠대, 엘마. 일어나, 여보, 일어나라고."

"뭐야, 뭐라고?" 엘마는 눈을 깜빡이며 주변을 둘러보다가, 다시 바람을 맞으며 나아가는 배 위에서 꿈꾸는 사람처럼 천천히 몸을 일으켰다. 그리고 자리로 돌아가 돌주머니처럼 무겁게 주저앉아서 다시 입을 다물었다.

모래가 배의 바닥을 쓸고 지나갔다. 30분이 지나 그들은 다시 교차로에 도착했다. 배들이 자리에 서고, 모든 사람이 배 밖으로 나왔다.

화성인의 지도자가 샘과 엘마를 마주하고 섰다. 잘 연마한 청동 가면을 쓰고, 눈의 홈 뒤편으로는 공허하고 끝없는 짙은 남색만이 넘실거리며, 입의 구멍에서 흘러나오는 말이 바람을 타고 떠가는 사람이었다.

"가판대를 준비하시오." 다이아몬드가 박힌 장갑을 흔들면서, 목소리가 말했다. "재료를 다듬고 음식을 차리고 그대들의 기묘한 와인을 내놓으시오. 오늘 밤은 참으로 대단한 밤이 될 테니까!"

"그러니까, 절 여기 머물게 해 주신다는 건가요?" 샘이 물었다.

"그렇소."

"저한테 화난 게 아니라요?"

가면의 깎아 낸 이목구비는 견고하고 차갑고 아무것도 보지 않는 듯했다.

"그대의 음식 판매대를 준비하시오." 목소리가 나직하게 말했다. "그리고 이걸 받으시오."

"이게 뭔데요?"

샘은 그가 건네는 은박지 두루마리를 바라보며 눈을 깜빡였다. 뱀처럼 그린 상형문자가 그 위에서 춤추고 있었다.

"은빛 산맥에서 파란 언덕까지, 저쪽의 말라붙은 소금바다에서 저 멀리 월장석과 에메랄드의 계곡까지를 아우르는 모든 토지를 양도하는 증서요." 지도자가 말했다.

"나, 나한테?" 샘은 믿을 수 없다는 듯 중얼거렸다.

"그대의 것이오."

"16만 킬로미터의 땅을?"

"그대의 것이오."

"방금 들었어, 엘마?"

엘마는 눈을 감은 채로, 알루미늄 핫도그 가판대에 몸을 기대고 바닥에 앉아 있었다.

"하지만, 왜, 왜…… 왜 나한테 이걸 전부 주는 건데요?" 샘은 눈 위치의 금속 홈 안을 들여다보려고 애쓰면서 말했다.

"그게 다가 아니오. 이것도 받으시오." 다른 여섯 개의 두루마리가 등장했다. 저마다 장소의 이름과 영역이 선포되었다.

"세상에, 전부 더하면 화성의 절반은 되겠는데! 내가 화성의 절반을 소유한다고!" 샘은 두루마리를 손에 쥐고 부들거렸다. 그리고 정신이 나간 것처럼 웃음을 터트리며 엘마의 눈앞에서 두루마리를 흔들었다. "엘마, 방금 들었어?"

"들었어." 엘마는 하늘을 바라보며 말했다.

그녀는 뭔가를 바라보고 있는 것 같았다. 갈수록 그쪽으로 더 신경을 쓰는 모습이었다.

"감사합니다. 세상에, 감사합니다." 샘은 청동 가면을 향해 말했다.

"오늘 밤이 될 거요. 준비하시오."

"알겠습니다. 오늘 밤이라니 대체 뭔가요, 깜짝 파티인가요? 로켓이 우리 생각보다 일찍 도착하는 겁니까? 지구에서 오는 일정이 한 달이나 당겨진 건가요? 1만 대의 로켓이, 개척자에 광부에 노동자에 그 아내들까지, 10만 명의 사람들을 싣고 도착하는 건가요? 정말 대단하지 않겠어, 엘마? 봐, 내가 말했잖아. 저기저 마을 주민이 1,000명으로 끝나지 않을 거라고 계속 말해 왔잖아. 5만 명이 더 올 거고, 한 달만 있으면 10만 명이 더 올 거고, 올해가 끝날 때쯤이면 5백만 명의 지구인이 살게 될 거라고 했잖아. 그리고 나는 광산으로 가는 가장 붐비는 고속도로에 존재하는 유일한 핫도그 가판대의 주인이 된 거라고!"

가면은 바람을 타고 둥실 떠갔다. "우리는 떠나겠소. 준비하시오. 이 땅은 당신의 것이니."

바람에 흩날리는 달빛 속에서, 마치 고대의 꽃을 이루는 금속 꽃잎처럼, 푸른 연기 기둥처럼, 거대하고 고요한 코발트빛 나비떼처럼, 고대의 선단은 방향을 돌려 일렁이는 모래 위로 미끄러졌고, 수많은 가면은 반짝이며 빛을 발했다. 마지막 반짝임이, 마지막 푸른 빛이, 언덕 너머로 사라져 버릴 때까지.

"엘마, 놈들이 왜 이런 짓을 한 걸까? 왜 나를 죽이지 않은 걸까? 설마 아무것도 모르는 건 아니겠지? 대체 저놈들은 뭐가 문제인 거야? 엘마, 이해가 돼?" 그는 그녀의 어깨를 붙들고 흔들었다. "화성의 절반이 내 땅이라고!"

그녀는 뭔가를 기다리며 밤하늘을 바라보기만 했다.

"서두르자고." 샘이 말했다. "장사 준비를 시작해야지. 소시지도 데치고, 빵도 데우고, 칠리도 만들고, 양파도 벗겨서 썰고, 렐리시도 꺼내고, 냅킨도 채우고, 이 장소를 티끌 한 점 없게 청소해야지! 좋았어!" 그는 춤추듯 가볍게 발을 굴렀다. "아, 세상에. 이렇게 행복할 수가. 그렇습니다, 지금은 누구보다 행복하다고요." 음정도 맞지 않는 노래가 그의 입에서 흘러나왔다. "오늘은 정말로 운 좋은 날이라네!"

그는 정신없이 소시지를 데치고 빵을 자르고 양파를 썰었다.

"생각 좀 해 봐. 화성인 놈들이 깜짝 파티라고 했단 말이야. 가능한 건 하나뿐이잖아, 엘마. 그 10만 명의 사람들이 일정을 앞당겨서 오늘 밤에 찾아오는 거라고! 홍수처럼 밀려들 거야! 앞으로 한동안은 늦게까지 일해야 할 거라고. 여행객들이 주변을 둘러보려고 정신없이 돌아다닐 테니까. 엘마, 돈이 얼마나 벌릴지 생각해 봐!"

그는 밖으로 나가서 하늘을 올려다보았다. 아무것도 보이지 않았다.

"조금 더 기다려야 하려나." 그는 선선한 공기를 행복하게 들이마시고, 팔을 높이 들어 가슴을 두드렸다. "좋았어!"

엘마는 아무 말도 하지 않았다. 그저 계속 하늘을 주시하면서,

조용히 튀김용 감자 껍질을 벗길 뿐이었다.

"샘." 30분 후에 그녀가 말했다. "이제 시작이야. 저길 봐."

그는 그쪽으로 시선을 돌렸다.

지구가 떠 있었다.

아름답게 세공한 보석처럼, 녹색의 둥그런 지구가 언덕 위에 떠올라 있었다.

"내 고향 지구야." 그는 사랑을 담아 속삭였다. "사랑스럽고 훌륭한 지구야. 배곯고 굶주린 자들을 이리로 보내 주련. 그 뭐더라, 자유의 여신상에 적어 놓은 시 있잖아. 그게 어떻게 되더라? 그대의 굶주린 자들을 내게 보내라, 늙은 지구여. 여기에 샘 파크힐이 있어 소시지도 전부 데치고, 칠리도 전부 만들고, 모든 것을 말끔하게 정리해 놨으니. 서둘러라 지구여, 그대의 로켓을 내게 보내다오!"

그는 밖으로 나가 자신의 일터를 바라보았다. 마치 말라붙은 바다의 해저에 갓 낳은 신선한 달걀을 놓은 것처럼 완벽한 모습이었다. 사방 수백 킬로미터의 고독한 황무지에서 단 하나뿐인, 빛과 온기가 존재하는 중심핵이었다. 마치 거대하고 어두운 육신에서 홀로 뛰는 심장처럼 보였다. 그는 자부심에 거의 울컥할 지경이 되어, 젖은 눈으로 그 모습을 바라봤다.

"확실히 이렇게 보고 있자니 겸허해지는 기분이군." 그는 삶은 비엔나소시지와 따뜻한 빵과 진한 버터의 향기 속에서 이렇게 말했다. "얼른 오라고." 그는 하늘의 무수한 별들을 초대했다. "맨 먼저 핫도그를 사는 사람은 누가 되려나?"

"샘." 엘마가 그를 불렀다.

어둑한 하늘에서 지구의 모습이 변하기 시작했다.

불이 붙었다.

마치 거대한 지그소 퍼즐이 폭발한 것처럼, 한쪽 구석이 백만 개의 조각으로 떨어져 내렸다. 지구는 한동안 불길하게 타오르며 평소의 세 배 크기로 빛나다가 이내 잦아들었다.

"저게 뭐야?" 샘은 하늘의 녹색 불길을 바라보며 말했다.

"지구." 엘마는 양손을 맞잡은 채로 대꾸했다.

"저게 지구일 리가 없어, 저건 지구가 아냐! 안 돼, 지구는 아니야. 그럴 리 없어."

"지구였을 리가 없다는 말이겠지." 엘마는 그를 바라보며 말했다. "지금이야 어딜 봐도 지구가 아니니까. 그래, 이젠 지구가 아니지. 그런 뜻인 거지?"

"지구는 안 돼! 아 세상에, 저럴 수는 없어." 그는 울부짖었다.

그는 팔을 양옆으로 축 늘어트린 채로, 입을 떡 벌린 채로, 빛이 사라진 눈을 크게 뜬 채로, 꼼짝도 못 하고 서 있었다.

"샘." 아내가 그의 이름을 불렀다. 며칠 만에 처음으로 그녀의 눈이 초롱초롱하게 반짝였다. "샘?"

그는 하늘을 멍하니 바라봤다.

"자." 그녀는 조용히 잠시 주변을 둘러보았다. 그러고는 활기차게 젖은 수건을 탁탁 털었다. "조명도 더 켜고, 음악도 더 크게 틀고, 문도 활짝 여는 게 어때. 백만 년만 기다리면 또 손님이 잔뜩 몰려올 거 아니야. 확실히 준비해 둬야지. 암요, 그래야지."

샘은 움직이지 않았다.

"핫도그 가판대를 세우기에는 끝내주는 위치잖아." 그녀는 손을 뻗어 단지에서 이쑤시개 하나를 꺼낸 다음 앞니 사이에 물었다. "내가 작은 비밀 하나 알려 줄까, 샘." 그녀는 남편 쪽으로 몸을 기울이며 속삭였다. "아무래도 비수기가 찾아온 것 같아."

지켜보는 이들

그날 밤 사람들은 모두 밖으로 나와 하늘을 올려다보았다. 저녁을 식탁에 놔둔 채로, 또는 외출하려고 몸을 닦고 옷을 차려입은 채로, 사람들은 이제 그리 새것이 아닌 베란다로 나와서 저 멀리 초록색 지구를 바라보았다. 의식한 행동은 아니었다. 그저 조금 전 라디오에서 흘러나온 뉴스를 조금이라도 더 이해하고 싶은 갈망이 몸을 움직인 것이었다. 저기 떠 있는 지구에서 곧 전쟁이 벌어질 것이며, 수십만 명의 어머니나 할머니나 아버지나 형제나 고모나 숙부나 사촌이 저곳에 살고 있음을 이해하고 싶었기 때문에. 그들은 베란다에 올라서서, 한때 화성의 존재를 믿으려고 애썼던 것처럼 지구의 존재를 믿으려고 애썼다. 모든 문제가 거꾸로 뒤집혔다. 어떤 면에서 봐도 지구는 이제 죽은 행성이었다. 다들 지구와 떨어져 지낸 지도 3~4년이 지났다. 우주는 마취제나 다름없다. 1억 1200만 킬로미터의 우주 공간은 모든 것을 먹먹하게 만든다. 기억을 잠재우고, 지구인의 존재를 잊게 하고, 과거를 잠재우고, 이곳에서 하던 일을 계속하도록 만든다. 그러나 오늘 밤이 찾아오자 죽은 이들은 다시 살아났다. 지구에 다시 사람들이 살기 시작했다. 기억이 깨어나고 백만 개의 이름이 입에서 튀어나왔다. 누구누구는 오늘 밤 지구에서 뭘 하고 있을까? 그 사람이랑 그 사람은 어떨까? 베란다로 나온 사람들은 서로의 얼굴을 힐끔거렸다.

9시 정각이 되자, 지구가 폭발하듯 불이 붙더니 그대로 타들어 가기 시작했다.

베란다로 나온 사람들은 불길을 때려서 끄려는 것처럼 손을 높이 들었다.

그들은 기다렸다.

자정쯤 되자 불길이 잡혔다. 지구는 여전히 그곳에 있었다. 이곳저곳의 베란다에서 마치 가을바람 같은 한숨이 흘러나왔다.

"해리 소식을 들은 지도 한참이 지났어."

"그 아이는 괜찮을 거야."

"어머니께 연락해 봐야겠어."

"어머니는 괜찮으실 거야."

"정말로?"

"자, 걱정하지 말고."

"정말로 괜찮으실 거라고 생각하는 거지?"

"물론, 당연하지. 그만 자러 가자."

그러나 누구도 움직이지 않았다. 한밤중의 정원에서, 접이식

탁자 위에 늦은 저녁이 차려졌다. 음식을 깨작거리다 2시가 되었을 무렵 지구에서 광파 통신이 반짝였다. 그들은 멀리서 반딧불처럼 깜빡이는 모스 부호를 읽기 시작했다.

오스트레일리아 소재 원자탄 비축고
예정보다 이르게 폭발. 대륙 소멸.
로스앤젤레스, 런던에 폭격. 전쟁.
돌아오라. 돌아오라. 돌아오라.

그들은 탁자에서 벌떡 일어났다.
돌아오라. 돌아오라. 돌아오라.
"당신 남동생 테드한테서 소식 들었어?"
"상황 알잖아. 지구에 보내는 우편물은 한 통에 5달러라고. 요샌 편지 별로 안 써."
돌아오라.
"제인은 어떻게 됐을지 궁금한데. 당신 제인 기억하지? 우리 여동생?"
돌아오라.
싸늘한 새벽 3시가 되어, 짐 가방 상점 주인은 고개를 들었다. 수많은 사람이 거리를 따라 걸어오고 있었다.
"이럴 줄 알고 늦게까지 안 닫았지. 뭘 찾으십니까, 손님?"
동틀 무렵이 되자 선반에 짐 가방은 하나도 남지 않았다.

고요한 도시

　　말라붙은 화성의 바닷가에 작고 하얗고 고요한 도시가 하나 있었다. 도시는 텅 비어 있었다. 움직이는 것이라고는 찾아볼 수조차 없었다. 상점마다 외로운 불빛이 온종일 빛났다. 가게의 정문도 마치 사람들이 문을 잠그는 것을 잊고 도망친 듯 활짝 열려 있었다. 한 달 전에 은빛 로켓이 지구에서 가져온 잡지들도, 고요한 잡화점 문간의 철사 진열대에서 누구의 손길도 닿지 않은 채 갈색으로 빛바래며 펄럭였다.

　　도시는 죽어 버렸다. 침대는 하나같이 텅 비어 차가웠다. 들리는 소리라고는 전선과 스스로 작동하는 발전기가 웅웅거리는 소리뿐이었다. 잊고 간 욕조에서 넘친 물이 거실로 쏟아져 베란다까지 흘러나와서는, 그대로 작은 화단으로 쏟아져 방치된 꽃들을 적셔 주었다. 어둑한 영화관 안에서는 좌석 곳곳에 들러붙은 씹다 만 껌이 잇자국이 남은 채 굳어 갔다.

도시 건너편에는 로켓항이 있었다. 지구로 돌아가는 마지막 로켓이 이륙하며 뿜은 매캐한 냄새가 여전히 남아 있었다. 망원경에 10센트 동전을 넣고 지구로 방향을 돌리면, 어쩌면 그곳에서 벌어지고 있는 대전쟁이 보일지도 모르겠다. 어쩌면 뉴욕이 폭발하는 모습이 보일지도 모른다. 어쩌면 새로운 종류의 안개로 뒤덮인 런던이 보일지도 모른다. 어쩌면 그런 다음에야 이 작은 화성 도시가 버려진 이유를 알 수 있을지도 모른다. 얼마나 서둘러 이곳을 비운 것일까? 아무 상점이나 들어가서 계산대 키를 눌러 보자. 현금 보관대가 튀어나오며 가득 찬 동전들이 반짝인다. 지구에서 벌어지는 전쟁이 정말로 고약한 모양이었다······

도시의 텅 빈 거리를 따라 키 크고 홀쭉한 남자 한 명이 걸어왔다. 나직하게 휘파람을 불면서, 깊은 사색에 잠긴 채로 눈앞의 깡통을 차고 있었다. 눈에서는 어둡고 고요한 고독이 번득였다. 그는 반짝이는 10센트 동전이 가득한 주머니 안에서 깡마른 손을 꼼지락거렸다. 가끔 동전을 하나씩 땅에 튕기기도 했다. 경쾌하게 웃음을 터트리면서, 계속 반짝거리는 10센트 동전을 여기저기 뿌리며 걸음을 옮겼다.

남자의 이름은 월터 그립이었다. 화성의 파란 언덕 높은 곳의 외딴 오두막에 살면서 자기 소유의 사금 채취장에서 일하다가, 2주에 한 번쯤 이곳 작은 도시까지 걸어 내려와서 조용하고 지적인 결혼 상대를 찾곤 하던 남자였다. 지난 몇 년 동안 그는 항상 실망을 품고 홀로 오두막으로 돌아갔다. 그런데 일주일 전 도시에 들러 보니 이런 상황이 펼쳐져 있는 것이었다!

그날 그는 너무 놀라서 당장 정육점으로 달려갔다. 그리고 진열장을 활짝 열고 3단 비프샌드위치를 주문했다.

"지금 갑니다!"그는 한쪽 손에 수건을 걸치고 소리쳤다.

그는 고기와 어제 구운 빵을 잔뜩 가져와서, 탁자 하나의 먼지를 털고, 자리에 앉으라고 스스로 권한 다음에, 신나게 먹다가 소다수 판매점을 들러야겠다고 마음먹고, 당장 달려가서 소다수를 주문했다. 월터 그립이라는 이름의 조제사는 놀랍도록 친절했고 말이 떨어지기가 무섭게 한 잔을 섞어 주었다!

그는 찾아낸 돈을 전부 청바지 주머니에 쑤셔 넣고, 10달러 지폐를 잔뜩 실은 수레를 끌고 서둘러 도시를 가로질렀다. 그리고 작은 도시를 거의 벗어나서야 자신이 구제 불능일 정도로 어리석다는 사실을 깨달았다. 돈이 필요 없는 상황이었으니까. 그는 10달러 지폐 다발을 원래 있던 곳에 되돌려 놓고, 자기 지갑에서 샌드위치값 1달러를 헤아려 정육점의 계산대에 넣고서 25센트 팁도 추가했다.

그날 밤 그는 뜨거운 증기 목욕에, 부드러운 버섯을 잔뜩 올린 육즙 많은 살코기에, 수입 드라이 셰리에, 와인에 담근 딸기를 만끽했다. 푸른색 플란넬 정장도 새로 맞추고, 수척한 얼굴에 묘하게 어울리는 멋들어진 잿빛 홈부르그 모자도 썼다. 그리고 주크박스에 돈을 넣어 〈사랑하는 옛 친구들〉*을 틀었다. 그는 도시 곳곳에 있는 스무 개의 주크박스에 5센트 동전을 넣으며 돌아다녔다. 그가 지나간 곳마다 고독한 거리와 밤하늘은 〈사랑하는 옛

---

* 레이 헨더슨, 〈That Old Gang of Mine〉.

친구들〉의 구슬픈 음색으로 가득 차 버렸고, 훌쩍한 키에 깡마른 몸매의 홀로 남은 남자는, 새 신발의 발소리를 조용히 울리면서, 차가워진 손을 주머니에 찌른 채로 걸음을 옮겼다.

그러나 그것조차 일주일 전의 일이었다. 그는 화성 대로의 훌륭한 저택에서 묵고 있었다. 아침 9시에 자리에서 일어나서 목욕부터 하고, 어슬렁거리며 번화가로 나와서 햄과 달걀을 챙겼다. 그는 아침마다 엄청난 양의 고기와 채소와 레몬크림 파이를 냉동시켰다. 지구에서 돌아오는 로켓을 기다리며 10년은 충분히 버틸 수 있을 양이었다. 물론 돌아온다면 말이지만.

그리고 오늘 밤, 그는 정처 없이 헤매면서 화려한 상점 창문마다 서 있는 분홍빛의 아름다운 밀랍 여인들을 구경하고 있었다. 그는 처음으로 이 도시가 완벽하게 죽어 버렸다는 사실을 절감했다. 그는 잔에 맥주를 따르며 조용히 흐느꼈다.

"뭐야 이게. 나 완전히 혼자잖아."

그는 고독을 곱씹지 않으려면 영화라도 보는 게 좋겠다는 결론을 내리고 엘리트 영화관에 들어갔다. 그러나 텅 빈 영화관은 공허했다. 거대한 화면이 검은색과 회색의 망령들이 기어 다니는 묘지처럼 보였다. 그는 온몸을 떨면서 서둘러 그 불길한 장소를 빠져나왔다.

집으로 돌아가기로 마음먹고, 골목길 한가운데로 거의 뛰다시피 서두르며 걸음을 옮기는데, 문득 전화벨 소리가 들렸다.

월터는 귀를 기울였다.

"어느 집에서 전화가 울리는 거야."

그리고 열심히 발을 움직였다.

"누구든 전화 좀 받아 줘야 하지 않겠어"라고 중얼거리면서.

그는 길모퉁이에 걸터앉아 느긋하게 신발에 들어간 모래를 털었다.

"누구든은 무슨!" 그는 순간 벌떡 일어나며 소리쳤다. "나밖에 없잖아! 이런 세상에, 맛이 간 거 아냐!" 그는 고함을 지르며 휙 몸을 틀었다. 어느 집이지? 저 집이군!

그는 정원을 가로질러 계단을 올라 현관으로 달려 들어갔다. 어둑한 거실이 그를 맞이했다.

그는 수화기를 휙 낚아챘다.

"여보세요!" 그가 소리쳤다.

삐이이이이이이.

"여보세요, 여보세요!"

이미 끊긴 모양이었다.

"여보세요!" 월터는 소리치고는 거칠게 수화기를 내려놓았다. "이 등신 천치!" 그는 자신을 꾸짖었다. "멍하니 길모퉁이에 앉아서, 머저리 같으니! 아, 이 빌어먹을 한심한 바보 자식!" 그는 애달프게 전화를 움켜쥐었다. "제발, 다시 울려 줘! 얼른!"

지금껏 화성에 다른 사람이 남아 있으리라고는 생각해 본 적도 없었다. 한 주 내내 아무도 만나지 못했으니까. 다른 모든 도시도 여기처럼 텅 비었을 거라고만 생각했었다.

이제 눈앞의 작고 검고 잔혹한 전화기를 바라보고 있자니 몸이 떨려 오기 시작했다. 서로 연결되는 복합 전화망이 화성의 모든 도시를 연결해 준다. 전화는 서른 개의 도시 중 어느 곳에서 걸려 온 것일까?

그로서는 알 수가 없었다.

그는 기다렸다. 그는 낯선 부엌으로 어슬렁거리며 들어가서 냉동 월귤나무 열매를 해동한 다음, 암담한 기분으로 입으로 옮기기 시작했다.

"수화기 반대편에는 아무도 없었을 거야." 그는 중얼거렸다. "아마 어딘가 전신주가 무너져 버리거나 해서 전화가 혼자 울린 거겠지."

하지만 달각 소리가 들리지 않았던가? 저 멀리서 누군가 수화기를 내려놓았다는 뜻이지 않은가?

그는 밤새 거실에 서 있었다. "전화 때문이 아니야. 딱히 다른 할 일이 없을 뿐이라고." 그는 그렇게 홀로 중얼거렸다.

그는 손목시계가 째깍거리는 소리에 귀를 기울였다.

"그녀가 다시 걸어 오지는 않겠지." 그가 말했다. "받지 않은 번호에 다시 걸 리는 없을 테니까. 아마 그녀도 지금쯤 도시의 다른 집들에 전화를 걸고 있을 거라고! 그런데 나는 여기 앉아서— 잠깐!" 그는 웃음을 터트렸다. "왜 계속 '그녀'라고 부르는 거야?"

그는 눈을 깜빡였다. "'그'일 수도 있는데. 당연하잖아?"

심장 뛰는 소리가 느려졌다. 끔찍하게 춥고 공허한 기분이 들었다.

'그녀'이기를 원하는 생각이 간절해졌다.

그는 집을 나와서 새벽의 어둑한 거리 한복판에 섰다.

그리고 귀를 기울였다. 아무 소리도 들리지 않았다. 새도. 자동차도. 그저 자신의 심장 뛰는 소리뿐이었다. 쿵 하고 쉬었다 다시 쿵 하고 울리는 소리. 긴장에 얼굴이 뻐근해졌다. 부드러운,

너무도 사뿐한 바람에 그의 외투가 펄럭였다.

"쉿." 그가 속삭였다. "잘 들어 봐야지."

그는 천천히 원을 그리듯 몸을 흔들며, 사방의 고요한 집들을 향해 머리를 기울였다.

그녀는 계속 여러 번호로 걸어 볼 거라고, 그는 생각했다. 여성일 수밖에 없어. 왜? 계속 전화하고 전화하는 사람은 여자뿐이니까. 남자라면 그럴 리 없지. 남자는 독립적이거든. 내가 누구한테 전화를 거는 일이 있던가? 천만에! 생각조차 해 본 적 없다고. 여자가 분명해. 신이시여, 제발 여자이기를!

잠깐.

멀리 별빛 아래에서 전화 하나가 울렸다.

그는 달렸다. 그러다 멈추고 귀를 기울였다. 가느다란 전화벨 소리가 들렸다. 그는 몇 걸음을 더 내달렸다. 더 커졌다. 그는 골목으로 뛰어 들어갔다. 그래도 더 커졌다! 여섯 채의 집을, 다시 여섯 채의 집을 지나쳤다. 훨씬 커졌다! 그는 집을 하나 골랐으나 문은 잠겨 있었다.

안쪽에서 전화벨이 울렸다.

"빌어먹을!" 그는 문고리를 잡아당겼다.

전화가 비명을 질렀다.

그는 베란다 의자를 거실 창문에 던진 다음, 의자를 뒤따라 뛰어들었다.

전화를 건드리기도 전에 소리는 멎어 버렸다.

그는 한동안 집 안을 돌아다니며 거울을 부수고, 커튼을 잡아찢고, 부엌 스토브를 걷어찼다.

마침내 탈진한 그는 화성의 모든 전화번호가 수록된 얇은 전화번호부를 손에 들었다. 5만 개의 이름이 그를 맞이했다.

그는 1번부터 시작했다.

어밀리아 에임스. 그는 말라붙은 바다 저편으로 160킬로미터 떨어진 곳에 있는 뉴시카고의 번호로 전화를 걸었다.

응답은 없었다.

2번은 파란 산맥 너머로 8,000킬로미터 떨어진 뉴뉴욕에 사는 사람이었다.

응답은 없었다.

그렇게 3번, 4번, 5번, 6번, 7번, 8번으로 전화가 이어졌다. 손가락이 굳어서 수화기를 쥐고 있기도 힘들었다.

여성의 목소리가 전화를 받았다. "여보세요?"

월터는 그녀를 향해 울부짖었다. "여보세요, 아 신이시여. 여보세요!"

"자동응답기입니다." 여성의 목소리가 읊었다. "헬렌 애러수미언 양은 집에 없습니다. 기록장치에 연락처를 남겨 주시면 귀가 후 전화드리겠습니다. 여보세요? 자동응답기입니다. 애러수미언 양은 집에 없습니다. 기록장치에 연락처를 남겨—"

그는 전화를 끊었다.

그리고 입을 실룩거리며 그대로 주저앉아 있었다.

잠시 생각을 정리한 후, 그는 다시 그 번호로 전화를 걸었다.

"헬렌 애러수미언 양이 귀가하면, 지옥으로 꺼지라고 전해 주쇼."

그는 마스정션, 뉴보스턴, 아르카디아, 루스벨트시티 교환국에 전화를 걸었다. 다이얼을 계속 돌리는 사람이 있을 법한 장소라고 생각했기 때문이었다. 다음에는 각 도시의 시청을 비롯한 주요 공공기관에 전화를 걸었다. 최고급 호텔에도 전화해 보았다. 여자라면 당연히 사치 속에 파묻혀 있을 것이라 생각했기 때문이었다.

문득 그는 다이얼 돌리기를 멈추고, 날카롭게 손바닥을 부딪치며 웃음을 터트렸다. 당연한 거잖아! 그는 전화번호부를 펼치고 뉴텍사스시티에서 가장 큰 미용실에 전화를 걸었다. 여자가 느긋하게 머물고 싶은 곳이라면, 얼굴에 진흙 팩을 바른 채 드라이어에 머리를 넣고 기다릴 수 있는, 벨벳처럼 부드럽고 다이아몬드처럼 반짝이는 미용실이 최고가 아니겠는가!

전화가 울렸다. 건너편의 누군가가 수화기를 들었다.

여자의 목소리가 들렸다. "여보세요?"

"이것도 자동응답기면 즉시 거기까지 달려가서 가게를 날려버릴 거야." 월터 그립이 선언했다.

"녹음 아니에요." 여자 목소리가 말했다. "여보세요! 아, 세상에. 살아 있는 사람이 있잖아! 당신 어디 있어요?" 그녀는 행복에 겨운 고함을 질렀다.

월터는 거의 주저앉을 뻔했다. "당신은!" 그는 정신이 나간 눈으로 비척대며 자리에서 일어섰다. "이런 세상에, 어찌 이런 행운이. 당신 이름 뭡니까?"

"제너비브 셀서예요!" 그녀는 수화기에 대고 흐느꼈다. "아, 당신이 누군지는 몰라도, 목소리만 들어도 이렇게 좋네요!"

"월터 그립입니다!"

"월터, 안녕하세요, 월터!"

"안녕하세요, 제너비브!"

"월터. 정말 멋진 이름이에요. 월터, 월터!"

"감사합니다."

"월터, 당신 어디 있나요?"

그녀의 목소리는 너무도 친절하고 달콤하고 아름다웠다. 그는 수화기를 얼굴에 바싹 붙여서 그녀의 달콤한 속삭임으로 귓속을 가득 채웠다. 발이 바닥에서 떠오르는 것만 같았다. 뺨이 불처럼 타올랐다.

"나는 말린빌리지에 있습니다. 그게—"

치직.

"여보세요?"

치직.

그는 훅을 마구 눌렀다. 아무 소리도 들리지 않았다.

어딘가 바람이 불어 전신주를 쓰러트린 모양이었다. 제너비브 셀서는 등장했을 때처럼 순식간에 사라져 버렸다.

그는 다시 다이얼을 돌렸지만, 회선은 여전히 끊겨 있었다.

"어쨌든 어디 있는지는 알잖아." 그는 집에서 뛰쳐나갔다. 그리고 떠오르는 햇살을 맞으며 낯선 차고에서 소형 자동차 한 대를 끌어냈다. 그리고 이 집에서 꺼내 온 식료품을 뒷좌석에 가득 채우고, 고속도로를 따라 시속 130킬로미터로 뉴텍사스시티로 달려가기 시작했다. 1,600킬로미터 정도는 가뿐하다고, 그는 생각했다. 제너비브 셀서, 꼼짝 말고 있어요. 지금 내가 찾아갈 테니까!

그는 마을의 골목을 돌 때마다 경적을 울려 댔다.

터무니없는 거리를 달린 끝에 해 질 무렵이 되자, 그는 길가에 차를 대고 발에 끼는 신발을 벗어 던진 다음, 자리에 누워 회색 홈부르그 모자를 지친 눈 위에 덮었다. 숨소리가 차츰 느리고 고르게 잦아들었다. 새로이 찾아온 어둠 속에서 바람이 그의 몸을 휘감고 부드러운 별빛이 내리비쳤다. 수백만 년을 살아온 화성의 산들이 사방에서 그를 굽어보고 있었다. 작은 화성 도시의 첨탑에 별빛이 걸려 반짝이는 모습이, 파란 언덕을 무대로 벌어지는 체스 게임처럼 자그마해 보였다.

그는 비몽사몽인 채로 그대로 누워 있었다. 속삭이는 소리가 입에서 흘러나왔다. 제너비브. 속삭임은 이내 나직한 노래가 되었다. 아, 제너비브, 사랑스러운 제너비브. 세월은 찾아왔다 흘러갈지 모르지만, 제너비브, 사랑스러운 제너비브 그대는…… 온기가 느껴졌다. 그녀의 나직하고 달콤하고 청량한 목소리가 귓가에 노래하듯 울렸다. 여보세요, 아, 여보세요, 월터! 이건 녹음이 아니에요. 당신 어디 있나요, 월터, 당신 어디 있나요?

그는 한숨을 쉬고는, 달빛이 어린 그녀의 얼굴을 어루만지려 손을 들었다. 길고 검은 머리카락이 바람에 흔들렸다. 정말로 아름다웠다. 그녀의 입술은 붉은 박하사탕 같았다. 그녀의 볼은 갓 꺾은 촉촉한 장미 같았다. 그녀의 몸은 투명한 물안개 같았고, 부드럽고 청량하고 달콤한 목소리는 다시 한번 슬픈 옛 노래의 가사를 빌려 그에게 흥얼거리듯 노래했다. 아, 제너비브, 사랑스러운 제너비브, 세월은 찾아왔다 흘러갈지 모르지만……

그는 잠에 빠져들었다.

뉴텍사스시티에 도착하니 시간은 이미 한밤중이었다.

그는 딜럭스 뷰티살롱 앞에서 잠시 걸음을 멈추고 그녀를 소리쳐 불렀다.

그리고 그녀가 향수 냄새를 풍기고 웃음을 터트리며 뛰쳐나오기를 기다렸다.

아무 일도 일어나지 않았다.

"잠들었나 보군." 그는 문으로 걸어가서 소리쳤다. "내가 왔습니다! 안녕하세요, 제너비브!"

한 쌍의 달빛 속에서 도시는 고요하기만 했다. 어디선가 캔버스 차양이 바람에 펄럭였다.

그는 유리문을 활짝 열고 안으로 들어섰다.

"이봐요!" 그는 초조하게 웃음을 터트렸다. "숨지 말고! 여기 있단 걸 압니다!"

그는 모든 칸막이 안을 수색했다.

바닥에 작은 손수건이 한 장 떨어져 있었다. 너무도 황홀한 향기에 순간 다리가 휘청거렸다. "제너비브." 그가 중얼거렸다.

그는 차를 몰고 아무도 없는 거리를 이리저리 돌아다녔지만, 아무것도 눈에 띄지 않았다. "지금 이걸 농담이라고 하는 거라면……"

그는 문득 속도를 줄였다. "잠깐 기다려 봐. 전화가 끊겼잖아. 어쩌면 내가 이리로 차를 몰고 오는 동안, 그녀는 말린빌리지로 차를 몰고 간 걸지도 몰라! 아마 옛 바다 쪽 도로를 탔겠지. 낮 동안에 길이 어긋난 거야. 내가 그녀를 데리러 올 거라고 어떻게 알았겠어? 따로 말하지도 않았는데. 전화가 끊기니까 너무 무서워

저서, 나를 찾으려고 말린빌리지로 서둘러 달려간 거라고! 그런데 세상에, 나는 여기 있잖아! 한심하기는!"

그는 경적을 한 번 울리고는, 총알처럼 도시에서 빠져나갔다.

그는 밤새 차를 몰았다. 문득 이런 생각이 들었다. 말린빌리지에 도착해 보니 그녀가 없으면 어쩌지?

상상조차 할 수가 없었다. 그녀는 분명 거기 있을 것이다. 그리고 그는 달려가서 그녀를 끌어안을 것이다. 어쩌면 입을 맞출지도 모른다. 입술에, 딱 한 번.

제너비브, 사랑스러운 제너비브. 그는 휘파람을 불면서 시속 160킬로미터로 속도를 올렸다.

동틀 무렵의 말린빌리지는 고요했다. 몇몇 상점에는 아직도 노란 불빛이 타오르고 있었고, 꾸준히 100시간을 연주한 마지막 주크박스가 전기 튀는 소리와 함께 작동을 멈추며 온전한 정적을 완성했다. 태양이 길거리에, 그리고 싸늘하고 광활한 하늘에 온기를 불어넣었다.

월터는 중앙 대로로 진입해 전조등을 켜 놓은 채로 경적을 울리기 시작했다. 이쪽에서 두 번, 길모퉁이에서 여섯 번, 다른 길모퉁이에서 여섯 번. 그는 상점 간판을 힐긋거렸다. 얼굴은 지쳐 창백하고, 손은 땀에 젖은 운전대에서 계속 미끄러지기만 했다.

"제너비브!" 그는 텅 빈 거리를 향해 소리쳤다.

미용실 한 곳의 문이 열렸다.

"제너비브!" 그는 차를 멈췄다.

그가 거리를 가로질러 달려가는 동안, 제너비브 셀서가 미용실의 열린 문 앞에 모습을 드러냈다. 손에는 이미 개봉한 크림 초콜릿 상자가 들려 있었다. 핏기 없고 투실투실한 손가락이 그 안의 내용물을 만지작거렸다. 햇살 속으로 나오는 그녀의 얼굴은 둥글고 뚱뚱했으며, 눈은 하얀 빵 반죽에 박아 넣은 두 개의 커다란 달걀 같았다. 다리는 나무 밑동처럼 굵직하고, 움직일 때마다 발이 어색하게 끌렸다. 애매하게 흐릿한 갈색 머리카락은, 마치 지었다 부수었다 다시 짓기를 반복한 새 둥지처럼 헝클어져 있었다. 입술은 아예 없었지만 그걸 무마하듯 그려 넣은 널찍하고 번들거리는 붉은 입이, 환호하듯 열렸다가 갑자기 경계하듯 닫히기를 반복했다. 눈썹은 전부 뽑아 안테나처럼 가느다란 선만 남겨 놓았다.

월터는 걸음을 멈췄다. 얼굴에서 미소가 사라졌다. 그는 자리에 선 채로 멍하니 그녀를 바라보았다.

그녀는 초콜릿 상자를 그대로 길가에 떨어트렸다.

"당신이…… 제너비브 셀서인가요?" 귀가 먹먹하게 울렸다.

"당신이 월터 그리프예요?" 그녀가 물었다.

"그립입니다."

"그립요."

"잘 지내셨습니까." 자제하는 목소리가 흘러나왔다.

"잘 지내셨어요?" 그녀가 그의 손을 잡았다.

손가락이 초콜릿으로 찐득거렸다.

"저기……" 월터 그립이 입을 열었다.

"뭐라고요?" 제너비브 셀서가 물었다.

"그냥 '저기'라고 했을 뿐입니다." 월터가 말했다.

"아."

밤 9시였다. 그들은 낮 동안 함께 소풍을 즐겼고, 저녁에는 그가 필레미뇽 스테이크를 준비했다. 그녀는 너무 덜 익어서 마음에 안 든다고 했고, 조금 더 구워 오자 너무 굽다 못해 튀긴 것 같다고 타박했다. 그는 웃음을 터트리며 "영화나 보러 갑시다!"라고 말했다. 그녀는 알았다고 하며 초콜릿투성이인 손가락으로 그의 팔을 붙들었다. 그러나 그녀가 보고 싶은 것이라고는 클라크 게이블이 나오는 50년 묵은 영화뿐이었다. 그녀는 깔깔 웃으며 말했다. "방금 끝내주지 않았어요? 방금 그거, 정말로 끝내줬죠?" 그리고 영화가 끝나자 처음부터 다시 틀라고 명령했다. "다시?" "다시." 그리고 그가 돌아오자, 그녀는 몸을 바싹 붙이고 투실투실한 손으로 그의 온몸을 쓰다듬기 시작했다. "내가 기대한 것과는 많이 다른 모습이긴 해도, 당신도 나쁘지 않네요." 그녀는 이렇게 인정했다. "고맙습니다." 그는 마른침을 꿀꺽 삼키며 대답했다. "아, 게이블 좀 봐요." 그녀는 이렇게 말하며 그의 다리를 꼬집었다. "아얏." 그가 소리 냈다.

영화가 끝나자 그들은 고요한 거리로 나가 쇼핑을 했다. 그녀는 창문 하나를 깨고 눈에 띄는 가장 화려한 드레스를 골라 입었다. 향수병을 머리에 통째로 쏟아붓고 나니 마치 물에 빠진 목양견처럼 보였다. "당신 몇 살입니까?" 그가 물었다. "맞혀 봐요." 그녀는 향수를 뚝뚝 흘리며 그를 이끌고 거리로 나섰다. "음, 서른." 그가 답했다. "뭐예요, 스물일곱밖에 안 됐다고요. 적당히 해요!" 그녀는 당당하게 선언했다.

"사탕 가게가 또 있네!" 그녀가 말했다. "솔직히 말해서, 모든 것이 엉망이 된 후로 아주 사치스럽게 살아오긴 했어요. 부모님은 애초에 좋아했던 적도 없거든요. 바보들이었으니까. 두 달 전에 지구로 떠났죠. 나는 마지막 로켓을 타고 따라가기로 되어 있었지만, 그냥 머물러 버렸어요. 왜 그랬는지 알아요?"

"왜죠?"

"사람들은 하나같이 나를 괴롭히기만 하거든요. 여기 머물면 온종일 향수를 뿌리고 달콤한 음료를 수천 잔씩 마시고 과자를 퍼먹어도 아무도 뭐라 할 사람이 없잖아요. '그거 칼로리 덩어린데!'라던가. 그래서 여기 머물기로 한 거죠!"

"그래서 남은 거군요." 월터는 눈을 질끈 감았다.

"꽤 늦었네요." 그녀가 그를 바라보며 말했다.

"그렇군요."

"나 지쳤어요."

"그거 묘하군요. 저는 아주 쌩쌩한데 말입니다."

"오."

"밤새 깨어 있어도 될 것 같습니다." 그가 말했다. "흠, 마이크 네 가게에 괜찮은 음반이 있던데요. 갑시다. 당신을 위해 틀어 주지요."

"나는 지쳤는데." 그녀는 음흉하게 반짝이는 눈으로 그를 올려다보았다.

"저는 눈이 번쩍 뜨이는군요. 묘하게도."

"미용실로 돌아가요. 당신에게 보여 주고 싶은 것이 있어요." 그녀가 말했다.

제너비브는 그를 끌고 유리문 안으로 들어가서, 커다란 하얀색 상자 앞으로 데려갔다. "텍사스시티에서 차를 몰고 올 때 이걸 가져왔어요." 그녀는 분홍색 리본을 풀었다. "이런 생각을 하면서요. 이제 화성에 숙녀라고는 나 하나뿐이고, 남자도 하나뿐이니까, 그러니까, 아무래도……" 그녀는 뚜껑을 열고 사각거리는 얇은 분홍색 포장지를 곱게 접어 내용물을 드러냈다. 그리고 그걸 가볍게 토닥였다. "자."

월터 그립은 멍하니 안을 바라봤다.

"이게 뭡니까?" 물어보는 그의 몸이 떨리기 시작했다.

"바보, 모르는 거예요? 순백에 레이스가 가득하고 온갖 좋은 것들은 전부 달린 물건이죠."

"아니, 아무리 봐도 뭔지 모르겠는데요."

"왜 몰라요, 웨딩드레스잖아요!"

"그런가요?" 목소리가 갈라지기 시작했다.

그는 눈을 감았다. 그녀의 목소리는 여전히 전화에서 들리던 것처럼 부드럽고 청량하고 달콤했다. 그러나 눈을 뜨고 그녀를 바라보면……

그는 한 발짝 물러섰다. "멋지군요."

"그렇죠?"

"제너비브." 그는 문을 힐끔거렸다.

"네?"

"제너비브, 할 말이 있습니다."

"뭔데요?" 그녀는 그를 향해 움직였다. 둥글고 창백한 얼굴을 따라 진한 향수 냄새가 따라왔다.

"그러니까, 할 말이 뭐냐면……"

"뭔데요?"

"잘 있으라고요!"

그는 그녀가 비명을 지르기도 전에 문으로 뛰쳐나가 차에 올라탔다.

그가 차를 돌리는 순간, 제너비브가 도로변까지 달려 나와 멈춰 섰다.

"월터 그리프, 당장 돌아오지 못해!" 그녀는 소리치며 팔을 내둘렀다.

"그립입니다." 그가 지적했다.

"그립!" 그녀가 소리쳤다.

발을 구르며 고함을 지르는 그녀를 방치한 채로, 차는 그대로 고요한 거리를 따라 달려갔다. 그녀의 토실토실한 손에 들린 구겨진 웨딩드레스가 배기가스에 펄럭였고, 하늘에는 별이 밝게 빛났고, 자동차는 사막을 질주해서 어둠 속으로 자취를 감췄다.

그는 사흘 밤낮을 쉬지 않고 차를 몰았다. 한번은 자신을 따라오는 다른 자동차를 봤다고 생각하고 식은땀을 흘리며 다른 고속도로로 옮겨 탔다가, 고독한 화성인들의 세계로 들어가서 죽어 버린 작은 도시들을 지나치기도 했다. 그는 일주일하고 하루 동안 차를 몰아서 마침내 말린빌리지와 1만 킬로미터쯤 거리를 벌렸다. 그리고 그는 홀트빌 스프링스라는 작은 마을에 차를 세웠다. 밤이면 불을 켤 수 있는 작은 상점에, 들어가서 음식을 주문할 수 있는 작은 식당들이 있는 곳이었다. 이후 그는 내내 그곳에 살았다. 100년은 버틸 수 있는 꽁꽁 얼린 음식으로 가득한 냉동고 두 개에, 1만 일은 태울 수 있는 엽궐련에, 매트리스가 푹신한 훌륭한 침대에 만족하면서.

그리고 그 오랜 세월이 흐르는 동안 가끔 전화벨이 울리곤 했지만, 그는 단 한 번도 수화기를 들지 않았다.

기나긴 기다림

하늘에서 바람이 휘몰아칠 때마다, 그는 단출한 가족과 함께 작은 돌집에 들어앉아 장작불에 손을 녹이곤 했다. 바람이 운하의 물을 휘젓고 하늘의 별을 떨어트릴 기세로 불어올 때도, 해서웨이 씨는 편안하게 자리에 앉아 아내에게 말을 걸었고, 그러면 아내는 대화에 어울려 주었다. 두 딸과 아들에게 지구에서 보낸 옛 시절 이야기를 할 때도 다들 언제나 얌전히 그의 말을 받아 주곤 했다.

대전이 발발하고 20년째 되는 해였다. 화성은 죽은 행성이 되었다. 지구가 예전과 같은 모습일지는 알 수가 없었다. 긴긴 화성의 밤을 보낼 때마다, 해서웨이와 그의 가족은 그 주제를 입에 올리지 않은 채로 곱씹곤 했다.

그날 밤에는 격렬한 화성의 모래폭풍이 저지대의 화성인 묘지 쪽에서 밀려왔다. 바람은 고대의 마을을 하나씩 쓸고 내려와서 이제 미국인이 건설한 새로운 도시의 플라스틱 벽을 갉아 내기 시작했다. 버림받은 도시는 이미 모래 속으로 녹아들고 있었다.

폭풍이 멎었다. 해서웨이는 청명한 하늘 아래로 나와서 바람 부는 하늘에 녹색으로 타오르는 지구를 바라봤다. 그리고 마치 어둑한 방의 천장에서 흐릿하게 타오르는 전구를 매만지려는 것처럼 허공으로 손을 뻗었다. 그의 시선이 먼 옛날에 말라붙은 바다 밑바닥을 향했다. 이 행성에 이제 생명이라고는 존재하지 않는다고, 그는 생각했다. 나 혼자뿐이야. 그리고 우리 가족하고. 그는 작은 돌집을 돌아보았다.

지금 지구에서는 무슨 일이 벌어지고 있을까? 그의 76센티미터 구경 망원경으로는 지구에 일어나는 변화를 확인하기에 역부족이었다. 뭐, 조심해서 살면 앞으로 20년 정도는 버틸 수 있을 거라고, 그는 생각했다. 누군가 찾아오겠지. 말라붙은 바다를 건너오거나, 아니면 로켓을 타고 붉은 화염의 호선을 그리며 우주에서 날아오거나.

그는 돌집 안에다 대고 소리쳤다. "산책 좀 하고 오리다."

"알았어요." 아내가 대답했다.

그는 이어지는 폐허 사이로 조용히 걸음을 옮겼다. "뉴욕에서 생산한 제품이라." 그는 지나가며 금속 조각에 적힌 글자를 읽었다. "지구에서 가져온 이 온갖 물건들은 고대의 화성 도시보다 훨씬 빨리 사라져 버릴 테지." 그의 눈길이 파란 산맥 위에 자리한 50세기 묵은 마을을 향했다.

그는 외따로 떨어진 화성인 묘지에 도착했다. 외로운 바람이 쓸고 지나가는 언덕에 작은 육각형의 비석들이 늘어서 있었다.

그는 이름을 적은 조잡한 나무 십자가가 서 있는 네 개의 무덤을 굽어보며 섰다. 눈물도 맺히지 않았다. 오래전에 말라붙어 버렸으니까.

"내가 한 일을 용서해 주겠니?" 그는 십자가들을 향해 물었다. "홀로 남는 걸 견딜 수가 없었어. 이해해 줄 수 있지?"

그는 다시 작은 돌집으로 돌아왔다. 그리고 집에 들어가기 직전에 눈 위에 손을 얹고 검은 하늘을 찬찬히 살폈다.

"이렇게 계속 기다리고 또 기다리며 바라보면 말이야," 그는 중얼거렸다. "그러면 언젠가 저 밤하늘에, 어쩌면—"

하늘에 붉은색의 작은 불꽃이 보였다.

그는 돌집의 불빛이 비추지 않는 곳으로 걸어 나왔다.

"—그래도 다시 잘 살펴보면."

작고 붉은 불꽃은 여전히 그 자리에 있었다.

"어젯밤에는 저런 거 없었는데." 그는 중얼거렸다.

그는 비틀대며 넘어졌다가 다시 일어나서는, 돌집 뒤편으로 달려가서 망원경을 붙들고 하늘 쪽으로 돌렸다.

상당히 오래, 뚫어지게 하늘을 바라본 후에, 그는 돌집의 낮은 문으로 들어섰다. 아내와 두 딸과 아들이 고개를 돌려 그를 바라봤다. 그는 한참 후에야 간신히 입을 열었다.

"좋은 소식이 있다." 그가 말했다. "방금 하늘을 봤는데, 우리 모두를 집으로 데려갈 로켓이 오고 있더구나. 내일 새벽이면 여기 도착할 거다."

그는 팔을 축 늘어트리더니, 손에 얼굴을 파묻고 나직하게 흐느끼기 시작했다.

새벽 3시가 되어, 그는 뉴뉴욕의 남은 잔해를 불태웠다.

토치를 들고 플라스틱 도시 안으로 들어가서, 이곳저곳의 벽을 불꽃으로 휩쓸었다. 도시는 엄청난 열기와 빛을 뿜으며 타올랐다. 2.5제곱킬로미터 너비의 찬란한 조명이 우주에서도 보일 만큼 크게 타오르기 시작했다. 해서웨이와 가족이 있는 곳으로 로켓을 유도하기에 충분할 정도였다.

격렬하게 뛰는 가슴이 지끈거리는 것을 느끼면서, 그는 돌집으로 돌아왔다. "이게 뭔지 아니?" 그는 먼지 앉은 술병을 빛 속으로 들어 올렸다. "오로지 오늘만을 위해서 남겨 놓은 와인이란다. 언젠가는 누군가 우리를 찾으러 올 줄 알고 있었거든! 오늘은 이걸로 축배를 들자꾸나!"

그는 와인 다섯 잔을 가득 따랐다.

"정말로 오랜 시간이 흘렀지." 그는 심각한 얼굴로 술잔을 들여다보며 말했다. "전쟁이 일어나던 날 기억하오? 스무 해하고도 일곱 달 전이었지. 모든 로켓에 화성에서 돌아오라는 명령이 떨어졌잖소. 그때 당신과 나와 아이들은 산속에 틀어박혀 고고학 업무를 수행 중이었지. 화성인들의 고대 수술법을 연구하던 중이었던가. 말을 너무 몰아 대서 거의 죽일 뻔했던 일은 기억나오? 그러나 도시에 도착해 보니 모든 것이 끝나고도 일주일이 흘러 있었지. 다들 사라졌지 않았소. 미국은 파괴되고, 로켓은 낙오자 따위는 기다리지도 않고 전부 떠나 버렸고, 기억나오? 기억할 수 있소? 세상에, 신이시여, 세월이 얼마나 빠르게 흘러가는지.

당신과 애들이 없었다면 버틸 수 없었을 거요. 그래, 너희들도 모두. 다들 없었더라면 나는 자살해 버리고 말았을 테지. 그러나 다들 내 곁에 있어서 견딜 가치가 있었던 거요. 그러니 우리 모두를 위해 축배를 듭시다." 그는 잔을 들었다. "우리가 함께 기다린 기나긴 세월을 위하여." 그는 와인을 마셨다.

아내와 두 딸과 아들도 잔을 들어 입가에 가져갔다.

네 사람의 볼을 타고 와인이 흘러내렸다.

아침이 되자 도시에서 일어난 검고 가냘픈 재의 박편이 말라붙은 바다 쪽으로 가득 날아들었다. 불은 꺼졌으나 그 소임은 충분히 다했다. 하늘의 붉은 점이 차츰 커지고 있었으니까.

돌집에서 갓 구운 생강빵의 진한 갈색 향기가 흘러나왔다. 해서웨이가 집에 들어와 보니 아내가 식탁에 갓 구운 빵 쟁반을 내려놓고 있었다. 두 딸은 빳빳한 빗자루로 얌전히 돌바닥을 쓸고, 아들은 은식기를 닦는 중이었다.

"저 사람들에게 아침 만찬을 대접할 수 있겠군." 해서웨이는 웃음을 터트렸다. "자, 다들 가장 좋은 옷을 차려입거라!"

그는 서둘러 자기 땅을 가로질러 창고로 쓰는 커다란 금속제 헛간으로 향했다. 헛간 안에는 그가 능률적이고 짤막하고 초조한 손가락을 놀려서 수리하고 복원한 발전기와 냉동 저장고가 있었다. 그는 남는 시간마다 시계나 전화나 프로그램 녹음기 따위의 온갖 물건을 고치곤 했다. 창고 헛간에는 그 밖에도 그가 제작한 온갖 장치가 가득했다. 그중에는 본인이 봐도 의문이 생길 정도로 터무니없는 물건들도 있었다.

그는 커다란 냉동고에서 콩과 딸기가 든, 서리가 잔뜩 앉은 종이 팩을 꺼냈다. 20년은 된 물건들이었다. 나사로야 나오너라. 그는 이렇게 속으로 중얼거리며 차가운 닭고기도 꺼냈다.

로켓이 착륙했을 때쯤에는 주변에 음식 냄새가 자욱하게 풍기고 있었다.

해서웨이는 소년처럼 언덕을 뛰어 내려갔다. 도중에 갑자기 한 차례 가슴에 찾아온 끔찍한 통증에 잠시 멈추어야 했지만, 그는 바위에 걸터앉아 숨을 고른 다음, 남은 언덕을 마저 달려갔다.

그는 불타는 로켓이 만들어 낸 뜨거운 공기 속에 버티고 섰다. 문 하나가 열렸다. 남자 하나가 아래를 내려다봤다.

해서웨이는 눈을 가리고 올려다보다가, 마침내 소리쳤다. "와일더 대장님!"

"거기 누구요?" 와일더 대장이 이렇게 말하며 뛰어내려서는, 그곳에 있는 노인을 멍하니 바라봤다. 그리고 마침내 손을 내밀었다. "이런 세상에, 해서웨이 아닌가!"

"그렇습니다." 두 사람은 서로의 얼굴을 지그시 바라봤다.

"해서웨이 맞지. 4차 원정대에서 내 휘하에 있던 그 해서웨이야."

"정말 오랜만입니다, 대장."

"너무 오랜만이군. 다시 보니 좋은데."

"저도 늙었지요." 해서웨이는 그저 이렇게만 말했다.

"나도 이젠 젊다고는 못 할 나이일세. 목성과 토성과 해왕성을 다녀오느라 20년이 흘렀으니 말이야."

"저들이 대장님을 하늘 위로 걷어차서 화성 식민지의 정책에 개입할 수 없게 만들었다는 이야기는 들었습니다." 노인은 주변을 둘러봤다. "너무 오래 떠나 계셔서 무슨 일이 벌어졌는지 모르실 수도 있겠지만……"

와일더가 말했다. "추측은 할 수 있지. 우리는 화성을 두 바퀴 돌았다네. 다른 사람이라고는 여기서 1만 6,000킬로미터 넘게 떨어진 곳에 사는 월터 그립이라는 친구밖에 없더군. 함께 가지 않겠냐고 권했는데 거부했다네. 우리가 떠날 때는 고속도로 한복판에 흔들의자를 내놓고 파이프를 피우면서 우리에게 손을 흔들지 뭔가. 화성은 죽은 거나 다름없네. 화성인조차 못 찾았어. 지구는 어떤가?"

"저도 대장님하고 다를 바 없습니다. 가끔 아주 약하게 지구 라디오가 잡히기도 합니다만, 항상 다른 언어라서요. 애석하게도 제가 아는 외국어는 라틴어뿐이고요. 그래도 몇몇 단어는 알아들을 수 있었습니다. 아무래도 지구가 거의 전부 폐허가 되었는데도 전쟁은 끝나지 않은 모양입니다. 돌아가실 겁니까, 대장님?"

"그래. 당연한 소리지만 궁금하거든. 지금껏 우주에 있는 동안에는 라디오 통신이 아예 들어오지 않았다네. 어찌 됐든 지구를 보고 싶기도 하고."

"우리도 데려가 주실 겁니까?"

대장은 깜짝 놀란 표정이었다. "아, 그렇군. 자네 아내는 나도 기억하네. 25년 전에 본 게 마지막이었지? 최초의 마을이 생긴 후에 자네는 제대하면서 아내를 데려왔지. 그리고 아이들도 있었던 것 같은데."

"아들하고 두 딸이 있지요."

"그래, 기억나는군. 다들 여기 있나?"

"우리 오두막집에 있습니다. 언덕 위에서 여러분 모두를 위해 훌륭한 아침 만찬을 준비해 놓고 있지요. 아침 드실 거지요?"

"초대를 기꺼이 받아들이겠네, 해서웨이 선생." 와일더 대장은 로켓을 돌아보며 말했다. "전원 하선!"

언덕을 걸어 올라가는 해서웨이와 와일더 대장, 그리고 그 뒤를 따르는 스무 명의 대원은 희박하고 시원한 아침 공기를 깊이 들이마셨다. 태양이 떠오르며 화창한 날씨를 선사했다.

"스펜더 기억하십니까, 대장님?"

"그 친구를 잊은 적이 없다네."

"저는 1년에 한 번씩은 그 무덤 앞을 지나쳐 갑니다. 어쩐지 결국 그가 성공한 것 같군요. 우리가 여기 오기를 원하지 않았지요. 다들 떠났으니 이제 행복해지지 않았을까요."

"그럼 그 녀석은, 이름이 뭐더라? 파크힐. 샘 파크힐은 어떻게 됐나?"

"핫도그 가게를 열었지요."

"딱 그 녀석다운 일이로군."

"그리고 바로 다음 주에 전쟁에 뛰어들러 지구로 돌아갔습니다." 해서웨이는 가슴에 손을 얹으며 갑자기 바위에 주저앉았다. "죄송합니다. 좀 흥분해서. 오랜만에 대장님을 다시 뵙게 되어 그렇습니다. 쉬어야겠군요." 쿵쿵거리는 심장이 느껴졌다. 그는 심박수를 헤아려 보았다. 상당히 고약했다.

"우리 쪽에는 의사도 있다네." 와일더가 말했다. "이거 미안하군, 해서웨이. 자네가 의사라는 건 알고 있네. 하지만 우리 쪽 의사한테도 검진을 받아 보는 게─" 그는 의사를 불렀다.

"괜찮을 겁니다." 해서웨이는 완고하게 주장했다. "간절히 기다리던 일이 일어난 데다 흥분해서 그런 거지요." 거의 숨조차 쉬기 힘들었다. 입술이 파리했다. 의사가 청진기를 대는 동안 그는 말을 이었다. "그 있잖습니까, 바로 오늘을 위해서 지금껏 살아왔다는 기분이 드는군요. 저를 지구로 데려갈 사람들이 온 것만으로도 만족스러워서, 그냥 누워서 전부 끝내도 괜찮을 것만 같습니다."

"이걸 드시죠." 의사가 그에게 노란 알약을 하나 내밀었다. "좀 쉬시는 게 좋겠습니다."

"터무니없는 소리. 그냥 잠깐만 앉아 있으면 됩니다. 다들 이렇게 보니 너무 좋군요. 새로운 목소리를 듣는 것만으로도 좋아요."

"알약이 듣는 것 같습니까?"

"잘 듣는군요. 그럼 갑시다!"

그들은 언덕으로 걸어 올라갔다.

"앨리스, 누가 왔는지 좀 보구려!"

해서웨이는 얼굴을 찌푸리며 허리를 숙이고 돌집 안으로 들어갔다. "앨리스, 내 말 들었소?"

그의 아내가 등장했다. 잠시 후 훤칠한 키에 우아한 모습의 두 딸에, 그보다도 큰 키의 아들이 따라 나왔다.

"앨리스, 와일더 대장님 기억하오?"

그녀는 마치 지시를 구하는 것처럼 머뭇거리며 해서웨이를 보다가, 이내 미소를 지었다. "물론이지요, 와일더 대장님!"

"저도 기억합니다. 제가 목성으로 떠나기 전날 밤에 함께 저녁을 들었지요, 해서웨이 부인."

그녀는 활기차게 그와 악수를 나누었다. "제 딸인 마거리트와 수전이에요. 이쪽은 아들인 존이고요. 너희들도 대장님 기억하지?"

악수와 웃음과 수많은 대화가 오갔다.

와일더 대장이 코를 킁킁거렸다. "이거 설마 생강빵 냄새입니까?"

"좀 드시겠어요?"

모두 바삐 움직이기 시작했다. 서둘러 접이식 탁자를 꺼내고, 뜨거운 음식을 날라 내오고, 쟁반과 훌륭한 다마스크 천 냅킨과 은식기를 늘어놓았다. 와일더 대장은 처음에는 해서웨이 부인을, 뒤이어 그녀의 아들과 훤칠하고 조용히 움직이는 두 딸을 바라보았다. 부산하게 움직이는 그들의 얼굴을 지그시 보고, 젊음이 넘치는 손동작 하나하나와 주름살 없이 매끄러운 얼굴에 떠오르는 모든 표정을 세심하게 살폈다. 아들이 의자를 가져오자, 그는 거기에 앉으며 이렇게 물었다. "너 몇 살이냐, 얘야?"

아들은 대답했다. "스물세 살입니다."

와일더는 어색하게 은식기를 만지작거렸다. 얼굴도 갑자기 창백해졌다. 옆에 앉은 남자가 그에게 속삭였다. "와일더 대장, 뭔가 잘못됐습니다."

아들은 의자를 더 가져오려고 자리를 떴다.

"뭐가 잘못됐나, 윌리엄슨?"

"저는 마흔세 살입니다, 대장. 그리고 20년 전에 저쪽의 젊은 존 해서웨이와 함께 학교에 다녔습니다. 저 친구는 자기가 스물세 살이라고 하고, 겉모습도 스물세 살이 분명합니다. 하지만 그건 말도 안 됩니다. 저 친구는 최소한 마흔두 살은 되어야 합니다. 이게 대체 무슨 뜻인 겁니까, 대장?"

"나도 모르겠네."

"거북해 보이시는데요, 대장."

"기분이 좋지 않군. 딸들도 마찬가지야. 저 아이들을 마지막으로 본 게 20년 전이지. 그런데 변한 구석이 하나도 없어. 주름살 하나도 없군. 부탁 하나만 들어주겠나? 확인하고 싶은 게 있네. 어딜 가서 뭘 확인해야 하는지는 나중에 알려 주지. 아침을 다 먹어 갈 때쯤 슬쩍 자리를 빠져나가게. 자네 걸음이면 10분이면 갈 수 있을 거야. 여기서 별로 멀지 않거든. 착륙하면서 로켓에서 위치를 확인해 놓았네."

"자! 뭘 그렇게 심각하게 이야기하고 계세요?" 해서웨이 부인은 국자를 들고 그릇마다 수프를 퍼 주었다. "이제 좀 웃으세요. 다들 함께 모였고, 여행도 끝났고, 집에 온 셈이잖아요!"

"그렇군요." 와일더 대장은 웃음을 터뜨렸다. "확실히 아주 건강하고 젊어 보이십니다, 해서웨이 부인!"

"하여튼 남자들이란!"

그는 경쾌하게 멀어지는 그녀의 모습을, 따스하고 발그레하고 사과처럼 주름살 하나 없이 매끈한 볼을 바라봤다. 그녀는 농담을 건넬 때마다 웃으며 맞장구를 치고, 샐러드를 깔끔하게 나눠 담으며 잠시도 쉬지 않고 움직였다. 마른 몸의 아들과 늘씬한 몸의 딸들은 자기 아버지처럼 총명하고 재치가 넘쳤으며, 이곳에서 보낸 오랜 세월과 내밀한 삶의 이야기를 들려주었다. 그리고 아이들의 아버지는 내내 자랑스럽게 고개를 끄덕였다.

윌리엄슨이 슬쩍 언덕을 내려갔다.

"저 사람은 어딜 갑니까?" 해서웨이가 물었다.

"로켓을 점검해야 해서." 와일더가 말했다. "어쨌든 하던 이야기로 돌아가지, 해서웨이. 목성에는 인간에게 필요한 요소라고는 아무것도 없네. 토성하고 명왕성도 마찬가지야." 와일더의 입에서 기계적으로 목소리가 흘러나왔다. 이제는 자기 목소리도 제대로 듣지 못하는 채로, 그저 윌리엄슨이 서둘러 내려갔다가 다시 올라와서 발견한 것을 말해 주기만을 기다리고 있었다.

"고맙다." 마거리트 해서웨이가 그의 물 잔을 채워 주었다. 그는 충동적으로 그녀의 팔을 건드렸다. 아이는 신경조차 쓰지 않는 듯했다. 그녀의 맨살은 따스하고 부드러웠다.

식탁 맞은편에 앉은 해서웨이는 하던 일을 멈추고 고통스럽게 손가락으로 가슴을 만지기를 되풀이했다. 그러다가도 수군거리는 목소리와 갑작스러운 떠들썩한 대화에 귀를 기울이며, 가끔 걱정하는 표정으로 생강빵을 별로 즐기지 못하는 와일더를 바라보기도 했다.

돌아온 윌리엄슨은 자리에 앉아서 음식을 깨작거렸다. 대장이 곁에 붙어 속삭였다. "어땠나?"

"있었습니다, 대장님."

"그리고?"

윌리엄슨의 얼굴은 창백했다. 눈은 떠들썩하게 웃는 사람들 쪽에서 떠나지 않고 있었다. 딸들은 활짝 웃음을 짓고 아들은 농담 하나를 꺼내고 있었다. 윌리엄슨이 말했다. "묘지로 들어가서 확인했습니다."

"십자가 네 개가 있던가?"

"십자가가 네 개 있었습니다, 대장님. 이름도 아직 읽을 수 있었고요. 확실하게 하려고 여기 적어 왔습니다." 그는 하얀 종이의 내용을 읽었다. "앨리스, 마거리트, 수전, 존 해서웨이. 미확인 바이러스로 사망. 2007년 7월."

"고맙네, 윌리엄슨." 와일더는 눈을 감았다.

"19년 전입니다, 대장님." 윌리엄슨의 손이 떨렸다.

"그렇지."

"그럼 저들은 누구인 겁니까!"

"나도 모르네."

"대장님은 어쩌실 겁니까?"

"그것도 모르겠네."

"다른 사람들한테 알릴까요?"

"나중에. 지금은 아무 일도 없었던 것처럼 식사나 계속하게."

"별로 입맛이 없습니다, 대장님."

로켓에서 꺼내 온 와인이 식사의 마지막을 장식했다. 해서웨이는 자리에서 일어났다. "여러분 모두를 위해 건배합시다. 다시 친구들과 어울리니 정말 즐겁군요. 그리고 내 아내와 아이들에게도 건배합시다. 이들이 없었으면 지금껏 홀로 살아남을 수 없었을 겁니다. 이들의 친절과 보살핌 덕분에 지금껏 살아오며 여러분의 도착을 기다릴 수 있었던 거니까요." 그는 와인 잔을 가족들 쪽으로 들어 보였다. 그들은 부끄러운 듯 마주 바라보다가, 다들 와인을 마시기 시작한 다음에야 마침내 눈길을 내렸다.

해서웨이는 자기 잔을 비웠다. 그리고 아무 소리도 없이 탁자 위로 엎어졌다가 그대로 땅으로 굴러떨어졌다. 사람들이 달려와서 그를 편히 눕혔다. 의사는 그의 앞에 앉아서 가슴에 귀를 댔다. 와일더가 의사의 어깨를 건드렸다. 의사는 그를 올려다보며 고개를 저었다. 와일더는 무릎 꿇고 앉아 노인의 손을 붙들었다. "와일더 대장님?" 거의 들리지 않을 정도로 가느다란 목소리였다. "제가 아침 식사 자리를 망쳤군요."

"무슨 소린가."

"저 대신 앨리스와 아이들에게 작별 인사를 전해 주세요."

"조금만 기다리게, 지금 불러오겠네."

"아뇨, 아뇨, 안 됩니다!" 해서웨이가 헐떡였다. "이해 못 할 겁니다. 이해하지 않았으면 좋겠어요. 제발!"

와일더는 자리를 지켰다.

해서웨이의 숨이 멎었다.

와일더는 한참을 기다렸다. 그리고 충격받은 얼굴로 해서웨이를 둘러싸고 있는 대원들 곁을 떠났다. 그는 앨리스 해서웨이에게 가서 그녀의 얼굴을 들여다보며 말했다. "방금 무슨 일이 일어났는지 알고 있습니까?"

"남편한테 무슨 일이 생긴 건가요?"

"방금 세상을 떠났습니다. 심장 문제였죠." 와일더는 그녀를 주시하며 말했다.

"안된 일이에요." 그녀가 말했다.

"기분이 어떻습니까?" 그가 물었다.

"남편은 우리가 슬퍼하는 걸 원하지 않았어요. 언젠가 이런 일이 일어나도 우리가 울지 않기를 바랐지요. 그래서 우리에게 방법을 가르쳐 주지 않은 거겠죠. 우리가 알기를 원하지 않았으니까요. 사람이 겪을 수 있는 가장 끔찍한 일은 외로워지는 법을, 슬픔을 느끼는 법을, 울음을 터트리는 법을 깨우치는 거랬어요. 그래서 우리는 울음이 뭔지도, 슬픔을 느끼는 법도 배울 수 없었지요."

와일더는 그녀의 손을, 부드럽고 따스한 손과 매니큐어를 칠한 섬세한 손톱과 가느다란 손목을 슬쩍 바라봤다. 그리고 늘씬하고 매끄러운 하얀 목선과 지성이 깃든 눈으로 시선을 돌렸다. 마침내 그가 입을 열었다. "당신과 아이들을 이 정도로 만들어내다니, 해서웨이의 솜씨가 정말로 대단하군요."

"남편이 그 말을 들었으면 기뻐했을 거예요. 우리를 정말로 자랑스럽게 여겼거든요. 시간이 흐르니 자기가 우리를 만들었다는 것조차 잊어버렸죠. 결국에는 우리를 사랑하고 진짜 아내와 자식으로 받아들이게 됐어요. 그리고 어떻게 보면 사실이 그렇고요."

"당신들 덕분에 위안을 얻었을 겁니다."

"그래요, 몇 년 동안 함께 둘러앉아 이야기를 나누었거든요. 남편은 대화를 나누기를 정말 좋아했어요. 이 돌집과 모닥불도 좋아했고요. 도시로 내려가서 제대로 된 집에서 살 수도 있었지만, 남편은 이곳이 더 마음에 든다고 했어요. 내키는 대로 원시적으로도 현대적으로도 살 수 있으니까요. 자기 실험실하고 거기서 해낸 일들을 전부 설명해 줬죠. 남편은 언덕 아래 있는 죽은 미국인 도시에 통째로 전기와 스피커를 연결해 놨어요. 버튼 하나만 누르면 도시에 불이 들어오면서 1만 명의 사람이 사는 것처럼 시끌벅적해지죠. 비행기 소리에 차 소리에 대화를 나누는 사람들의 소리도 들려요. 그럴 때마다 남편은 자리에 앉아서 여송연에 불을 붙이고 우리하고 대화를 나누었어요. 그러고 있노라면 도시의 소리가 우리 있는 곳까지 들려오고, 가끔은 전화가 울리면서 녹음된 목소리가 해서웨이 씨를 호출해서 과학이나 수술 관련 질문을 던지기도 했죠. 남편은 열심히 대답했고요. 전화가 울리고 우리가 함께 있고 도시의 소리가 들리고 여송연이 있으면, 해서웨이 씨라는 사람은 나름 행복할 수 있었던 거예요. 남편이 우리에게 줄 수 없었던 것은 딱 하나뿐이었어요." 그녀는 말을 이었다. "노화였죠. 남편은 매일 조금씩 늙어 갔지만, 우리는 항상 똑같았으니까요. 남편은 신경 쓰지 않았던 것 같아요. 어쩌면 우리가 그런 존재이기를 원했을지도 모르겠네요."

"나머지 네 개의 십자가가 있는 묘지에 묻어 주겠습니다. 이 친구도 그걸 좋아할 것 같군요."

그녀는 그의 손목에 가볍게 손을 올렸다. "분명 그럴 거예요."

명령이 떨어졌다. 가족은 간소한 장례 행렬을 따라 언덕을 내려갔다. 대원 두 명이 들것에 싣고 천을 씌운 해서웨이를 운반했다. 그들은 오래전에 해서웨이가 작업을 시작했던 돌집과 창고 헛간을 지나쳤다. 와일더는 작업장 문 안을 들여다보며 잠시 걸음을 멈췄다.

아내와 세 아이와 함께 외딴 행성에 살다가, 그들이 모두 죽어서 바람과 정적 속에 홀로 남게 된다면, 대체 어떤 기분이 들까? 그런 일을 겪은 사람에게는 어떤 일까지 가능한 걸까? 해서웨이는 무덤에 그들을 묻고 십자가를 세운 다음에 작업장으로 돌아와서, 모든 정신력과 기억과 손끝의 정교함과 천재성을 끌어모아, 아내였고 아들이었고 딸이었던 존재들을 조금씩 한 부분씩 조립해 나갔다. 언덕 아래의 미국인 도시에서 모든 필요한 물자를 가져올 수 있으니, 영리한 사람이라면 뭐든 할 수 있었을 것이다.

일행의 발소리가 모래에 묻혀 잦아들었다. 묘지 안으로 들어가니 대원 두 명이 이미 땅을 파 놓고 기다리고 있었다.

그들은 늦은 오후가 되어 로켓으로 돌아왔다.

윌리엄슨은 작은 돌집 쪽으로 고갯짓해 보였다. "저들은 어떻게 하실 겁니까?"

"나도 모르겠네." 대장이 말했다.

"전원을 끌 생각이십니까?"

"끈다고?" 대장의 얼굴에 아주 살짝 놀란 기색이 어른거렸다. "그런 생각은 해 본 적도 없네."

"우리가 데려가지는 않을 거지요?"

"그래. 아무 의미 없지 않겠나."

"그렇다면 저들을 지금 저대로, 저 모습 그대로 놔두고 간다는 말이잖습니까!"

대장은 윌리엄슨에게 총을 건넸다. "이 상황을 처리할 수 있다면, 자네는 분명 나보다 나은 사람일 걸세."

5분 후에 윌리엄슨은 진땀을 흘리며 돌집에서 돌아왔다. "여기, 총 받으십시오. 이제 대장님의 말뜻을 알겠습니다. 총을 들고 돌집으로 들어갔더니 딸아이 하나가 내게 미소를 짓더군요. 다른 이들도 마찬가지였고요. 부인은 차를 한잔 권했습니다. 세상에, 살인이나 다를 바가 없더군요!"

와일더는 고개를 끄덕였다. "저들처럼 훌륭한 존재는 다시없을 걸세. 게다가 오래 버틸 수 있도록 만들어졌지. 10년, 50년, 100년을 버틸지도 몰라. 그래, 저들도 자네나 나나 다른 대원들과 마찬가지로…… 삶을 누릴 권리가 있는 걸세." 그는 파이프 재를 떨었다. "자, 그럼 로켓에 오르게. 이륙해야지. 저 도시는 끝났어. 우리가 쓸 만한 건 없을 걸세."

해가 기울었다. 차가운 바람이 일기 시작했다. 대원들은 승선을 마쳤다. 그러나 대장은 머뭇거렸다. 윌리엄슨이 입을 열었다. "설마 대장님, 저기로 돌아가서 그…… 작별 인사를 하고 오시려는 건 아니겠지요?"

대장은 차가운 눈으로 윌리엄슨을 바라봤다. "자네가 신경 쓸 일이 아닐세."

와일더는 잰걸음으로 어둑해지는 바람을 뚫고 돌집으로 향했다. 로켓 안의 대원들은 그의 그림자가 돌집의 문간에서 서성이는 모습을 지켜봤다. 이윽고 여성의 그림자가 등장했다. 대장은 그녀와 악수를 나누었다.

잠시 후 그는 뛰어서 로켓으로 돌아왔다.

말라붙은 죽은 바다에서 일어난 바람이 육각형 묘석으로 가득한 묘지로 불어오는 밤마다, 네 개의 낡은 십자가와 하나의 새로운 십자가 위를 쓸고 지나갈 때마다, 낮은 돌집 안에서는 불빛이 일렁였다. 바람이 울부짖으며 지나치고 먼지가 솟아오르고 차가운 별이 타오를 때마다, 돌집 안에서는 네 개의 형체가, 여자와 두 딸과 아들이 모여 앉아, 아무 이유도 없이 모닥불을 피우며 대화를 나누고 웃음을 터트렸다.

밤이면 밤마다, 해가 가고 또 가도, 전혀 아무런 이유도 없이, 여자는 종종 밖으로 나와 눈가에 손을 올리고 먼 하늘을, 녹색으로 타오르는 지구를 한참 바라보곤 했다. 자신이 그렇게 바라보는 이유도 알지 못하는 채로. 그녀는 결국 다시 집으로 들어가 모닥불에 잔가지 하나를 던져 넣었다. 바람이 일어나는 말라붙은 바다에는 여전히 죽음만이 깃들어 있었다.

보슬비가
내리겠지요

거실에서 목소리 시계의 노랫소리가 울렸다. 째깍째깍, 7시 정각입니다, 기상 시간이에요, 기상 시간이에요, 7시입니다! 마치 아무도 일어나지 않을까 겁먹은 것만 같았다. 아침의 집에는 아무도 없었다. 시계는 계속 째깍거리며 정적 속으로 같은 말을 반복해서 쏟아 냈다. 7시 9분입니다, 아침 먹을 시간이에요, 7시 9분입니다!

부엌에서는 스토브가 헛 하고 김을 뿜으며 뜨끈한 배 속에서 완벽하게 갈색으로 익은 토스트 여덟 조각, 노른자가 위로 오도록 조리한 달걀 여덟 알, 베이컨 열여섯 조각, 커피 두 잔, 시원한 우유 두 잔을 토해 냈다.

"여기는 캘리포니아주 앨런데일, 오늘은 2026년 8월 4일입니다." 다른 목소리가 부엌 천장에서 말했다. 목소리는 기억에 새겨

넣으려는 듯 날짜를 세 번 반복해 읊었다. "오늘은 페더스톤 씨의 생일입니다. 오늘은 틸리타의 결혼기념일입니다. 보험금 및 수도, 가스, 전기 고지서를 납부하실 수 있습니다."

벽 안쪽 어디선가 기계 장치가 달칵이는 소리가 났다. 전자 눈이 읽을 수 있도록 기억 테이프가 미끄러져 돌아가는 소리였다.

8시 1분, 째깍째깍, 8시 1분입니다, 등교 시간입니다, 출근 시간입니다, 서둘러요, 얼른 뛰어요, 8시 1분입니다! 그러나 거칠게 문이 닫히는 소리도, 신발의 고무 밑창이 부드럽게 양탄자를 밟는 소리도 들리지 않았다. 현관문의 날씨 경보기가 나직하게 노래했다. "비가, 비가 내릴 거예요. 오늘은 장화와 우비를 준비하세요⋯⋯" 이내 빗소리가 아무도 없는 집 안에 타닥거리며 울리기 시작했다.

밖에서는 차고가 종소리와 함께 문을 올리고 주인을 기다리는 자동차를 내보였다. 문은 한참을 기다린 끝에야 다시 내려와 닫혔다.

8시 30분이 되자 달걀은 쪼그라들고 토스트는 돌처럼 딱딱해졌다. 브이 자 모양의 알루미늄 막대가 음식을 전부 싱크대로 밀어 넣었고, 뜨거운 물이 쏟아져 그 모든 것들을 금속 목구멍으로 넘겨 버렸다. 금속 기관이 모든 음식을 소화해서 먼 바다에 뱉어 냈다. 더러워진 접시는 뜨거운 세척기 안으로 들어갔다가 바싹 말라 반짝이는 모습으로 다시 등장했다.

9시 15분입니다, 청소할 시간이에요. 시계가 노래했다.

벽에 달린 무수한 사육장에서 조그만 로봇 생쥐들이 튀어나왔다. 이내 집 안의 방마다 고무와 금속으로 만든 작은 청소용 동물이 들끓었다. 생쥐들은 의자에 가서 부딪치고, 수염 달린 동체를 바삐 움직이고, 깔개의 보풀을 문지르고, 눈에 보이지 않는 먼지를 조심스레 빨아들였다. 그러고는 마치 수수께끼의 침략자처럼 그대로 자기네 소굴로 돌아가 버렸다. 이내 분홍색 전자 눈에서 빛이 사라졌다. 집은 깨끗해졌다.

10시입니다. 비가 그치고 해가 떠올랐다. 집은 폐허와 잿더미만 남은 도시에 홀로 서 있었다. 유일하게 무사한 건물이었다. 밤마다 폐허가 된 도시는 수 킬로미터 밖에서도 보일 법한 방사능의 빛을 내뿜었다.

10시 15분입니다. 정원용 스프링클러가 금빛 물줄기와 함께 돌아가기 시작하며, 부드러운 아침 공기 속으로 눈부신 빛의 조각을 흩뿌렸다. 유리창에 맞은 물은 서쪽 외벽을 타고 흘러내렸다. 예전에 벽에 칠해져 있던 하얀 페인트는 이제는 까맣게 불타 사라졌다. 벽면은 다섯 개의 얼룩을 제외하면 완전히 검은색이었다. 한쪽에 잔디를 깎는 남자의 실루엣이 하얀 페인트 자국으로 남았다. 다른 한쪽에는 허리를 숙여 꽃을 꺾는 여자 모습이 사진처럼 찍혀 있었다. 조금 떨어진 곳에는 파국의 순간에 그대로 나무 벽 표면에 새겨진 다른 형상들이 보였다. 팔을 허공으로 번쩍 들어 올린 소년, 날아 오른 공, 그리고 반대편에서 영영 내려오지 않을 공을 받으려고 만세를 하는 소녀.

남자, 여자, 두 아이, 공. 다섯 개의 페인트 얼룩은 그대로 남았다. 나머지는 탄화된 얇은 막에 뒤덮였다.

빛이 스프링클러의 부드러운 물줄기를 타고 쏟아지며 정원 곳곳을 가득 메웠다.

오늘 이날까지 이 집은 놀랍도록 훌륭하게 평화를 유지했다. 외톨이 여우나 칭얼거리는 고양이들에게 "누구십니까? 비밀번호를 말씀해 주시겠습니까?"라고 조심스레 질문하고는, 답이 들려오지 않으면 마치 자기방어에 사로잡힌 나이 지긋한 독신녀처럼 그대로 창문을 닫고 가리개를 쳤으니까. 거의 기계적인 피해망상이라고 불러도 될 지경이었다.

집은 소리가 들릴 때마다 흠칫 몸을 떨었다. 참새가 창문을 스치고 지나가기만 해도 곧바로 가리개가 올라갔다. 그러면 새는 깜짝 놀라서 날아가 버리곤 했다! 그래, 심지어 새 한 마리조차도 이 집을 건드릴 수는 없는 것이다!

이 집은 크고 작은 1만 명의 수행원이 조화를 이루어 시중들고 봉사하는 하나의 커다란 제단이나 다름없는 곳이었다. 그러나 신들이 떠난 지금, 이곳에서는 무의미하고 쓸모없는 제례가 계속되고 있을 뿐이었다.

12시 정오입니다.

개 한 마리가 현관 앞에서 몸을 떨며 낑낑거렸다.

현관은 개의 소리를 알아듣고 문을 열어 주었다. 한때는 우람하고 덩치가 큰 개였지만, 이제는 뼈와 종기투성이 가죽만 남은 모습이었다. 개는 진흙을 흘리며 집 안 이곳저곳을 돌아다녔고, 생쥐들은 잔뜩 화난 채로 그 뒤를 바쁘게 따라다녔다. 진흙을 치우는 일은 끔찍이도 귀찮았으니까.

문 아래로 낙엽 조각이라도 흘러 들어오면 벽면의 뚜껑이 열리며, 구리로 만든 청소용 집쥐들이 쏜살같이 달려 나온다. 집쥐들의 조그만 강철 주둥이는 이 집을 습격하는 먼지나 머리카락이나 종잇조각을 그대로 잡아채 구멍으로 가지고 들어갔다. 쓰레기는 구멍 속 관을 타고 지하실까지 내려가서, 어둑한 한쪽 구석에서 대악마 바알처럼 도사리고 한숨을 쉬는 소각로 구멍으로 떨어졌다.

개는 위층으로 달려 올라가더니, 문마다 멈춰서 발작하듯 짖었다. 그리고 한때 이 집이 깨달았듯이, 이곳에는 정적밖에 존재하지 않는다는 사실을 마침내 깨달았다.

개는 허공을 킁킁거리고는 부엌문을 긁었다. 문 뒤편에서는 스토브가 팬케이크를 굽고 있었다. 갓 구운 팬케이크와 메이플 시럽의 냄새가 집 안을 가득 채웠다.

개는 입에 거품을 물고는, 코를 킁킁거리며 문가에 누웠다. 순간 개의 눈에 불꽃이 타올랐다. 개는 자기 꼬리를 쫓으며 제자리에서 광란에 빠진 듯 빙빙 돌더니, 그대로 죽어 버렸다. 그리고 그대로 응접실에 한 시간을 누워 있었다.

2시입니다. 목소리가 말했다.

마침내 부패의 존재를 느낀 생쥐 군대가 쏟아져 나왔다. 전기의 바람에 흩날리는 회색 낙엽처럼 가볍게 응응대면서.

2시 15분입니다.

개의 모습은 사라졌다.

지하실에서 소각로가 갑자기 번쩍였고, 굴뚝이 일렁이는 불꽃을 뿜었다.

2시 35분입니다.

테라스 벽에서 브리지 탁자가 튀어나왔다. 트럼프 카드가 게임 판 위에서 펄럭이며 숫자와 문양이 비처럼 쏟아졌다. 참나무

벤치에는 달걀 샐러드 샌드위치를 곁들인 마티니가 차려졌다. 음악이 흘러나왔다.

그러나 탁자는 고요했고, 아무도 카드를 건드리지 않았다.

4시가 되자 탁자들은 커다란 나비처럼 스스로 접혀서 벽면 안으로 빨려 들어갔다.

4시 30분입니다.

놀이방의 벽이 환해졌다.

동물의 형상이 떠올랐다. 노란색 기린, 파란색 사자, 분홍색 영양, 연보라색 표범들이 말간 수정 안에서 신나게 뛰놀았다. 유리로 만든 벽 안에서, 동물들은 다양한 색과 환상을 품고 밖을 기웃거렸다. 숨어 있던 필름이 매끄럽게 돌아가는 톱니바퀴의 작동에 따라 찰칵거리며, 벽면이 살아 움직이기 시작했다. 놀이방의 바닥은 생생하게 영근 초원으로 변했다. 알루미늄 바퀴벌레와 철제 귀뚜라미가 그 위를 뛰어다녔고, 후덥지근한 공기 속에서는 하늘하늘한 붉은 종이로 만든 나비들이 코를 찌르는 동물 냄새를 뚫고 팔랑거리며 날아다녔다! 사자가 나른하게 목을 울릴 때마다, 어둑한 울림통 속에 노랗게 집을 지은 벌들이 일제히 웅웅거리는 듯한 소리가 울렸다. 오카피의 사뿐한 발소리와 빗방울이 정글을 적시며 웅얼거리는 소리가, 그리고 다른 온갖 발굽들이 여름이 눌어붙은 풀밭을 밟고 지나가는 소리가 들렸다. 이내 벽은 끝없이 펼쳐진 말라붙은 잡초 밭과 뜨끈하고 끝없는 하늘로 녹아들었다. 동물들은 가시덤불과 물웅덩이로 물러났다.

아이들의 시간이었다.

5시입니다. 욕조에 뜨겁고 깨끗한 물이 가득 찼다.

6시, 7시, 8시입니다. 저녁 접시가 속임수 마술처럼 등장했다 사라지고, 서재에서 찰칵 소리가 들렸다. 이제 벽난로에서는 불이 따스하게 타오르기 시작했고, 맞은편의 금속 스탠드에서는 여송연 하나가 튀어나왔다. 여송연은 1센티 정도 타들어 간 채로 연기를 뿜으며 손길을 기다렸다.

9시입니다. 숨겨진 회로가 침대를 따뜻하게 덥혔다. 이곳의 밤은 추우니까.

9시 5분입니다. 서재 천장에서 목소리가 울렸다.

"매클렐런 부인, 오늘 밤에는 어떤 시를 읽어 드릴까요?"

집 안은 고요했다.

마침내 목소리가 다시 말했다. "선호하는 작품을 말씀하지 않으셨으니, 제가 무작위로 선택하겠습니다." 조용한 음악이 배경에 깔렸다. "세라 티즈데일입니다. 제 기억에 따르면 좋아하시는 작품이네요……"

보슬비가 내리고 흙 내음이 풍기겠지요
일렁이는 소리를 수놓으며 제비가 맴돌겠지요

밤이 깃들면 연못에서 개구리가 노래하고,
들판의 자두나무는 떨리는 하얀 빛을 두르겠지요

울새는 불길을 깃털처럼 휘감고
주저앉은 철조망 위에서 마음 가는 대로 지저귀겠지요

그 누구도 전쟁을 모를 거예요. 마침내
전쟁이 끝났는데도 아무도 신경 쓰지 않겠지요

인류가 완전히 스러진다 해도
새도 나무도 그 누구도 개의치 않을 거예요

새벽을 맞아 깨어난 봄의 여신조차도
우리가 사라진 것조차 깨닫지 못하겠지요

석조 벽난로에서는 불길이 타오르고, 여송연은 재떨이에 조용히 쌓인 담뱃재 위로 떨어졌다. 침묵하는 벽들 사이에서 사람 없는 의자들이 서로를 마주했고, 음악은 계속 흘러나왔다.

10시가 되자 집에 죽음이 찾아왔다.

강풍이 불었다. 굵직한 나뭇가지가 떨어지며 부엌 창문을 깨고 들어왔다. 세척 용제 병이 깨지며 그대로 스토브 위로 흩뿌려졌다. 순식간에 방 안에 화염이 가득 타올랐다!

"화재입니다!" 목소리가 외쳤다. 사방에서 조명이 번쩍이고, 펌프를 타고 올라온 물이 천장에서 쏟아졌다. 그러나 용제는 순식간에 리놀륨 바닥 위로 퍼져 나갔고, 불길이 부엌문을 날름거리며 집어삼키기 시작했다. 그러는 동안에도 여러 목소리는 합창하듯 소리치기를 멈추지 않았다. "화재, 화재, 화재입니다!"

집은 자기 몸을 지키려 애썼다. 곳곳의 문이 단단히 닫혔지만, 열기 때문에 여기저기서 창문이 깨져 나가며 바람이 밀려와 불길의 기운을 북돋웠다.

집은 차츰 열세에 몰렸다. 화염 속에서 일어난 수백억 개의 성난 불꽃들이 사뿐하게 방에서 방으로 옮겨붙다가, 이윽고 계단을 타고 올라가기 시작했다. 집쥐들이 벽에서 튀어나와 열심히 찍찍거리며 돌아다니면서 물을 쏘아 대고는 보급하러 돌아가기를 반복했다. 벽면의 분사 기계 장치는 인공 빗줄기를 쏟아 냈다.

그러나 너무 늦어 버렸다. 어디선가 한숨 소리와 함께 펌프가 힘겹게 작동을 멈추었다. 집을 적시던 빗줄기가 멎었다. 평화로운 한때가 흘러가는 동안 욕조를 채우고 설거지할 물을 공급하던 예비 저수조가 마침내 고갈되어 버린 것이었다.

불길이 타닥거리며 계단을 타고 올라갔다. 그리고 위층 복도에 걸린 피카소와 마티스를 발견하자, 그게 마치 별미라도 되는 듯 혀를 날름거리기 시작했다. 불길은 기름기 가득한 살점을 구워 부풀리고 화폭도 잘 익혀서 검은 부스러기로 만들어 버렸다.

이제 불길은 침대에 몸을 뉘고, 창가에 서서 커튼의 색을 바꾸기 시작했다!

다음 순간 지원군이 도착했다.

다락으로 통하는 천장의 여닫이문에서 눈먼 로봇 얼굴들이 등장하더니, 아래를 내려다보며 입에서 녹색 화학물질을 토해 내기 시작했다.

불길은 잠시 물러섰다. 코끼리라도 죽은 뱀을 보면 움찔하며 물러설 수밖에 없는 법이니까. 스무 마리의 뱀들이 바닥을 때리면서, 투명하고 차갑고 거품이 이는 녹색 독액으로 불길을 때려잡기 시작했다.

그러나 불길은 영리했다. 작은 불꽃을 집 밖으로 내보내 다락방으로 올라가서 그곳의 펌프를 공격하도록 지시한 것이다. 폭발이 일어났다! 펌프를 지휘하던 다락방의 두뇌가 청동 파편으로 산산이 부서지며 대들보에 박혔다.

다시 밀려든 불길은 모든 옷장을 샅샅이 뒤지며 그곳에 걸린 옷가지들을 어루만졌다.

집은 몸을 떨기 시작했다. 참나무 골격이 열기에 움츠러들었고, 사방으로 신경처럼 뻗은 전선망은 마치 외과의가 피부를 벗겨 내 뜨거운 공기에 닿은 붉은 핏줄과 모세혈관처럼 모습을 드러내고 몸부림쳤다. 도움이, 도움이 필요합니다! 화재입니다! 탈출해, 탈출해요! 열기가 손을 휘두르자 거울이 마치 겨울철 살얼음처럼 깨져 나갔다. 그리고 온갖 목소리들은 계속 울부짖었다. 화재, 화재, 탈출, 탈출, 마치 비극적인 머더구스의 노래처럼, 열 개가 넘는 목소리가, 높고 낮은 목소리가, 숲에서 홀로 외로이 죽어 가는 아이들처럼 들리는 목소리가 소리쳤다. 그러나 덮개 아래에서 전선이 군밤처럼 터져 나가며 목소리들도 하나씩 사라졌다. 하나, 둘, 셋, 넷, 다섯 개의 목소리가 자취를 감췄다.

아이들 놀이방에서는 정글이 불타고 있었다. 푸른 사자가 울부짖고, 보라색 기린들이 날뛰었다. 표범들은 제자리에서 색을 바꿔 가며 뱅글뱅글 돌았다. 천만 마리의 동물들이 불길을 피해 달려가다가, 멀리서 끓어오르는 강물로 뛰어들며 자취를 감추었다……

추가로 열 개의 목소리가 사라졌다. 불길이 밀려드는 마지막 순간까지도, 다른 목소리들은 사방에서 벌어지는 일에 무심한 채로 시간을 알리고, 음악을 연주하고, 원격조종 잔디깎이로 정원을 정리하고, 바쁘게 우산을 정리하고 현관문을 닫았다 열기를 반복하며, 수천 가지의 온갖 다른 일을 벌였다. 마치 시계포의 수많은 시계가 앞서거니 뒤서거니 하며 정신없이 시간을 알리는 것처럼, 이런 정신 나간 혼돈 속에서도 일종의 통일성이 느껴졌다. 노래와 비명 속에서, 마지막 한 무리의 청소 생쥐들이 저 끔찍한 재를 처리하려고 용감하게 돌아다니고 있었다! 그리고 목소리 하나는 고상하게도 주변 상황을 조금도 개의치 않은 채로, 타오르는 서재에서 계속 시를 낭송하고 있었다. 모든 필름 꾸러미가 불타고 전선이 말라비틀어지고 회로가 부서지는 그 순간까지도.

화염이 터져 나오며 집은 그대로 내려앉았다. 불꽃과 연기가 치맛자락처럼 사방으로 퍼져 나갔다.

화염과 잔해가 비처럼 쏟아져 내리기 직전의 한순간, 정신 나간 듯한 속도로 열심히 아침을 만드는 스토브의 모습이 비쳤다. 120개의 달걀이, 식빵 여섯 덩이 분량의 토스트가, 240개의 베이컨 조각이, 불길에 먹혀서 다시 조리를 시작한 스토브 위에서 발작하듯 치직거리며 익어 가고 있었다!

쾅 소리와 함께, 다락방이 부엌과 거실 위로 무너져 내렸다. 거실은 지하창고로, 지하창고는 지하 2층으로 뚫고 들어갔다. 냉동고와 안락의자와 필름 테이프와 회로와 침대와 그 외의 온갖 타고 남은 해골들이 그대로 땅속 깊은 곳의 잔해 무더기로 내던져졌다.

정적이 찾아오며 연기가 피어올랐다. 엄청난 양의 연기였다.

동녘이 희미하게 밝아 오기 시작했다. 단 하나의 벽면이 잔해 속에 외로이 서 있었다. 벽 속에서 마지막 남은 목소리가 흘러나왔다. 떠오른 햇살이 무너진 파편과 연기 속을 비추는 가운데에도, 그 목소리는 계속 같은 말을 반복했다.

"오늘은 2026년 8월 5일입니다. 오늘은 2026년 8월 5일입니다. 오늘은……"

백만 년의 소풍

엄마가 난데없이 다 함께 낚시하러 가는 것도 나쁘지 않겠다고 이야기를 꺼냈다. 그러나 티머시는 그게 엄마 생각이 아니라는 사실을 알고 있었다. 아빠의 생각이었다. 엄마는 아빠 대신 입밖에 냈을 뿐이었다.

아빠는 화성의 조약돌 무더기를 발로 뒤적이며 동의했다. 즉시 소란과 환호성이 일었고, 야영 장비는 순식간에 캡슐과 컨테이너 속으로 쑤셔 박혔다. 엄마는 여행용 점퍼와 블라우스를 차려입었다. 아빠는 화성의 하늘을 바라보며 떨리는 손으로 파이프를 채웠다. 세 명의 소년은 고함을 지르며 모터보트로 뛰어올랐다. 티머시를 제외한 다른 둘은 엄마와 아빠한테는 신경조차 쓰지 않고 있었다.

아빠는 커다란 단추를 눌렀다. 보트가 웅웅거리는 소리가 하늘로 퍼져 나갔다. 물살이 물러나며 보트가 전진을 시작했고, 온 가족이 함께 환호성을 울렸다.

티머시는 아빠와 함께 보트 뒷전에 앉아서, 털이 꺼끌꺼끌한 아빠의 손가락에 자신의 작은 손가락을 올려놓은 채로, 이리저리 굽어진 운하를 물끄러미 지켜봤다. 지구에서 타고 온 소형 가족용 로켓이 착륙했던 폐허는 뒤편으로 멀어지고 있었다. 지구를 떠나기 전날 밤이 떠올랐다. 다들 부산스럽게 서두르고 있었다. 아빠가 어디선가 얻어 온 로켓을 타고 화성으로 휴가를 떠날 거라는 이야기가 오갔다. 단순한 여행치고는 너무 멀리 가는 것이 분명했지만, 티머시는 동생들을 생각해서 토를 달지 않았다. 그렇게 그들은 화성에 도착했고, 이제는 다른 모든 것을 제쳐 놓고 낚시를 하러 가는 중이었다. 적어도 부모님은 그렇게 말했다.

운하를 따라 보트를 모는 아빠의 표정은 묘하게만 보였다. 티머시는 그 표정의 속내를 짐작조차 할 수 없었다. 굳건한 번득임에 일종의 안도가 섞여 있는 듯했다. 그 때문에 깊게 팬 주름살조차도 걱정이나 비탄이 아니라 활짝 웃는 표정처럼 느껴졌다.

운하가 굽어지는 지점을 지나자 열기가 식어 가는 로켓이 시야에서 사라졌다.

"얼마나 멀리 가는 건데요?" 로버트가 말했다. 손으로 물을 찰박거리는 모습이, 마치 보랏빛 수면에서 작은 게가 폴짝거리는 것처럼 보였다.

아빠는 심호흡을 했다. "백만 년은 가야지."

"우와." 로버트가 말했다.

"자, 얘들아." 어머니는 부드럽고 긴 팔을 들어 한쪽을 가리켰다. "저기 죽은 도시가 있구나."

아이들은 열렬한 관심을 보이며 그쪽으로 얼굴을 돌렸다. 죽은 도시는 오로지 그들만을 위해서, 화성인 기상통보관이 화성에 선사한 무더운 여름의 침묵 속에서 노곤하게 누워 있었다.

그리고 아빠는 그 도시가 죽어 있다는 사실이 기쁜 것처럼 보였다.

모래 둔덕 위에 분홍색 바위가 여기저기 널린 채 잠들어 있는 황량한 풍경이 펼쳐졌다. 넘어진 기둥 몇 개에 이어 외로이 서 있는 신전이 등장하더니, 그 뒤로는 다시 모래밭이 이어졌다. 이후로는 한참 동안 아무것도 등장하지 않았다. 하얀 사막이 운하 주변을 둘러싸고, 그 너머로는 파란 사막이 펼쳐질 뿐이었다.

바로 그 순간 새 한 마리가 날아올랐다. 푸른 연못에 던진 돌멩이가 수면을 때리고 깊이 가라앉아 사라지는 것처럼, 새는 순식간에 창공으로 모습을 감추었다.

아빠는 그 모습에 두려운 얼굴이 되었다. "로켓인 줄 알았어."

티머시는 깊은 바다와도 같은 하늘을 바라보며, 지구와 전쟁과 무너진 도시들과 그가 태어난 날부터 서로를 죽이고 있는 사람들을 찾아보려 했다. 그러나 아무것도 보이지 않았다. 마치 드높고 고요한 대성당에서 사투를 벌이는 두 마리 파리처럼, 전쟁은 너무도 비현실적이고 멀게만 느껴졌다. 그리고 그만큼 아무 의미도 없었다.

윌리엄 토머스는 이마를 훔치다가 문득 아들의 손이, 어린 타란툴라처럼 흥분에 움찔거리며 자기 팔을 건드리는 것을 느꼈다. 그는 아들을 향해 활짝 웃어 보였다. "좀 어떠냐, 티미?"

"괜찮아요."

티머시는 옆에 앉은 성인의 거대한 육체 안에 무슨 생각이 자리하는지를 아직 온전히 파악하지 못하고 있었다. 볕에 타서 껍질이 벗겨지는 큼직한 매부리코와, 지구에서 여름날 방과 후에 가지고 놀던 마노 구슬처럼 이글거리는 푸른 눈과, 헐렁한 승마용 바지로 감싼 길고 굵직한 다리를 가진 남자의 마음속을 도저히 들여다볼 수가 없었다.

"뭘 그렇게 뚫어져라 보는 거예요, 아빠?"

"지구인의 논리를, 상식을, 선량한 정부를, 평화를, 의무감을 찾고 있었단다."

"하늘에 그런 게 전부 있어요?"

"아니. 찾을 수 없었지. 이제는 존재하지 않는 모양이야. 어쩌면 두 번 다시 돌아오지 않을지도 모르지. 어쩌면 애초에 있다고 생각한 것 자체가 자기기만일 뿐일지도 모르겠구나."

"무슨 소리예요?"

"저기 물고기다." 아빠는 한쪽을 가리키며 말했다.

세 소년은 소프라노의 외침을 한껏 울리며 물고기를 바라보려고 목을 길게 뺐다. 소년들의 움직임에 배가 흔들리고 다양한 감탄사가 쏟아졌다. 은빛 고리 모양의 물고기가 물결치듯 그들 곁으로 떠올라서, 마치 조리개를 조이듯 순식간에 음식 알갱이를 둘러싸고 온몸으로 흡수하기 시작했다.

아빠가 그 모습을 보며 입을 열었다. 깊고 나직한 목소리였다.

"마치 전쟁 같구나. 전쟁이란 저렇게 헤엄쳐 다니다가, 먹잇감을 발견하자마자 조여드는 존재란다. 그리고 다음 순간에는, 지구가 통째로 사라져 버리지."

"윌리엄." 엄마가 말했다.

"미안." 아빠가 말했다.

조용히 앉아 있자니 시원하고 빠르고 투명하게 밀려드는 운하의 물살이 느껴졌다. 들리는 소리는 오로지 모터보트가 웅웅거리는 소리, 스쳐 가는 물살 소리, 하늘에서 팽창하는 태양의 소리뿐이었다.

"화성인은 언제 볼 수 있어요?" 마이클이 소리쳤다.

"금방 등장하지 않을까." 아버지가 말했다. "어쩌면 오늘 밤에 나올지도 모르지."

"음, 하지만 화성인은 이제 멸종한 종족인데." 엄마가 말했다.

"아니, 그럴 리가. 좋아, 내가 직접 화성인을 보여 주지." 아빠가 즉시 대꾸했다.

티머시는 그 말에 얼굴을 찌푸렸지만 딱히 입을 열지는 않았다. 이젠 모든 것이 기묘하게만 느껴졌다. 여행도, 낚시도, 사람들끼리 교환하던 눈빛도.

다른 아이들은 벌써 고사리손을 눈 위에 올려 햇빛을 가린 채로, 2미터 높이의 석조 운하 둑을 두리번거리며 화성인을 찾기 시작했다.

"화성인이 어떻게 생겼는데요?" 마이클이 물었다.

"보면 알게 될 게다." 아빠는 묘한 웃음을 터트렸고, 티머시는 그의 뺨에서 빠르게 뛰는 맥박을 읽어 냈다.

늘씬하고 부드러운 모습의 어머니는, 금실 같은 머리카락을 땋아서 작은 왕관처럼 머리에 올리고, 깊고 시원한 운하의 물이 그늘로 들어갈 때와 흡사한 거의 자주색에 가까운 눈동자 안에 호박빛 조각을 담고 있었다. 그녀의 생각이 물고기처럼 눈가를 헤엄치는 모습이 보였다. 밝은 물고기도, 어두운 물고기도, 잽싸고 빠른 물고기도, 느리고 단순한 물고기도 있었다. 그리고 가끔은, 예를 들어 지구가 있는 쪽을 올려다볼 때면, 색채만 남기고 다른 모든 것이 사라져 버리기도 했다. 뱃머리에 앉은 엄마는 한쪽 손은 입가에, 다른 손은 남색 바지의 무릎에 올리고 있었다. 그리고 블라우스가 하얀 꽃잎처럼 열린 곳에는 햇볕에 탄 부드러운 목선이 드러나 보였다.

그녀는 계속 앞을 기웃거리며 뭐가 있는지 보려 애쓰다가 또렷이 보이지 않자 고개를 돌려 남편 쪽을 향했다. 그제야 남편의 눈에 비친 앞쪽의 모습이 눈에 들어왔고, 그녀는 저 앞에 무엇이 존재하는지를 깨달았다. 그리고 남편의 눈에 비친 풍경에서 그의 일부인 굳건한 결의가 깃든 것을 본 그녀는 표정을 풀고 모든 것을 받아들이고서 다시 고개를 돌렸다. 갑자기 무엇을 찾아야 할지를 깨닫게 되었기 때문이었다.

티머시도 앞을 기웃거렸다. 그러나 소년의 눈에 비친 모습은 바람에 침식된 낮은 언덕 사이에 펼쳐진 널찍하고 얕은 계곡과, 그 위로 곧게 그린 연필선처럼 뻗어 있는 보라색의 운하뿐이었다. 보라색 선은 하늘의 경계까지 이어지다 그 너머로 사라졌다. 운하는 계속 이어지며, 말라붙은 해골 안의 딱정벌레처럼 흔들면 달각거릴 듯한 수많은 도시를 가로질렀다. 100개일지 200개일지 모를 도시들이 뜨거운 여름날의 꿈과 서늘한 여름밤의 꿈에 사로잡혀 있었다……

이 소풍을 위해서 소년의 가족은 수백만 킬로미터를 건너왔고, 낚시 여행에 나섰다. 그러나 로켓에는 총이 있었다. 가족 휴가라고 했다. 그러나 몇 년은 버틸 만한 식량을 로켓 근처에 숨겨놓고 온 이유가 뭘까? 여행이라. 이번 여행은 그 베일 뒤편에 웃음을 터트리는 부드러운 얼굴이 아니라, 뭔가 단단하고 각지고 어쩌면 두려울 수도 있는 얼굴이 도사리고 있었다. 티머시의 힘으로는 그 장막을 들출 수가 없었다. 그리고 열 살과 여덟 살 어린아이의 본분에 매진하느라 바쁜 두 동생도 마찬가지였다.

"뭐야. 아직 화성인 안 보이잖아." 로버트는 뾰족한 턱을 두 손에 묻고는 운하를 쏘아봤다.

아빠는 원자 라디오를 손목에 차고 왔다. 구시대의 원리로 작동하는 물건이었다. 귀 근처에 가져다 대면 뼈에 울리는 진동을 통해 노래나 목소리가 들린다. 아빠는 지금 그 라디오에 귀를 기울이고 있었다. 퀭하고 수척하고 메말라 보이는 아빠의 얼굴은, 무너진 화성인의 도시처럼 거의 죽은 듯 보였다.

아빠는 엄마에게 라디오를 건네며 들으라고 권했다. 어머니의 입술이 딱 벌어졌다.

"왜 그러세—" 티머시는 입을 열었지만, 질문을 끝맺을 수 없었다.

바로 그 순간에 뼛속까지 찌릿하게 울리는 거대한 폭발이 두 번 일어났기 때문이다. 대여섯 번의 작은 충격이 뒤따랐다.

아빠는 고개를 번쩍 들고는 즉시 보트의 속도를 올렸다. 보트는 수면을 박차고 뛰어오르며 정신없이 질주하기 시작했다. 로버트는 잔뜩 겁을 먹었고, 마이클은 두렵지만 황홀한 비명을 내뱉으며 어머니의 다리에 매달린 채로 코앞에서 용솟음치는 물살을 빤히 바라봤다.

아빠는 보트의 방향을 돌리고 속도를 줄이더니, 운하의 작은 지류로 조심스레 보트를 몰아서 무너져 가는 고대의 석조 부두 아래로 들어갔다. 게살 냄새가 진동했다. 보트가 부두를 세게 들이받는 바람에 다들 몸이 앞으로 쏠리기는 했지만 다친 사람은 없었고, 아빠는 이미 고개를 돌려 운하에 퍼져 나가는 물살이 숨은 장소를 드러낼지를 가늠하는 중이었다. 퍼져 나가던 물살은 돌덩이를 때리고 반사되어 다시 서로를 가로지르다가, 이윽고 잠잠해지며 햇빛 아래의 얼룩무늬로 변했다. 그리고 전부 사라졌다.

아빠는 귀를 기울였다. 다른 사람들도 마찬가지였다.

아빠의 숨소리가 축축하고 차가운 석조 부두를 주먹으로 때리는 것처럼 울렸다. 엄마는 그림자 속에서 고양이처럼 번득이는 눈으로 아버지를 조심스레 살피며, 다음에 찾아올 일을 짐작하려고 애썼다.

문득 아빠가 긴장을 풀고 숨을 토해 내더니, 너털웃음을 터트렸다.

"당연히 로켓이잖아. 너무 초조했던 모양이군. 로켓이었어."

마이클이 물었다. "뭐예요, 아빠, 무슨 일이 일어난 거예요?"

"아, 그냥 우리 로켓을 폭발시켰을 뿐이야." 티머시는 가벼운 투로 말하려 애썼다. "전에도 로켓이 터지는 소리는 들은 적 있거든. 방금 우리 로켓이 터진 거야."

"우리 로켓을 왜 터트린 거예요?" 마이클이 물었다. "네, 아빠?"

"바보야, 이거 다 게임이라고!" 티머시가 말했다.

"게임!" 마이클과 로버트가 아주 좋아하는 단어였다.

"우리가 어디 착륙해서 어디로 가는지 모르게 하려고, 아빠가 폭발하게 조작해 놓으신 거야! 혹시라도 누가 찾으러 올지도 모르니까. 알겠지?"

"우와, 비밀 놀이다!"

"내가 해 놓고 겁을 먹다니." 아빠는 엄마에게 고백했다. "정말로 바짝 긴장한 모양이야. 아직 남은 로켓이 있으리라는 생각조차도 우스꽝스러운데. 어쩌면 하나는 있을지도 모르지. 에드워즈 부부가 자기네 로켓을 타고 무사히 도착한다면 말이야."

아빠는 작은 라디오를 다시 귓가에 가져다 댔다. 2분쯤 지나서, 그는 해진 천이 아래로 떨어지듯 손을 축 늘어트렸다.

"마침내 끝난 모양이군." 아빠가 엄마에게 말했다. "방금 원자 전파의 수신이 끝났어. 저쪽 행성의 방송국이 전부 사라진 거지. 지난 몇 년 동안 두어 개밖에 안 남았었는데, 이젠 완전히 끝나 버렸어. 앞으로도 영영 침묵을 지키겠지."

"얼마나 오래요?" 로버트가 물었다.

"어쩌면…… 너희 증손자 때쯤 되면 다시 들을 수 있을지도 모르겠구나." 아빠가 말했다. 그대로 그렇게 앉아 있는 아빠를 바라보며, 아이들은 그의 경탄과 패배감과 체념과 납득에 붙들려 버렸다.

마침내 아빠는 다시 보트를 운하로 끌어냈고, 그들은 처음 출발했던 지점으로 돌아가기 시작했다.

날이 늦었다. 해는 벌써 하늘에 낮게 걸렸고, 그들 앞에는 죽은 도시들이 줄지어 늘어서 있었다.

아빠는 세 아들에게 아주 나직하고 부드럽게 이야기를 계속했다. 예전에는 딱딱하고 쌀쌀맞게 거리를 두던 때도 있었지만, 이제는 말만으로도 아이들의 머리를 쓰다듬어 주는 법을 깨우쳤다. 아이들도 그의 손길을 느낄 수 있었다.

"마이크, 도시 하나를 골라 봐라."

"무슨 소리예요, 아빠?"

"도시를 하나 고르라는 거다, 아들. 우리가 지나치는 도시 중에서."

"알았어요. 근데 어떻게 골라요?"

"가장 마음에 드는 도시로 골라야지. 로버트, 팀, 너희도 마찬가지다. 가장 좋아하는 도시를 골라라."

"나는 화성인이 사는 도시가 좋은데." 마이클이 말했다.

"그건 가질 수 있을 거다. 약속하마." 아빠가 말했다. 그의 입술은 아이들을 향해 있었지만, 눈은 엄마를 바라보고 있었다.

그들은 20분 동안 여섯 개의 도시를 지나쳤다. 아빠는 이제 폭발 이야기는 꺼내지도 않았다. 세 아들과 즐겁게 시간을 보내며 기쁘게 해 주는 일에 훨씬 관심이 있는 듯했다.

마이클은 처음으로 등장한 도시가 좋다고 했으나, 경솔한 첫 선택에는 다들 의문을 품는 법인지라 거부당하고 말았다. 두 번째 도시는 아무도 좋아하지 않았다. 목재로 만든 지구인의 정착지였는데, 이미 썩어서 톱밥 무더기로 변하고 있었기 때문이다.

티머시는 세 번째 도시의 거대한 모습이 마음에 들었다. 네 번째와 다섯 번째는 너무 작았다. 그러나 여섯 번째 도시는 모두의 탄성을 이끌어 냈다. 엄마마저도 "세상에, 우와, 저것 좀 봐!"의 행렬에 동참했다!

거대한 건물이 아직 50~60채 정도 서 있었고, 도로는 먼지투성이지만 포석이 깔려 있었으며, 한두 개의 낡은 회전 분수대가 아직도 광장을 적시고 있었다. 저물어 가는 햇살에 반짝이며 솟아오르는 물줄기가 도시에 남은 유일한 생명이었다.

"이 도시가 최고야." 다들 입을 모아 말했다.

아빠는 부두에 배를 대더니 훌쩍 뛰어내렸다.

"도착했다. 이제 여긴 우리 도시야. 지금부터는 여기서 사는 거다!"

"지금부터요?" 마이클은 믿을 수 없는 표정이었다. 그는 자리에서 일어나 주변을 둘러보다가, 로켓이 있던 곳을 돌아보며 눈을 깜빡였다. "그럼 로켓은요? 미네소타는요?"

"여기서 살 거야." 아빠가 말했다.

그는 작은 라디오를 마이클의 금발 머리에 가져다 댔다. "들어 봐라."

마이클은 귀를 기울였다.

"아무것도 안 들리는데요."

"바로 그거야. 아무것도 안 들리지. 이젠 아무것도 없거든. 미니애폴리스도, 로켓도, 지구도, 모두 없어져 버렸단다."

마이클은 이 끔찍한 비밀을 곱씹더니, 마른 눈으로 조금씩 훌쩍이기 시작했다.

"잠깐 기다려 봐라." 바로 다음 순간 아빠가 말했다. "그 대신 너한테 줄 엄청난 선물이 있단다, 마이크!"

"네?" 마이클은 눈물을 흘리려다 말고 흥미롭게, 그러나 아빠의 두 번째 비밀이 첫 번째만큼이나 당황스러우면 언제라도 계속할 준비를 한 채로 그를 바라봤다.

"너한테 이 도시를 주마, 마이크. 이건 네 거다."

"제 거요?"

"너와 로버트와 티머시, 너희 세 사람의 도시다. 너희 소유야."

티머시는 배에서 뛰쳐나왔다. "세상에, 방금 들었어? 전부 우리 거래! 여기가 통째로!" 그는 아빠의 게임에 동참해서 판을 키우고 솜씨를 발휘했다. 모든 일이 끝나고 상황이 정리된 후에는 홀로 나가서 마음껏 울 수 있을 것이다. 그러나 아직은 게임이었다. 아직은 가족 소풍이었다. 다른 무엇보다 동생들을 계속 놀이에 동참하게 만들어야 했다.

마이크도 로버트와 함께 폴짝 뛰어내려서 엄마가 내리는 것을 도왔다.

"너희 여동생 조심해라." 아빠는 이렇게 말했지만, 아이들이 그 말뜻을 깨달은 것은 한참 후의 일이었다.

그들은 서둘러 분홍색 돌로 만들어진 거대한 도시로 걸음을 옮겼다. 지는 해를 바라보며 가족들은 목소리를 낮추고 속삭였다. 죽은 도시는 언제나 사람을 속삭이고 싶게 만드는 법이니까.

아빠는 나직하게 말했다. "닷새 정도 있다가, 우리 로켓이 있던 곳으로 돌아가서 거기 폐허에 숨겨 놓은 식량을 모아 이리로 가져올 거다. 그리고 버트 에드워즈와 그 아내와 딸들을 찾아보기 시작해야지."

"딸들이라고요?" 티머시가 물었다. "몇 명이나 되는데요?"

"넷."

"나중에 문제가 생기겠네." 엄마는 천천히 고개를 끄덕였다.

"여자애래. 여자애 싫어." 마이클은 고대의 화성인 조각품처럼 찌푸린 표정을 지었다.

"그 사람들도 로켓을 타고 오나요?"

"그래, 성공한다면 말이지만. 가족용 로켓은 화성이 아니라 달까지 갈 때 쓰는 물건이거든. 우리가 무사히 도착한 것도 행운이었지."

"로켓은 어디서 구하신 거예요?" 동생들이 앞서 달려 나가자, 티머시는 아빠에게 속삭였다.

"돈을 모았지. 20년 동안 열심히 모아서 산 거다, 팀. 사용할 필요가 없게 되기만을 빌면서 잘 숨겨 놨었지. 전쟁에 쓰라고 정부에 넘겨야 했을 테지만, 화성 생각을 떨칠 수가 없었단다……"

"그리고 소풍도요!"

"그래. 이건 우리 둘만의 비밀이다. 지구의 모든 것이 끝을 향해 달려가고 있는 걸 깨닫고, 마지막 순간까지 기다린 다음에, 나는 우리 가족을 이끌고 여기로 오기로 마음먹었단다. 버트 에드워즈도 로켓을 숨겨 놓고 있었지만, 우리는 각자 이륙하는 게 더 안전하리라고 결정을 내렸지. 혹시 누군가 격추하려고 들지도 모르니까."

"로켓은 왜 터트린 거예요, 아빠?"

"그래야 영영 돌아갈 수 없을 테니까. 그리고 저쪽의 사악한 인간들이 화성으로 오는 일이 생겼을 때 우리가 여기 있다는 걸 알리고 싶지 않으니까."

"그래서 계속 하늘을 보고 계신 거예요?"

"그래, 웃기는 일이지. 저들이 우리를 따라올 리가 없는데. 따라올 로켓이 없으니까. 그래도 최대한 조심하고 싶구나."

마이클이 달음박질로 돌아왔다. "정말로 여기가 우리 도시예요, 아빠?"

"이 빌어먹을 행성이 전부 우리 거란다, 애들아. 이 행성이 통째로."

그들은 언덕 위의 왕이자, 무리의 우두머리이자, 손을 댄 모든 것의 지배자이자, 절대적인 군주이며 대통령으로서 그곳에 섰다. 그리고 세계를 소유한다는 것이 어떤 의미인지, 행성이라는 하나의 세계가 실제로 얼마나 거대한지를 이해하려고 애썼다.

대기가 희박하면 밤이 빨리 찾아온다. 아빠는 물을 뿜는 분수가 있는 광장에 가족을 남겨 두고 보트로 돌아가더니, 이내 커다란 손에 종이 뭉치를 잔뜩 들고 걸어왔다.

그는 고대의 안뜰에 종이를 쌓아 놓고 불을 붙였다. 가족은 불가에 쪼그려 앉아 몸을 덥히며 웃음을 터트렸고, 티머시는 작은 글자들이 겁에 질린 짐승처럼 불길을 피해 뛰어오르다 이내 잡아먹히는 모습을 지켜봤다. 종이는 그대로 노인의 피부처럼 우그러들었고, 화장터의 불길이 수많은 단어를 둘러쌌다.

"정부 채권, 1999년 사업 도표, 종교적 편견에 관한 소고, 병참의 원리, 범아메리카연합의 문제점, 1998년 7월 3일 자 주식 현황, 전쟁 요약 보고서……"

아빠는 바로 이런 용도로 사용하려고 이 서류를 가져오자고 주장했었다. 그는 자리에 앉아서 만족스러운 얼굴로 종이를 하나씩 불길에 넣으며, 아이들에게 그 모든 의미를 설명해 주었다.

"이제 너희들한테 몇 가지를 일러 줘야겠구나. 너무 많은 것을 숨기는 건 너희들에게도 온당치 못한 일일 테니까. 너희들이 이해할 수 있을지는 모르겠지만, 일부라도 전달된다면 말해 줘야겠지."

그는 종이 한 장을 불 속으로 떨어트렸다.

"나는 삶의 방식을 태우고 있는 거다. 바로 그 삶의 방식이 지금 지구를 깨끗이 태우고 있는 것처럼 말이야. 정치인처럼 들릴지도 모르겠지만 이해해다오. 어쨌든 나는 과거에 주지사였고, 정직하다는 이유로 저들의 증오를 샀던 사람이니까. 지구의 삶은 결국 최선의 결과를 내놓지 못했단다. 과학은 우리 모두를 너무 빨리 앞질러 달려갔고, 인간은 기계의 황무지에서 길을 잃고 아이들처럼 온갖 소도구며 헬리콥터며 로켓 따위 예쁘장한 물건들에 사로잡혀 버렸지. 잘못된 요소에 심취했어. 기계를 사용하는 방법이 아니라 기계 자체를 본질로 여기게 된 거다. 전쟁은 갈수록 커지다가 마침내 지구를 죽여 버렸지. 아무 소리도 안 나는 라디오는 그런 의미란다. 우리는 그런 모든 것에서 도망친 거야.

우리는 운이 좋았지. 더 남은 로켓도 없으니까. 이제는 너희도 우리가 낚시 여행을 나온 것이 아니라는 사실을 알아야겠구나. 지금까지 알려 주지 않고 미루기만 했지만. 지구는 사라졌다. 앞으로 몇 세기는, 어쩌면 영원히, 행성 간 여행은 불가능할 거야. 그러나 그런 삶의 방식은 스스로 잘못되었음을 증명하고 자기 손으로 목을 졸라 숨통을 끊어 버렸지. 너희는 아직 어리지. 확실히 받아들일 때까지 매일 반복해 들려주마."

그는 말을 멈추고 불길에 종이를 더 넣었다.

"이제는 우리뿐이야. 우리하고, 며칠 후에 착륙할 한 줌의 사람들하고. 다시 시작하기에는 충분한 숫자지. 옛 지구의 모든 것을 등지고 새로운 혈통을 시작하기에는……"

불길이 그의 말에 추임새를 넣듯 타올랐다. 이제 한 장을 제외한 모든 종이가 사라졌다. 지구의 모든 법률과 신념은 작은 잿더미로 변했고, 머지않아 바람에 실려 흩어질 터였다.

티머시는 아빠가 마지막으로 불 속에 던져 넣는 종이를 바라봤다. 세계지도였다. 지도는 쪼그라들고 열기에 뒤틀리더니 그대로 파삭하고 부서지며, 마치 뜨거운 검은 나비처럼 사라져 버렸다. 티머시는 눈을 돌렸다.

"그럼 이제 화성인을 보여 주마." 아빠가 말했다. "자, 모두 따라와라. 내 손 잡아, 앨리스." 그는 아내의 손을 붙들었다.

아빠는 엉엉 우는 마이클을 안아 들고 걸음을 옮겼다. 그들은 함께 폐허를 가로질러 운하까지 걸어갔다.

운하. 내일이나 모레쯤 되면 훗날 이 아이들의 아내가 될 사람들이 운하를 따라 배를 몰고 도착할 것이다. 아직 웃음을 머금은 꼬마 소녀들이, 자기네 아버지와 어머니와 함께 여기로 찾아올 것이다.

밤이 그들 주변으로 내려앉고, 하늘에는 별이 모습을 드러냈다. 그러나 티머시는 지구를 찾을 수 없었다. 이미 하늘에서 모습을 감췄으니까. 차차 생각해 볼 문제였다.

그들의 발소리를 따라 폐허 속에서 밤새 한 마리가 울었다. 아빠가 입을 열었다. "너희 어머니와 내가 너희들을 가르쳐 볼 생각이다. 실패할 수도 있겠지. 아니었으면 좋겠지만. 우리에게는 보고 배울 것이 아주 많이 있었단다. 우리는 오래전부터, 너희가 태어나기도 전부터 이 여행을 준비해 왔단다. 전쟁이 일어나지 않았더라도 화성에 와서 우리만의 삶의 기준을 세우고 그에 따라 살려고 시도했을 거다. 지구 문명의 독이 화성에 제대로 침투하기까지는 한 세기는 더 필요했을 테니까. 물론 이제는……"

그들은 운하에 도착했다. 길고 곧고 차가운 운하는 밤을 맞이해 거울처럼 반짝였다.

"화성인은 진짜로 보고 싶었는데." 마이클이 말했다. "화성인 어디 있어요, 아빠? 약속했잖아요."

"저기 있구나." 아빠는 이렇게 말하며, 마이클을 어깨에 올리고 바로 아래를 가리켰다.

화성인들이 그곳에 있었다. 티머시는 몸을 떨기 시작했다.

화성인들은 바로 그곳에, 운하 안에, 물에 비친 그림자 속에 있었다. 티머시와 마이클과 로버트와 엄마와 아빠의 모습으로.

일렁이는 물결 속의 화성인들도 그들을 마주 바라봤다. 한참을, 아무 말도 없이……

화성 어딘가의 그린타운에서, 이집트 어딘가의 화성에서

"내가 뭘 하는지 알려 줄 생각 말게. 알고 싶지 않으니까!"

내가 한 말이 아니다. 내 친구이자 이탈리아 영화감독인 페데리코 펠리니의 말이다. 영화 대본을 필름으로 옮길 때면, 그는 자신이 촬영한 내용을 확인하는 법이 없었다. 심지어 하루 일정을 끝내고 현상소에서 출력한 내용조차 확인하지 않았다. 촬영한 장면이 수수께끼로 남아서, 자신을 유혹하고 선동하기를 원했기 때문이다.

내가 평생 창작한 단편이나 희곡이나 시도 그런 느낌이었다. 그리고 『화성 연대기』도 마찬가지였다. 1947년 결혼하기 직전

---

* 본 에세이는 에이번 북스에서 출간된 1997년 판 『화성 연대기』에 서문으로 처음 수록됐다.

에 집필에 착수해서 1949년 여름에 매듭을 지었으니, 정말로 순식간에 쓴 작품이라 할 수 있다. 처음에는 붉은 행성을 소재로 삼은 단편이나 '여담'을 가끔 한두 편씩 쓰는 정도였다. 그런데 그해 7월과 8월에 들어 석류 열매처럼 이야기보따리가 터지더니, 결국 매일 아침 타자기 앞으로 뛰어가 나의 뮤즈가 들려주는 희귀하고 새로운 이야기를 확인하지 않고서는 견딜 수 없을 지경이 되었다.

내게 그런 뮤즈가 있냐고? 항상 그런 신화 속 짐승을 믿어 왔냐고? 그건 아니다. 고등학교를 들락거리고 길모퉁이에서 신문을 팔던 시절에는 나도 다른 초보 작가들과 똑같은 짓을 했다. 선인을 모방하고 또래를 흉내 내면서, 내 피부 아래와 눈 뒤편에 숨은 진실을 발견할 가능성에서 등을 돌렸던 것이다.

20대 중반에는 상당히 괜찮은 괴기/환상소설을 여러 편 쓰고 출판하기도 했지만, 나는 그 집필 과정에서 아무것도 배우지 못했다. 머릿속의 온갖 훌륭한 재료를 헤집어서 종이 위에 박제하고 있을 뿐이면서도, 그 사실을 인정하기를 거부했다. 내가 쓴 기괴한 이야기들은 생생하고 현실적이기만 했다. 내가 쓴 미래 이야기들은 생명 없는 로봇, 움직이지 않는 기계 장치일 뿐이었다.

나를 해방한 작품은 셔우드 앤더슨의 『와인즈버그, 오하이오』였다. 스물네 살의 어느 날, 나는 1년 내내 가을인 마을에서 각자의 삶을 살아가는 열두 명의 등장인물을 접하고 충격을 받았다. "아, 세상에." 나는 탄식을 뱉었다. "화성을 배경으로 이렇게 훌륭한 책을 쓸 수 있다면 정말 끝내줄 텐데!"

나는 머나먼 행성의 주요 장소나 인물의 이름을 목록으로 옮기고, 소제목을 상상하고, 열두어 개의 이야기를 시작했다 끝맺기를 반복하다, 마침내 서랍에 집어넣고 잊어버렸다. 아니, 잊어버렸다고 생각했다.

그러나 뮤즈는 남았다. 방치되기는 했지만, 언젠가 생명을 얻거나 죽어 스러질 때를 기다리며 끈질기게 살아남았다. 내가 한 일은 그 신화가 단순한 망령이 아니라고, 말이 되고 글이 되어 입과 손가락 끝에서 뿜어 나오는 직관적인 실체라고 확신하는 것뿐이었다.

이어진 몇 해 동안 나는 화성을 주제로 '단상'이나 셰익스피어식 '여담'의 형식을 빌려, 문득 떠오른 생각을, 긴 밤의 환상을, 동트기 전의 몽롱한 꿈을 글로 옮겼다. 생존 페르스 등의 프랑스 시인들은 이런 형식을 완벽에 가깝게 다듬는다. 절반은 시며 절반은 산문인 문장으로, 짧으면 100단어, 길면 한 쪽에 걸쳐 풀어낸다. 주제는 날씨, 시간, 건물의 전면, 훌륭한 와인, 양질의 식품, 바다가 보이는 풍경, 빠른 일몰, 긴 일출 등 뭐든 상관없다. 작가는 이런 요소를 한데 엮어서 진귀한 배 속 털 뭉치를 뱉듯 늘어지는 햄릿풍 독백을 토해 낸다.

나는 언제나 내 '단상'을 특별한 순서나 계획 없이 20여 편의 다른 이야기들 속에 끼워서 선보였다.

그러던 중 행복한 사건 하나가 일어났다. 라디오라는 매체가 배출한 가장 뛰어난 작가이자 감독인 노먼 코윈이, 뉴욕에 가서 나를 선보일 때라고 주장한 것이다. 나는 그의 주장에 복종하여 버스에 올라 맨해튼으로 향했고, 전전긍긍하며 YMCA 회관을 떠돌다 월터 브래드버리라는 사람을 만났다(애석하게도 친척은 아니었다). 그는 더블데이 출판사의 뛰어난 편집자였는데, 내가 어쩌면 눈에 보이지 않는 태피스트리를 직조해 냈을지도 모른다고 주장하는 것이었다. 게다가 내가 쓴 화성 이야기를 모아 실과 바늘로 한데 엮어서,『화성 연대기』를 만들어 내면 어떻겠느냐는 제안까지 했다.

"나 원 세상에." 나는 큰 소리를 내지도 못했다. "그거『와인즈버그, 오하이오』잖아요!"

"그게 뭡니까?" 월터 브래드버리는 이렇게 되물었다.

다음 날 나는『연대기』의 초안과『일러스트레이티드 맨』의 구상을 월터 브래드버리에게 보냈다. 당당히 기차를 타고 돌아올 때는 지갑에 1,500달러짜리 수표가 들어 있었고, 그 돈은 2년 치 집세(월 30달러)와 우리 첫 딸아이의 양육비에 보탬이 되었다.

『화성 연대기』는 1950년 늦봄에 출간되었으며, 몇 군데서 서평도 나왔다. 그중 내게 월계관을 씌워 준 사람은 크리스토퍼 이셔우드뿐이었는데, 추가로 올더스 헉슬리를 소개해 주기까지 했다. 함께 차를 마시는 자리에서, 헉슬리는 내 쪽으로 몸을 기울이고 이렇게 말했다. "자네가 어떤 사람인지 알고는 있나?"

나는 이렇게 생각했다. '내가 뭘 하는지 알려 줄 생각 말아요. 알고 싶지 않으니까.'

헉슬리는 말을 이었다. "자네는 시인이야."

"그런 망할 일이."

"망하기는. 축복이지." 헉슬리는 말했다.

그렇다. 많은 이들에게 물려받은 축복이었다.

이 책에는 그 축복이 담겨 있다.

그렇다면 이 책에 남은 혈흔을 쫓아서 셔우드 앤더슨에 이를 수 있을까? 그건 아니다. 그의 탁월한 영향력은 오래전에 내 신경절에 녹아들었으니까. 내가 쓴 또 하나의 '장편소설인 척하는 단편 모음집'인 『민들레 와인』 속에는 『와인즈버그, 오하이오』의 유령이 가끔 출몰할지도 모른다. 그러나 거울상처럼 또렷한 것은 하나도 없다. 앤더슨의 기괴함은 지붕에서 마을을 굽어보는 가고일 같은 것들이었다. 내가 선보이는 기괴함은 주로 목양견이나, 소다수 가게에서 길을 잃은 독신녀나, 폐차된 노면전차에 지나치게 예민한 소년이나, 사라진 친구나, 시간에 붙들리거나 회상에 취한 남북전쟁 참전 대령의 모습이다. 화성에서 가고일 같은 존재는 딱 한 번 등장한다. 그린타운의 내 친척들로 변장해서 숨어 있다가 인과응보를 선사하는 화성인 말이다.

셔우드 앤더슨은 독립기념일 종이 풍등을 제대로 다루는 방법을 몰랐을 것이다. 나는 풍등에 불을 붙여 화성과 그린타운의 하늘로 날려 보내서, 양쪽 책 모두에서 조용히 타오르게 만들었다. 풍등은 여전히 그곳에서, 책을 읽기에 딱 좋을 정도의 빛을 흘리고 있다.

18년 전쯤에 윌셔 대로의 한 극장에서 〈화성 연대기〉를 무대에 올린 적이 있다. 당시 서쪽으로 여섯 블록 떨어진 로스앤젤레스 미술관에서는 이집트의 투탕카멘 해외 순회전이 열리고 있었다. 그리고 나는 입을 떡 벌린 채로 전시회에서 극장으로, 극장에서 전시회로 바쁘게 발을 놀렸다.

"세상에. 저건 화성이잖아." 투탕카멘의 황금 가면을 마주하고, 나는 이렇게 말했다.

"세상에. 저건 투탕카멘의 유령이 돌아다니는 이집트잖아."
무대 위의 화성인들을 바라보며, 나는 이렇게 말했다.

과거의 전설이 새로이 태어나고, 새로운 전설이 파피루스로
휘감겨 반짝이는 가면을 뒤집어쓰는 모습이, 내 눈앞과 마음속
에서 선명하게 펼쳐지고 있었던 것이다.

내내 아무것도 몰랐으면서도 나는 투탕카멘의 자식으로서 붉
은 행성의 상형문자를 꾸준히 글로 옮겨 왔던 것이다. 먼지를 흠
뻑 뒤집어쓴 과거로 미래를 그릴 수 있다고 생각하면서.

이렇게 사실이 명백한데도 『화성 연대기』가 종종 과학소설로
취급되는 이유는 무엇일까? 이 책에서는 과학소설의 여러 특성
을 찾아볼 수 없다. 책 전체를 훑어봐도 기술과 응용물리학의 법
칙에 부합하는 작품은 「보슬비가 내리겠지요」한 편뿐이다. 최근
들어 실제로 등장한 가상현실 주택의 선구자 격인 가정집을 그
려 내는 작품인데, 1950년대에 그런 집을 지으려고 들었다면 어
떤 거부라도 파산을 면치 못했을 것이다. 그러나 현대적인 컴퓨
터, 인터넷, 팩스, 오디오 테이프, 워크맨 이어폰, 와이드스크린
텔레비전이 등장한 지금은, '서킷시티' 같은 대형 전자용품점에
서 헐값에 사들인 물건으로 누구든 그런 방을 꾸밀 수 있다.

좋다. 그렇다면 『연대기』의 정체는 무엇일까? 세 살의 내 앞
에 등장한 무덤에서 일어난 투탕카멘처럼, 여섯 살의 나를 사로
잡은 북구 서사시처럼, 열 살의 내가 흠뻑 빠졌던 로마와 그리스
의 신들처럼, 이 책은 순수한 신화다. 『연대기』가 현실적이고 효
율적인 기술을 다루는 과학소설이었다면, 아주 오래전에 녹슨

부스러기만 남아 길가를 나뒹구는 신세가 되었을 것이다. 그러나 이 책은 나 자신에게서 떨어져 나온 우화이기 때문에, 칼텍에서 가장 완고한 물리학자도 내가 화성에 풀어놓은 가짜 산소 대기를 용납해 준다. 과학과 기계는 얼마든지 제거하거나 대체할 수 있다. 그러나 거울에 비치는 신화는 우리가 건드릴 수 없으므로 그대로 남는다. 불사까지는 아니라도 그에 가장 근접한 존재일지도 모른다.

마지막으로 한마디 하겠다.

"내가 뭘 하는지 알려 줄 생각 말도록. 알고 싶지 않으니까!"

단순한 격언이 아니라, 삶의 자세로서도 훌륭하다. 그리고 이런 자세에는 오직 그만의 이점이 있다. 무지를 가장하면, 홀대받았다고 여긴 통찰력이 투명한 머리를 슬쩍 세우고 신화 속의 뱀처럼 손금을 따라 꾸물꾸물 기어 나오기 때문이다. 그리고 신화로 썼기 때문에, 나의 화성은 조금 더 그 터무니없는 생명을 이어 갈지도 모른다. 아직은 칼텍에서 강연 의뢰가 들어오고 있으니 슬쩍 확신을 품어도 괜찮지 않을까 싶다.

레이 브래드버리가
그린 화성의 색채

레이 브래드버리의 화성은 파랗다.

SF 출판물에서 표지와 내용의 괴리는 흔히 볼 수 있는 현상이지만, 『화성 연대기』는 그중에서도 독보적인 일관성을 자랑한다. 70년 동안 유통되어 온 상당수 판본이 표지에 붉은색을 넉넉하게 사용하고 있기 때문이다. 물론 전부 그렇다는 이야기는 아니다. 기타 유럽어 판본, 특히 프랑스어와 스페인어 번역본은 푸른색이나 녹색의 표지를 사용했고, 포르투갈어 번역본은 1954년의 초현실적인 커버 아트부터 1985년의 깔끔한 디자인까지 줄곧 푸른색을 사용해 왔다. 1995년 플라밍고사의 영국판 표지는 특히 인상적인데, 푸른 색조로 구성했을 뿐 아니라 히에로니무스 보스의 「세속적인 쾌락의 동산」을 오마주하는 재치까지 보였다.

그러나 가장 오래 사랑받은 더블데이 양장본과 밴텀 페이퍼백을 비롯한 대부분의 판본 표지에서는 화성을 붉은색으로 묘사한다. 현재 가장 쉽게 구할 수 있는 사이먼앤드슈스터와 하퍼 보이저의 페이퍼백, 그리고 하퍼콜린스의 전자책도 마찬가지다. 1958년의 더블데이 신판은 그중 특기할 만한데, 캘리포니아 출신 풍경화가인 로버트 왓슨이 청색과 회색조로 훌륭한 화성 풍경화를 그렸고, 브래드버리도 그중 하나를 표지로 사용하는 데 동의했다. 그러나 당시 판권사였던 더블데이에서는 화성의 풍경은 붉은색이어야 한다고 주장하며 그림 전체에 붉은 색조를 덧씌워 버렸다. 브래드버리 본인도 이 일이 안타까웠던지, 1998년에 푸른색 원화를 표지로 사용한 한정판을 찍어 내기도 했다.

물론 레이 브래드버리는 붉은색의 화성을 그리지 않았다. 아니, 심지어 관용구처럼 사용하는 '붉은 행성'이라는 표현조차 한 번도 사용하지 않는다. 「일라」에서 옛 화성의 바다에 붉은 물이 가득했다고 암시하기는 하지만, 바다가 말라붙은 현재의 화성은 온통 파란빛으로 가득하다. 브래드버리의 '붉은 행성'은 파란 산맥과 파란 언덕, 바다가 말라붙은 노란 사막으로 뒤덮여 있으며, 빛나는 푸른 구체와 푸른 돛을 올린 모래배가 거친 바람을 타고 그 위를 오가는 곳이다. 브래드버리는 단순한 색채만으로도 이 책에서 방문하는 행성이 옛 SF 속의 고전적인 화성도, 훗날 바이킹과 패스파인더와 큐리오시티가 방문하게 될 현실의 화성도 아니라는 점을 명확히 보여 준다. 그리고 70여 년의 세월이 그 위에 붉은 색조의 아이러니를 덧입혀 준 셈이다. 마치 지구에서 공수해 온 딸기색 창문처럼.

그런 면에서는 이번에 28편의 에피소드를 모은 『화성 연대기』도 아이러니하기는 마찬가지다. 지금껏 『화성 연대기』의 제목 아래 출판된 모든 작품을 모으려 시도했으나, 바로 그 때문에 초판도 최종 개정판도 아닌, 현재 유통 중인 모든 판본과 일치하지 않는 책이 된 것이다.

　　간략하게 설명하자면 다음과 같다. 1950년 초판은 본문에서 「풍등」과 「황야」를 제외한 26편의 단편으로 구성되었다. 이듬해 영국에서 출간된 판본은 'H. G. 웰스의 뒤를 잇는 진지한 과학소설'로 보이고 싶다는 출판사와 브래드버리 본인의 희망에 따라 『은빛 메뚜기 떼The Silver Locusts』라는 제목으로 출간되었는데, 여기서는 전체 분위기와 어울리지 않는다고 판단한 「어서 II」를 빼고 그 대신 미국 초판에서 분량 문제로 배제했던 「풍등」을 다시 수록했다. (『화성 연대기』 미국 초판에서도 본래 「풍등」이 존재했던 흔적을 볼 수 있으나, 미국에서는 결국 후일 단편집 『일러스트레이티드 맨』(1951)에 먼저 수록됐다.) 기타 국가의 번역본은 대개 미국의 『화성 연대기』를 따랐으며, 영국에서는 『은빛 메뚜기 떼』가 이후 1970년대까지 꾸준히 재판을 찍었다.

　　브래드버리의 『화성 연대기』 개정 노력은 1950년대로 거슬러 올라간다. 로버트 왓슨의 표지를 사용한 신판을 준비하면서, 브래드버리는 「어서 II」 대신 「풍등」을 삽입하고, 1953년 영국판에 한시적으로 수록한 「황야」(1952)와 아직 다른 단편집에 들어가지 않았던 「딸기 창문」(1955)을 추가로 수록하고자 했다. '가교 단편'에서만 찾아볼 수 있던 개척시대 분위기를 더하고 싶었던 듯하나, 더블데이에서는 기존의 조판을 그대로 사용하며 브래드버리의 요청을 말끔히 묵살해 버렸다.

브래드버리의 구상은 1963년 후반, 타임라이프사에서 기획한 〈타임 리딩 프로그램〉 시리즈에 『화성 연대기』가 포함되며 어느 정도 현실화된다. 「어셔 II」, 「풍등」, 「황야」 세 작품이 모두 수록되어, 이 책에 등장하는 28편의 이야기가 마침내 한곳에 모인 것이다. 〈타임 리딩 프로그램〉이 종료되면서 이 판본은 재판을 찍지 못하지만, 이후 1973년에 더블데이가, 그리고 1979년에 밴텀이 각각 양장본과 페이퍼백으로 같은 구성의 판본을 소량 출간했다.

이후 브래드버리는 1997년에 에이번 출판사에서 다시 한번 전면 개정을 시도했다. 여기서는 모든 연도를 31년씩 뒤로 미뤘으며(따라서 「로켓의 여름」이 2030년 1월로 시작한다), 「어셔 II」, 「풍등」, 「황야」를 모두 수록하고, '시대에 맞지 않는' 작품이라 여긴 「하늘 높은 곳의 길」을 배제해 최종적으로 27편의 에피소드를 수록했다. 현재 유통되는 영문판은 대개 1950년 초판이나 1997년 개정판 중 하나를 따르므로, 영문 판본과 비교해 보는 독자들은 구성상의 차이를 알아볼 수 있을 것이다. 다만 일견에서는 28편 판본을 『연대기』의 전체 구성으로 보고 있다는 점을 평계로, 이번 한국어판에서는 고심 끝에 타임라이프사의 판본과 같은 구성을 택했다. (2009년 서브테러니언프레스의 완전판은 「하늘 높은 곳의 길」을 본문이 아닌 관련 단편들과 함께 따로 수록했으나, 이는 연관된 미발표 단편과 희곡 대본까지 전부 그러모은 '완전판'이기 때문에 가능한 일이었다.) 모쪼록 독자 여러분의 양해를 구한다.

출판 이력에서 엿볼 수 있듯이, 여러 단편을 엮어 하나의 줄거리를 만드는 픽스업Fix-up 소설은 선택의 문제이기도 하다. 레이 브래드버리에게 있어 '화성'은 '일리노이주 그린타운'이나 '시월의 저택'처럼 끝없이 영감을 불러일으키는 무대였다. 서로 다른 단편을 하나의 이야기로 엮어 내기 위해서는, 때론 과감한 개작과 배제가 필요할 수밖에 없었다.

『연대기』의 얼개를 구성하는 작품은 결말을 장식하는 이야기이자 가장 먼저 집필한 단편이기도 한 「백만 년의 소풍」(1946)과 1~4차 원정대를 다룬 서두의 네 편일 것이다. 원정대 이야기 네 편은 1948년에 '지구인의 화성 탐사'라는 주제로 동시에 여러 잡지에 투고한 결과물이었으므로, 적어도 이 다섯 편은 픽스업 소설을 구상하기 전에 집필한 것이 명백하다. 브래드버리가 이 작품들의 연결고리 삼아 쓴 '가교 단편' 중에는 마지막 순간에 빠진 「질병The Disease」이라는 작품이 있다. 여기서는 '일라'의 남편인 '일르'가 3차 원정대가 가져온 수두에 죽어 가는 장면을 그리며, 그의 입을 빌려 3차 원정대가 '꿈 조작자Shapers of Dreams'라 불리는 화성인 종족에게 몰살당했다는 이야기를 전해 준다. 설정에 일관성이 더해졌을 법한 단편이지만 전체적인 완성도 문제로 배제한 듯하다.

1997년 판에서 삭제된 「하늘 높은 곳의 길」은 인종차별을 다뤘다는 상징성과 1960년대 고교 영문학 수업 교재로 사랑받았던 경력 덕분에, 개정판에서 빠지자 상당수 독자가 불만을 표했다. 그러나 '시대가 달라졌다'는 점 외에도 이 결정에는 나름의 이유가 있다. 작중의 인상적인 흑인 이주민 집단이 『연대기』

의 후반부에 등장하지 않는 이유를 설명하기 위해, 브래드버리는 「바퀴The Wheel」라는 네 쪽짜리 '가교 단편'을 썼다. 여기서는 흑인 이주민들의 우주여행이 언약의 땅을 찾아가는 구약 속 여정에 비유되며, 이들이 탄 이중바퀴 모양의 우주선은 경로를 이탈해 금성에 착륙하여 정착하게 된다. 그러나 이조차 마음에 들지 않았던 브래드버리는 최종적으로 이 단편도 삭제해 버린다. 대신 그는 별도로 「하늘 높은 곳의 길」의 온전한 속편을 썼고, 그 속편은 단편집 『일러스트레이티드 맨』에 「역지사지The Other Foot」라는 제목으로 수록된다. 화성에 정착한 흑인들이 전쟁으로 피폐해진 20년 후의 지구에서 찾아오는 백인 이주민을 맞이하여, 과거 자신들이 받았던 차별을 돌려주려 계획하는 이야기다. 당연하게도 『연대기』의 흐름과는 여러모로 어긋나는 작품이다. 이런 상황을 고려하면, 브래드버리가 「하늘 높은 곳의 길」의 재수록을 놓고 고심한 이유도 이해할 수 있을 듯싶다.

한편 「음악가들」과 「어셔 II」에서는 『화씨 451』(1953)의 편린이 엿보인다. 「음악가들」에서 'fireman'을 (『화씨 451』의 전례를 따라) '방화수'로 번역한 것은 이 점을 의식한 것인데, 『연대기』가 출판된 해에 『화씨 451』의 전신인 중편소설 「방화수The Fireman」를 집필했다는 점을 생각하면 작가의 의도와 크게 어긋나지는 않으리라 생각한다.

그렇다면 레이 브래드버리가 모아들여 그려 내고자 한 '파란 행성'이란 과연 어떤 곳일까. 상상 속 이야기의 무대로서 기능한다는 점에서는 동시대의 다른 SF 속 화성과 크게 다르지 않을 것이다. 그러나 그가 들려주는 이야기는 과학적 발견이나 기술적 성취를 기반으로 한 상상력에 치중하지 않는다. 화성인을 애도하는 지구인은 바이런 경의 시를 읊는다. 흑인 이주민은 1930년대의 흑인 영가를 따라서, '에제키엘의 수레바퀴'를 본뜬 우주선을 타고 지구를 떠난다. 화성에서 지구인을 기다리는 가장 큰 위협은 과거 일리노이의 전원 풍경이다. 파란 행성에서 펼쳐지는 정복과 약탈과 쇠퇴의 연대기에는, 동시대의 SF처럼 진취적인 예지나 비장한 설교가 아니라 과거의 향기와 처연한 애수가 감돈다.

이런 브래드버리의 특색은 순수하지만 일그러진 욕망이 환상의 기괴함을 빚어낼 때 가장 섬세하게 빛을 발한다. 사멸한 화성인을 애도하는 주인공은, 살아 있는 화성인이 아니라 죽은 건물과 거리와 그 안에 깃든 기억을 위해서 동족을 살해한다. 죽은 이의 모습을 두르고 찾아오는 화성인들은 지구인을 향해 신의 은총에는 질문을 던지는 법이 아니라고 말한다. 그러나 옛이야기 속의 은총처럼 화성의 은총에도 악의가 깃들어 있으며, 그 악의는 처음에는 지구인의 비극을, 그리고 나중에는 고독에 몸부림치던 화성인의 비극을 이끌어 낸다. 과거와 미래를 선뜻 가늠하기 힘든 세상에서, 죽은 화성인은 다시 일어나 새로 도착한 지구인의 춤판에 어울린다. 최후에는 일라의 종족, '꿈 조작자'의 종족, 푸른 풍등의 종족이 살던 화성에, 멸망한 지구를 떠나온 가족이 새로운 화성인으로 정착한다. 이 결말에서 독자들은 「한밤의 만남」의 두 풍경 중 어느 쪽이 미래의 모습일지 알 수 없다는 사실을 새삼 깨닫게 된다. 일리노이주 그린타운과 시월의 저택에서 마주친 애수가 깃든 '기괴함'이, 이곳에서는 파란 화성을 무대 삼아 지구인과 화성인의 모습으로 펼쳐지는 것이다.

순수한 상상력으로 겨룬다면 브래드버리를 넘어설 SF 작품은 수도 없이 많을 것이다. 인류와 외계인의 갈등을 통해 타자의 침탈을 그린 작품도 셀 수 없이 많고, 개중에는 실제로 화성을 무대로 한 것들도 존재한다. 젤라즈니와 뉴웨이브 SF를 겪은 현대의 독자에게는 그의 서정적이며 시적인 표현 또한 부족해 보일지도 모른다. 그러나 『연대기』에는 그 사이에 광맥처럼 끼어 꾸물거리며, 때론 작가의 의도를 넘어선 곳으로 촉수를 뻗기도 하는, 측정 불가능한 기괴함이 존재한다. 우리가 시대를 뛰어넘어 브래드버리의 파란 화성에 매료되는 이유도 여기에 있지 않을까 싶다.

사실은 화성이 붉은 모습을 드러내는 장면이 본문에 딱 한 군데 있다. 「달이 변함없이 밝게 비출지라도」에서, 처음으로 동족을 살해한 스펜더는 파란 산이 아니라 붉은 언덕 너머로 사라진다. 이 또한 브래드버리가 의도한 것일까? 아니면 단순히 편집이나 개작 중의 실수였을까? 이제는 알 길이 없다. 어쩌면 크게 중요치 않을지도 모르겠다.

옮긴이 **조호근**

서울대학교 생명과학부를 졸업했다. SF/판타지 단편과 어린이용 과학 도서 번역을 주로 하였고, 현대 해외 문학을 국내에 소개하는 일도 하고 있다. 옮긴 책으로 『레이 브래드버리 단편선』『시월의 저택』을 비롯해 『스캐너 다클리』『도매가로 기억을 팝니다』『마이너리티 리포트』『진흙발의 오르페우스』『제임스 그레이엄 밸러드』『헬로 아메리카』『나인폭스 갬빗』『더블 스타』『하인라인 판타지』『아마겟돈』『컴퓨터 커넥션』『타임십』『소용돌이에 다가가지 말 것』『밤의 언어』 등이 있다.

화성 연대기

지은이 레이 브래드버리
옮긴이 조호근
펴낸이 김영정

초판 1쇄 펴낸날 2020년 8월 22일
초판 6쇄 펴낸날 2024년 8월 1일

펴낸곳 (주)**현대문학**
등록번호 제1-452호
주소 06532 서울시 서초구 신반포로 321(잠원동, 미래엔)
전화 02-2017-0280
팩스 02-516-5433
홈페이지 www.hdmh.co.kr

ⓒ 2020, 현대문학

ISBN 979-11-90885-27-0 03840

* 책값은 뒤표지에 있습니다.
* 파본은 구입처에서 교환해 드립니다.